奇幻基地出版

大滅絕檔案首部曲

大滅絕・感染

The Extinction Files

傑瑞・李鐸 著

陳岳辰 譯

A. G. Riddle

BEST 嚴選

緣起

在繁花似錦的奇幻文學花園裡，你或許還在門外徘徊，不知該如何抉擇進入的途徑；也或許你已經置身其中，卻因種類繁多，或曾經讀過不合口味的作品，而卻步、遲疑。

BEST嚴選，正如其名，我們期許能透過奇幻基地對奇幻文學的了解，以及對讀者的理解，站在出版者與讀者的雙重角度，為您精選好作家與好作品。

他們是名家，您不可不讀：幻想文學裡的巨擘，領域裡的耀眼新星。

它們最暢銷，您怎可錯過：銷售量驚人的大作，排行榜上的常勝軍。

這些是經典，您務必一讀：百聞不如一見的作品，極具代表的佳作。

奇幻嚴選，嚴選奇幻。請相信我們的眼光，跟隨我們的腳步，文學的盛宴、幻想世界的冒險，就要展開。

僅以本書獻給大眾鮮少想起的一群英雄。颶風等大型天災過後，他們總是最快抵達現場卻是最後離去的人。他們深入飽受戰火蹂躪的地帶，身上卻沒有足以自衛的武器。此時此刻，他們也正在保護這個世界，對抗影響每一個人、每一個國家的重大危機。

這群英雄與我們同在，是大家的鄰居、朋友甚至親人——他們便是身處國內外犧牲奉獻自己的公衛人員。本書最大靈感源自於有感公衛界為世上普羅大眾付出無數心力，公衛人員是這類事件眞正的幕後英雄。

台灣版獨家作者序

親愛的讀者：

臺灣版在我心裡一直有個特別地位，雖然現在自己的作品已經翻譯為二十多種語言、在三十個國家發行，但最初的起點就是臺灣。

五年前，臺灣出版社奇幻基地買下《亞特蘭提斯・基因》（我的處女作）翻譯版權，是首個賞識我作品的海外出版社，隨後其他國家才有人跟進。《亞特蘭提斯・基因》在奇幻基地的推廣下，也獲得了很大迴響，所以我非常高興能夠繼續在臺灣推出作品，包括各位手中這本新書。

目前我已出版的七本作品裡，《大滅絕首部曲：感染》有十分特殊的意義。我耗費兩年時間收集素材，完成它的理由很簡單：疫病的全球爆發性是極其複雜的議題，我希望能夠盡可能精確詳細描述過程讓大眾知曉。書中故事幅度涵蓋了全球，並且從科學角度深入探討病原究竟如何傳播、往後的流行病可能會以什麼方式顯現。

我當然希望虛構情節永遠不會成眞，只是沒有太大的信心。現代社會比從前更容易遭到全球流行病侵襲。

距離上一次眞正意義的全球大流行已經過了一百年。一九一九年西班牙流感肆虐各地，每五人就有一人感染，估計有五千萬人喪生，超過歷史記載的任何疾病。西班牙流感殺死的人數是第一次世界大戰的三倍，得到的關注和研究卻少了很多。

一九一九年地球人口約為十九億，但現在總人口已經超過七十五億，換句話說，自從上一次全球規模的瘟疫以後，人口成長爲百分之四百。除了單純看人數，也要思考這麼多人類代表的生物質量，加總之後人類的生物質達到三億五千萬公噸，這個數字的意義可以這樣理解與思考：我們的生物質比綿羊、雞、鯨魚、大象——加起來——還要多。應該說牠們加起來其實也不到人類生物質量的三分之一，所以人類是病原大量繁殖最好的目標。

此外現今人類相互連結的程度亦遠勝過往。航空和物流使人們在國家與都市之間的流動以分鐘和小時爲單位，相較一百年前仰賴船運、火車和卡車的年代疾病散播速度加快許多。今日的疫情只要幾小時就能大規模爆發。

撰寫這本書的時候，我一直思考著這些問題。自從爲人父之後，我自然地爲孩子要面對的各種危險感到憂心忡忡，而我認爲全球性瘟疫會是其中最具威脅性的一種。透過這個作品，首先我當然希望寫出好故事，但同時也期許能夠喚起大家對流行病的關注。這是人類共同面對的難題，也唯有地球上所有社會團結合作才能克服難關。

除了自然產生的疾病意外，另一個威脅是生化戰。歷史走到現在，人類的科學技術終於達到足以製造新病原的水準，我們甚至可以滅絕自己。但這種慘劇是否會發生？我們能不能攜手對抗現存與未知的危機？

許多讀者向我表示這本書徹底改變他們對疫病與人類定位的觀點。希望它也能激發各位思考，當然更重要的是希望大家讀得開心。

最後也請各位好好保重——沒人能知道下一波疫情會在何時出現。

傑瑞・李鐸

前言　事實與虛構之間

這個故事糅雜了眞實與科幻。我盡力在故事容許範圍內，精準描述美國疾病管制預防中心（CDC）和世界衛生組織（WHO）如何因應非洲疫情爆發過程，也請教了相關領域的幾位專家，然而若還有疏漏之處，則是個人力有未逮。

故事提及的科學理論大部分奠基於現實，尤其值得注意的是M13與GP3蛋白質研究，百分之百爲眞，此療法已經進入臨床試驗階段，可望對於阿茲海默症、帕金森氏症以及其他類澱粉沉積造成的疾病治療有所貢獻。

我的個人網站（agriddle.com）設有專區，整理比較了事實與虛構資訊，並提供與故事相關的額外內容供讀者審閱。

衷心感謝各位讀者支持。

傑瑞・李鐸

序幕

這艘美國海岸防衛隊巡邏艦已經在北極海域搜索長達三個月之久，但成員們仍然不知道目標究竟是什麼。上次靠岸時，一個多達三十人的科學團隊，帶著裝了怪異儀器的十二口箱子登船，他們的身分與裝備同樣成謎。海冰日復一日在希利號前方破裂碎散，防衛隊員執勤時皆依照上級指示，維持無線電靜默狀態。

低調、單調的生活，自然引發許許多多流言蜚語。大夥兒用餐、休息、下棋玩牌或打電動的時候，都忍不住發表起自己的臆測。主流意見認爲此行目的是尋找潛水艇或沉沒的軍艦，不是美籍就是俄籍的，另一個可能就是裝載了危險物質的貨櫃。少數人堅信目標是幾十年前冷戰時期被發射後，掉落在這片海域的核彈。

美國阿拉斯加州安克雷奇凌晨四點時，艦長艙房壁上的電話鈴響起。他沒開燈，伸手就拿起話筒。

「我是米勒。」

「艦長，請停船，找到了。」致電者是科學團隊領導人漢斯．埃莫瑞克博士，他說完這句話，便直接掛斷了電話。

下令艦橋停船之後，沃特．米勒艦長迅速更衣，前往研究室。他和部下們同樣好奇究竟找到了什麼，更重要的是，海底裡那玩意兒會不會危及船上一百一十七條人命。

米勒對艙門兩側衛兵點頭示意以後，低身鑽入門內，裡頭十幾個科學家圍著幾個螢幕，正議論紛紛。他靠近以後，瞇眼觀察，畫面中是蒙上一層綠光的海床岩石，幾個鏡頭之間，有個暗色橢圓形的物體。

「艦長。」埃莫瑞克博士的嗓音細得像曬衣繩，卻仍足以攔阻米勒，「此刻我們分身乏術，不方便招呼您。」博士走到軍官面前，似是要請他離開，不過米勒站穩了腳跟，動也不動。

「我過來看看能怎麼協助各位。」米勒說。

「我們這邊能夠處理，艦長。請您保持目前位置，還有無線電靜默。」

米勒指著螢幕，「你們找的是潛水艇。」

埃莫瑞克沒有回應。

「美國的還是俄國的？」

「應該……算是多國聯合。」

米勒微瞇眼睛，不太明白。

「抱歉，艦長，這兒還有很多事情要忙，我們馬上就要發射深潛器。」

他點點頭，「了解，博士。祝好運。」

艦長離開以後，埃莫瑞克吩咐兩名年輕研究員守住門口，「別再讓人進來。」

博士回到自己座位，在電腦上發送加密郵件：

發現應爲RSV米格魯號船骸，開始進行調查，座標與初期影像詳見附件。

三十分鐘後，埃莫瑞克博士率領另外三名科學家坐上深潛器，開始降至海底。

☣

地球另一邊，貨運船健太郎丸號，正從非洲索馬利亞沿岸橫越印度洋。鄰接艦橋的會議室內，兩名男子已經爭執了一整個下午，吼叫很大聲，吵得船員時不時緊蹙眉頭。

一位軍官走過去敲門，等待回應時提心吊膽。但裡面兩個人置若罔聞，繼續朝著彼此痛罵。

他再敲一次。裡頭安靜了下來。

軍官吞口口水，推開了門。

康納．麥克廉（Conner McClain）站在長桌後面，原本就遍布疤痕的一張臉在震怒之下，面目更加可怕。他一口澳洲腔劈里啪啦講了一串話，音量只比剛才略小一些。

「上尉，你的報告最好有重點。」

「報告長官，美軍找到米格魯號了。」

「怎麼找到的？」

「利用最新的海床測繪——」

「是飛機、潛水艇還是船？」

「船。希利號，美國海岸防衛隊的破冰船，而且已經發射深潛器了。」

「他們知道米格魯號上有什麼了嗎？」

「無法確定，但應該還沒有任何發現。」

「很好。擊沉那艘破冰船。」

會議室內另一人終於出聲：「康納，住手。」

「我別無選擇。」

「你可以的。這就是機會。」

「什麼機會？」

「給世人看看米格魯號承載了什麼。」

康納轉頭對部下發令：「上尉，按照命令執行任務。下去吧。」

艙門很快地關閉，康納朝會議室彼端那人繼續說：「人類歷史上最重要的一刻，豈容那些暴徒投票表決？」

☣

潛水艇外艙門開啓時，埃莫瑞克博士屏息以待。

他身後的彼得．芬奇博士緊盯著筆電螢幕，「安全，無洩漏。」

「輻射呢？」埃莫瑞克問。

「可忽略。」

埃莫瑞克隨即帶著三個科學家攀爬階梯，降至船內，眾人頭罩上的LED白光燈，穿透了墓穴般的黑暗。他們緩緩走過狹窄通道，小心翼翼地不敢讓任何東西接觸衣物。只要稍微一點刮傷，很可能就會要了他們的小命。

抵達艦橋後，埃莫瑞克用頭燈照亮牆壁上的銅牌，「阿爾法一號呼叫普羅米修斯，訊號如何？」

希利號上一個科學家立刻回應：「收到，阿爾法一號，視訊音訊清晰。」

銅牌上刻著：

RSV米格魯號

香港，一九六五年五月一日

Ordo ab Chao（注）

埃莫瑞克離開艦橋，進入艦長艙房搜查。夠幸運的話，應該能找到船長日誌，也就知道米格魯號到底去了什麼地方、發現什麼祕密。如果他沒猜錯，改變人類歷史方向的科學奧祕證據，就在這艘潛水艇之中。

耳機傳來芬奇博士斷斷續續的說話聲：「阿爾法二號呼叫阿爾法一號，聽得見嗎？」

「聽得見，阿爾法二號。」

「我們下來實驗室這一層了，該進去嗎？」

「進去吧，阿爾法二號。要小心。」埃莫瑞克停在黑暗走道上說。

「呼叫阿爾法一號，我們看到兩間檢驗室，裡面有金屬桌，長度大約十呎，出入口採取生物

注：拉丁文，翻譯為英語即Order out of Chaos（自渾沌生秩序）。

圍堵式封鎖。其餘空間塞滿排列整齊的儲藏罐，外形類似金庫裡的保險櫃。該打開檢查嗎？」

「阿爾法二號，不要打開。」埃莫瑞克連忙說：「儲藏罐有沒有編號？」

「有。」芬奇說。

「那先找到清單。」

「等等，我們發現管子上面嵌著金屬碟……」芬奇停頓片刻，「碟子有類似窺孔的設計，裡面是骨頭。人骨。等等，不對，不可能。」

另一個科學家開口：「這邊罐子裡是哺乳類，貓科，品種無法確認，存活時就被冰封，目前還沒解凍。」

埃莫瑞克聽見了金屬碟前後滑動，有如攝影機鏡頭的沙沙作響聲。

「阿爾法一號，你該下來親眼看看，這裡簡直是諾亞方舟。」

埃莫瑞克舉步穿越狹窄走道，仍然小心避免裝備受到擦撞。「阿爾法一號呼叫普羅米修斯，你們有沒有留下二號三號四號回傳的影音？」

沒反應。

埃莫瑞克停下來，再次呼叫：「普羅米修斯，阿爾法一號呼叫，聽得見嗎？」

呼叫第二次、第三次後，一陣巨大轟隆聲傳來，他腳下的海床晃動不已。

「普羅米修斯？」

Day 1

320 人感染

0 人死亡

1

艾利姆．基貝（Elim Kibet）醫師坐在白牆圍繞的四方辦公室內，望著太陽掠過肯亞東北的一片崎嶇。曼德拉轉診醫院是一棟位於世界最窮困角落的破舊建築物，前陣子他成了這裡的主事者，可能有人會說他接下一個爛攤子，他自己則是覺得萬分榮幸。

緊閉房門外，突然響起的尖叫劃破沉靜，護理師的喊叫隨著急促腳步聲而來，「醫生，緊急狀況！」

沒有指名道姓，但大家都知道叫誰，因爲這裡只剩下一個醫生。經歷恐怖攻擊、政府也不肯派兵駐紮地處郊區的這間醫院，醫護人員走了一大波，後來還付不出薪水，怨不得員工紛紛丟下崗位，另謀生路。凋零的醫院只剩下少數人力勉強維持，他們或許是無處可去，也或許是覺得救人要緊。基貝醫師則是兩種條件都符合。

他披上白袍、衝進走廊，跑向呼救聲來源。

曼德拉郡是肯亞最貧窮的行政區，人均年收入僅兩百六十七美元，等於每天才七毛三分。雖然位在肯亞、索馬利亞和衣索比亞三國交界上，這鄉下地方卻連柏油路也沒個一條，想塡飽肚子得看老天爺臉色。然而艱困環境培養出當地人樂天知足的性格，最單純的美好與最極致的殘酷相互輝映。

其他地方聞之色變的致命疾病，到了這裡只是生活日常，而且還談不上是最大的威脅。附隨於蓋達組織的伊斯蘭恐怖份子、通稱青年黨的「聖戰者青年運動」，時常攻擊本地政府機構，出手冷酷，毫不留情。不到一年前，青年黨士兵在曼德拉郡外攔下一輛公車，要求穆斯林乘客主動離開，對方不但不從反而以肉身作爲基督徒乘客的盾牌，下場便是青年黨不分宗教，將車上所有人拉下來，排排站盡數槍斃。那天死了三十七人。

艾利姆快步穿過昏暗長廊，暗想著恐怕又有人遭到恐攻。

但出乎他意料的是，來到檢驗室的是兩個年輕白人男性，他們深色的頭髮又長又亂，汗珠沿著濃密鬍鬚滴滴滑落。其中一個站在門邊，手裡提著攝影機，另一個躺在檢驗臺上，閉著眼睛，腦袋轉來轉去，空氣中瀰漫腹瀉與嘔吐的噁心味道。

兩個護理師在旁邊進行初步檢查，其中一位從他嘴裡抽出溫度計以後，轉頭說：「醫生，攝氏四十度。」

門口那個年輕人聽了，手一鬆，攝影機落下，吊掛在他腰間。他疾步竄了過來，拉住艾利姆的上臂。

「救救他！」

艾利姆抽出自己的手臂，將年輕人輕推回角落，遠離檢驗臺。

「我會盡力，你先別過來。」

乍看病患症狀，像是盛行於熱帶和亞熱帶的瘧疾，距離赤道不過兩百五十公里遠、又特別貧窮的曼德拉是典型疫區。地球上每年超過兩千萬人感染瘧疾，其中將近五十萬人死亡，死者之中非洲病例佔九成，這塊大陸上每一分鐘都有一個孩童因瘧疾而死去。常常也有來到肯亞的西方人感染就醫，但瘧疾並非不治之症，所以艾利姆心裡燃起希望，立刻戴上藍色手套，進行詳細診斷。

病人幾乎已失去意識，不斷扭動頭部和喃喃囈語。艾利姆拉開他的上衣之後，立刻改變診斷：因爲他的腹部至胸部已布滿紅疹。

符合症狀的是傷寒，同樣在當地很常見，致病原傷寒沙門氏菌通常在戶外水池繁殖。幸好傷寒也有辦法治療，而且醫院尚有庫存的抗生素氟喹諾酮，就是對症藥物。

但艾利姆的希望在病患睜開眼瞼以後，瞬間破滅。回視著自己的眼珠子中，黃疸很明顯，左眼眼角還冒出了血水，沿著臉頰滑下。

「退後！」艾利姆張開雙臂，將兩個護理師擋在後頭。

「怎麼回事？」一起過來的年輕人急問。

「大家都出去。」醫生說。

護理師一聽，立刻撤離現場，但年輕人仍不死心，「我要陪著他。」

「你非離開不可。」

「我說不走就不走。」

艾利姆仔細打量他，感覺事有蹊蹺。攝影機、對方裝扮和現身化外之地，都透露古怪。

「請問大名？」

「盧卡斯・特納（Lucas Turner）。」

「特納先生，你們爲什麼到這裡來？」

「他生病了——」

「不，我是說，你們爲什麼會在肯亞？又爲什麼會來曼德拉郡？」

「工作。」

「什麼工作？」

「城市鍛造計畫，類似新創政府的群眾募資。」

艾利姆搖搖頭，這傢伙說什麼鬼話？

「你知道他得的是什麼病嗎？」

「或許吧，所以你趕快出去。」

「我不走。」

「聽我說，你朋友得了很危險的病，而且恐怕會傳染，你留在這裡就是曝露於風險之下。」

「到底是什麼病？」

「我不能——」

「你不是說你知道嗎？」盧卡斯逼問。

艾利姆回頭多看兩眼，確定護理師出去了才開口：「馬爾堡病毒，」他壓低聲音，但看盧卡斯一臉茫然，只好再解釋：「也有可能是伊波拉。」

盧卡斯汗水淋漓的臉上，一下子沒了血色，蒼白皮膚更烘托出頭髮的凌亂不堪。他瞥了一眼仍躺著的朋友，接著乖乖轉身走出去。

艾利姆回到檢驗臺，告訴病人：「我去打電話找人幫忙，一定會想辦法治好你。」語畢隨即摘下手套，丟進垃圾桶，再取出手機拍下紅疹，請病患睜開眼睛也拍攝一張，兩張照片都傳送到肯亞衛生部。

離開檢驗室之後，艾利姆首先指示護理師守在門外，除了自己不准任何人進入。幾分鐘內，他換上全身防護服、面罩、鞋套、護目鏡，帶著目前唯一可行的手段回來。

就著昏暗燈光，艾利姆在房間內的木桌上擺好三個塑膠桶，貼著褐色膠帶，分別寫上用途：「嘔吐物、大號、小號」。其實艾利姆並不認爲病患現在的狀態可以配合分離三種排出物，但處理伊波拉或類似感染必須遵守標準程序，他並不打算破例。即使物資和人員都不足，他也堅持盡力而爲，提供最好的治療，因爲這是自己的職責。艾利姆用小紙杯分裝好針對二次感染的抗生素藥丸，又取出一個標籤上注明ＯＲＳ（口服補液鹽）的瓶子。

「來，吃藥了。」

病人伸出顫抖的手接過，呑下藥丸又從瓶子喝了一口，兩者混合的味道糟糕得讓他整張臉皺了起來。

「我知道很苦，但還是得喝，你千萬不能脫水。」

感染伊波拉病毒的人死亡率約爲一半，就算免疫系統足以對抗病症，急性期腹瀉導致的脫水也常常能致命。

「我一會兒再回來。」艾利姆說。

出了檢驗室，他小心脫地下個人防護裝備，院內已經沒有足夠裝備，提供應該來照顧病患的醫護使用。現在急需更多裝備和外界助力，同時除了病人，連盧卡斯也必須隔離，直到確定他是否也被感染。

中年醫師思考著下一步該如何是好，護理師又叫喚他過去。

艾利姆跑到分流站，居然又見到一個個子很高的白人倚著門框。與盧卡斯他們相比，這人年紀大一些，但臉色已經發青、不停冒汗，身上纏繞著腹瀉與嘔吐的氣味。

「他是一起的？」艾利姆問。

「不知道，」護理師回答：「機場那邊送過來的。」

「先生，麻煩把衣服拉起來。」

高個兒照做，軀幹上也長了大片紅疹。

艾利姆再次拍照發送到衛生部，然後對分流站護士說：「送去二號檢驗室，不要接觸，保持距離，也別讓其他人進去。」

他趕快撥號到肯亞衛生部緊急行動中心，接通之後立刻就說：「這裡是曼德拉轉診醫院，我們有麻煩了。」

2

「自己被狠狠揍了一頓」，是他清醒以後的直覺反應。身上的肋骨疼得要命，兩腿很痠痛，摸到腦袋左邊的腫塊時，他立刻縮了手。

身體下面是一張持大號雙人大床，鋪得很整齊。陽光從薄簾外射入，光線除了使視線模糊之外，更刺得顱骨內那份抽痛更加厲害。

他閉上眼睛，別過了臉。

幾秒以後，他重新緩緩睜開雙眼，看到床頭小桌上，有盞銀燈和一疊便條紙，紙張頂端印的是：柏林協和酒店。

他試著回想自己什麼時候入住，卻沒有半分印象。更糟糕的是，他不知道今天幾月幾日、爲何身在柏林。其實，他連自己的名字都想不起來。*我怎麼了？*

他坐起身子，蹣跚走入浴室，每踏出一步肋骨就刺痛一回。他從卡其褲裡拉出藍色鈕釦襯衫，看見身體左半邊有很大一片瘀青，中間呈藍黑色、邊緣深紅。

他望向鏡子裡的自己，回望他的五官端正、顴骨高聳，濃密金髮散至眉毛，末端微微捲翹；膚色略顯黝黑，不過手掌膚質光滑，應該是坐辦公室的白領階級。他看了看頭上腫起的地方，面積有些大，幸好沒破皮。

手探進口袋裡，只撈到一張名片大小的紙條。仔細一看是乾洗店的八折優惠券。

翻到背面，不知是他自己還是誰，潦草地留下三行字：

ZDUQ KHU

7379623618

(<><><>)

看起來是什麼密碼。

可是他頭痛得沒辦法思考。

他把優惠券放在浴室櫃上，走了出去，穿過寢室到了客廳，卻立刻凍在原地。

地上倒了一個人，面色死白而且似乎沒了呼吸。

房門前方、死者身旁地板上，又是一張白紙。那是住宿費用清單，上面寫著自一週前開始計算的內容，有好幾次送餐服務，沒有取用小冰箱內的任何飲食。

關鍵是最上面注明了客人名字：戴斯蒙・修斯（Desmond Hughes）。他立刻意識到這就是自己的名字，可惜看見歸看見，並沒有勾起什麼回憶的跑馬燈。

地上那人高高瘦瘦，頭髮灰白稀疏，修理得十分短，穿著深色西裝外套、白襯衫，沒打領帶。脖子上的肌肉結實，但有一圈瘀青。

戴斯蒙跪在死者旁邊，正要檢查他褲子口袋有沒有東西，但動作卻倏地中斷，彷彿身體還保有一些本能，所以又拿了書桌底下小字紙簍裡的塑膠袋充作手套，確保不留下自己的指紋和DNA。

從那人口袋中掏出了錢包與一張塑膠員工識別證，屬於「昇華生技公司」。卡片上沒寫職稱，只有名字「岡特．索恩」（Gunter Thorne），大頭照吻合側躺在薄地毯上的屍體，德國身分證與信用卡上也都是同樣的姓名。

戴斯蒙將東西重新放回對方口袋，輕輕掀開男子西裝衣領，看見底下有黑色手槍肩帶。蹲了一陣子的腿腳很痠麻，他站起來伸展舒緩，順便掃視四周狀況。環境整齊清潔，感覺得出才剛打掃過。麻煩的是毫無線索，找不到行李，衣櫃空蕩蕩的，小保險箱沒上鎖也沒放東西，甚至連盥洗用品也付之闕如。

再讀了一遍帳單，沒有電話紀錄。

這是什麼情況？彷彿他來這兒就只是吃點東西。或者避人耳目。自己住在柏林嗎？要不是客廳倒了一位岡特．索恩的屍體，戴斯蒙早就打電話要櫃檯推薦一間好醫院去做身體檢查。但眼下還不行，得先搞清楚這是怎麼回事。

看來只剩一個辦法了。

返回浴室，他拿起乾洗店優惠券，盯著背面三行圖文瞧了片刻，赫然發覺自己明白括號的意義。財務報表會以這種格式代表負數，也就是虧損，要從累計結餘中扣除。

為什麼自己懂得這種東西？他在金融業工作嗎？

戴斯蒙坐回床上，拿起便條紙。解碼關鍵是什麼？虧損、扣除，也就是減法。

括號內有三個菱形，代表減三。應該沒錯——最後一行是解碼密鑰，前兩行則是訊息內容。

戴斯蒙忽然想起來了：這是簡單的代換式密碼，更精確地說叫作「凱撒移位密碼」，凱撒大帝就是以這個模式為書信加密。

於是他將字母都倒退三位，也就是Z變成W、D變成A，連數字也如法炮製，得到結果是：

WARN HER 4046390385

（警告她）

數字如果按照三三四的格式分開數列，就得到404-639-0385。

文字是：警告她，然後有一個電話號碼。可是要警告什麼？他朝浴室與客廳中間望過去，還看得到岡特．索恩的遺體，說不定他是昇華生技派來的，「她」也是目標之一。但這也有可能是自己設下、誘捕岡特的陷阱，而「她」是幫忙自己的共犯。無論如何，「她」那邊或許有答案。

戴斯蒙拿起了電話，撥出號碼。

響了三聲，一個女子接聽，聲音不太清醒：「我是珮彤．蕭（Reyton Shaw）。」

「嗨，我是……戴斯蒙．修斯。」

對方忽然精神一振，重新開口：「你好。」

「妳好。」他不知從何說起，「妳……在等我電話嗎？」

珮彤．蕭朝著話筒嘆了口氣。戴斯蒙聽見布料摩擦的窸窸窣窣聲，大概是她從床上坐起身，「怎麼回事啊，戴斯蒙？」

「我們認識嗎？」

珮彤的語調轉低了些，「戴，這不好笑。」

「呃，我的意思是……能不能告訴我妳是誰？在哪兒工作？拜託。」

沉默半晌，「我是珮彤・蕭。」聽他沒反應，她只好繼續說：「流行病學家，目前在疾病管制與預防中心工作。」

此時，客廳那頭有人敲了門。三下，力道不小。

戴斯蒙想了想，桌上時鐘才早上七點三十四分，這時間不可能是飯店人員過來整理房間。

「還在嗎？」珮彤問。

又敲三下門，更響亮。接著一個男人的低沉嗓音傳來：「*Polizei*（德語：警察）。」

「珮彤，聽好，我認爲妳會有危險。」

「啊？什麼意思？」

再來的三下敲門更加猛烈，聲響足以驚醒隔壁房間的客人。「*Polizei! Herr Hughes, bitte öffnen Sie die Tür.*（警察！修斯先生，請開門）。」

「我再打給妳。」

他迅速掛斷電話後，顧不得腿部疼痛，飛快竄到房門前，從窺孔往外看去。外面站著兩個穿著制服的警察，一名深色西裝男子隨行在側，大概是飯店的保全主任。

西裝男子正拿出房卡，對準了門鎖。

3

珮彤．蕭博士坐在亞特蘭大家裡的床上，無線話筒緊貼著耳朵，「戴斯蒙？」掛斷了。

她也只好掛掉，等看看戴斯蒙會不會再打來。

星期六凌晨一點三十四分。她一個人在家睡了三個多小時，此刻自然已睡意全消，而且提心吊膽。

聽他那麼說，她感覺應該四處檢查一下，看看兩房公寓裡是不是藏了什麼人之類的。二十幾歲就一個人住在亞特蘭大了，平常都過得很安穩，如現在這般忐忑不安的經驗實在不多。

拿起手機下了床，珮彤如履薄冰地走出臥室，每隔幾秒鐘就聽見自己的赤腳，在冰冷硬木地板摩擦出的嘎吱嘎吱聲音。公寓前門緊閉且上了門，另一個當作辦公室的房門也關著，從開放式設計的客廳與廚房沒辦法看到內部。她早就注意到世界各地的流行病學圖像非常煞風景，親友和異性看了都退避三舍，所以已習慣將辦公室房門關好。

客廳有一面落地窗，她眺望底下的桃樹街，這時間沒什麼人和車，一股冷風穿透玻璃吹了進來，氣溫比起過往的十一月戶外還要寒冷。

等了半天，室內電話沒再響起。之前珮彤幾度覺得乾脆停了這個號碼，不過就是有幾個人還會打來。另外她始終沒搞懂，爲什麼附帶電話的有線電視和網路費用都比較便宜。

她撥了撥及肩的褐色秀髮。珮彤的母親是中德混血，母女倆的膚質都光滑細膩，宛如陶瓷。從父親那裡遺傳了什麼不大肯定，只知道他是英國人，可惜在她六歲時已過世。

她坐上灰布沙發，將冰冷的腳掌壓在身子底下暖和著。拿著手機，珮彤做了很久沒做、曾經發誓絕對要戒掉的行爲：上Google搜尋「戴斯蒙．修斯」。

與戴斯蒙對話之後，她心裡很慌，尤其最後那句「妳會有危險」一直懸在心頭，怎麼也放不下。

第一筆搜尋結果是伊卡洛斯（注）創投公司網站。點進去「經營團隊」頁面，看到戴斯蒙列在最前面，頭銜是創辦人和業務合夥人，照片上他的微笑充滿自信，幾近狂妄。

珮彤再點了「投資項目」頁面看介紹：

有句話要大家「活在當下」，但伊卡洛斯創投不甚認同。我們活在未來，也選擇投資未來，更精準地說：我們投資創造未來的人。下面有些例子可供您參考。如果您也想創造未來，歡迎聯繫，我們必定傾力相助。

注：希臘神話中，伊卡洛斯以蠟翼逃離克里特島，他沉迷於飛行的狂喜中，不斷提升高度，最終蠟翼被太陽融化、墜海而亡。

珮彤掃過網頁上列出的企業：昇華生技、輝騰基因、具現遊戲、杉溪娛樂、基石量子、絕種公園、迷宮實境、城市鍛造、南極旅遊。

沒半個認識的。

她回到搜尋引擎，點了第二筆搜尋結果，是戴斯蒙的會議影片。鏡頭外有人對他提問：「伊卡洛斯投資新創的範圍相當分歧，包括生技醫療、虛擬實境、網格計算，甚至還有罕見的極地旅遊。請問背後是否有個一以貫之的目標？能不能對在場的企業家說明一下，您在新創中尋找著什麼？」

鏡頭鎖定講臺，坐在俱樂部椅子上的戴斯蒙舉起麥克風，態度鎮定卻又有股渲染力，嘴角掛著一抹淺笑，眼神十分專注集中，彷彿完全不必眨眼。

「如您所言，要爲伊卡洛斯尋找的目標冠上分類很困難。我只能說，每項投資都隸屬於更龐大又高度整合的實驗下。」

發問人挑眉，「眞有趣。可以說說是什麼樣的實驗嗎？」

「科學實驗，用意在於解答極其重要的問題。」

「那是？」

「我們爲什麼存在？」

主持人故作訝異，轉頭代表觀眾說：「就這樣？」滿座哄堂大笑四起，戴斯蒙自己也不例外。

他在椅子上向前傾身，看了主持人一眼以後，凝視鏡頭說：「嗯，我猜想在場各位，以及正在看影片的觀眾裡，有很多人認爲答案再簡單不過：我們存在是因爲這顆行星的物理環境正好適合生命發展。換言之，基於地球的環境，人類是生物學上的必然。沒錯，但其中真正的問題是爲什麼？爲什麼宇宙裡會出現生命？生命要發展到什麼程度？人類的命運是什麼？我認爲這些問題，都該有答案。」

「哇，聽起來簡直像是種信仰。」

「是的，而且十分堅定。我相信偉大的計畫早就在所有人身邊悄悄運轉，而截至目前爲止，人類只瞥見冰山一角。」

「您認爲伊卡洛斯投資的科技，能夠接觸到眞理？」

「我爲此賭上自己的生命。」

☣

珮彤回去睡著後不久，又被床邊傳來的怪聲吵醒。她凝神細聽，聲音卻忽然中斷。然後又冒了出來。

有什麼物體磨蹭桌面。

震動。

床頭燈另一邊，有道光線射向天花板。

她呼了口氣，抓起嗡嗡作響的手機。凌晨三點三十五分，不認得的號碼，但國碼41代表瑞士，她倒是清楚。

「珮彤，抱歉吵醒妳了。」喬納斯・貝克（Jonas Becker）博士說。

他是德國的流行病學者，也在世界衛生組織率領一支疫情爆發時的快速反應小組，與珮彤在疾管中心的職務相差不遠。之前兩人在世界各地熱區合作了十數回，久而久之也培養出革命情誼。

「沒關係，」她回應：「出事了嗎？」

「資料寄給妳了。」

「稍等。」

她又光著腳丫踏過木地板，走進隔壁房間，坐在Ikea廉價書桌前開啓筆電、啓動安全VPN，連接疾管中心的個人終端機。

詳細檢視附件圖片後，她說：「看到了。」

「幾小時前從肯亞衛生部傳來的，一個曼德拉地方醫院的醫生拍的照片。」

珮彤沒聽過曼德拉，所以開了Google地圖尋找，發現它位於肯亞最東北，與索馬利亞、衣索比亞相鄰。這種地方一旦爆發疫情，最爲棘手。

「很明顯是出血熱，」喬納斯解說：「當地有裂谷熱，也有伊波拉和馬爾堡病毒。經過西非伊波拉疫情爆發以後，大家很重視這些通報，總幹事辦公室已經打電話過來了。」

「只有這兩個病例？」

「目前是。」

「有病人背景嗎？」珮彤問。

「所知不多，三個都是西方人。」這句話引起珮彤注意，「兩個年輕人剛從北卡羅來納大學教堂山分校畢業，爲了什麼新創計畫才跑到肯亞。年紀比較大的那個人從倫敦過去，在英國一間裝設雷達系統的企業工作。」

「什麼雷達系統？」

「空中交通管制。他在曼德拉機場工作到一半時發病。」

「那裡有機場？」

「規模不大，幾個月之前只是一片泥巴地。後來政府做了升級，鋪跑道、買設備，上星期正式啟用。」

珮彤揉了揉太陽穴。熱區裡頭有機場，是他們最害怕的惡夢。

「這邊正在和機場確認往來航班、剪綵儀式有誰到場，還有哪些外國人參與建設工程等等。已經聯絡上英國公共衛生部，他們開始動作了，現在那邊是早上八點四十，應該一會兒就能找到英國病人的家屬與同事，確定他在肯亞待了多久以後，才能判斷需不需要實施隔離檢疫。」

珮彤的目光掃過信件文字，記下兩個年輕人的名字，「那我這邊就開始找美國的聯絡人，試著整理他們這段時間去過什麼地方和停留多久。還有什麼能做的？」

「目前沒有。肯亞政府還沒開口，但如果和西非同樣狀況的話，將會需要大量援助。」援助就是金錢與物資。西非伊波拉疫情大爆發期間，美國疾管中心提供了數百位專家、大量防護裝備、幾千個屍袋與難以計數的現場測試工具給疫區。

「我會告訴艾略特，」珮彤回答：「然後聯絡國務院和國際開發署。」

「還有一件事，剛才我聽了安全簡報，曼德拉郡這地方很危險。有個叫作青年黨的恐怖組織，作風和ＩＳＩＳ一樣殘暴，對美國特別有敵意，要是知道你們過去，很有可能加大動作。今天深夜我們就會抵達肯亞首都奈洛比，不過應該可以等你們一起集合，讓肯亞軍方一次護送到北邊比較好。」

「我們可能要晚一天才能到。」

「沒關係，我們可以等。在奈洛比有很多事情可做。」

「那好。謝了，喬納斯。」

「路上小心。」

珮彤將手機放在桌上，起身端詳房中覆蓋牆面的世界地圖。各種顏色的圖釘散布五大洲，每個圖釘都代表疾病爆發點，只有一枚除外。東烏干達鄰近肯亞邊界的埃爾貢山國家公園深處，插著銀色領針，圖案是被蛇纏繞的手杖——阿斯克勒庇俄斯的蛇杖，自古以來它便象徵醫藥，最常出現在急救單位的六叉星標誌中間。這枚領針屬於珮彤的哥哥安德魯（Andrew）。她之所以投身流行病學就是因爲安德魯，所以每次前往疫病現場時，她都會將領針帶在身邊。如今也只剩下這個東西做爲紀念了。

珮彤自地圖摘下銀針，放進口袋，拿了紅色圖釘釘在肯亞、衣索比亞與索馬利亞交界處，代表這裡爆發了病毒出血熱。

她總是隨時準備好兩袋行李：一袋針對第一世界國家，一袋針對第三世界國家。這次當然是拿第三世界那袋，還順手將適合肯亞使用的轉換插頭也裝了進去。

還得打電話給母親與姊姊，報告自己又要出差。四天之後就是感恩節，她覺得自己一定趕不上。

儘管不想承認，但珮彤心裡其實鬆了口氣。麥迪遜是她僅剩的手足，兄長之死使姊妹關係更緊密，但近年來聊天時，姊姊總要盤問她最近有沒有約會，反覆嘮叨她再不成家就會錯失良機。都三十八歲了，珮彤確實無力反駁，不過她其實不確定自己想要成家，甚至應該說，她不知道除了工作之外自己還想追求什麼。工作即生活，她也相信自己是爲了崇高目的盡心盡力。半夜被電話吵醒無妨，只要能找出疾病爆發的原因，能救人性命，能把握寶貴的一分一秒就好。

此時此刻，時間也不等人。

☣

外頭街道上，車裡的男人注視著珮彤的座車，駛出了地下停車場。

他發動汽車，同時朝對講機開口：「目標移動了。沒人上門，沒收簡訊，只有世衛組織的人打了一通電話。」

4

隔著窺孔，戴斯蒙看見酒店保全拿出房卡，正準備開門，兩名穿著制服的柏林警察，雙手叉腰站在旁邊。

他連忙推上門閂，免得對方闖入，「等一下，」戴斯蒙以英語回應，盡可能裝出不耐煩的口吻：「我光著身子！」

「請快點，修斯先生。」保全開口。戴斯蒙盯著地上的屍體，腦中閃過現有的選擇。

一、從窗戶逃出去。可是他走到大窗戶邊一看，發現至少有十層樓高，沒有逃生設備之類，跳下去必死無疑，更何況窗戶好像推不開。

二、向外衝。他評估成功率是零，自認沒有突破三人攔截的本領，更沒有甩掉他們追逐的體力。

所以只有三、把屍體藏好、蒙混過去。

但要藏在哪裡？

客廳裡有書桌、辦公椅、長沙發、一張單椅和電視櫃，窗戶下有電暖氣，旁邊是落地式窗簾。隱藏式雙開拉門後頭是寢室，裡面有特大號雙人大床、兩個床頭櫃、另一扇窗戶與下面的電暖氣以及衣櫃。浴室得從寢室進去，空間不大。

只能當機立斷了。

他使勁拖行屍體時，渾身劇痛不已，肋骨彷彿體內的釘子般不停扎人，讓他差點承受不住，一度喘不過氣。岡特・索恩個頭不小，與戴斯蒙一樣是一百八十公分上下，還好身材精瘦，可能只有六十八公斤左右，但抬起來的感覺仍然像是兩倍重。屍體已開始僵硬，死了至少幾小時。

戴斯蒙一邊動手，一邊懷疑自己爲何知道屍體多久變硬，更叫他不安的則是，他未曾考慮過直接開門放警察入內、試圖解釋，彷彿潛意識記得要避開調查，某種不可告人的祕密一旦攤在陽光下就徹底完蛋。直覺要他保持自由之身，才能明白來龍去脈。

渾身大汗氣喘吁吁時，對方又敲了門。戴斯蒙擦擦臉，跑向房門開了條縫，一臉狐疑地朝外張望。

「什麼事？」

保全開口：「修斯先生，方便讓我們進去一下嗎？」

拒絕只會引起疑心，何況也無法擋住他們，所以他二話不說將門拉開。

三人長驅直入，東張西望，手始終靠近腰際。一個警察進了寢室，在衣櫃前面與浴室查探，門都關著。

「怎麼了嗎？」戴斯蒙問。

「有人打電話懷疑這裡有狀況。」留在客廳的警察雖然回了話，卻完全不與他目光接觸，視線飄向沙發後，又掃過電視櫃，看來是帶頭的。

寢室裡那人打量衣櫃，最後伸手開門。他站在原地，眼珠子上上下下一陣，又轉身盯著戴斯蒙直看。

「沒行李？」

「先送下去了，」他迅速回話，仍舊一副無奈語氣，好像警察在浪費自己的時間。戴斯蒙同時心想得化被動爲主動，找個藉口逼警察滾蛋，「有什麼狀況？確定沒找錯房？」

客廳裡的警察似乎看夠了，終於別過臉注意他。

「修斯先生，請問你這趟旅程是商務還是觀光？」

「都有一點。」

「什麼職業？」

「科技業。」他一臉不屑，「到底怎麼了？有危險的話，我是不是應該聯絡美國大使館？」戴斯蒙故意越說越激動：「至少該告訴我怎麼回事吧？」

警察逼問：「修斯先生，你來柏林多久了？」

「一星期。問這些幹嘛？」

對方不爲所動，完全沒有離開的意思。

戴斯蒙眼角餘光察覺另一個警察站在浴室房門左側，一手搭著槍，另一手準備抓門把。

他轉換目標，瞪著保全主任，滿臉煩躁，「我得上訂房網站留言了。」

那位主任睜大了眼睛。

「不然呢，」戴斯蒙乘勝追擊，「標題大概就是『體驗蓋世太保審訊和爛WiFi』。」

主任望向警察，「你們查得差不多了吧？」

裡面傳來浴室門打開的聲音，接著是電燈開關啪嚓聲。警察轉頭看著搭檔與主任，手停在槍上，站在原地搖搖頭。

「查完了。」客廳這頭的警察說：「抱歉打擾了，修斯先生，請繼續享受你的柏林之旅。」

三人走到門口，在主任扣住門把之際，房間裡一個騷動卻清清楚楚響起：是皮膚沿著玻璃滑落，又尖又細的聲音。

聲音停了，三人的腳步也停了，應聲回頭望向戴斯蒙。

重力在他背後發揮作用，岡特．索恩的屍體正往地面倒下。之前戴斯蒙將他立了起來，藏在窗戶邊緣的浴簾後，沒想到人死了還會動起來，他的臉頰擦過另一片玻璃，接著整個身軀擊中暖氣，砰的一聲砸在地板上。

戴斯蒙不敢猶豫，拔腿就衝，不到一秒便竄至三人身前，舉起右手灌注全力，打向右邊警察左眼底下顴骨。警察的腦袋往後一翻，撞上金屬門框，當場暈了過去。

他轉身再衝撞保全。保全站在兩個警察中間，被撞得張開手臂，向後退了一大步。另一名警察拔槍高舉，不料戴斯蒙來了個一百八十度迴旋，手肘直擊他的前額。警察撞上木門，身子一軟也昏迷了，槍枝脫手飛出。戴斯蒙立刻撲過去，撿起來就立刻瞄準保全。

「手放在我能看見的地方，從門口退後。」

保全舉起的手掌微微顫抖。

「我不想傷人，但你大叫的話，我只能動手。聽懂了嗎？」

保全點頭。

「他們為什麼來找我？」

「就剛才說的——有人打電話過去。」

「誰打的？」

保全搖頭，「我不知道……」

「誰？」

「說是匿名線報。」

「樓下還有警察嗎？」

「我不——」

「老實說！」戴斯蒙微微抬高了槍口。

保全閉緊眼睛，「來了兩輛車，我不知道他們走了沒。」

「轉過去。」

保全沒反應，「我叫你轉過去。」

他緩緩轉身，手抖得非常厲害。戴斯蒙用槍托朝他後腦用力一敲，保全應聲倒地。

將保全拖離房門之後，戴斯蒙取出彈匣，裡面果然沒子彈，而且保險根本沒開。他拉出上衣衣襬將槍塞在腰際，從兩個警察身上找到彈藥，順便取走年輕警察的證件、旅館保全的無線電。戴上耳機聽了一會兒，內容斷斷續續，全是德語，但他大致明白。

接下來得決定逃生路線：樓梯還是電梯？前門還是後門？各有利弊。從樓梯急急忙忙往下跑的話，如果有人盯著監視攝影就會起疑。走後門有同樣的問題，看來只能搭電梯，從前門出去。

戴斯蒙蒐刮了三人身上現金，總共三百一十二歐元。往後一定用得到錢，而且自己已經拒捕、襲警，甚至牽扯到謀殺，再加上搶錢罪名也糟不了多少。

踏進走廊，戴斯蒙故作輕鬆地朝電梯走去，按下按鈕。幾秒後開了門，一個白髮老婦人在裡面，沒理睬他。

下樓途中，保全無線電頻道沒動靜。到了大廳，電梯開門，戴斯蒙禮讓婦人先出去。

無線電終於傳來一句德語：「格哈特，你還在一二〇七號房嗎？」

戴斯蒙跟在婦人後頭。

「格哈特，快點回報。」

旋轉玻璃門邊，兩個穿制服的警察站著有說有笑，與戴斯蒙相距二十呎。看見他的時候，兩人靜了下來，注視著他。

凌晨四點出頭，珮彤抵達疾管中心總部。一般人都以為疾管中心位在亞特蘭大市內，實際上它隸屬在迪卡爾布郡直轄的德魯伊山丘特區。疾管中心前身成立於亞特蘭大，目標只有一個：消滅瘧疾。一九四六年七月時，瘧疾仍是美國最大的公衛危機，濕熱的東南方受害尤甚，主事機構設置在疫區中央，自然有其優勢。

珮彤剛到疾管中心工作那時候，只要刷卡就能進去。現在的入內程序已嚴格很多，包括X光和搜身。她明白安檢重要性，但急著進去的時候眞是氣死人，每分每秒都人命關天哪。

通過安檢之後，她直接往緊急行動指揮部走過去，突發疫情應變都從這裡指揮，大房間乍看就像NASA控制室那樣桌子都連在一起，上頭擺著平板螢幕，前方超大投影布幕顯示世界地圖與近期行動的相關數據。整個指揮中心最高容納兩百三十人，採取八小時輪班制，這裡不久之後想必就會鬧哄哄。現在雖是凌晨，也有十幾位工作人員在座位上通電話或打字。

珮彤與朋友打過招呼，詢問最新消息。一旁的會議室沒亮燈，但門邊已掛上牌子，公告八點鐘就針對曼德拉疫情召開全體會議。

牆上有一盞燈號，代表疾管中心目前的緊急應變等級，分為三階段：等級一為紅色，也就是最嚴重的情況；等級二爲黃色、等級三爲綠色。此時已經亮了黃燈，緊急行動部門要立刻召集人手，因應疫情爆發。疾管中心反應如此迅捷，令珮彤十分欣慰。

到了辦公室，她開始爲遠行做準備。行李袋裝了前往現場需要的基本物資：衣服、盥洗用具、衛星GPS、防曬品、隔離衣、手套、護目鏡、攜帶式投影機和MRE（meals ready-to-eat），其實就是野戰口糧。口糧在處理第三世界疫情時特別重要，因爲當地飲食很可能已遭到病原汙染。

珮彤發出急件，申請調度曼德拉小組需要的其他裝備，包括針對當地需求的藥物、蚊帳、驅蟲劑、衛星電話背蓋——這種背蓋很方便，手機套上後就能透過人造衛星收發訊號，不必失去原本號碼、通訊錄、電子郵箱和其他資料。能夠當場拍照上傳，對判別疫情來說是天大的福音，可以及時挽回很多性命。

接著她爲整個小組準備資料，列印出曼德拉郡與周邊地圖，整理出疾管中心肯亞辦公室、美國大使館、緊急行動指揮部、世衛組織肯亞分部，以及肯亞公共健康衛生部的聯絡人名單。珮彤調出曾經在西非伊波拉爆發用過的問卷，按照目標地區做了修改，然後列印出幾百份。有些流行病學家會積極減少現場用紙，她則不然。儘管老派，但紙不會當機、不會沒電、地方土匪會搶平板電腦但不會搶資料夾，優點還是很多。

最後也最重要的決定則是：找誰合作。

門沒關卻傳來輕敲聲。她回頭一看，主管艾略特・沙丕洛（Elliott Shapiro）倚著門框看她。

「早。」她開口。

「妳怎麼總能這麼早到？」

「睜一隻眼睡覺囉。」

他微笑，「這麼厲害。妳在忙什麼？」

「挑人。」

「很好，看過照片了吧？」

「嗯。」

「情況很糟。」

「是啊，得立刻趕去。」珮彤回答：「蔓延到奈洛比就慘了。」

「沒錯，那我去打幾通電話，看看有沒有辦法幫妳加速。」

「謝了。」

「有狀況就打過來。」他說完退了出去。

「好。」

珮彤從疾管中心內部網路查詢電話，是個自己不認識的同事，名字叫作喬瑟夫．魯多（Joseph Ruto）。魯多負責領導疾管中心在肯亞設置的團隊，由當地人和美國人共一百七十二位工作人員組成，大部分駐紮於奈洛比的疾管中心辦公室，以便與肯亞衛生部合作。她讀了內部對魯多的評鑑報告，正打算撥號時，腦海卻閃過個念頭——或許保得住一個美國青年，運氣好的話兩個都能救回來。再搜索了些資料後，她確定可行，而且這個作法還能避免病原擴散到奈洛比。

艾略特又在門口現身，「成功了，空軍說可以送妳一程。」

「太好了。」珮彤說。

「沒辦法給妳頭等艙待遇，只有貨運機，但保證能到。下午一點半從多賓斯空軍預備基地出發，位置在瑪麗埃塔市，妳從七五／八五號聯合州際公路上去，到岔路就走七五，然後下二六一號出口，一定會看到的。」

儘管已經是手機導航的時代，也明知道珮彤去過這些地方，艾略特還是會仔細報路給她。珮彤也不打斷他，只是點頭抄起來。她覺得應該只是世代差異，上一輩的人不習慣盯著手機和Google地圖。起初她也覺得艾略特有點囉嗦，但久而久之倒覺得很體貼。

「說到飛機，」珮彤接話：「想麻煩你一件事。在曼德拉的兩個美國人裡頭，叫作盧卡斯·特納的那位，到院時還沒有症狀。假設他與發病的人密集接觸，然後這次是病毒引起的出血熱，我認爲他發病只是時間問題。」

「有理。」

「所以我想直接針對他做醫療安排。要是他也發病，在曼德拉那邊沒辦法有效治療。比較近的候選處是迪亞尼海灘醫院和國立甘耶達醫院，可是我覺得都不好，會有感染醫院人員和周邊地區的風險。」

「妳想帶他回來？」

「嗯。」

艾略特蹙眉，「說說妳的想法？」

「我想請空中救難隊一起前往奈洛比，轉機到曼德拉待命。一旦特納出現高燒症狀，就立刻帶他回埃默里。」

埃默里大學醫院位於克里夫頓路，疾管中心隔壁，從這裡走路就能到，而且設有特殊隔離病房，能因應伊波拉或其餘生物安全水準四級的病原。這種等級的設施，全美也不過四所，二〇一四年治療感染伊波拉的美籍病人時，發揮了莫大功用。

「確定嗎，珮彤？把未確認、可致命的傳染病人帶回本土？被媒體曝光的話，將會引發全國恐慌。」

「但可以救他的命，同時能順便採集其他感染者的血液、唾液、組織樣本到安全等級四的環境。如此一來，樣本和檢驗都不必送到奈洛比，方便肯亞政府封鎖消息——他們會求之不得才對。而我們這邊除了救命之外，也能以最快速度查清楚病原的底細。」

艾略特點頭，重重呼了口氣，「好吧，但這需要主任核准，畢竟出事的時候是他要出來收拾、面對媒體轟炸。我會全力支持妳的方案。」

「謝謝。」

「另一個美國人怎麼辦？」艾略特問。

「比較麻煩，他入院就已經病危，我不傾向送他回美國。航程大約十八小時，還有可能更久，運送途中就可能病危。他唯一活命的機會，就是靠自己的免疫系統，我打算帶些ZMapp過去。」

ZMapp是針對伊波拉病毒的唯一一種藥物，二〇一四年幾位遭到感染的醫師用藥後，病情好轉，然而至今尚未正式進行人體試驗，無法肯定實際效果。

艾略特又點頭，「要我找法定代理人簽同意書？」

「麻煩你了。要是病人意識不清，就沒法做到知情同意。」

「我會設法聯繫。」他朝珮彤桌上堆積的文件掃一眼，「選好夥伴了沒？」

「差不多了。」她回答：「你呢，準備好開會了嗎？」

「喝再多咖啡也準備不好啊。」

6

沿著大理石地板穿越大廳，戴斯蒙意識到警察望著自己的原因很簡單：自己也盯著對方瞧。回望是人類的本能，執法人員在這部分的反應更靈敏，彷彿第六感隨時提防他們周圍有歹徒或威脅。

同乘電梯的白髮老嫗神情堅毅，但身子骨看來虛弱，走動很緩慢，呼吸也頗為沉重。戴斯蒙別開視線，繞過老嫗趕到前方。她沒朝正面玻璃旋轉門過去，而是走向旁邊有銀色橫把手的平開門。旅館櫃檯則盯著鍵盤，沒注意往來的客人。

戴斯蒙推開門，十一月的冷風灌入。他為老婦人頂住門，看著另一邊，目光沒有交會。

「*Vielen dank*（非常感激）。」婦人經過時低語致意。

接著戴斯蒙還幫她開了計程車車門，自己鑽進了另一輛。

警察還在大廳，無線電傳出吱吱喳喳說話聲，他們準備派人去找格哈特了。警察找到人的時候，將會看見四個人倒在地上，其中一個已經斷了氣。

司機以德語問他要去哪兒，由此可見這間酒店並非外籍觀光客、商務客出沒的地點，客群以德國人為主。這也算是條線索。戴斯蒙得繼續追查自己究竟是誰、為何身在柏林。

他幾乎脫口而出——*Bahnhof*，就是火車站——但又及時忍住。受傷的警察與死者被發現以後，想必警方會進行全城搜索，屆時車站、機場之類就成了重點區域，陸路水路也會設下關卡。要想清楚，先知道來龍去脈，答案恐怕還在柏林。

所以他以德語回答，要司機先開車。

車子沒動。照後鏡裡，中年司機打量他一陣以後，開始說英語：「你得給我個目的地。」

「就先開車吧。剛剛和女朋友吵架了，想散散心，看看柏林的街景。」

司機按了計費表，駛離旅館，戴斯蒙鬆了口氣。

但他仍舊得找個棲身之處。當務之急是不能拋頭露面，警察顯然沒有掌握他的外貌特徵，否則大廳那兩人早該認出來了。或許正如保全所言，原本就是不具名的舉報。但究竟是誰打的電話？用意是確認岡特．索恩的生死？還是他死的時候發出過巨響，驚動了附近房客，房客跳過旅館直接通報警方？

乘車穿過柏林街頭時，記憶片段流進了腦海：他走在類似倉庫的空間，踩著水泥地板，腳步聲迴盪不已，頭上高處看得到金屬支架，走道兩側以乳白色塑膠布分出一個個隔間，裡面傳出心電圖的嗶嗶聲，隱約能看到病床。點滴架上袋子內是透明液體，病人有各個種族、性別、年齡。

爲什麼他會在這種克難醫院裡？

穿著隔離裝的人在隔間進進出出，前面一輛推車堆滿了黑色屍袋。又有兩個人抬著一個屍袋從隔間出來，丟到屍堆上。

戴斯蒙也穿著同樣的隔離裝。好悶熱。他不喜歡封閉感，等不及想脫掉它。

場景一變，記憶中的他站在某個辦公室落地玻璃窗前，眺望塑膠布病房。辦公室裡有很多人背對自己，盯著投影幕上的世界地圖，紅點標記主要都市，無數交錯弧形是聯繫都市的航線。最前面一個臉上有多道疤痕、金色長髮的男子，緩緩開口說話。

「世界即將改變。別動搖，接下來會是生命中最艱困的一段日子。但等到塵埃落定，世人會明白眞相：沒有我們的話，人類注定要滅絕。」

記憶來得快去得也快，戴斯蒙的神智回到柏林的計程車上，外頭景物如浮光掠影。

他得盡快決定下一步，但需要情報，特別是當地狀況。於是他從口袋掏出二十歐元鈔票，遞過分隔前後座位的塑膠柵欄。

「我第一次來柏林，不知道能不能請你爲我做個導覽？」

起初司機有點猶豫，最後還是講了起來。車子開進鬧區，這位大叔也漸漸得意起來，提起柏林曾經是歐洲歷史中樞，長達千年之久。

戴斯蒙請他解釋一下柏林地形，像是進出路線、主要區域或周邊建設。司機大叔開了話匣子滔滔不絕，感覺根本沒在看路。

柏林佔地廣闊，將近八百九十二平方公里，不僅比紐約大，與巴黎相比更多出九倍面積。柏林本身就是德意志聯邦共和國的十六邦之一，底下有十二行政區，每區都有區長和五名評議員組成的區議會。

這對戴斯蒙而言是好消息。城市越大就有越多地方可躲藏。

司機又提到新的火車總站是全歐洲最大車站，水運部分有很多河流與超過一千七百條橋樑，勝過威尼斯。船運很發達，城裡不少地方都能搭船過去。

戴斯蒙再詢問觀光業情況。司機自己直到一九八九年柏林圍牆開放前，都住在東邊，他興高采烈報告：柏林是德國旅客最多的城市，放在全歐洲也是前三名，去年就有將近三千萬遊客來訪，當地永久居民不過三百五十萬人左右而已。不過遊客過多對房市也造成壓力，柏林人越來越不容易租到好房子，大部分地產仲介或投資人會簽下年租合約，再透過Airbnb一類旅遊網站轉租，導致市議會最近決定立法，要求轉租必須得到房東同意。即便如此，一萬兩千戶公寓裡，還是有大概三分之二在未登記的違法前提下，繼續轉租賺錢。

聽到這兒，戴斯蒙心裡模模糊糊有了點頭緒。

他從口袋掏出唯一線索，也就是乾洗店優惠券。本想請司機直接開過去，但考量到警察遲早會找到這位大叔，盤問自己去了哪裡，想點辦法掩蓋行蹤比較安全。

「柏林最多人去的景點是什麼？」

「布蘭登堡門，」司機回答：「或者國會大廈。就在隔壁，所以都一樣。」

「那麻煩帶我過去。」

十五分鐘後，戴斯蒙付錢下車。「祝你玩得愉快。」大叔說完，又接了新客人離開。

戴斯蒙從布蘭登堡門快步走到大蒂爾加滕公園，這裡佔地二點一平方公里，是柏林歷史最悠久的公園，也是德國最大的城市公園。以前是專供貴族使用的獵場，現在則保留了當初那份自然氣息。從步道穿過公園，出去就是蒂爾加滕路，他招了人力車搭乘，二十分鐘過後，看見另一輛人力車正卸客，便立刻叫停。付錢給彷彿體力無窮的車夫之後，戴斯蒙跳上新的人力車，沒多久又換了一輛。如此折騰一陣，他才重招來計程車，出示乾洗店優惠券。

「找得到這地址嗎？」

司機點頭，「就在米特的威丁分區。」

「靠近哪裡?」

「市中心。」

「很好,那過去吧。」

☣

車子開了二十多分鐘,戴斯蒙便來到了乾洗店門口。玻璃店門不大,附近建築老舊,卻挺熱鬧的,許多年輕人與來自各地的移民站在人行道上,菸霧彷彿在他們頭上凝結成雲,隔著雲層依稀看得到屋頂插滿碟形天線。旁邊一棟房子的二樓開著窗,裡頭傳出廣播和電視聲,但說什麼都聽不懂,他猜是阿拉伯或土耳其語。

一個矮個子禿頭亞洲男人坐在乾洗店櫃檯裡,戴著圓眼鏡,正在縫衣服。看見客人進門,他放下針線,起身點頭迎接來客。

「我要取件。」

「標籤有帶吧?」

「沒有。」

店員轉頭看著鍵盤和螢幕,「什麼名字?」

「戴斯蒙·修斯。」他拼出字母。

店員一邊輸入一邊問:「身分證?」

戴斯蒙愣住,想著該怎麼應對。店員看了他一眼,「沒身分證不能取件。」

情非得已的戴斯蒙亮出偷來的警徽,「警方作業,我們正在調查這個戴斯蒙·修斯。」

亞裔店員輕輕攤手，「好、好。」他一邊唸出字母一邊鍵入，卻搖了搖頭。「沒紀錄，客人名單裡沒有『戴斯蒙‧修斯』這個人。」

戴斯蒙懷疑自己是否誤判線索，也許不是取件，而是要來這裡跟某人會晤，「有幾個人在這兒上班？」

對方神情慌張，「沒別人啊，就我而已。」

「聽好，問題不在這間店或員工，我只想知道後面有沒有別人可以問話。」

「沒了。沒別人。」

戴斯蒙望向落地窗外，恰好瞧見巡邏警車，趕緊回頭等警察通過。

看樣子沒辦法從乾洗店店員身上取得什麼有用情報，畢竟這也可能只是順手找來的紙條，一開始就和這間店沒直接關係。他改口說：「好吧，謝謝合作。」

他回到街上，混進人群，避開來往車輛的視線。從乾洗店走了兩個路口以後，他找到一間手機通訊行，購買拋棄式智慧手機。這種東西在歐洲很常見，主要供遊客或短期出差的人使用，無須負擔高額的漫遊與通話費。不過手機加上預付卡使他快要花光身上的現金，沒錢很快就會是個大問題。在沒弄到更多錢之前，戴斯蒙打算緊急情況才開啟行動網路。

在路邊攤買了土耳其旋轉烤肉狼吞虎嚥一番後，他鑽進一間客人很多的咖啡廳。這裡提供WiFi，戴斯蒙躲到廁所隔間，以免被監視攝影機拍到行動甚至錄音。他的本能反應是上網搜尋自己的名字，或許就能解開身分之謎，另外也可以查查珮彤‧蕭是何許人也。但他明白生存優先，得盡快找個住處。

司機大叔沒說錯，柏林有很多日租的公寓和套房，可惜不少大網站如Airbnb都要求以信用卡付款，他現在辦不到。後來總算有個能約見房東的租屋網，戴斯蒙標了幾個合適的物件查看，還好威丁分區這邊就有不少，儘管都是老房子，卻很便宜。

他找到目標以後，撥號過去，想也沒想就興奮地用起新英格蘭口音說話，與先前比較平淡的中西部腔調很不一樣。

「哈囉，妳好，請問是不是在阿姆斯特丹路上有公寓出租？」

「沒錯。」電話那頭女子的反應淡漠。

「接下來三天能住嗎？」

「可以。」

「太好了，太好了。請聽我說，我來柏林出差，不知怎地在火車上昏過去，結果醒來什麼都沒了——我是說行李、電腦、錢包、護照、現金、信用卡，反正妳想得到的東西全不剩。那些混蛋連我的結婚戒指也沒放過！」

「唔，好慘。」女人的語調多了微乎其微的同情。

「我請太太匯了一點現金過來，現在得先找個地方住。可以和妳碰個面嗎？看到我這張老實臉，妳就不會懷疑啦！」戴斯蒙發出又傻又緊張的笑聲，點綴演出來的誇張語調。

「嗯，好吧。」女人和他約了三小時後碰頭，戴斯蒙同意後掛電話。假如成功，他就不必在街頭遊蕩。

他開啟瀏覽器，搜索德國主要媒體。《圖片報》完全沒提到什麼，《鏡報》最新消息那欄，第一條就是「柏林警方展開全面搜索，美籍男子涉嫌謀殺與襲警」。

戴斯蒙點了連結看內文，得知負責搜索行動的是柏林邦刑事調查局，基本上就是偵辦大案或特殊搜查的警察。新聞提及調查局會聯合的其他單位，他讀了以後，更加不確定自己要不要留在市內。

柏林邦特別行動突擊隊隨時待命、準備攻堅；隸屬調查局下的機動特勤隊，已經大街小巷找人。水路有水警監控，交通警察和公路警察也在內外道路巡邏盤查。他們甚至派警犬到旅館，想靠氣味逮人。

翻天覆地就爲了一個人。

這篇報導寫出了戴斯蒙的姓名，卻沒有多著墨他的背景。一則以喜一則以憂，喜的是他不會太醒目，憂的是戴斯蒙依舊不清楚自己的過去。

他開了手機上的地圖應用，查清楚需要的資訊。搜索行動遍及全市，但威丁一帶似乎很適合藏匿。即便如此，戴斯蒙心裡總覺得有不對勁，似乎錯過什麼環節——關鍵應該還是在乾洗店裡。

從咖啡廳走了三個路口，他找到買賣二手衣的店舖，進去坐在更衣室內。他拿了兩件衣服進來，都是土耳其製，比身上的襯衫和卡其褲休閒些。

脫了褲子所見，令他倒抽一口氣。他的腳掌到膝蓋滿是燒傷痕跡，皮膚斑駁得彷彿長了白裡透黃的樹瘤。看得出來是很久以前留下的疤痕，想必當時十分淒慘。這種感覺很古怪——腿燒成這樣，自己卻一點印象也沒有。查看身上其餘部位，右側骨盆和肋骨之間有個圓形皺疤。痊癒的槍傷？軀幹與手臂上布滿小而直的痕跡，應該是刀疤。之前他在旅館只關心左邊會痛的瘀青，沒能注意這麼多細節，此刻戴斯蒙眞想知道自己從何處來、又怎麼過活。他究竟是什麼人？或者說，今天之前是什麼樣的人？

盯著地板沉思時，他赫然發現堆成一團的卡其褲裡，有個粉紅色牌子釘在洗滌說明上。他確定自己看過同樣的東西，就在幾小時前，掛在一排吊起來的透明塑膠袋上……乾洗店。

是取件標籤。

他拆下標籤，然後仔細翻了襯衫與褲子，沒別的了。他把舊衣服賣給店家——一方面需要現金，另一方面警察手上的照片應該都是那副裝扮。店內牆上牌告說所有衣物都會清潔後才售出，戴斯蒙希望老闆確實做到，否則警犬搞不好會找上門。他拿剩下的錢購買棒球帽、墨鏡和背包，回到更衣間將其餘的衣物與彈匣都先收起來。十分鐘後，他回到乾洗店外，之前那個上了年紀的亞裔男人不見了，櫃檯後面是個少年，也是亞裔，拿著鉛筆在課本上寫筆記。

戴斯蒙進入門內，一聲不響地遞出標籤。

少年在吊著的衣服裡找了一會兒，幾度確認標籤，幾分鐘後搖搖頭回到櫃檯。

「來晚了，要加收費用。」

「多少？」

「每天三歐元。」

「遲了幾天？」

戴斯蒙身上的現金很少，僅僅足夠租屋三天，而且不到一小時後就要與房東接洽。

少年在電腦上輸入標籤號碼，「十四天，所以四十二元加上清潔費用和稅，總共五十五歐元。」

付了這筆錢就沒辦法租三天房子。他本想故技重施亮出警徽，卻擔心會引來不必要的注意，最後還是乖乖付錢。等候那孩子在後頭翻來覆去時，感覺上彷彿過了一個鐘頭，戴斯蒙只能盼望物超所值——無論自己還是誰留了東西在這裡，那玩意兒最好派得上用場。

少年提著塑膠袋回來，袋子裝著看似昂貴的海軍藍西裝。戴斯蒙巴不得當場拆開包裝，搜個一清二楚，不過與女房東會晤在即，他只能先拎著西裝趕往指定地點。

房東是個二十多歲女子，指間夾著一根菸，站在老舊的三層樓房前。門口階梯坐著四個中東青少年，操著戴斯蒙聽不懂的語言，不知在爭論什麼。

「妳就是英格麗吧？」他又搬出新英格蘭腔調。

「對。」女子熄了菸，看戴斯蒙熱情地想握手，就伸了手出來。

「我叫彼得．威金森，之前和妳聊過，謝謝妳願意臨時帶我看房。」

英格麗領他進門，登上狹窄彎曲的樓梯，走入出租處，眼前所見的空間狹小但很乾淨。

「好極了。話說，小偷只留下這套西裝給我。我猜是他們不知道這是我的吧！」緬靦一笑之後，戴斯蒙繼續說：「明天開會還得穿，」他嘆口氣，「我身上沒剩多少錢。」

女人搖搖頭，「付不出錢就不能住。」

「我手上的錢夠付一天，」他遞出折好的鈔票，「剩下的明天給。」

英格麗有些猶豫。

「我太太應該還會想辦法匯錢。要是我明天付不出來，一定走人，我保證！」

英格麗偏過頭說：「好吧。明天我會帶著男友一起過來，沒辦法付房租的話，就得請你離開了。」

「沒問題。謝謝！」

門才關上，戴斯蒙立刻拆了乾洗店塑膠袋，取出西裝檢視。衣服內側綴飾標明裁縫師爲理查・安德森，地址是薩佛街十三號，不知道這算不算是新的線索。他的手指在刺繡上一拍，卻摸到下面有鼓起處。

他的心跳加速起來。外套裡藏了東西。

7

亞特蘭大的疾管中心總部內，珮彤嘗試解開曼德拉疫情最大的疑點，也就是病人身分背景，此時總算有了突破。

兩名美國青年成立了一個非營利組織，名為「城市鍛造計畫」，其使命是促進偏鄉地區發展，方式則是提供基礎建設需要的資金，並請已開發國家的城市首長給予指導。城市鍛造的資金來源是個人透過網站捐款，金額被當作市政債券處理，換言之，如果鄉鎮發達了捐款人也能受惠。鄉鎮得到金援之後用於電力、教育、交通、醫療、網路、衛生、警力等等公民需要的層面。

計畫其中一環是訓練鄉鎮主事者拍攝影片，記錄地方成長、改變的過程。透過影片，已開發國家的導師可追蹤進度，邀請到的市議員、首長、警方高層等人物時時觀察當地狀況後，更能因材施教。此外捐款者也彷彿觀賞實景秀般，能瞭解這些村鎮的變化，知道錢是真的用在居民和未來世代需要的地方。

兩人還在北卡羅來納大學教堂山分校就讀大學部時，就有了這個發想，五月畢業以後便立刻付諸實現，整個夏天用於宣傳推廣、向親友和熱心支持者募款，集資成功後便前往肯亞，打算收集每個鄉鎮的資料，找出第一個接受鍛造的目標。但他們發誓行程中不刮鬍子、不剪頭髮的理由，依舊成謎。

她在網站點選「支持者」頁面查看，發現贊助企業列表竟有「伊卡洛斯創投」。幾小時前她在家裡才看過這個名字，那是戴斯蒙・修斯的投資機構。跟他扯上關係了嗎？珮彤覺得未免也太巧，但兩件事串不起來。

想到戴斯蒙，珮彤又搖了搖頭。她努力集中精神在工作上，從城市鍛造計畫網站，找到兩個年輕人自己製作的地圖，所到之處幾乎都有一段以上的影片，內容介紹當地環境與訪問居民，主要呈現基礎建設能夠帶來多大的幫助。有些村鎮更有他們離開之後的影片，最新幾個檔案是村長鎮長爲求金援，自行拍攝上傳的。

這樣一份行程紀錄，對流行病學家來說宛如福音。或許從某段影片就能判斷出疫情起點，還有機會掌握擴散路線。

阻止疫情爆發的關鍵策略是圍堵。圍堵第一步在於隔離感染者，第二步是從感染者口中問出接觸過的人，亦即所謂「接觸者追蹤」。珮彤的團隊會像滾雪球般反覆進行追蹤過程，搜索出更多接觸者，接觸者有症狀再加以隔離，並被要求提供新名單，縱使沒症狀也要受檢，還要隔離檢疫直到專家認爲潛伏期已結束，例如伊波拉病毒隔離期就是二十一天。等到完全挖不出新的接觸者了，找到的人就會剩下「已感染」和「檢疫中」兩組。

麻煩在於接觸者名單的膨脹程度十分迅速，每個鐘頭裡，病原蔓延到不知多少人身上。他們與時間競賽，原則上疫情出現後頭幾天，便決定了規模大小。

珮彤在便條紙寫下兩人姓名：史蒂芬・科林斯、盧卡斯・特納，至於那個英國籍病患則叫作安卓・布萊爾。她在雙方之間畫了個X，代表變數、未知，必須查清楚。不知何時何地，英國籍病患與美國青年之一或是兩者都有了接觸，再不然就是他們有過共同的接觸者。若是共同的接觸者，這人還不知道在哪兒繼續散播病原。珮彤必須盡快查明他們到底接觸過誰，眼前的旅程紀錄或許能幫上大忙。

倘若追蹤成功，接觸者名單會如同樹狀圖，最後收攏到單一根源，也就是第一個感染者，又稱作「零號病人」或「指示病例」。

全都是一步一腳印的調查工作：找出病原源頭、隔離所有接觸者，然後進行治療或等待疫情自然平息。

就算循著影片紀錄追查，珮彤的團隊還是需要肯亞當地支援，於是她拿起辦公室電話，撥給疾管中心當地分部長喬瑟夫．魯多。他才剛在奈洛比用過遲來的午餐，那邊與亞特蘭大時差八小時。

珮彤簡短說明了目前計畫，也提醒或許早上開完會以後會有變更。對方表現出能幹專注的態度，她覺得是個好的開始。

她掛電話的時候才接近早晨六點。下一通電話遲遲沒打，就是想讓大家多休息，接下來幾天，眾人未必有睡覺的餘裕。

她撥給緊急行動指揮部值班負責人，請他們聯繫疫情調查訓練所有學員。

「全部？」執勤的人問。

「分配到總部的都叫來，請他們七點前到，開會之前先聽簡報，還得做好幾小時後出發的準備，以奈洛比或肯亞郊區爲目的地進行規劃。」

「瞭解了，蕭博士。」

疫情調查訓練是疾管中心自一九五一年發起的兩年期人才養成計畫，最初的目標放在冷戰中可能出現的生化恐攻，時至今日，已成爲流行病學界最有名最熱門的進修項目，培育出許多頂尖疫情調查專家。參與訓練有基本門檻，可以是具備一年以上臨床經驗的醫生或獸醫，具公衛背景的博士等級科學家，或者是公衛領域碩士以上學位的醫療照護專業人員。目前疫情調查訓練計畫有一百六十位學員，其中七成爲女性。

訓練期間，學員常常參與現場行動，親自前往疫情爆發前線。二〇一四年伊波拉疫情爆發，當時的一百五十八位學員全數出動，遍及全球十七個國家、美國八州、華盛頓特區以及疾管中心緊急行動指揮部，總計付出了六千九百〇三人日工作量，換算起來高達十九年之多。爲了所有人好，珮彤希望能盡早控制住這次疫情。

她除了是疾管中心第一線現場流行病學家，也兼任疫情調查訓練講師，對兩邊工作都十分認眞，因爲學員結業以後，有可能在重大疫情行動中擔任決策者、率領海內外行動應變小組。現任疾管中心主任、數任美國衛生局長、疾管中心許多層級與分部主管、中央以及地方多位流行病專家，都是訓練計畫的前輩。

珮彤先前沒機會與這屆所有學員熟識，這次的行動正是個好機會。她調出資料，開始物色人選。

☣

七點鐘，她站上疾管中心十九號大樓一號講堂。

訓練班四分之一成員分配在地方或州政府的衛生單位，透過連線方式聽取簡報。能到總部的人也集合了，底下一百二十張面孔，齊齊望向珮彤。

「早安，現在開始針對肯亞鄉鎮出現的疑似病毒出血熱病例進行簡報。內容很重要，一部分學員今天就得出差，下午和我一起飛去肯亞。不參與現場行動的人，將留在疾管中心總部這裡做後勤支援。根據疫情發展，後續可能還會派人前往現場。大家盡量做筆記，有疑問就提出，務必切實掌握全部資訊。除了救人，也攸關各位自身的生命安危。

「好，我們目前知道的是……」

早上八點，緊急行動指揮部會議室已經人聲鼎沸，疾管中心底下好幾個單位的人員和國務院、國際開發署代表都來了。

珮彤坐在艾略特隔壁，她選出的隊員留在一號講堂，透過視訊投影觀看會議。

開場介紹後，艾略特簡單說明目前情勢，然後輪到國務院代表德瑞克．里查茲發言。

「從我們的角度看來，這次疫情出現在最糟糕的時間、最糟糕的地點。首先講解一下背景。」

他按了滑鼠，螢幕上出現一片斷垣殘壁。

「一九九八年八月，肯亞奈洛比與坦尚尼亞三蘭港，遭人以卡車載運炸彈攻擊。奈洛比有兩百一十三人喪命，四千多人受傷，經過調查發現與蓋達組織有關，也導致ＦＢＩ將賓拉登列入十大通緝犯。不到兩週，柯林頓政府實行『無限延伸行動』，對蘇丹與阿富汗發射巡弋飛彈，可是並沒有成功捉拿賓拉登。塔利班以庇護賓拉登做爲回應，後來的歷史發展，大家應該記憶猶新。

「考量安全因素，國務院沒有原地重建使館，選擇在聯合國據點對面設置新館。

「奈洛比爆炸案之後，肯亞的社會安全愈發惡劣，各地犯罪率節節上升，大都市尤其嚴重，奈洛比、蒙巴薩、基蘇木（注）和海灘度假村都不例外。以奈洛比爲例，每天都有劫車案發生。二〇一四年五月，美國、英國、法國、澳洲都對肯亞發出旅遊警告，美國更進一步裁減使館人數，英國則關閉位於蒙巴薩的領事館。旅遊警告重創肯亞觀光業，歐美遊客幾乎消失。

「不過最值得我們注意的是『聖戰者青年運動』，通稱『青年黨』。這是一個伊斯蘭恐怖團體，大本營在索馬利亞，但活動據點遍及肯亞全境。青年黨的目標是將索馬利亞改造爲伊斯蘭原教旨主義國家，可謂是東非ＩＳＩＳ。他們的組織嚴密，作風殘暴無情，非洲聯盟派遣兩萬兩千名兵力前往索馬利亞進行圍剿，卻屈居下風。」

里查茲又點了滑鼠，畫面切換到標有恐怖份子活動範圍的索馬利亞與肯亞地圖。

「二〇一六年三月，我方接獲情報，青年黨計劃對美國與非洲聯盟在當地的駐軍展開大規模攻擊，於是空軍派遣有人機與MQ-9死神無人偵察機先發制人，轟炸索馬利亞北部的敵軍訓練營，殺死其中一百五十名成員，其中包括組織內的二號人物。因此各位不能心存僥倖，青年黨絕對虎視眈眈，等待報復機會。任何來自美國的團隊前往肯亞，都會成爲目標，連美國大使館內部人員，都必須經過核准才能離開奈洛比，或是前往市內特定區域。

「雖然各位並非戰鬥人員，但青年黨不在乎身分。二〇一五年四月，他們攻擊了加里薩大學，專挑基督徒下手，造成一百四十七人死亡。

「最後轉述近期醫療與人道團體的行動，值得各位參考。」

里查茲翻了文件資料，這部分沒記在他的腦袋裡。

「二〇一五年五月，無國界醫生基於安全考量，從達達阿布難民營撤離，總共撤出四十二人到奈洛比，關閉四所醫療站。

「二〇一四年七月，和平工作團終止所有肯亞境內活動，並撤離所有人員，同樣基於安全因素。」

里查茲抬起頭注視艾略特，語調強硬，顯得有些咄咄逼人。

「國務院明白這次疫情可能大規模擴散，正式建議是美國人員停留在奈洛比，提供協調支援。肯亞籍和世衛組織人員前往現場風險較小，甚至應該說美籍人員有可能牽連他們。

「如果各位堅持離開奈洛比，我們強烈建議：一、尋求有戰鬥經驗且配備重炮的肯亞軍隊護送。二、等到國家偵查局在同步軌道設置衛星監視活動區域後才行動。三、等待海軍快速部署部隊的船艦進入攻擊距離，掩護各位的活動範圍。」

珮彤咬著嘴唇。她知道這些建議很實事求是，問題是曠日費時，尤其美國國家偵查局有太多繁文縟節，名副其實得要命。

「這些籌備要多久時間？」艾略特問。

「現在無法肯定答覆。國防部得先聯繫快速部署部隊安排軍艦，我們沒有參與艦隊配置，但亞丁灣、阿拉伯海、印度洋應該能找到適合船隻。國家偵查局那邊也需要調度衛星。」

「可否給個預測？」

「可能七十二小時。」里查茲回答：「不過我仍舊強烈建議各位不要前往曼德拉郡，如果執意要去，至少等一切就緒。索馬利亞完全不受控制，自九一年就沒設使館。摩加迪休戰役，也

注：蒙巴薩為肯亞第二大城。基蘇木為肯亞第三大城、西部主要城市與港口。

就是著名的黑鷹墜落事件（注）前兩年就已撤掉。要是你們被青年黨找到，而他們決定和肯亞軍開戰，狀況差不多就是那樣。摩加迪休機場那邊有幾百名美軍待命，可是能不能支援緊急狀況不好說。我聽說ＣＩＡ在索馬利亞安插了特務，但也無法掌握詳情。」

艾略特轉頭看了看珮彤。兩人共事多年，熟悉彼此思路，她明白主管正在盤算，於是點頭以唇語表示：你知道的，不得不去。

「好吧。」艾略特開口：「那麼先向國防部與國家偵查局提出申請，並敦請他們全速協助。我請主任出面。」

「現在呢，按兵不動？」里查茲問。

「不。我們要全速趕往曼德拉。」

里查茲不可置信地大搖其頭。

艾略特舉起手解釋：「聽我說，如果不能在曼德拉阻止疫情擴散，戰線就會拉到奈洛比和蒙巴薩，然後延伸到開羅、約翰尼斯堡和卡薩布蘭卡。要是沒辦法圍堵在非洲，緊接著就是自己家門口了，亞特蘭大、芝加哥、紐約、舊金山都無法倖免。七十二小時內將決定它是地方疫情還是全球疫情，十幾條與幾百萬條人命的差別。此時此刻，感染者可能已經在巴士、火車、飛機上，我們根本不知道他們身在何處、會去什麼地方。全球各地城市受到威脅卻沒能提防戒備，因爲大家都不知道致命病原進入了國境。唯一阻止疫情爆發的機會就是盡早圍堵，現在就得動手，不能空等三天。我們的人受過最優秀的訓練，團隊是世界疾病控制與預防的第一線中心，但還是必須以最快速度抵達現場，因爲隔著電話，是無法管控疫病的。」

☣

散會之後，珮彤把自己從疫情調查訓練班選出的成員叫來。

「大家都聽到當地局勢了，假如有人很顧忌的話，提早告訴我。放心，只是找人遞補，不會在你們檔案裡多添半句評語。」

☣

下午一點，珮彤下樓走出大廳，心裡仍有點忐忑，不知道會有多少隊員露面。她到了外頭，眼睛花了幾秒鐘適應陽光。

視線對焦以後，發現自己選出的所有人都已提好行李袋，站在廂型車前方。她對大家點點頭，眾人一起上車，駛往多賓斯空軍預備基地。

不到一小時後，調查團全員已在前進奈洛比的飛機上。

☣

空軍基地鎖鏈柵欄外側，跟蹤珮彤的男子目送運輸機升空，直到它從視野消失。他發了訊息給上司：目標已前往預定地。

注：美國由於低估民兵武力導致兩架黑鷹直升機被擊落，特種部隊前往搜救也陷入火網與路障，原定數小時的行動演變為長期街道戰，各方傷亡皆慘重。此事件有專書和電影《黑鷹計畫》加以剖析。

9

柏林威丁區小套房內，戴斯蒙仔細割開西裝外套夾層。薩佛街標籤掉了以後，露出暗袋內容物：兩張VISA預付扣帳卡。

卡片來得正是時候，身上幾乎沒現金了。但他希望不止於此，最好能知道自己是誰、爲什麼在柏林，最重要的是先前出了什麼事，怎麼會失去記憶，人在旅館房間醒來。

戴斯蒙注意到兩張卡片有些異樣：卡號第十位的地方都有刮痕。平常看見了大概會不以爲意，但兩張卡都有刮痕就太湊巧了些。其中一張卡片上的大刮痕旁邊還有四道小刮痕，另一張則是垂直刮痕右側有兩條細紋，就在卡號上方。

又是密碼？是的話應該同樣用簡單代換法就能破解。第一組卡號的十個數字都加四，第二組則加二。十位數，像美國的電話號碼。

戴斯蒙心算出數字之後，用預付卡撥號，耳中聽著嘟嘟聲，心裡著急了起來。嘟聲兩次、三次，進入語音留言信箱，接著他訝異地聽見自己的聲音。

「撥了這號碼，代表你知道該怎麼辦。不知道的話，最好趕快查清楚。」

嗶聲之後，戴斯蒙呆愣片刻，但腦袋不停飛轉。這語音信箱是不是給另一個人用的情報管道？還是自己該設法登入信箱？他決定兩條路都試試看。

「我是戴斯蒙，需要幫忙。」他差點脫口說出自己現在的電話號碼，還好最後一刻將話吞了回去。岡特．索恩的背後主使者也許有辦法駭入語音信箱，警察也可能早就鎖定。透露電話號碼等於變成活靶，警方透過基地臺追查，就能鎖定他的所在位置。戴斯蒙暗忖自己需要一個情報平臺，必須公開、方便而且是數位形式。

他很快想到辦法，便說：「在柏林的克雷格列表（注1）『求助』欄下面留言，說要找導遊，以『攔路賊』做爲暗號。」

留言完畢，心裡的問題仍堆積如山。他只能再撥第二組卡號轉換得來的電話，結果還是自己的聲音。

「歡迎來到迷宮實境。在這裡，打電話是手機最無趣的功能。它可是能定位的電腦啊，嘗試更酷炫的玩法吧。」

戴斯蒙沒多想，留了同樣的訊息。

迷宮實境。他上網搜尋，發現是個新創網站，總部位於舊金山，電話並不是剛才撥的號碼。點了「團隊成員」那一頁，十幾個人都不認識，全部是二十多、三十出頭年紀，不少人戴著瓦爾比派克（注2）眼鏡，還有幾個人身上刺了青。照片很生活化，打乒乓球、站在辦公桌旁邊，或者在走廊上遮著臉，標題和簡歷都是搞怪、搞笑風格。

注1：免費分類廣告網站，已擴及五十國，四百五十座城市。
注2：成功打進全球眼鏡市場的電子商務品牌。

戴斯蒙再點了「投資人」頁面看看有哪些企業：七橋投資、伊卡洛斯創投、和平人道基金、隱日證券、奇點聯營團隊。似乎都很眼熟，卻沒勾起什麼記憶。

迷宮實境的產品是手機應用程式，結合地理位置與擴增實境技術，在特定地點可以用手機觀看肉眼無法瞧見的虛擬景象和物件，也能提供相關的影像和文字。主要運用場合包括大型尋寶遊戲以及新興的地理藏寶活動（注1），芝加哥與舊金山以此開發出城市導覽服務，此外這也是一個開放平臺，遊戲設計師、企業、會議主辦單位以至於個別使用者，都能根據自己的需求利用這套軟體。

網站最上面的廣告要人趕快下載迷宮實境應用程式，戴斯蒙點了連結，資料傳輸完畢以後開啟軟體，系統視窗跳出，詢問要進入私人迷宮還是公用空間。他點選私人迷宮之後，系統要求輸入密碼，戴斯蒙想了想就鍵入剛才取得的第二個電話號碼，也就是自己找到迷宮實境公司的線索。

螢幕閃過訊息：歡迎來到私人迷宮「暗影宮殿」。接著有兩個圖案，左邊是野牛頭、人類軀幹的怪物，右邊是持劍盾、穿盔甲的武士。底下的文字敘述是「表明身分：牛頭人或英雄」。

這個問題令戴斯蒙陷入思考，打從他醒來就一直耿耿於懷：他究竟是什麼人？在旅館房間殺了人的怪物？後來對警察和保全的出手也毫無猶豫，感覺得出自己挺擅長打架，恐怕不是第一次用暴力保住生命與自由。身上那麼多傷疤算是另一種證據。而且，他下意識知道自己做過很可怕的事，儘管現在完全想不起來。

問題是，戴斯蒙內心深處認為自己是好人，或者說，他希望自己是好人。

所以很明顯了，他要拋下過去，以自己希望的模樣進入迷宮。

於是戴斯蒙按下「英雄」圖示。畫面轉暗，又跳出一個訊息。

搜尋入口……

過了一分鐘，冒出紅底新訊息：找不到可用入口。請繼續搜尋，忒休斯（注2）。不要放棄。

戴斯蒙思索這段話有何含義，查了很多資料以後才理出頭緒：「迷宮」是早在希臘神話就出現的概念，故事裡絕頂聰明的藝術家兼工匠代達洛斯，與兒子伊卡洛斯一起建造迷宮，目的是將半人半獸的牛頭怪物困在中心。但是代達洛斯的設計太厲害了，連自己都差點出不來。

戴斯蒙在語音信箱聽見自己聲音時就有的感受，此刻得到了證實：他就像代達洛斯，受困於自己製造的迷宮。關鍵在於爲什麼？牛頭人是個隱喻——他同樣有一頭野獸、一個祕密必須好好隱藏，不讓世人找到？或者，自己就是令人懼怕的怪物？

他又察覺另一點：如果自己造了迷宮，代表早就認定某個時間點自己會闖入，而這前提就是失憶——無論是自己的選擇或是被迫。迷宮是事先布局的備案？裡頭有自己所需的一切？有沒有可能是取回記憶的方法？

戴斯蒙起身將隱藏式床架收進牆壁，室內才多出了些活動空間。套房本來就差不多只有七坪大小，床牆對面有個小廚房，配有水槽、小冰箱、電磁爐、微波爐，還有一臺電視機。浴室也小得可憐，連乾濕分離都做不到。

注1：利用GPS或其他導航系統進行的戶外活動，玩家藏匿「寶物」後，在網路公開座標，供其他玩家尋找。

注2：希臘神話裡的英雄，多數版本故事中他以愛人贈送的線團標記自己走過的路，成功找出牛頭人並將其打敗。

他走到窗邊眺望街道，晚間六點鐘外頭正熱鬧，汽機車的排氣與香菸煙霧攪和在一塊兒，升上半空，形成朦朧的布幕。十一月下旬的太陽沉得很低，馬上就要天黑了。

房東在床架下裝了大鏡子，床收好以後空間感好了很多。戴斯蒙盯著鏡中的倒影，看見一張健壯黝黑的面孔，額前金髮幾乎碰到眉毛，可是這張臉對自己而言完全是個謎。所幸在柏林，這副外表要藏匿不算困難，倘若是埃及、上海之地就麻煩了。然而他還是得喬裝，天黑之後就得行動。

現在最優先的還是要釐清自己的遭遇。他隱隱約約覺得，有什麼事情沒完成。

專注於已知上：自己事先安排電話號碼和語音留言，預知未來，或者說期待事發以後，他能循線摸索。第二個語音留言已經引導他找到自己的私人迷宮，但第一組電話的眞正意義是什麼？留言只是挑釁，認爲他知道該怎麼做。知道什麼？

分析起來，預付扣帳卡這種東西一定是買了才知道號碼，但電話號碼可以特地挑選來配合。戴斯蒙繼續上網搜尋，發現兩組號碼的開頭三位，都指向Google Voice電話服務，不僅免費還有線上控制臺能直接管理語音信箱、轉接電話等等功能。

這就對了——透過Google Voice應用程式開啓語音信箱。他立刻下載app到手機，嘗試幾組密碼，都被拒於門外。

我漏了什麼？

戴斯蒙又翻了一遍西裝外套，已經沒有暗袋或其他東西。他坐在窗邊木椅上苦苦思索時，瞥見了牆角的乾洗店布袋，外頭的塑膠膜上訂了張粉紅色紙條。

他連忙跳過去拆開塑膠膜，拔下紙條仔細一看。原來是乾洗店收據的副本，上頭客戶名字是杰柯・羅倫斯（Jacob Lawrence）。

戴斯蒙拿起電話，用這名字當作密碼，輸入Google Voice服務，看見成功登入那瞬間，眞是鬆了一大口氣。

他首先看見語音信箱收件夾，目前有三條訊息，來自同一個號碼，前兩條訊息已是兩天前。戴斯蒙點開閱讀語音辨識生成的文字檔。

好像有人跟蹤我。不確定。別回電。明天晚上十點鐘，在第一次見面的地方碰頭。

戴斯蒙點了第二條，時間是昨天中午。

你在哪兒？他們搜索了我的住處，我很確定。你再不打過來，我就得報警了。

最後一條是今天早上十一點。

新聞都在說你。你殺了人？快點打給我，不然我就報警，我說真的。我會把你說過的事情、與你有關的事全部告訴警察。我也做了一份筆記交給同事，假如我遭遇不測，東西會在一小時內到達警察手上。

戴斯蒙斟酌著，不知留言的人究竟是敵是友？能肯定的是——對方知道自己是誰。

他用Google Voice服務的號碼設定轉接到自己手機，並確定連接到套房WiFi，如此一來訊號才會經過Google伺服器收發。信箱裡面的號碼來自柏林，他直接從應用程式內點選，隨即聽見撥號聲。

一個男子立刻接聽，說的是英語，但德國腔調很重，「到底怎麼回事？」

「得見個面。」戴斯蒙回答。

「不行，先給我答案，現在就說清楚。那個人是你殺的？」

「不是。」戴斯蒙不知道眞相，只是按照本能應對。

「和『魔鏡』有關嗎？」

魔鏡。他一聽見這個名詞，情緒就波動了起來。看來這是重要線索，只是他還想不起來。

「喂？還在嗎？」

「在，」戴斯蒙說：「見了面再解釋。」

沉默良久後，對方才回答：「有人跟蹤我，我躲在朋友家，我把來龍去脈和把之前對話錄音都交代給她。假如是你——你搜了我家，或對我出手，她會立刻報警。」

「我懂。相信我，我沒打算害你。我也是受害者。」

又一陣空白。接著男子語氣遲疑：「時間和地點？」

考慮到自己體力和所需的準備，戴斯蒙告訴對方：「明天中午，布蘭登堡門，站在遊客裡頭舉個牌子寫『魔鏡旅遊，價錢可議』。穿海軍藍雙排釦外套和藍色牛仔褲，戴黑帽子，上頭不要有裝飾品。」

「你要在公開場所見面？」

「比較安全。電話留在家裡，自己一個人來，別帶武器。」

對方悶哼一聲表達輕蔑，「殺人通緝犯還有臉說。」

「被通緝和有罪是兩回事。你要答案就明天過來。」

「好吧。」

掛斷電話以後，戴斯蒙加緊準備，必須面面俱到且有緊急備案。這一局出對了牌，或許他馬上就能理出頭緒。

10

曼德拉轉診醫院內，艾利姆·基貝醫師在夜裡巡查病房之後，回到辦公室，脫下白袍便動手撰寫電子郵件給肯亞公衛部。

敬啓者：

曼德拉轉診醫院狀況惡化，我必須再次敦請政府盡快援助。

今天早上入院的美籍男性病患，出現無法判定病原的出血熱症狀後，已經亡故。院內缺乏設備，無法進行檢驗和處理遺體，目前僅能封鎖病房，禁止人員出入。

病患死亡對他的旅伴造成不小衝擊。更重要的是，另一位美籍遊客盧卡斯·特納也開始發燒，最近一次測量體溫約達攝氏三十九度，我擔心熱度會繼續升高，並發展出其他出血熱症狀，最終與他的旅伴一樣不治。

由於無計可施，我只能盡量紀錄病情進程，要求護理人員每小時拍照，並調查他們的旅遊路線，包括到過的地方、談話過的對象，也向盧卡斯詢問他朋友的症狀演變。這些資料對疫情調查應該很有幫助，我一有時間就會發送過去。

自機場送來的英國籍病患依舊狀況危急，對於他能否撐過今夜，我無法樂觀以待。最後要反應的是，曼德拉轉診醫院內部出現新問題，人員不足的情況愈發惡化，今天早晨上班時，發現半數員工曠職了。不能怪他們，前言提到過院內沒有足夠設備處理病患，我已經要求護理人員都穿戴防護衣、鞋套、面罩、護目鏡、雙層手套，但擔心防護仍然不夠完善，何況裝備已經快要耗盡。

容我再次請求……

此時，辦公室外一個男護理師大叫：「基貝醫生！」

才過幾秒鐘就有人闖入。男護理師身子向前傾、手掌按著膝蓋，喘不過氣地斷斷續續說：「又有人感染了。」

艾利姆抓起白袍，隨護理師跑到檢傷分流站，他一看到現場情況，立刻呆在原地。十個當地村民模樣淒慘地來到醫院，渾身沾滿汗水與嘔吐物，有些人的眼珠已充血發黃。另一個護理師正從病人口裡取出溫度計，回頭對艾利姆報告：「四十點五度！」病原擴散到周邊村鎮了。

艾利姆害怕即便外界伸出援手，這裡的所有人也已難逃一劫。

11

運輸機到達巡航高度時，珮彤躺在一排座位、綁上安全帶以後，閉眼休息。

前夜只睡了四小時就全心投入工作，但她仍舊只設定三十分鐘鬧鐘，希望醒來時精神抖擻而非昏昏沉沉。進了疾管中心以後，她學會最有意義的技能大概就是睡覺不挑地點，花了幾年才精通這門絕活兒。珮彤入睡最大的障礙來自思考，面對疫情的時候，腦袋停不下來，簡直就像強迫症。不過第二年前往疫病現場學會了睡眠技巧後，她便運用至今：需要休息時閉起眼睛、盡力克制腦袋轉動，注意力放在呼吸上；一開始強迫自己將空氣吸進肚子，膨脹的不是胸部而是腹部；每次吐氣都專注於鼻尖，感受氣流與身體接觸，並計算呼吸次數。很少會數超過四十。

手機在口袋嗡嗡作響時，珮彤立刻起來拉拉筋，做些運動舒緩四肢。

本來她也可以搭乘空中救護機，比起運輸機要舒適不少，但她想和隊員在一起。珮彤覺得這是原則，何況還有很多事情要交代，所以她就讓疾管中心三位較年長的人員過去。那三人只留在奈洛比支援，很感謝她願意讓出舒服的位置。

艾略特也在運輸機這邊。乘客機艙和大貨艙隔開，中間有十二排、每排五張座椅，左右兩側艙壁下還各有一排。前方是狹窄走道，中間牆壁上有塊大白板。

不難想像白板常常被用於人員或作戰簡報，那也是珮彤待會兒要做的事。看在不知情的人眼裡，真會以為這是一次美國海軍的任務說明。

聽眾裡有些人穿與著美國海軍同樣的卡其制服，也有相似的軍階徽記。她的軍團雖然不隸屬海軍，卻也的確是地位相當的美國七支制服軍種之一。

珮彤有雙重身分，其一是疾管中心的工作，其二則是美國公共衛生服務軍官團成員。七支制服軍種除了陸海空三軍以及陸戰隊、海岸防衛隊之外，再來就是國家海洋及大氣管理局軍官團，以及他們這支公衛部隊。公衛軍官團目前超過六千人，都是專業精英，制服和海軍相仿：正式場合的藍色套裝、夏季有白色日常服、工作時穿卡其服。連軍階也與海軍或海岸防衛隊一樣，低至少尉高至上將。

公衛軍官團與環境保護局、食品藥品監督管理局、國防部、衛生研究院、海岸防衛隊、疾管中心等許多單位都有合作，重大天災人禍如颶風、地震、疫情爆發時，都站在災情第一線。二〇〇一年九一一恐攻之後，超過一千位軍官前往紐約救災；二〇〇五年因應卡崔娜、麗塔和威瑪三大颶風，也有兩千名以上成員前往災區設置臨時醫院。

軍官團內有八百多人是疾管中心的全職員工，訪客常以為自己見到的是海軍軍官。珮彤是中校、艾略特則是少將，疫情調查訓練班的一百六十名學員裡，有一百零二人隸屬公衛軍官團。

此時機艙內也一樣，六十三人裡有五十一位是軍官，所以像她一樣穿著卡其工作服，左領口佩掛公衛軍官團徽，右領口則是軍階標誌。

珮彤將及肩長髮紮成馬尾，順了一下皺掉的衣服，拉正代表階級的銀橡葉以後，走到白板前面。

下面六十三雙眼睛集中過來，她看見大家臉上的緊張、興奮，以及最重要的是信任——所有人都絕對信任珮彤，等候她指引、分配、教導，並保護大家安全。這份信任有其重量，她必須一肩挑起。雖然本職是流行病學家，珮彤卻覺得教師的身分更重要。做爲疫情調查訓練的講師，她要幫助學生準備好未來的各種突發情況。底下的學員就是下一代公衛領袖，某天其中一人大概也會站在同樣位置，領導疾管中心任務、某州或大城市的衛生部門、負責國家衛生研究院的關鍵研究。

爲人師表的她十分投入，除了因其重要性，也是自己有幸遇上同樣積極的優秀老師。十五年前，珮彤曾是坐在下面的學員之一，臉上掛著同樣神情，艾略特站在她面前，進行類似的講課。她還記得自己初次出任務時心裡有多緊張，那種情緒彷彿現在還能感受到。但她又懷疑裡頭是不是摻雜了一點興奮、刺激——任務的風險、追逐病原、阻止疫情肆虐。不過後來她也習慣了，比起在亞特蘭大的閒散，珮彤更適應身處危機之中。

航程很長，亞特蘭大與肯亞又有八小時時差，爲了幫助學員調適，她決定將簡報分成兩段。一開始只介紹背景，其實全職、有經驗的疾管中心人員和認眞的疫情調查學員，早就銘記在心，但複習總是有幫助，也是人際破冰的好辦法。很多人是第一次到外國出差，珮彤明白那種惶惶不安，從大家都熟悉的部分開始講起，可以建立信心。

她從白板底下的碟子拿起藍色水性馬克筆，「好，開始囉。聽過初步報告以後，大家應該還記得目的地是奈洛比，有十一人要留在當地協助，其他人則和我前往曼德拉，可能也要在周邊地區活動。無論如何，我希望所有人都要熟悉防護裝備使用程序，我也會順便介紹基本資訊。針對本次任務的部分，留到降落前再說。」珮彤快速複習了防護裝備如何使用，包括隔離服、連身防護衣、頭罩、護目鏡、鞋套、手套等等避免感染的工具。

「所有人都可能因為某些情況接觸病原，就算原本人在奈洛比，也可能會臨時被調到疫區。首先一定要記住：穿上裝備會非常悶熱。肯亞是熱帶，奈洛比距離赤道只有一百四十多公里。雖然時值十一月，肯亞中午的太陽還是能烤肉。各位不必穿上裝備就會汗流浹背，穿上以後更不用說。

「再來要留意的是，現場狀況不堪入目。病人非常痛苦，有些人無論出過幾次差，仍然無法適應那種視覺震撼。但沒有關係，畢竟病人生活在我們前所未見的貧窮困苦環境裡，假如你們一下子覺得不堪負荷，就先離開現場無妨，只是記得要通知隊員，才能去外頭深呼吸。不管如何調適，記得千萬不要脫下裝備。事前的檢查與正確穿戴很重要，但小心拆卸裝備更重要。與病人接觸過後，防護衣、頭罩護目鏡、手套、鞋套外面，都有可能沾染病原，脫裝過程有任何破損，都會造成生命危險。特別強調：脫裝的原則是從容不迫。穿著裝備確實很難受，那種悶熱無論是誰，大概最多只能忍個一小時，之後就會瘋狂想扒光它們。可是還是切記要慢慢來，因為這攸關大家的性命。

「裝備部分說完了，有沒有人能告訴我，這次的目標是什麼？」

坐在前排的都是疫情調查學員，大多二十多三十出頭歲數。單獨隸屬疾管中心的職員年紀較大，都參與過十多次類似的外派，所以坐在後面，在問答階段盡量安靜，給予新學員作答和學習的機會。

第二排的漢娜・華生（Hannah Watson）回答了。她學著珮彤將褐金色頭髮紮好馬尾，同樣穿著軍官團卡其服。

外。

「圍堵與治療。」

「很好。」珮彤用大寫字母在白板記錄，「還有呢？」

「辨識。」這次由米倫·湯瑪斯（Millen Thomas）回答，他是印度裔，坐在漢娜後頭好幾排

穿便服的疫情調查學員喊道：「能力建構。」

珮彤又點頭在白板寫下，「沒錯，過程中如果能確認這次的病原是什麼最好。還有嗎？」

「非常好。我們要辨識、治療、圍堵疾病，但同時也希望幫助肯亞人建立自己對抗疫情的能力。疾管中心已經挹注數百萬美元到當地，目的就是協助他們發展疾病偵測與監控、能夠因應疫情爆發的體系。

「對抗流行病，」珮彤繼續解釋：「最好的機會就是在當地直接阻止疫情爆發。爲了達成這個目標，就得提升肯亞的技術水準。對我們現場工作人員來說，便代表要去訓練他們的流行病學家；對奈洛比小隊而言，則是提供肯亞衛生部和緊急應對中心相關的支援和課程。

「好，」她轉身舉筆將辨識兩個字圈起來，「怎麼辨識？」

「實驗室檢測。」一位黑髮女孩說。

「對，但針對伊波拉可以現場檢測，就是ReEBOV抗原快速檢測工具，大約十五分鐘會有結果，對感染者準確度是百分之九十二，陰性準確率也有百分之八十五。其他呢？」

「從症狀和病程判斷。」前排一個黑人學員說。

「對，只要能觀察出症狀的規律變化，通常就能推測到面對的是什麼病原。不過病史來源很多，在奈洛比的人要收集資料點，研判出清楚規律，最重要的是趨勢與共通點。嗯，我們就假設

這次是伊波拉，症狀有什麼？」

學員回應此起彼落：「高燒」、「嚴重頭痛」、「腹瀉」、「嘔吐」、「胃痛」、「倦怠無力」、「出血」、「瘀青」。

珮彤快速寫在白板上，「很好。曼德拉的病人身上大部分症狀都出現了，當地醫師還發現了紅疹，所以現在不能肯定是不是伊波拉，也有可能是全新的絲狀或沙狀病毒，能確定的是足以致死，而且已經出現在兩個不同地點。以伊波拉爲例，人類感染以後在二到二十天內會有症狀，平均而言是接觸病毒並感染以後的八到十天。再假設如果是伊波拉，如何治療？」

「無法治療。」第三排的白人醫生說。

「ZMapp。」另一位紅髮女孩回答。

「都算對。目前沒有任何通過食品藥品監督管理局（FDA）認證的伊波拉治療劑或疫苗，面對確定感染伊波拉的病人，基本上只能幫忙補充液體、電解質和治療次級感染。簡單來說，病人得靠自己的免疫系統去抵抗病毒。大約一半病人能做到，因此伊波拉致死率爲百分之五十。

「不過必須注意，目前已知的伊波拉病毒分作五個亞種：薩伊、象牙海岸、蘇丹、邦地布優、雷斯頓。其中只有雷斯頓伊波拉能藉由空氣傳播，將之命名爲雷斯頓，就是因爲在維吉尼亞州雷斯頓發現，距離白宮很近。人類歷史上最幸運的一回，或許就是雷斯頓亞種只對人類以外的靈長類具致命性，疫情爆發地點便是飼養靈長類動物的機構，好幾位研究員其實受到了感染，但沒有出現任何症狀。倘若雷斯頓伊波拉對人類也致死，恐怕現今的人口數已經大幅銳減。然而其他四個亞種，仍舊是地球上最可怕的病原，尤其是薩伊伊波拉的死亡率更高達九成。

「ZMapp是目前唯一對伊波拉可能有效的藥物，靈長類實驗很成功。二〇一四年西非疫情爆發時，也對七位美國籍病人投藥，另外也配合一種叫作『TKM伊波拉』的RNA干擾素。只可惜還是有兩位病人死亡，但七人中存活五人，也已高出一般預期。貨艙裡備了一些ZMapp，量很少，而且我必須強調，它沒有通過FDA認證，在人類身上的作用尚未確認。

「有人知道ZMapp屬於什麼療法嗎？」

一個人回答：「單株抗體（注）。」

「沒錯。ZMapp屬於單株抗體，簡稱『單抗』。正確來說，這個藥物是三種單抗的組合，比較妙的是成分從菸草提煉，卻能如同病患免疫系統產生的抗體一樣，困住伊波拉病毒蛋白。從這個特性出發，未來開發療法的方向，大家知道嗎？」

珮彤停頓，望向眾人。沒人回答，她只好自己來，「要研究罹病後存活下來的人，從他們的抗體找出新療法的線索，去對抗病毒。因此另一項重要工作就是記錄倖存者的情況，目前已經有學者進行追蹤，樣本是幾年前感染馬爾堡病毒的人。再不濟的話，我們都還可以考慮以倖存者的恢復期血清或血漿來治療肯亞的急性期患者。

「倖存者還能提供開發疫苗的線索。事實上，默克藥廠已經開始進行測試，目前看來效果非凡，但一來恐怕不是終生免疫，再來還沒得到主管機關批准，最後則是並非對所有病毒亞種都有效，因此辨識病原仍舊十分關鍵。然而如果真的是伊波拉，默克藥廠的疫苗或許就能走捷徑趕快核准，保障大量的未受感染者。

「加分題：有人能說出目前測試的另一種馬爾堡和伊波拉療法是什麼嗎？」

注：僅由一種類型免疫細胞製造，與多株抗體相對。

珮彤看看大家，這次一樣沒人開口，「小分子干擾核糖核酸。目前看來很有潛力，不過距離上市還很遠。

「現在來討論防堵。防堵要點是什麼？」

漢娜回答：「接觸者追蹤。」

「答對了。我們目標是找到零號病人，畫出樹狀圖，追蹤到所有接觸者和『接觸者的接觸者』。工作量很龐大，有時候一天就多出好幾百人，感覺沒完沒了。大家要堅持下去，名單縮小的時候，就代表我們佔了上風。

「那麼，我們對於伊波拉傳染瞭解多少？」

「透過體液。」第二排的醫生說。

「很好，還有呢？」

「人畜共通。」米倫開口。

「嗯，非常好。伊波拉和各種絲狀病毒都屬於人畜共通病毒，也就是能從動物傳染給人、人傳染給動物。人畜共通疾病在中部非洲造成很大的問題，應該說百分之七十五新出現的傳染病，都是人畜共通。要阻止擴散，就不能只針對人對人的傳播途徑。

「有獸醫身分的人請舉手。」

四個人舉手，三個是軍官團，一個是平民。

「你們會分配到不同的現場調查小隊，要找什麼？」

「蝙蝠。」他們異口同聲。

「對，蝙蝠是什麼？」

「哺乳類。」其中一人說。

「帶病原宿主。」另一人接話。

「都對。伊波拉病毒在自然界的帶病原宿主至今沒有肯定答案，不過我們幾乎能確定非洲果蝠身上有病毒卻沒症狀，一旦病毒從蝙蝠轉移到人體，就會天下大亂。所以要找出所有與蝙蝠或蝙蝠糞便接觸過的人，例如進過山洞的人，喜歡吃野味的人可能會吃到蝙蝠，又或者吃的是其他動物，但那種動物和蝙蝠有過接觸。指示病例很可能會追溯至蝙蝠。」

珮彤又對全體提問：「出現症狀的人要怎麼處理？」

「隔離治療。」大家一起說。

「有過接觸但沒有症狀的呢？」

「隔離檢疫。」

「對。這次檢疫期設定爲接觸病毒後的二十一天，經過二十一天還沒有症狀，就停止隔離。」

她再望向聽眾，「有沒有問題要問我的？」

沒人講話，她將白板筆放回小碟，「好，現在要分組。抵達前，我們還有不少事情要忙。」

12

身在柏林的戴斯蒙，開始為翌日的會面做準備。

他趁天黑之後、街上人潮尚未散去時外出，穿戴上先前買的帽子與二手衣，快步疾行街頭，不與任何人目光交會，衝進藥妝店買了急需的工具。

回到小套房，他站在浴室白色瓷磚上，看著頂上的金髮一片片落下。剃好三分頭後，戴斯蒙塗上黑色染劑，才去拉出床鋪坐好。

等待染劑定色的同時，他拿出手機繼續上網搜尋。有網路之後就一直想要這麼做：他輸入自己的名字。

最先跳出的是《鏡報》新聞，警察循線找到計程車司機，而且美國方面竟然搜索了戴斯蒙在舊金山的住家。換言之，他是美國人，或至少在那邊有房子。

第二個搜尋結果是伊卡洛斯創投公司，戴斯蒙列為創辦人與業務合夥人。他迅速讀了簡歷，卻都只是工作方面的資料，包括成功的投資經驗、發表過的演講和參與各種社群等等。他應該是加州交響樂團的贊助人之一，除此之外提及的單位都看不出什麼端倪。

再點了「投資項目」一看，名單很長：昇華生技、輝騰基因、具現遊戲、杉溪娛樂、基石量子、絕種公園、迷宮實境、城市鍛造、南極旅遊。

昇華生技。他早上才看過這幾個字，就在旅館房間死者的證件上。

戴斯蒙趕快搜尋昇華生技的網站。

那是一間以神經醫療爲主要業務的生技公司，原本治療項目是憂鬱、躁鬱、精神分裂等等精神疾病，最近開發出「昇華超越」技術，利用基因改造的蛋白質，鎖定並消除腦部斑塊。

他不免懷疑自身遭遇與此相關。他的公司投資了昇華生技，難道發現了對方不可告人的祕密？或者參與臨床試驗，結果卻出了亂子？

繼續從網站挖掘資訊，戴斯蒙看到很有趣的東西。昇華生技似乎快要在業界有重大突破，兩年前註冊了特殊療法——可能根治帕金森氏症、阿茲海默症、亨廷頓舞蹈症、腦部類澱粉斑塊以及神經退化引發的許多疾病。

這個巨大商機的關鍵，居然是一場意外。二〇〇四年以色列研究員貝卡・索羅門實驗阿茲海默症療法，結果成功清除高達八成的斑塊，遠勝已知的任何治療手段。

其實索羅門女士起初要做的實驗完全是另一回事。她原本計劃利用基因工程，培養出患有阿茲海默症的老鼠，經由鼻通道投以人類產生的抗體，卻發現抗體無法有效穿越腦血障礙，抵達腦內標的位置。接下來的發展可謂科學史上最曲折離奇的事件，她想出利用M13病毒做爲載體，來突破腦血障礙。

M13是特殊病毒，又叫作「噬菌體」，顧名思義只會感染細菌，而且它只有一個目標：大腸桿菌。

索羅門女士意外發現以M13爲載體非常成功，奇怪的是就算不置入她研發的抗體，單純投以

M13病毒，老鼠還是有極高的痊癒率。也就是說，治療關鍵是M13本身，而不是她發明的抗體。

一年期觀察後，接受M13病毒的老鼠，平均比對照組少了四分之一的腦部斑塊。後續實驗還顯示，M13能除去多種類澱粉蛋白聚積體：蛋白異常磷酸化神經纖維纏結（阿茲海默症）、α突觸核蛋白（帕金森氏症）、亨廷頓蛋白（亨廷頓舞蹈症）、超氧化物歧化酶（肌萎縮性脊髓側索硬化症）。M13噬菌體甚至對包含庫賈氏病在內的普利昂蛋白疾病，也有作用。這個發現令人震驚，是治療神經退化疾病的重大進展，於是學界開始一連串實驗，希望理解M13如何發揮奇效。多年研究後，科學家終於明白關鍵就在M13病毒尾端，一組代號GP3的蛋白質。GP3是噬菌體附著於大腸桿菌、侵入細菌體內注射自身DNA進行複製的武器，天大的巧合就是GP3竟然也能破解造成阿茲海默症、帕金森氏症、亨廷頓舞蹈症等等疾病的錯誤折疊蛋白質。

戴斯蒙反覆思索好幾遍，覺得昇華生技毫無疑問與整個事件有直接關聯。畢竟死在飯店房間的岡特．索恩，就是那間公司的人。

或許明天見了那個人，會得到一些答案。

他關掉昇華生技的網站，繼續搜尋自己，只可惜其餘搜尋都沒什麼幫助，不是社交平臺的檔案，就是與投資標的相關的文章、在會議發言或接受訪問的影片，彷彿這個人的人生局限於高科技新創這塊領域。

接著戴斯蒙搜尋了珮彤．蕭。早上打電話過去時，對方似乎認識自己，如果自己也知道她是誰、怎麼結識的話，也許會有些線索。

根據找到的資料顯示，珮彤．蕭是疾管中心專門疫情現場的資深流行病學家。有趣，難道她和昇華生技有關？但想想不太對，珮彤．蕭的業務以傳染病為主。

有個影片是幾個月前珮彤．蕭在美國公衛高峰會上發表演說。螢幕上的她站在大講臺上，背景一片白，烘托了她的細緻肌膚與及肩深褐色髮絲。珮彤．蕭有明顯的歐洲白人輪廓，但戴斯蒙猜測她的族譜這幾代裡頭，應該摻進了東亞血統。顯瘦的她在臺上行止從容優雅，動作像是定期練習瑜伽或舞蹈的人。

最引起戴斯蒙注意的是那雙眼睛，渾圓明亮，藏著難以形容的光彩，馬上捉住他的心弦。珮彤．蕭的長相不是走在路上大家會回頭的那種美女，但他看著影片裡的女子，卻受到深深吸引，她的那份自信和自在，散發特有魅力。此外，從演講內容就能感受到珮彤．蕭極其聰慧，雖然戴斯蒙無從得知自己以前與什麼樣的女性交往，當下要做選擇的話，肯定就是影片主角這種類型。

珮彤．蕭身後的投影螢幕上，浮現熱帶地區偏鄉裡的臨時醫院，想必位於第三世界。

「人類正在抗戰，」她對著鏡頭外的聽眾講話，「戰火遍及全球，歷史追溯到祖先在地球上的第一步。這場戰爭或許永遠不會結束，沒有界限，也沒有談和停戰的可能性。敵人與我們同在，看不見也無法根絕，而且它們與時並進，不斷挑戰我們的防備，尋找我們的弱點。

「敵人總趁我們鬆懈時展開行動，從不區分目標，任何國籍、種族、宗教的成員，都會遭到重創甚至致死。此時此刻，它們就在這個房間裡，在你之中，也在我之中。我們的敵人，正是每個人身上的病原體。

「通常人類與細菌與病毒會在體內、體外和自然界之間達成平衡，但偶爾戰火重燃，沉眠許久的古老病原重返人世，經歷更新突變後，成為了流行病或大瘟疫。這就是我們必須面對的永恆戰爭。

「對人類而言，勝利的定義是每次交戰都要贏，因為失敗的代價太高。地球上只有疫病這個敵人能團結各個種族、各個國家。每當疫情爆發，我們便得從物種存亡的角度思考、行動。

「流行病與人類之間的漫長交鋒有急有緩、有高峰也有低谷。歷史上著名的大爆發代表我們的潰敗，死亡率攀升，文明陷入黑暗，人口衰減的同時，倖存者只能躲起來靜靜等待。」

投影幕上跳出古代歐洲以粗布掩蓋的屍堆。

「公元三世紀，安東尼大瘟疫導致歐洲人口銳減三分之一。接下來的幾百年，社會慢慢重建，六世紀又有查士丁尼大瘟疫殺掉將近一半人類、也就是超過五千萬人，現代研究認爲死因是腺鼠疫。接著一三四〇年代，瘟疫再次肆虐歐洲，改變歷史前進的方向。學者估計當時全球人口約爲四億五千萬，死於黑死病的至少有七千五百萬人，一些資料甚至認爲多達兩億。想像一下，僅僅四年的時間，世界少了四分之一的人口是什麼情況？

「那個年代的歐洲由於大城市興起、人口密度和通商路線增加，一再成爲疫病的溫床。然而，病原絕對不會只停留在這裡。」

畫面切換到西班牙遠征隊在海岸與美洲原住民相遇的場景，木造大船停泊在她身後那片港灣。

「新大陸被歐洲人發現以後，也沒有倖免。眾所周知美國原住民遭遇了許多苦難，而新西班牙，也就是現在的墨西哥，並沒有逃過疾病侵襲。一五二〇年約有八百萬人死於天花，二十五年後還有一次不知名的病毒性出血熱，奪走一千五百萬條人命，幾乎是那時候當地人口的八成，也就是每十人就有八個死於怪病。

「同樣比例在美國的話，代表會有兩億四千萬人死亡。很難想像吧，但明明不到五百年前，就在北美洲發生過這種事。至今我們仍舊無法判斷十六世紀墨西哥瘟疫的病原是什麼，只知道經過了三十年，也就是連續兩年大旱後的一五七六年，它捲土重來，從已經驟減的人口中再減去兩百萬人。學界對於那場瘟疫所知甚少，尤其無法肯定它會不會、或者什麼時候會三度爆發。」

投影片更換，黑白畫面裡，臨時醫院內有好幾排鐵架單人床，病患身上覆蓋毛毯。

「一九一八年，西班牙流感，媒體更常稱之為『一九一八流感大流行』，距離現在不到兩百年。根據統計，世界上有三分之一人感染病原，發病者五分之一會死亡，所以最後有五千萬人失去生命，而且推測其中兩千五百萬在疫情爆發的前半年就不治。

「縱觀人類歷史可以發現規律循環：我們對抗流行病，輸了就要死去很多人，等到疫情自行和緩之後，社會能夠自癒，越挫越勇。

「如今差別在於地球村的概念已成形，人類彼此連結的緊密程度遠勝過往，人口和一九一八全球流感時相比是四倍之多。再者，我們越來越都市化，破壞越來越多動物棲息地。許多極度危險的病原本來停留在帶病原宿主體內，但人類開始深入接觸牠們的家園，這一點非常令人憂心。果蝠、野鼠與松鼠、禽鳥等等，時常帶有人畜共通疾病。

「看在流行病學家眼裡，下一波全球疫情不是會不會發生，而是何時會發生。所以在座各位肩負重責大任，都是對抗傳染病的前線戰士，一舉一動將決定疫情走向。無論地方或者全國等級的崗位，都牽涉人類能否圍堵病原，避免全球疫情爆發的危機。這番話或許會被當作危言聳聽，但我相信未來某一天，會有幾百幾千萬、甚至幾十億人命，掌握在在場某個人手裡。看看你們還敢不敢打瞌睡。」

滿座大笑出聲，影片隨著珮彤的微笑結束。

戴斯蒙思索演講內容，同時沖洗染髮劑，替臉部、頸部、耳朵抹上仿曬劑加深膚色。珮彤・蕭與自己的處境，究竟有什麼關聯？

得和她再聊聊看，或許能釐清什麼。有風險，但値得一試。

於是他又開啓Google Voice，撥打珮彤・蕭那支亞特蘭大的電話。響了三聲，進入語音信箱，戴斯蒙決定留言。

「嗨，我是之前打來過的戴斯蒙。抱歉可能嚇著妳了，珮彤。但我很想和妳聊聊，希望妳能回電。」他留下號碼，不知道是否能有回音。

仿曬劑乾了，戴斯蒙離開小套房。爲了明天會面得準備現金，所以他找一間店用預付卡買了兩臺ipad，再到當舖轉手，解決燃眉之急也方便做足準備。

戴斯蒙也去戶外活動用品店買了五件東西，苗頭不對時可能會用到。一次購買也許會引發懷疑，何況居然是付現，但他預計被追蹤到之前就會離開柏林。

他回到套房，倒在床上。今天忙了一天，但明天可能更辛苦。

他窩進被子，直盯著天花板的斑駁灰泥。房間很冷，老舊笨重的電暖氣嗡嗡地吹出熱風，可惜窗戶封得不密，怎麼也暖不起來。寒意瀰漫，無論裹幾張毯子，都只覺得越來越冷。

他在寒冷中入睡，竟勾起了一段回憶。

戴斯蒙腦海浮現自己在雪地裡踩著沉重步伐的情景，白色冰粉淹到他的腳踝，前面遠處一間小屋冒出輕煙，在滿月下飄散，如同掛在天空的灰色繩索。他每跨出一步，都覺得雪勢更大，彷彿要埋沒那道煙、那棟屋。

不久後積雪到了膝蓋高，使他寸步難行。他努力抬起腿插進雪內，一步步前進得極其費勁，肺葉被凍得發疼，好想就這樣躺下休息。可是他用盡全力抗拒，心知肚明一旦躺下，人生就在此結束。他必須前進。淚水湧出他的眼眶，滑過兩頰時凝結成冰。他手裡抓著東西，很大很重，但丟了它也等於丟了自己的命。

牆似的大雪裡透出一線希望之光，來自小屋的窗戶。進去就安全了。他望著光，儘管很想倒在雪地自生自滅，戴斯蒙仍然擠出最後一丁點力氣。

到了門廊，他扣著柱子喘息，集中意志在入口，想像開啓門那一刻，裡頭的男人會過來將自己抱到溫暖爐火邊。可是戴斯蒙知道那都是自己的妄想，屋子裡只有一頭禽獸，在他身上只會找到幻滅。想必那男人正窩在火邊，巴望著從沒想要過的小孩死了最好，雪一埋連痕跡都不留。但正因如此，戴斯蒙堅持要活下去。他奮力地上前推開正門，放下手裡的東西。男人果然坐在火邊，身旁瓶子裡裝著琥珀色液體。

那混帳頭也不轉就開口，是很粗啞的英國腔，「小子，他媽的快關門。」

戴斯蒙重重甩上門，取下沾滿雪水的外套後，竄到火爐前面。火很熱，起初他被烤得向後一縮，摔在木頭地板上，就地脫了其他結凍和浸濕的衣物。戴斯蒙的身子不停顫抖，視線射向男人無聲質問：*爲什麼不肯出去找我？眞的一點也不在乎嗎？*

男人悶哼一聲，視若無睹，目光回到火焰裡，伸手抓了酒瓶大大灌一口後，遞給戴斯蒙。

「喝一點。只有這個有效。」

戴斯蒙猶豫片刻後，接過酒瓶呑了一口。明明是液體卻瞬間燒灼咽喉，帶著麻木感筆直衝進肚腹。味道好差，但身子立刻暖和起來，身上也沒那麼痛了。過沒幾秒，他喝了第二口威士忌。

☣

記憶褪去，但烈酒口感仍凝在他嘴裡。

躺在柏林小套房打顫的戴斯蒙，很清楚現在自己需要什麼：一大瓶威士忌。他起了念頭，準備下樓買酒，第一口的滋味與暖意彷彿已經流入嘴唇。喝了酒就能放鬆，就會睡得更好，明天也會順利許多。

但他正要起身時卻想起來，自己已經戒酒。連戒酒的原因也浮現腦海——酗酒從他生命中奪去太多。所謂的太多目前還不清楚是什麼，只隱約記得幾年前他曾對自己立誓，絕對不再讓酒精摧殘人生。

而且戴斯蒙下意識明白他言出必行，尤其是自己給自己的承諾。所以無論今晚還是往後任何一晚，都不會在酒精裡尋找溫暖，即使沉淪於冰冷痛苦和難受悲傷的記憶也無所謂。他只能獨自承受。

反正從以前就是這樣。

Day 2

900 人感染

13 人死亡

13

起床梳洗過後，基貝醫師穿好隔離衣、鞋套，戴上面罩、護目鏡與手套，來到走廊時，幾乎認不得這間醫院。本來偏僻冷清的醫院，現在已湧入一大堆人。

開了房門，他先問候病人。美國來的年輕人盧卡斯·特納夜裡發了病，但身體不適、精神欠佳的他，依舊非常客氣禮貌。艾利姆暗忖這身裝備的濃濃消毒水氣味一定很刺鼻，盧卡斯居然沒吭半聲，只是接過醫師帶來的口服補液鹽喝下一口以後，眉心緊蹙。

「我知道，」艾利姆說：「很苦，不過喝了才能活下來。」盧卡斯只是點點頭。

「已經再求援了一次，我覺得應該很快就有人過來。」

盧卡斯的兩頰與眼周都泛紅，聲音很沙啞：「我想請你幫我寄信給我的父母，我的手機沒電了。」他從旁邊桌子撈起紙條，上面手寫了電子信箱與短短的一段話。

艾利姆伸手要拿，盧卡斯卻縮了回去。

「你是不是應該用塑膠袋裝起來，還是……用手機拍照就好之類的。」

「嗯，是好主意呢，特納先生。」

艾利姆摘下右手手套，從口袋取出自己的手機，拍攝照片。

回到辦公桌前，他就發信給盧卡斯的父母。

主題：受令郎盧卡斯之託轉達

特納先生、太太：

我是曼德拉轉診醫院的醫生，目前負責診治兩位的兒子，他請我傳話給兩位。

祝平安

艾利姆．基貝

以下為盧卡斯親筆信：

爸、媽，別擔心，我知道你們兩個一定緊張得要命。上次寫信以後，我也開始發燒了，醫院還沒辦法確定是不是和史蒂芬一樣的情況，不過這裡的醫生和護士非常盡力，目前我沒有大礙。想趁這個機會說聲我愛你們，感謝你們這麼多年的照顧和栽培。我很幸運，能夠為理念奮鬥，接觸了很少人看見的另一個世界。

我覺得自己的人生有目標、有意義，所以別為我害怕、難過，很快就會見到面了。

我愛你們，請別為我擔心。

盧卡斯

艾利姆寄信以後，又打電話給郡長、衛生局長、國家災害應變中心和任何能想到的助力。

聯繫告一段落，他倒在椅背上，忽然察覺不對勁：自己發燒了。艾利姆拉起自己的襯衫後，僵在椅子上，雖然面積不大但毫無疑問——他身上有了紅疹。害死那名美國青年的病原，已經進入了自己體內。

行政主任忽然出現在門口，他連忙拉好襯衫。

「艾利姆，你有客人。」

兩人走向大門，舉起手掌遮住眼睛，適應外頭的風沙。三輛大卡車停在外面，應該是剛到而已，掀起的沙塵還捲在周圍沒散開，所以沒辦法看清楚車身文字或標誌。朦朧中陸續浮現人影，對方穿著防護裝備，也提著軍用步槍，在醫院前方列隊等待。過了十秒，又一批身著防護衣的人們，朝艾利姆筆直走來。

☣

非洲之角（注）外海上，貨船健太郎號緩緩自索馬利亞往南邊的肯亞移動。航線與海岸保持距離，也迴避海盜，不過船上武器其實足夠驅趕敵人。

船艙內，康納．麥克廉坐在桌子前面，觀看無人機回傳的影像：卡車已經駛到曼德拉轉診醫院之前。

身後艙門開啓，傳來腳步聲。

他沒回頭，來人也就站在那裡，看著畫面好一會兒。

注：即東北非洲，也稱作索馬利亞半島。

「你覺得他們會把那個年輕人帶回美國？」

「沒錯。」

「鎖定戴斯蒙．修斯了。他還在柏林，幾小時後就能逮到人。」

「小心謹慎。千萬不要低估他。」

門關上以後，康納開啓電子信箱，發送一連串訊息。

該進入第二階段了。

另一個螢幕上，地圖與數據顯示出全球感染比例。

不出所料，數據節節攀升。

14

【網路鏡報，最新消息】

柏林警方請求民眾協助緝拿涉嫌謀殺並襲擊兩名員警的美籍男子戴斯蒙・修斯（附圖），嫌犯最後出沒地點爲布蘭登堡門，發現其行蹤時，請立即撥打通報專線(030) 4664-8。

昨日早晨，兩名制服員警在飯店保全陪同下，前往修斯入住客房調查。進房後不久，修斯攻擊員警並奪槍恫嚇保全，隨後搜刮三人財物，竊走手槍與證件，搭乘計程車逃逸。警方循線追查，據司機描述修斯自稱觀光客，對市內地形與進出路線有異常興趣。警方研判修斯仍在柏林，身上攜帶武器，十分危險。

幾小時前，美國執法單位也對修斯位於加州舊金山郊區的豪宅展開大規模搜索，據報其住宅最近亦遭歹徒闖空門洗劫。

15

戴斯蒙幾乎沒睡著。他太期待能與線人對話，解開自己身上的謎團，情緒複雜得輾轉難眠。天一亮，他又拿出手機上網搜尋，縝密規劃今天的行動。岡特．索恩背後的主子可能也會派人上街抓人，還有柏林警方虎視眈眈，其中一方甚或兩方可能都已經察覺自己透過Google Voice和某人搭上線，所以接下來必須鬥智，倘若眞被對手撞見也得鬥力。爲此戴斯蒙要做好各種盤算，他花了幾小時才安排妥當。一到中午，他就朝柏林市中心前進，好戲就此揭幕。

他戴上墨鏡，棒球帽幾乎拉低到眉上，混在當地人與遊客裡頭，很不顯眼。沿著蔭涼的林登大道行走，戴斯蒙的腳步悠閒，眼睛似是看著前方，實際上隔著鏡片，偷偷注意著身旁每個人和每輛車。

街底是巴黎廣場禁止汽機車進入的行人徒步區，再過去就到了青蔥碧綠小徑滿布的蒂爾加滕公園。廣場周邊有美國與法國大使館，英國使館也距離不遠。如果被警察或岡特．索恩的同黨逼急了，戴斯蒙打算撤退到大使館內，當然這是萬不得已的手段。

他待了一分鐘。廣場對面是柏林最多人造訪、最能代表德國歷史，也最聞名遐邇的古蹟布蘭登堡門。昨天他搜尋到這兒的精彩歷史：一七八〇年代由德國前身普魯士王國君主腓特烈．威廉二世興建，原本做爲林登大道入口，另一端就是王宮。建築材料是砂岩，設計仿造雅典衛城山門，有十二根雕刻華美的大柱子，前後各六根。布蘭登堡門外型相當雄偉，高二十六米、寬六十五點五米。

二次世界大戰時，巴黎廣場的建築遭到夷平，布蘭登堡門也受了重創，但直到一九五七年才整修，修好以後卻很少人能參觀，因爲它被柏林圍牆包住了，無論東德人或西德人都無法輕易到達，也成爲僅次於柏林圍牆的東西對立、首都分裂象徵。

一九八七年，美國總統雷根曾經站在巨柱前說：「戈巴契夫先生，拆除這堵牆！」不過最後拆牆的還是德國人自己——一九八九年十一月九日，東德宣布開放人民與西德往來。一個半月以後，也就是一九八九年十二月二十二日，西德總理海爾穆．柯爾與東德總理漢斯．莫德羅會晤，正式結束長達四十五年的隔閡。

日中當中，布蘭登堡門的影子落在廣場人群頭上，戴斯蒙暗自希望這裡的歷史爲他帶來好兆頭。或許過了今天，自己也能踏上自由之路。

☣

兩、三百公尺外，蓋林．梅爾（Garin Meyer）走出計程車，步向巴黎廣場中心。他穿著海軍藍雙排釦外套和牛仔褲，戴上棒球帽與飛官墨鏡，從背包拿出活頁筆記本，翻開一頁舉在胸口，上面的大寫字母是：**魔鏡旅遊**。

蓋林佇立幾分鐘四下張望，神情越來越緊張。

☣

巴黎廣場附近一輛白色廂型車內，兩個戴著耳麥的男人坐在好幾個螢幕前面，監控舉著筆記本的男子。

「一號、二號，目標看來蠢蠢欲動，準備追蹤。」

頻道上傳來咔嚓聲回應，「三號，確認追蹤器訊號。」又一次咔嚓聲。

蓋林．梅爾的移動路線早已遭到監控，若無意外，將領著他們找到戴斯蒙．修斯。

穿著螢光色彈性纖維運動衣的人，停在蓋林面前綁鞋帶，卻忽然遞出一張名片才竄走。

蓋林瞄了卡片，然後將筆記本收進背包，朝廣場另一頭小跑步而去，鑽進一輛帆布篷人力車離開。人力車沿著廣場邊緣，駛入蒂爾加滕公園的步道。

「目標開始移動，」二號在頻道上報告。過了一秒，他又補充：「目標換了車，現在是藍頂人力車。」

廂型車裡負責指揮的兩人，聽見隊員跑步追趕的喘息。

「追丟了。」二號說。

「三號、四號，回報情況。」

「三號報告，目標還在視野內。他在玫瑰園外面又換車。」停頓一陣，「上路了。」

「六號報告，」女子聲音響起：「發現目標經過俾斯麥紀念雕像。」她的腳步聲越來越急卻戛然而止，「目標下車，提高了警覺，一個服裝相似的男人上了車。同樣的外套牛仔褲，鞋帽與眼鏡不同。目標目前步行。」

廂型車裡一個人在頻道上說：「已確認。追蹤圖示現在是步行移動。」

女人的喘氣稍微和緩，「目標在英倫花園區，正要進入茶館，請指示下一步行動。」

「六號，保持觀察追蹤。」廂型車裡的人回應：「五號、七號到茶館支援。注意兩個目標可能就在茶館碰面，確認修斯是否在場，做好緝捕準備。」

☣

蒂爾加滕公園內，英倫花園茶館的遊客眾多，蓋林鑽來鑽去，來到男廁前。最後搭乘的人力車夫給的卡片上說：到男廁找魔鏡的進一步指示。

原本他摸不著頭腦，不過一進去就看到第二個隔間門上貼著標示：

故障中——魔鏡衛生公司

蓋林慢慢推開了門。

☣

六號看著蓋林．梅爾走出茶館，急急忙忙跑上計程車。她立刻對耳麥報告：「目標離開茶館上了計程車，車牌BWT393。」

廂型車裡的隊長說：「確認追蹤訊號，五號、七號去追。空中一號，計程車在視野內嗎？」

「是的。鎖定目標，開始追蹤。」

計程車駛離人行道，五號和七號發動摩托車跟在後頭幾個車身外，避免打草驚蛇。二十分鐘後，目標在帝國大道下車，走進咖啡廳，附近有個爲了一九三六年奧運而建的大體育館場。他坐在店裡後側小桌旁，取出了手機。

☣

兩個摩托車隊員和直升機小組都在店外守候。又過了三十分鐘，廂型車內的兩人開始對話：

「修斯是不是發現了？」

「也許。」

「要通報了嗎？」

「再等幾分鐘看看。」

兩人都不願報告行動失敗，因爲康納．麥克廉可不會給他們好臉色。

目標起身進了廁所，五分鐘都沒出來，隊長開口：「五號、七號，進去捉人。重複，進入咖啡廳將目標帶走。地面二號，廂型車開到周邊，準備接應。」

兩個摩托車隊員衝進咖啡廳廁所，舉起手槍。

可是裡面沒人。

☣

巴黎廣場這頭的廂型車內兩人面面相覷，表情尷尬。隊長無可奈何，只能拿起手機撥號。

非洲之角外海，健太郎丸號上的康納．麥克廉接聽了，只吐出一個字：「說。」

「追丟了。」

康納嘆口氣，靠上椅背，瞪著牆上螢幕的地圖，紅色區塊從各地大都市向外迅速蔓延。

「仔細聽清楚，」他回答：「戴斯蒙・修斯比你、也比我來得機靈，他是我見過腦筋最靈活的人。想逮到他，唯一的機會是將他逼到死角，找到他的百密一疏。現在，說說你們有什麼打算。」

「請稍候。」廂型車那頭按下靜音，兩個人大概在討論有什麼對策。

解除靜音之後，隊長說：「讓隊員從帝國大道咖啡廳和公園茶館調閱監視器影像，揭穿他的僞裝——」

「修斯怎麼可能沒想過你們會這樣做？記住，他的腦袋比你好，你得跳脫既定思維。我們手頭上有什麼資源？」

隊長又靜音，過了一分鐘才答覆：「抱歉，我不知道。」

「我們在這兒浪費時間，而修斯正在見一個人。你知道那個人是誰。」

「可以透過管道監控梅爾的手機——」

「修斯會料到的。梅爾一定沒帶手機。再想想？」

「唔……」

「你知道梅爾會害怕。這代表他會帶另一隻手機，可能是拋棄式，但會提前將號碼告訴他親近和信任的人，預防萬一。找到那個人就等於找到梅爾，盡快找到梅爾就還有機會找到戴斯蒙・修斯，然後你我都好過。爲了大家好，動作快！」

蓋林．梅爾進了茶館男廁隔間時，以為戴斯蒙．修斯就在裡面，沒想到眼前空無一物。他們好門等待。

隔壁有人從牆下縫隙推了一包東西過來，上面還有字條：換上這套衣服，你的衣服放進去，等二十分鐘再出茶館搭計程車，車牌BFK281。

包包裡有含鞋子的整套衣物，蓋林在狹窄隔間內迅速更換，換下的東西塞進包包，再推了回去。

片刻後，他聽到旁邊隔間打開門，傳出細語聲，內容難以分辨。接著男廁的門被甩開。

再經過二十分鐘，蓋林走出茶館，上了指定計程車，司機沒問地點就發車。

☣

林登大道距離巴黎廣場與布蘭登堡門幾個路口外的愛因斯坦咖啡廳，戴斯蒙．修斯坐在露天座位，翻著《世界報》。他依舊戴著深色墨鏡，棒球帽拉到眉上，乍看與往來遊客並無不同，其實他內心波濤洶湧，卻按捺著不動聲色。

報紙上的一張圖片引起他的注意：大房間內擺了許多墊子，上頭躺滿重病的非洲人，周圍一群穿著特衛強材質（注）隔離衣的醫護照料著病患。

又是伊波拉？

他快快讀了報導內容：世衛組織德國籍醫師喬納斯．貝克，前往肯亞調查疑似伊波拉疫情。

然而眞正跳進戴斯蒙眼裡的是另一個名字——珮彤．蕭。兩人二〇一四年就合作對抗西非伊波拉疫情，報導引述貝克說法：「珮彤．蕭是世界最頂級的『疾病偵探』，能與她和肯亞衛生部聯手處理疫情爆發問題，令人心裡十分踏實，想必這次亦能與幾年前西非經驗一樣化險爲夷。」

珮彤．蕭——她是關鍵，戴斯蒙心裡明白。

但來龍去脈究竟是什麼？旅館房間解讀出的密碼要自己警告她，警告什麼，疫情即將爆發？昨天早上，戴斯蒙閃過幾個回憶畫面，是自己走在類似倉庫的空間，旁邊都是塑膠布簾隔離的病房。他感覺得到每個線索之間的連結已逐漸浮現。

一個戴著針織帽與大墨鏡的男人站到他身旁。

「手段很高明呢，戴斯蒙。」

注：美國杜邦公司研發的烯烴材料，由高密度聚乙烯纖維製造。

16

林登大道上行人絡繹不絕，大部分途徑愛因斯坦咖啡廳以後，就朝著布蘭登堡門或巴黎廣場兩個景點快步移動，毫不理睬戴斯蒙與站在他前面的男子。

來人坐下，手卻放在看不見的地方：一隻被桌子擋住，一隻藏在外套口袋。

「人是你殺的？」對方先開口。

戴斯蒙緩緩放下手中那份《世界報》，靠著椅背回答：「我在電話裡和你說了什麼？」

「我先問你的。」

「桌子下有把槍瞄準你。」戴斯蒙告訴他：「如果你不是我要找的人，我會開槍，查出是誰派你來，再從他們嘴裡問出答案。」

對方聽了一愣，「你叫我穿海軍藍雙排釦外套和牛仔褲，戴墨鏡和帽子，然後到巴黎廣場舉個寫了『魔鏡旅遊』的牌子。」

「你的衣服呢？」

男子吞了吞口水，依舊顯得很緊張，「從茶館廁所的隔間塞給不知道是誰的人了。」

「你叫什麼名字？」

對方臉上浮現困惑。

「說就是了。」戴斯蒙吩咐。

「蓋林・梅爾。」

前夜和今晨，戴斯蒙為了如何與蓋林解釋考慮很久，最後決定平鋪直述。自己需要答案，卻感覺得到時間急迫，「蓋林，昨天早上我在協和酒店醒過來的時候，客廳裡就躺著一個死人。我自己肋骨上有很大一片瘀青，腦袋上也有個腫包，而且什麼都記不起來，自己是誰、發生什麼事和那個人怎麼死的，全都不知道。」

蓋林搖搖頭，露出狐疑神情，「誰信啊。」

「我是說眞的。後來我在口袋找到字條，才循線搜出你的電話號碼。」

蓋林眼睛微閉，別過了臉，彷彿斟酌著要不要相信這番話。

「你找我幹嘛？」

「想得到答案。我正試著釐清自己身上出了什麼事。」

對方滿臉不可置信，「你來找我討答案？」

「怎麼了？」

「是你該給我答案才對。」蓋林東張西望，「算了，我受夠了。」

他說完想起身，卻被戴斯蒙探身過去拉住手臂，「你說有人跟蹤你，如果岡特・索恩是他們殺的呢？」

蓋林面色一變。

「你確定不先聽完我的說法再走？」

蓋林吐了口氣，坐回到座位。

「嗯，好，從頭開始。我們怎麼認識的？你是什麼職業？」

「我替《鏡報》寫文章。幾個星期前，你自己找上門。」

「目的是？」

「討論我之前寫的一篇報導，關於跨國企業彼此包庇，從綁標、操控匯率到未經核准的臨床實驗等等。你說我踩進一潭渾水，只看見冰山一角，跟我約了見面，保證提供前所未有的大內幕，還形容『可能是史上最勁爆的獨家新聞』。」

「有說內容嗎？」

「魔鏡。」

這兩個字引起戴斯蒙心裡一陣惶恐，但他絞盡腦汁也想不起原因。

「魔鏡是什麼？」他問。

「按照你先前的說法，魔鏡是一個進行超過兩千年的龐大計畫，人類從未有過這種規模的科學研究。你還說歷史上世世代代最偉大的科學人才，都投入了魔鏡開發，如今已經接近完成階段。你親口說曼哈頓計畫（注）與核彈在魔鏡面前，都只是中學生科展等級的東西。」

「魔鏡是武器？」

「我怎麼知道？你沒說。原本約了四天前見面，你全部說出來讓我在網路上公開。你認為那是唯一阻止他們的辦法，因為世界各國政府從上到下，到處都有對方的暗樁，想破壞計畫只有全抖出來這個方法。」

「阻止誰？」

「我也不知道。」

「所以你不清楚魔鏡是什麼、有什麼作用。」

「我也想知道，是你不肯在電話裡說，願意透露的就只是打造魔鏡的科學家，要利用那玩意控制全人類，徹底扭轉種族未來。」

戴斯蒙掩不住內心的失落。早上起床時，他以為今天能問出什麼答案，結果蓋林．梅爾似乎與自己一樣，只有滿腹疑惑。

「你還能告訴我什麼？我說過的話、你覺得相關的，什麼都好。」

「大概還有一件事吧，你說過魔鏡有三個元件：基石、具現、昇華。」

昇華生技，戴斯蒙立刻聯想到死在酒店房間的人，就是那間公司的安全人員。至於基石與具現……他清楚知道自己之前看過這兩個詞，只是湊不起來。

蓋林伸手從口袋取出一支折疊手機。

「不是說了別帶電話。」

「你可是個謀殺通緝犯，我只是預防萬一才買了拋棄式手機，知道號碼的只有我未婚妻一個人。」

蓋林打開手機，靠在耳邊聽了一會兒，肢體動作忽然很緊繃，一連串德語講得急促又小聲，

注：Manhattan Project，第二次世界大戰期間研發與製造原子彈的一項大型軍事工程，由美國以及給予相關支援的英國與加拿大執行，該計劃於一九四二年到一九四六年間直屬於美國陸軍工程兵團的格羅夫斯將軍領導，工程原名為「代用材料項目發展」（Development of Substitute Materials），後改為「曼哈頓工程區」（Manhattan District）。

戴斯蒙要極度專注才勉強聽得懂，「別擔心，沒事，不會有事。我愛妳，很快就回去。」狀況不對。戴斯蒙左顧右盼，留意每張面孔、每輛汽機車，洞察力高度凝聚，彷彿草原上提防天敵的動物。

蓋林按了幾個鍵。

「手機給我。」

記者嚥了嚥口水，低著頭，手指動得越來越快。

戴斯蒙伸手一把搶了過來，引起周圍幾桌客人側目。螢幕停在送出短訊的畫面，蓋林只輸入一句話：愛因斯坦咖啡館。

「抱歉，」記者開口：「他們抓了我的未婚妻，要是我不說出地點、把你留住，就要殺人！」

蓋林身後街道上，一輛白色廂型車急剎甩尾，轉了個彎，輪胎摩擦地面，發出刺耳聲響。兩輛摩托車緊跟在後，全部朝著咖啡館疾馳而來。

「那我也對不起了，蓋林。」

戴斯蒙桌子底下的手拉開釦環，三顆生存遊戲用的煙霧彈隨即吐出濃煙，蔓延到馬路。他邊起身邊從背包取出剩下的兩顆，拉環以後丟向另一頭，於是煙幕遮蔽了整條街。民眾喊叫推擠，現場一片混亂。

蓋林的手機被扔到桌子上，戴斯蒙一手掩住口鼻，另一手持槍放在身側，開始隨人群逃竄。他的腳步很快，不出片刻已離開大街，與煙霧拉開了距離。

背後傳來剎車與輪胎滑移的尖銳聲，接著是車輛彼此撞擊和摩托車引擎熄火。

過了一個路口就到柏林的中街。戴斯蒙爲免意外，早已安排了逃生路線。他鑽進計程車之後，阿拉伯裔司機立刻上路，載他去指定地點，雖然還是忍不住隔著照後鏡瞟了他兩眼。只要到達淚宮（注）、搭上施普雷河的渡船，就還有一線生機。

計程車忽然往旁邊一拐。

他沒察覺黑色貨車何時衝撞駕駛座，自己的腦袋也被彈向車窗。戴斯蒙眼前一黑，他努力保持清醒，開了車門爬出去。但眼睛漸漸無法聚焦，他從口袋掏出槍，打算拚死一搏。

人行道上響起腳步聲。三個穿著黑色防彈衣、手持突擊步槍的人跑了過來。戴斯蒙才舉槍便立刻被制伏，另一人從後面出手，在他嘴裡塞了布條。

黑暗全面將臨。

注：柏林圍牆時期東西德之間的邊境檢查站，站前常出現淚別情景。圍牆倒塌後，一度做為表演場地，現為歷史展覽館。

17

世界衛生組織與加拿大衛生部合作建立大規模流行病的早期預警系統，名爲「全球公共衛生資訊網絡」，簡稱全球公衛網，至今已經拯救數以百萬、千萬計的人命。

二〇〇三年，全球公衛網在香港當地衛生機構還渾然不察時，就已預判「嚴重急性呼吸道症候群」（SARS）疫情。SARS之所以只在特定地區爆發，沒有擴散至全世界，歸功於全球公衛網以及數位衛生專家的先見之明，例如有醫師要求宰殺高達一百五十萬隻可能感染病毒的家禽。

二〇一二年，世界公衛網再次偵測到疫情爆發的訊號，這次是發生在約旦的呼吸道疾病。預測依舊無誤，「中東呼吸症候群冠狀病毒」（MERSCoV）也因此沒有蔓延到其他地區。

全球公衛網之於流行病，堪比地震儀或芮氏規模之於地震，每天分析來自全世界大小地區和國家層級機構的情報，也不忘在社群媒體或部落格搜查相關線索。

珮彤率領的小隊還有幾小時航程才抵達肯亞，全球公衛網已經偵測到堪比地震的訊號，而且得到全球許多官方和非正式來源廣泛支持。症狀表現出高度一致性，各地都有病人罹患不知名的呼吸道疾病。

不出幾分鐘，加拿大衛生部審閱警告內容後，發布一份備忘錄：

呼吸道感染警告編號Nov-22-A93訊號極為猛烈廣泛，短時間內各洲皆出現症狀一致的病例。目前無法判定病原，推測最有可能為流感分支新變種。呼籲各國衛生機構提高警覺，徹底追蹤。

世界衛生組織全球疫情爆發警告與因應網（GOARN）的職員，同一天發出備忘錄警告以及當天世界各地取得的大量通報資料。

18

艾利姆醫師在辦公室內，看著士兵四處巡邏。院內走道上穿著隔離裝的人來來回回，對方已經盤問自己、醫護以及那位美國年輕人盧卡斯·特納長達好幾小時，調查得滴水不漏。

英國籍病人四小時前不治，死狀淒慘。到院後他幾乎沒有回復意識，因爲高燒和倦怠始終處於恍惚狀態，但臨終前曾經爬下病床想衝出去，瘋瘋癲癲大喊大叫，完全無法控制。本來艾利姆整裝要去探視卻被制止，那支隔離衣小隊的人去了以後，根本沒進行治療，只在病房角落擺了攝影機就放置不理，封鎖隔離直到病人沒了聲音。後來他們回車子取來屍袋，很不客氣地將病人遺體塞進去。

起初看見有人到來時，艾利姆以爲醫院得救了。現在他開始懷疑大家已淪爲囚犯，都會像英國病人那樣，橫躺著離開此地。

19

美國空軍運輸機距離奈洛比還有兩小時飛行時間，珮彤再次走到白板前。

「大家注意，快降落了，現在來複習一些基本規定。目前不知道病原是什麼，恐怕要五天甚至更久才有答案，所以先視爲伊波拉病毒處理。

「留在奈洛比的人，請在日落前一小時回旅館房間休息。我建議各位集體行動，一起用晚餐、點人頭之後再回房。房門鎖好，下面塞東西卡住；有人晚歸或不知去向的話，要立刻打電話聯絡，沒接聽或察覺任何異狀，就聯絡美國大使館和緊急行動中心。身在肯亞，遇上綁票勒贖並不奇怪。

「疫情現場的安全狀況比較複雜，大家記得閱讀簡報提供的資料和標準流程，注意我這邊隨時會更新的資訊。特別提醒飲食問題：各位只能吃自己帶來的口糧。當地人常常熱情好客，對於我們的幫忙也十分感恩，因爲除了食物也沒別的能給，就會拿東西給大家吃。雖然吃了未必會怎麼樣，但你們被命令不得接受。請告訴對方是上級要求，只能食用政府配發的物資，然後婉拒。

「有疑問嗎？」

頭幾秒一片沉默，後來有個女生問：「感恩節有團體活動嗎？」

珮彤被問得一愣。自己完全忘記了還有感恩節這回事。

「唔，對。」她回答：「留在奈洛比的人，應該可以參加美國大使館、疾管中心肯亞分部的活動，我會跟他們詢問之後轉發到小組長那裡，但仍舊得留意人身安全。至於和我去現場調查的人之後討論看看。還有其他問題嗎？」

叫作菲爾．史蒂文（Phil Steven）的軍官團醫師開口：「所以星期四放寬政策，和當地人一起吃野味？」

「對，叫作史蒂文醫師條款，聽說當地名菜果蝠烘肉捲是難得的美味。」

笑聲停歇以後，珮彤回復正經，「下面兩項是個人意見。強烈建議第一次外派的人降落以後，打個電話給親朋好友，父母、手足、配偶等等，他們嘴上不說心裡還是會擔心。告訴他們一切都好，當地環境沒有電影演的那麼可怕。再來聊聊夜生活和娛樂休閒。」

一如既往，大部分男性聽見這句話就猛然抬頭，神情專注。

「找本好書看吧。」

他們眼裡的期待瞬間粉碎。

「我可沒開玩笑，接下來這段日子漫長艱辛，能有個遠離現實憂煩的出口放鬆一下，很有幫助。然後呢，一定會有人進了房間就想來杯酒，我建議不要，因爲就環境而言，要維持水分充足已很不容易，加上安全起見，保持頭腦清醒很重要。想喝酒還是回家之後再喝吧。要是沒帶適合閱讀的機器，就用手機下載電子書，假如累得不想看書也無妨，可以用手機聽有聲書。我之前好多次現場調查，都是聽有聲書聽到入睡。但有個重點：有 WiFi 才可以下載電子書。還有，我強調，絕對不要在裝上衛星電話背蓋的時候打開 Netflix、Amazon Prime、YouTube 或任何網路影視軟體。通訊費用很嚇人，我不知道實際數字，但可以告訴你們，兩年前有個軍官團的人看電視看得不亦樂乎，帳單過來以後財會部暴跳如雷，衝進艾略特辦公室說這樣下去，以後不准我們用衛星電話，或是至少限制流量。這其實挺嚴重的，上次是艾略特擋了下來，但人家還是盯得很緊。請各位記住，簡單來說就是你看了電視、電影以後，就沒衛星電話能用，然後間接害死非洲小朋友，懂了嗎？有WiFi的地方愛怎麼看都可以，別用衛星電話就對了。

「最後一個呼籲：我們去肯亞的目的是爲了阻止疫情擴散。對方之所以邀請我們，一部分原因正在於許多勇敢、勤奮的美國人皆與他們合作過，兩邊建立起很好的關係。這些前輩有的還留在疾管中心肯亞分部，每天爲了兩國努力工作，大家要謹記在心。

「疾管中心與肯亞正在積極修補關係。行前我和肯亞方面負責人喬瑟夫．魯多通了電話，得知二〇一五年初，美國這邊發現捐給肯亞醫藥研究院的幾百萬款項流向不明。審計結果揭發他們高層貪汙瀆職的狀況，可是少了這筆資金，也導致好幾千人被裁員，研究院門口抗議活動持續好幾天。雖說並不是疾管中心的疏失，被裁員的人還是算到我們頭上。這次行動算是重修舊好的一大步。

「但也意味著我們每個人，都成爲了疾管中心和美國政府的代表，一舉一動牽連到雙邊關係是好是壞。影響的不僅僅是自己，也牽涉到下一次疫情爆發、搭軍機過來幫忙的成員。當然也不是叫大家如履薄冰、戰戰兢兢，失去決斷能力。只是在可能範圍內盡量表現最好的一面，希望我們離開的時候，兩國關係能變得更好一些。」

駕駛員廣播表示即將降落奈洛比的喬莫．肯亞塔國際機場時，有一半人都把握最後機會打個盹。客艙昏暗，只有後面幾臺筆電、幾盞閱讀燈的光線，不少人用行李袋或衣服蒙住臉，毛毯披在身上也垂在地上。

珮彤一個人佔了五張座位躺下休息，醒來看見自己的雙腿與同排乘客纏在一塊。她起身時與菲爾大眼瞪小眼，對方很快站起來伸手拉她，兩人互望一眼以後，各自收拾物品、準備落地。降落過程意外地平順。

整理好衣服，她將行李袋往肩膀一甩，走出飛機。

奈洛比已經入夜，隔著機場塔臺能看見市區街燈閃爍。暖風吹拂過來，幾綹頭髮拍打著珮彤的臉龐。

前方柏油路上，停了十二輛日廠運動型休旅車。車隊第二輛的副駕車門開啓，喬納斯跳了下來，臉上的表情讓珮彤的腳步一滯。

出事了。

20

黑色休旅車車隊蜿蜒伸展於奈洛比的紅綠燈之間，彷彿黑蛇穿梭在高樓形成的原野。

珮彤上了第二輛車，後座另一人是世衛組織內的接口喬納斯・貝克。剛才他只表示有急事要通知，顯然並不願意讓其他人聽見。

「航程還好嗎？」他開口問。

「還好，就是久了點。」

「有睡吧？」

「一點點。」

「抱歉那種時間打電話吵醒妳。」

「哪兒的話，我也需要時間做準備。」

到旅館以後，喬納斯說要幫她提行李。不過如同以前十幾次，珮彤也婉拒了。

旅館不算豪華，但位於城裡相對平靜的區域，也接近美國大使館。停車場裡有肯亞軍人站崗，街邊停了些警車。

珮彤將房門關好以後，喬納斯立刻說：「已經傳播到村裡了。」

他拿出地圖、鋪在大床上，指出曼德拉以外的三個重點區域。

珮彤取出筆電連接WiFi，調閱城市鍛造網站上的旅遊紀錄，「那兩個美國年輕人公開了自己的旅行路線，而且有攝影下來，」她說：「比對看看就知道他們是不是去過。」

喬納斯搔搔短髮，別過了臉，看來好像害怕什麼。珮彤身高一六五公分，喬納斯沒有高她很多，兩人對話只要平視彼此即可。他靠著木頭衣櫃，似是斟酌著該如何表達。

「怎麼回事？」珮彤問。

「一開始出現症狀的美國人史蒂芬‧科林斯在妳飛行途中病逝，航空業那個英國人也不治了。」喬納斯停頓一下，「剩下那個盧卡斯‧特納已經發作，病徵都相同。」

這是珮彤最擔心的情況。而且幾秒鐘以後，她意識到喬納斯語帶玄機，沒明說是伊波拉、馬爾堡、黃熱病，只說是同樣症狀。

「肯亞衛生部昨天派人過去，在曼德拉設立了伊波拉應變小組。」喬納斯繼續說。

「檢驗過了？」

「所有人都接受檢驗，兩個美國人、那個英國人，還有大部分村民，結果沒有人是陽性。」

「用什麼檢驗？」

「ReEBOV。所以可以肯定，眼前這是新的病原。」

針對伊波拉使用ReEBOV抗原快速篩檢，約有十分之一機率出現僞陽性或僞陰性，但樣本群體夠大時，基本上結果可靠。如果衛生部檢測出來全爲陰性就不用懷疑了，他們遇上了新的傳染病。

所以珮彤之前的盤算白費工夫，現在沒辦法期待ZMapp能發揮作用，將盧卡斯‧特納送回埃默里醫院也造成難以預期的風險，不知會帶著什麼東西進入美國境內。

喬納斯和她趕快討論下一步，兩人設想抵達曼德拉郡之後的策略、安排小隊在機場或深入鄉村追蹤接觸者。方案大致成形以後，他們請安全顧問團過來給予意見。

肯亞軍方派出的聯絡人是馬格洛上校，他表示軍方昨天已出動一旅軍力到曼德拉就定位，政府已經做好隔離全郡的布置，若有必要隨時可以實行。

聯合國安全官表示已對非洲聯盟發出警告，派駐南索馬利亞的部隊已在前往索馬利亞的道路設下檢查哨。衣索比亞獲報後，也採取了類似措施。

此外還有兩名美國大使館來的人員，其一是國務院官員。他認眞聽了計畫，提出不少問題，之後建議馬格洛上校增派兵力，確保珮彤的團隊安全無虞。上校二話不說，承諾會做到。

另一人自我介紹時，只表示自己是使館維安人員，儘管開會過程聽得很仔細，卻未曾提出意見。珮彤猜想他大概是中情局的人。散會要離去時，他倒是遞了留有電話號碼的卡片過來，「遇上麻煩的話立刻打過來，我們會盡力協助。」

所有人都出去以後，喬納斯折好地圖、收拾東西。珮彤以爲他也要回房，結果他卻留著不走，臉上神情閃爍，似乎有些緊張。

「妳會錯過感恩節吧？」他開口問。

「是啊。」

「爸媽會不會失望？」

「還好。他們懂的，不是重要的事情，我不會缺席。」

「的確。妳……是不是有個姊妹？」

「對。姊姊，叫作麥迪遜。」

「生了個外甥還是外甥女？」

「一男一女。我姊姊去年懷了第二胎，是女孩，取名奧莉薇。」

喬納斯點點頭，還是顯得不自在。珮彤也很訝異他怎麼對自己的家庭起了興趣，過去幾年兩人是好夥伴，但工作以外的關係點到為止。

「你呢？」她實在不知道該怎麼接話。

「無論日內瓦或海德堡都沒人了。爸媽幾年前過世，有個妹妹在倫敦忙自己的事業和家庭。」他的手指在行李袋上磨蹭半天，才說：「也沒有小鮮肉在亞特蘭大，數著幾個鐘頭以後妳會回去嗎？」

「沒有。好久沒有了。」珮彤東張西望一陣，暗忖喬納斯會不會自己換個話題，但最後只能搭腔：「那你怎麼樣？」

「也沒有啊。光工作就分身乏術。」

「嗯，同感。」

喬納斯似乎心情總算輕鬆一點，不再那麼緊繃。他把行李包扛在肩頭，朝門口走去，「那就先這樣了。門鎖好，幾小時後見。」

「好的。」珮彤滿臉困惑地目送他出去，然後從袋子拿出三角形木頭門檔卡在門縫，為了預防萬一，還從桌子前搬了木椅靠在門把旁邊，接著在床頭放一罐防狼噴霧，又塞了把短刀在多出的枕頭下。

她認為旅館會定期清洗床單，不過被子就未必了，可能只會撣一撣。每年幾百人用過、聚集了各式各樣的細菌甚至是小蟲，所以她從大床取下被子，直接收進衣櫃。畢竟是衛生領域工作者，對這種事情特別敏感，她完全不想讓那種東西接近自己的臉。

開始這份工作的頭幾年，珮彤忠實地執行自己給學員的忠告：降落以後就會打電話給母親。年紀大了漸漸沒了這習慣，但奈洛比這一夜，她坐在沒有被子的床鋪上，忍不住撥號過去。

響了兩聲以後，琳恩．蕭（Lin Shaw）就接聽起來。珮彤有個奇怪感覺，母親似乎剛哭過。

「還好嗎？」她問。

「沒事呀，親愛的。妳在哪裡？」

珮彤說了自己的現況，兩人閒話家常，聊了航程、姊姊和母親最近織的薄被。父親過世後，媽媽獨力帶大兒子和兩個女兒。母女的感情一直不錯，但這一夜眞的很怪，母親掛電話前居然說了句：「我眞的很愛妳」。

掛斷電話後，珮彤免不了懷疑母親是否生了病，或是藏著什麼心事沒說。

她的思緒不知怎地飄回安德魯身上。一九九一年，哥哥參與世衛組織和烏干達政府合作的AIDS宣導活動，沒想到竟身死異鄉。八月盛暑，當地東部埃爾貢山國家公園內小村莊遭遇森林大火，他和工作團隊、烏干達代表與村民無一倖免，連遺體都得靠牙科紀錄和私人物品比對才能辨認。葬禮挑了個天色陰鬱的日子在舊金山舉辦，但其實他沒剩下多少部分能埋葬。

那年珮彤十三歲。葬禮過後，一個金髮微鬈的女人過來問候，口音帶著澳洲腔調。對方自稱是安德魯的同事與朋友，但小女孩感覺得到兩人應該有更進一步的關係。那位女子從口袋掏出一個很眼熟的東西：安德魯還就讀醫學院時，父親贈與他的銀胸針。她將胸針交給珮彤時說：「我想他會希望由妳保管。」

珮彤拿在手上把玩，胸針上有個蛇杖圖案，居然一點焦痕也沒有。

「我還以為燒掉了。」

「我特別清潔過，希望交給妳的時候，就像以前在妳哥哥手上那樣。沒什麼不能修補的，珮彤，只是有些事情需要比較多的時間。」

八月的陰天，珮彤握緊手中的銀胸針，當徐風吹過她的髮稍時，她知道了自己想當醫生，而且是去疫病現場工作助人的醫生。因為她希望繼承安德魯的志向。哥哥在她心裡像父親、像英雄——或許還有一方面是成為流行病學家能更瞭解、更貼近他。總之珮彤立定了志向，也未曾後悔過自己的選擇。她明白這份工作的風險，但一切都值得。

她準備就寢，起身洗漱，開了蓮蓬頭後，脫下卡其工作服，裸著身子在小淋浴間中等水變熱。她的心思回到接下來要處理的棘手問題：究竟要如何幫助二十二歲美籍青年盧卡斯．特納。其實無法肯定趕到曼德拉時，他的狀況如何，倘若還有一口氣的話，體能是好是壞？ZMapp對不知名的病毒出血熱有沒有作用，會不會弄巧成拙？無論投不投藥，盧卡斯能撐得過返回美國的飛航嗎？而且前提是按照行前對艾略特說過的計畫處理。雖然已得到疾管中心主任同意，但那時候的諸多假設，在抵達這裡一小時內幾乎全盤推翻，這次的病原根本不是伊波拉。

埃默里醫院有盧卡斯需要的先進技術，然而帶他回去亞特蘭大，等同於帶著未知致命病原進入美國境內，為了一個年輕人使三千萬公民遭受威脅，是否合理？倘若留盧卡斯在非洲，則是要他聽天由命，身體無法抵抗感染的話就會死去。想到這裡，珮彤實在於心不忍。

浴室裡霧氣氤氳，但一條新的活路，漸漸在她腦海浮現。

Day 3

32000 人感染

41 人死亡

21

【路透社，最新消息】

香港與新加坡政府，針對出現未知呼吸道疾病症狀的旅客發布禁令。兩國有關單位表示這並非ＳＡＲＳ再現，病原性質更接近流感，目前無法確認感染人數。

早上五點鐘，珮彤、喬納斯兩人的隊伍坐上空軍運輸機，從奈洛比前往曼德拉，空中救難隊與肯亞軍方的運輸機尾隨在後。

美方運輸機客艙變得擁擠，兩支隊伍總計七十八人，椅子不夠，有人倚牆、有人席地。他們進行簡報、分派工作時，有些年輕小夥子站站坐坐，一直變換姿勢。

落地時太陽才掛在山頭，機場周圍一片荒涼丘陵。軍方派出的帆布篷卡車已久候多時，菲爾．史蒂文醫生帶隊訪談機場工作人員，建立英國籍雷達技師的接觸者名單與時程。

馬格洛上校過來與他們會合，士兵卸貨後便駕車載珮彤、喬納斯和其他隊員進入曼德拉郡，一路的泥巴路凹凹凸凸，路途顛簸，隔著輪胎掀起的赭紅煙塵，依稀能看見鄉村風貌。

珮彤注意到本地多是一層樓的住家，零零散散隨意分布。穿越全郡中央的主要道路就叫作曼德拉路，兩旁街道有牧人趕著牛羊和駱駝，單輪手推車上裝滿農作物，正要前往市集。每個路口都有孩童站起來，瞪大眼睛目送車隊，足球踢到一半都捨得停下。

車上當地導遊解釋了曼德拉現況：肯亞四十七郡裡，就屬這兒最貧困、教育程度最低，每位教師得負責上百個學生。衛生醫療水準也很低落，以自給自足的農牧業爲主，經濟極度不發達。

二〇一三年肯亞政府採取權力下放模式，試圖振興地方，得到紅十字會、聯合國等非政府組織以及中央政府的支援以後，曼德拉漸漸有了起色，開展了多項大型公共建設計畫，其中包括機場升級、新政府基地、大運動場、國際牲口市集等等。車程經過其中幾處，但大半不成氣候，只有機場與新的首長官邸完工。

地方政府也裝修了曼德拉轉診醫院，大大提高病患安全，可惜有恐怖攻擊與拖欠工資問題扯後腿。現在曼德拉郡終於有了救護車，還向紅十字會再訂了七輛，但無論如何，本地醫療服務與政府規劃的願景仍有很大的差距。

聽完介紹，珮彤明白曼德拉郡才剛要開始向前邁進，疫情爆發得實在不是時候。

車隊停在位於市鎮中心區的曼德拉轉診醫院。附近有兩個公車站、市政廳與郵局。院區本身是老舊的單層建築，以開放走廊連結，前庭入口掛著藍底白字的木招牌。

肯亞衛生部取得疫情通報以後，立刻派人前來，為免遭到青年黨攻擊或是當地居民誤闖禁區，應變小組也調動軍隊支援。一眼望去，肯亞政府處理得很徹底，軍人穿上防護服、執著突擊步槍在周圍巡邏。然而看在珮彤眼裡，也因此覺得不像醫院而像是監獄。但她明白為了避免感染擴散，這些都是必要之惡。

應變小組在院外設置的帳篷，就是珮彤和喬納斯的第一站。坐在長條折疊桌後面的人是肯亞衛生部派來的負責人妮婭．奧可可（Nia Okeke），她比珮彤略年長些，兩鬢稍微花白，報告現況時聲音乾淨俐落，不帶個人情感。

肯亞政府短時間內的大量因應措施，讓珮彤印象深刻。帳篷帷幕上掛著白板，紅色和藍色筆跡構成追蹤樹狀圖、標記了地圖，旁邊整理出數字與時間。

妮婭的報告結束，珮彤要求與盧卡斯．特納會面，「當然，還有個人，妳也該過去談談。」她回答。

珮彤穿上防護裝備、噴灑消毒水之後才往醫院走過去，跟在她後面的除了喬納斯，還有疫情調查訓練一年級醫科學員漢娜．華生。她以前沒和漢娜共事過，但珮彤讀過漢娜的履歷，知道這位後生晚輩希望訓練結束後，能進入疾管中心擔任現場調查專家。

然而珮彤知道年輕人未來的路不好走。還記得自己初次出差，就去了像是曼德拉的地方，後來也明白每個現場專家都得過這一關，避無可避。讀書上課有其限度，漢娜得親身去體驗，才能學會更多。從這個角度來看，曼德拉是個難得的機會。

她讓喬納斯先進去。

「知道接下來該怎麼做嗎？」珮彤問漢娜。女學員提著攜帶式冰櫃，站在右邊。

年輕醫生點點頭，隔著塑膠護目鏡，能看見她金紅色眉毛上已經沾了斗大汗珠。

「要是太熱或需要休息，隨時走到外頭喘口氣沒關係。真的受不了千萬別逞強，迴避片刻無妨的。」

漢娜又點頭。珮彤看她似乎放鬆了些，暗自希望她挺得過去。

☣

其實隔離衣內的漢娜渾身大冒汗，進了醫院感覺比外頭還熱上一倍。

妮婭領著珮彤、喬納斯、漢娜走進大房間，裡面至少有四十個病人就著墊子、毯子和枕頭躺在地板。漢娜感覺脈搏加速，以前觀看的伊波拉治療照片，似乎仍不足以幫她做好心理準備，每個細節映入眼簾之後，成為揮之不去的景象。狹窄走道上、臨時病床之間擺滿水桶，上面貼了標籤，注明是給嘔吐物、糞便還是尿液用。地上散落口服補液鹽的瓶罐，天花板吊扇嗡嗡轉動，卻敵不過從緊閉窗戶射進的陽光，以及各個病人身體散出的熱度。他們黃疸的雙眼，齊齊轉過來望向陌生面孔。

一步接一步，橡膠材質隔離裝如同空氣被抽光的塑膠袋，朝漢娜身子壓來，黏在她汗濕的前臂與大腿上，彷彿是種警告：她與殺死這麼多人的病原之間，僅只薄薄一層防護，隨便刮破個洞，無論多小都有可能導致感染，屆時她還沒幫到人，就得為自己的活命掙扎。

隔離裝內只有呼吸聲迴盪，隔離裝外則是病人的哀鴻遍野。但一個美妙的聲音劃破種種苦痛——幾組人哼唱著詩歌民謠，與煉獄般的場景形成鮮明而詭異的對比。

漢娜提著冰櫃，起初不覺得重，現在卻宛如鐵砧。她走到躺在角落的年輕女子身旁，放下冰櫃。

「我叫漢娜．華生，是美國疾管中心來的醫生，想為妳抽血做點檢驗。」

女病患緩緩睜開泛黃充血的眼睛，沒有多說什麼。一隻蒼蠅落在她臉上，她這才忍不住擺擺臉驅趕。

漢娜取出ReEBOV工具，從女子指尖採一滴血後，立刻以繃帶貼住針孔，血液樣本置入冰櫃。她拿起旁邊的口服補液鹽，發現還有一半。

「妳一天喝幾瓶？」漢娜問，但女病人只是搖搖頭。

「保持水分很重要。要我幫忙拿什麼過來嗎？」

病人費力吸口氣才說：「不必了，謝謝醫生。」

漢娜張望以後，看到兩面牆壁各有標示，一邊是A到F、另一邊則是柱子上寫著數字一到十二。她在心中記下A1病人水分攝取不足，目前沒有特殊需求，接著再拿一份測試工具出來，提著冰櫃去A2。

漢娜在二十分鐘後走出醫院，熱得想一口氣扒光隔離裝，發燙的膠膜黏在皮膚上，眞令人擔心會融化。不過她謹記著蕭醫師的囑咐，穿脫裝備都要放慢速度，卸下防護則立刻回到疫情調查隊帳篷，裡面的一位隊員已完成A排樣本檢驗。

對方抬頭說：「都是伊波拉陰性。」

漢娜點頭。蕭醫師事前提醒過很可能出現這個結果；肯亞政府也做過檢驗，全部都是陰性。但爲求謹愼，他們還是要自己再檢測一次，避免例如試劑批號之類的技術瑕疵。

她也明白這是蕭醫師安排的訓練項目，之後到了周邊村莊，還要繼續檢測工作，而且都要自己親力親爲。但能夠親自實習、在現場幫助病人，漢娜心裡很珍惜這個寶貴的機會。

☣

妮婭帶著喬納斯和珮彤來到後面比較大的診療間，裡頭有個中年男子靠著發黃的灰泥牆。他閉著眼睛，身上背心全濕，白袍折起來放在一旁。

「蕭醫師、貝克醫師，這位是艾利姆．基貝醫師，曼德拉醫院的院長。」

基貝醫師聞言睜眼，抬頭望向訪客，抹去額頭汗水，苦笑著說：「更精準來說，我是曼德拉醫院僅存的一個醫生。」他的目光飄向珮彤，「我們盡力了，可惜資源有限，救不回那兩個年輕人。」

珮彤蹲下與他平視，「基貝醫師，大家都很感激這一切。無論是疾管中心、美國政府，還是他們的父母，都明白你們非常努力。」

基貝醫師伸手從白袍下拿出活頁筆記本，遞了過去，「衛生部的人過來之前，我和特納先生聊了不少。」珮彤確定自己手套是乾的，才開始翻頁閱讀。格線間的滿滿工整字跡，昭示基貝醫師付出的心血。她衷心希望能從裡頭追蹤到指示病例。

「謝謝你，醫生。」珮彤抬頭，察覺妮婭盯著自己欲言又止，不知是否還有什麼波瀾。

「妳要去見特納先生了嗎？」妮婭問。

橘色隔離裝內，珮彤覺得身上的溫度彷彿一下子變高了，口鼻呼出的氣息也更深沉。接下來是個重要決定，關係到那個年輕人的性命，也關係到千千萬萬人的命運。

23

盧卡斯．特納總覺得自己在曼德拉醫院已待了好幾年。理智上他知道其實只有幾天而已，但每一天都度日如年，這是他二十三歲人生中最漫長的過程。

他最先出現的症狀是頸部疼痛，逐漸演變成高燒。剛開始還沒大礙，幾個鐘頭之後卻上吐下瀉，十分狼狽；吃進去的東西應該一點也不剩，再後來一進食立刻就吐，吐出來的比吃進去的還多，像是有個馬達，要將他的五臟六腑抽個一乾二淨。

全身一直虛弱疲倦、完全無法集中精神，睡了又醒醒了又睡，到最後已分不清白晝與夜晚。他乖乖服用補液鹽，但覺得一瓶比一瓶更苦。毫無胃口，可是在基貝醫師堅持下，他還是勉強用餐。盧卡斯很怕吃東西，自己的器官正在排斥那些養分。他知道與病魔的戰況節節敗退，畢竟連自己的身體都不肯合作。

病房內的消毒水氣味實在太濃了。基貝醫生拿了些平裝本小說和聖經放在床頭，可惜他無聊歸無聊，卻完全沒有看書的力氣。他的思緒全在爸媽和妹妹身上，家人此時一定很傷心。盧卡斯不免偶爾懷疑自己爲什麼前來非洲，唾棄當初的天眞愚昧。追逐美夢，死得醜陋。不過一轉念，他又鄙視起這樣的自己，抗拒以悔恨彷徨做爲人生終站。他爲夢想而來，若因此而死，也是死得其所。生命充滿不確定，我們能掌控的，追根究柢就只有思想。盧卡斯堅定信念，控制思緒，他要保持樂觀和積極，即便死在離家千萬里之地。

不知道從什麼時候開始，基貝醫師不再露面，進來的人們都穿著完整隔離裝，行事十分小心。與基貝醫師不同的是，他們鮮少開口，也不願在病房多待一秒。基貝醫師將他當作活生生的人，現在的他則被視爲物體對待。

夕陽西下，盧卡斯隔著小窗戶，看見那些人圍著篝火燒毀裝備。扔進烈火的橡膠衣物越來越多，黑色煙柱也越來越大。他轉頭望向牆上的一面小鏡子，鏡中映照出充血、濡濕的雙眼與蒼白肌膚。他不認識自己了，鏡裡的影像長得像怪物。

☣

妮婭、珮彤、喬納斯依序進入病房。盧卡斯睡著了，珮彤實在不忍喚醒他，但又無可奈何。他們正與時間賽跑，想要預防病原擴散，就不能捨棄任何一點機會。

妮婭伸手想要拍拍他，但珮彤手搭上她肩膀阻止，走過去坐在窗邊，握著病人的手輕輕搖晃、低聲叫喚。等盧卡斯發黃、發紅的眼睛張開以後，她擠出一個笑容。好好一個年輕人變得如此憔悴，讓她看了好難受，明明是懷著改造世界、幫助窮人的善心而來，這條路最後竟引他到這間病房裡頭等死。

盧卡斯看見有人敢握自己的手，顯得相當訝異。珮彤根據經驗，知道病患都很害怕，而且總是被過度謹慎對待——雖然沒有錯，但她也學到一個觸碰，就能幫病人尋回尊嚴。看見盧卡斯的雙眸亮起一抹光彩，珮彤深深爲自己的工作、當年的抉擇感到驕傲和肯定。

她湊過去柔聲說話。

「盧卡斯，聽得見吧？」

病人點點頭。

「我是珮彤．蕭，美國疾管中心的醫生。我會盡可能治療你，好嗎？」

「謝謝。」盧卡斯聲音很微弱，快要聽不見。

珮彤從桌子拿了補液鹽給他，「我知道很苦，但先喝一口吧。」她遞往他嘴邊，餵病人服下，盧卡斯稍稍蹙眉。

瓶子放好以後，她先等盧卡斯吞嚥，「我讀了基貝醫師的紀錄，看起來史蒂芬發病是大約七天前的事。你還記得那時候，你們兩個人在什麼地方嗎？」

盧卡斯閉上眼睛，試著回憶，最後搖搖頭，「抱歉，我的時間感變得很模糊。」

「沒關係。那你記不記得自己身體還健康的最後一天？也許是你仍然比較有活力的時候？」

半晌後他才說：「肯亞山的公園吧。」

「在那裡有什麼特殊的事嗎？像是和動物接觸之類，蝙蝠，或者猴子？」

「沒有。」盧卡斯再想想，「肯定沒有。肯亞山公園是我們進村落之前的最後一站，」他微笑，「只有吃烤肉、喝啤酒。」

珮彤眉毛一挑，「吃當地的肉類嗎？什麼肉？」

「不是，肉是北卡羅萊納來的，啤酒也是羅里（注）釀造。」

「怎麼會？」

「贊助商寄過來的包裹。」

「贊助商？」

「伊卡洛斯創投。戴斯蒙．修斯是我們的董事之一。」

珮彤愣住。事情竟然會和戴斯蒙扯上關係，她既驚訝又恐懼，想起電話裡那句「我認爲妳會有危險」。

她試著讓語氣平靜，「包裹裡面還有別的東西吧？」

「嗯，吃的喝的其實只是小禮物，主要是寄攝影機過來給我們。我們出發前決定不要塞在行李箱，免得途中被偷走，加上其實進村子之前都用不到，也不確定需要多少臺。戴斯蒙主動表示等我們抵達肯亞山再幫忙寄過來，包裹送到露營小屋的時候，我們發現有烤肉和啤酒也喜出望外。他在卡片上說：祝好運，送上家鄉味解饞。」

「就這樣？」珮彤追問：「攝影機、烤肉和啤酒？」

「對。」

盧卡斯伸出顫抖的手，按摩自己的喉嚨，珮彤趕快拿補液鹽放在他唇邊倒一些。

「戴斯蒙．修斯和你們公司是什麼關係？」

「投資人，」盧卡斯嗓子清楚了些，「只見過幾次。他專門投資科技或慈善事業，很有幹勁也很聰明的一個人，喜歡些稀奇古怪的東西。」

「像是什麼？」

「那種改變世界的大計畫。人工智能、醫藥研究、量子物理之類。他說截至目前爲止，人類

注：北卡羅萊納州首府。

還沒改造升級的東西只剩下一個，就是自己。他覺得時機已成熟了，下個版本的人類要進行量子跳躍，還打算拿自己當白老鼠。」

「戴斯蒙怎麼會對城市鍛造有興趣？」

「他說打造進步城市是第三世界唯一的機會。」

「什麼機會？」

「生存。」

珮彤又忍不住追問：「生存？」

「是他說的，不是我說的。戴斯蒙認爲第三世界不迎頭趕上的話，沒辦法面對以後某個巨大災害，那是能滅亡人類的等級。他說正因如此，我們的工作非常重要。」

「眞奇怪，」珮彤問：「他怎麼會有這種結論？」

「因爲沒有其他文明的太空垃圾。」

「太空垃圾？」

「高等文明的探測器之類。我們是在晚宴上聊這個的，可能他喝醉了也不一定。」盧卡斯想了想，「不過我沒看見他喝酒。總之，他主張人類歷史上最神奇的現象有兩個：首先，宇宙的年齡有上百億；第二就是月球居然沒被先於人類的高等文明插滿探測裝置。」

珮彤聽得一頭霧水，「這又怎麼和人類滅亡有關？」

「我也不明白。戴斯蒙提到有一小群人瞭解太空沒有垃圾的眞正原因，很快就要測試這個理論。這部分我也覺得他閃爍其詞，加上沒眞的聽懂，就不太問得下去。畢竟人家是大人物，而且十五萬美元的支票已經兌現了，所以我們當然就是邊聽邊點頭。」盧卡斯說到這兒，反應過來，

「怎麼問了這麼多戴斯蒙的事？他和疫情有關？也生病了嗎？」

「目前沒聽說。」珮彤的思緒很亂。

「還是食物汙染？北卡羅萊納不會也是疫區吧？」

「沒這回事。」珮彤安撫他：「現在這裡看起來還是獨立事件，我只是想要情報完整些。盧卡斯，你幫了很大的忙，我一會兒再過來看你。」

☣

出了醫院，珮彤、喬納斯和妮婭先清潔裝備，才小心地脫下。進了旁邊帳篷裡，珮彤脫下濕透的T恤，並拿毛巾擦乾身體，一抬頭發現也光溜溜滿身汗的妮婭，正站在隔壁盯著自己。喬納斯已經很識相地自己面對另一側換衣服。

「你們要給特納先生用ZMapp嗎？」妮婭問話時，眼睛眨也不眨。

珮彤回望她，「考慮中。」

「我希望能給基貝醫師用藥。」

此刻珮彤終於明白，爲何對方堅持自己見基貝醫師一面。知道別人生病了，原本就很難忍心拒絕治療，更何況見面三分情。

「我無法——」

「我會親自施打，只需要有人提供救他一命的藥。就算未必有效，如果不盡一切可能設法治療，要怎麼奢望往後還會有人挺身而出、奉獻義舉呢。更何況，從那兩個美國人一踏進醫院開始，他就曝露在風險裡了。」

珮彤套上乾淨的T恤，「我得先打個電話。」她搶在妮婭沒來得及說下去，趕快離開。

鑽進主帳篷，她找到坐在長桌打電腦的漢娜，一看見珮彤，那女孩就站起身。

「有結果了？」珮彤問。

漢娜點頭，「都是伊波拉陰性，我按照指示採取了血液和唾液樣本。」

「好，我待會兒回來，妳準備樣本運輸。」

曼德拉的早上八點三十七分，是亞特蘭大半夜的十二點三十七分，珮彤裝上衛星背蓋，撥號給艾略特．沙丕洛。儘管不想這種時間打過去，但實在沒辦法。

「嗨。」他聽起來半夢半醒。

「抱歉吵醒你了。」珮彤聽見他下床、走路和關門。

「沒關係，怎麼了？」他的聲音依舊低沉。

「不是伊波拉，肯亞那邊和我們都做完檢驗了。」

「症狀是？」他問。

「典型的絲狀病毒。沒看到檢驗結果的話，我一定以爲是伊波拉或馬爾堡，可是擴散速度比伊波拉快，死亡率很高，目前沒有生存者。」

艾略特等她繼續說下去。

珮彤盡量保持語調平穩、專業，「史蒂芬．科林斯死了。盧卡斯．特納也已經感染，狀況很危險。」說到後面，她還是有些動搖，深呼吸一口繼續說：「艾略特，那孩子快沒命了。」

「妳打算怎麼做？」

「給他ZMapp，送他去埃默里。如果他是我的孩子，我一定會這麼處理。問題在於……現在不是伊波拉，無法肯定ZMapp有幫助，反而可能讓全美承受風險。」

「另一方面？」

「或許能救他，順便查清楚病原，有助開發療法和疫苗。」

「的確。」艾略特附和。

「行政流程是惡夢。」

「妳只要把他放上飛機，專心在眼前的事情，行政這邊交給我操心，這本來就是我的工作。」

「好。還有一件事，肯亞那邊想索取些ZMapp給曼德拉的醫生。」

「妳手邊有多少？」

「十二個病人的劑量。」

「這有點麻煩。」艾略特回答：「我是想答應，但又得預防自己人生病，那玩意兒可不是說有就有。」

「我明白。」

「但換個角度說，飛回來的時候若還有剩的話，等於莫名其妙判了一個人死刑。」

「是啊，很難拿捏分寸。」

「妳在現場做自己認爲對的決定吧，珮彤。無論如何，我都全力支持。」

「我的天，眞沒建設性的意見，我還巴望著你能告訴我該怎麼辦。」

「小姐，重大決策是妳的工作項目喔。接下來這種場合越來越多，我可沒辦法二十四小時和妳連線。更何況，以後妳還要接我的位子。」

「我才不要。」

「那眞抱歉了，我會全力舉薦。」

「大不了我提早退休。」

「我沒聽過這麼空洞的威脅，妳現在不是做得挺好的嗎？那孩子上飛機以後，傳個訊息過來，我想辦法弄更多ZMapp過去。」

☣

她回到主帳篷時，看見妮娅和三個肯亞公務員指著地圖爭辯不休，一看見珮彤進來，妮娅挺直身子，安靜了下來。

「可以提供一人份的藥。」珮彤開口：「但需要衛生部的切結書，藥物僅供研究用途，肯亞政府負全責。美國疾管中心對藥物後續流向毫不知情，也不保證往後會繼續供應。」

妮娅搖頭，「沒時間跑文件了。」

「那我建議妳盡快行動。反正妳很有說服力，應該沒問題。」

☣

珮彤從資材箱翻出ZMapp，重新著裝回到病房，跪在病床邊，「嗨，盧卡斯，現在要給你一個可能對感染有效的藥，我會在旁邊看看你有沒有不良反應，可以嗎？」

他點了頭。

「沒意外的話，之後會用特製擔架送你去機場。我們要送你到亞特蘭大，那邊有最好的醫療設備，一定會想辦法治好你，盧卡斯。」

一滴眼淚從他發黃充血的眼角滑落臉龐。盧卡斯乾咳兩下，望進珮彤眼底，「謝謝。」

珮彤伸手放在他肩膀上，「別客氣。」

☣

準備去機場的時候，盧卡斯睡著了，蕭醫師協助他從病床換到隔離擔架上。他好希望可以起身給醫生一個擁抱。之前他認爲自己必死無疑，此刻卻重燃希望，從發燒以來，首次看見一線生機。

盧卡斯覺得自己是世界上最幸運的人。

☣

珮彤目送空中救護隊員送盧卡斯上機，順便將漢娜採取的樣本帶走。

「他熬得過去嗎？」漢娜問。

「希望可以。」珮彤回答，朝著年輕女醫師瞥了一眼，「今天妳的表現很棒。在治療前線親身體驗就是這麼難受，也永遠無法眞正習慣，只是妳會越來越懂得如何自處。」

艾利姆．基貝試著靜下心讀書，妮婭．奧可可忽然穿過一干瀕危村民走了過來，後頭跟著一個人，推了輛空輪椅。

兩人停在醫師面前。妮婭蹲下來，隔著塑膠護目鏡直視他。

「艾利姆，我們要替你換個地方。」

他闔上小說，「換去哪裡？」

「騰出一個病房了。」

艾利姆聽了，心中一沉。他最害怕這個答案。病房能空出來，代表沒能保住美國年輕人盧卡斯．特納的命。

他想起身，可是雙腿無力，最後靠旁人攙扶才坐上輪椅。一路上，他的視線空洞地望著地板，意識很模糊，感覺像是個惡夢。

果不其然，輪椅停在最後他爲盧卡斯．特納看診的診療室前。

「他什麼時候走的？」

「他沒事，是被美國人送回去了。」

艾利姆訝異地抬起頭，「那就好。」

「嗯，所以你先躺上去。」

妮婭和助手扶他上床之後離開，留下滿屋子消毒水氣味。

靜靜躺著的艾利姆，深深感慨命運瞬息萬變，能健健康康活著才是最寶貴的事。兩天前，自己走進這房間時，還是執業醫師身分，站在主導地位、負責救治他人，從高處俯視重病的美國患者。如今自己竟躺在同樣位置上，不知道換個角度看到的世界有這麼不同。

於是他在心裡發誓：如果能康復，要珍惜往後每一天。雖然他從未詛咒過別人，此時此刻卻覺得每個醫生都該生一次病，最好是重病。一次就夠。就算時間不長，只要體會了生命掌控在陌生人手裡的滋味，想必會更體貼病人、更努力精進醫術。從前他覺得自己醫德不錯，但未來有機會的話，他將會更懂得病患需要的關懷。

他盯著天花板，想起印度有句俗諺：不病不痛，什麼都要；有病有痛，只求治好。

門又打開，妮婭進來，拿了三個他知道用處的桶子、幾瓶口服補液鹽，以及貼著美國疾管中心標籤的盒子。

她走到點滴前面開始操作。

「那是什麼？」

「美國朋友給的禮物。」

「什麼禮物？」

「ZMapp。」

艾利姆坐起來，「別給我用。」

妮婭伸手按住他肩膀，讓他躺回病床上，自己坐在床沿，「還好現在這裡不歸你管了，基貝醫生。」

「應該把藥用在還有大好前途的年輕人身上才對。」

妮婭進來以後，第一次露出笑容，「我也覺得你還有大好日子要過啊，艾利姆。聽著，其實我們不確定藥有沒有效，嚴格來說這反而是個實驗。這次碰上的不是伊波拉，所以需要白老鼠試試看ZMapp的反應。既然是試藥，就得病患知情同意，而且值得我們拯救。」

「值得救的人有很多。」

「對，但我們選中了你。外面還有很多事情要忙，有狀況再叫我過來。」

他來不及回話，妮婭已逕自走了出去。

艾利姆閉上眼睛，想像倘若自己僥倖存活，應當就對這種可怕病原產生了免疫力，然後可以好好幫助病人，回去第一線工作也不必擔憂。未來仍值得期待，所以他要努力活下去。

25

國境二十英里外，南索馬利亞訓練營內一個青年黨成員，正用手機瀏覽肯亞最大新聞網站《民族日報》，爲的是從各種報導內容中，找到可供組織行動的機會。頭條新聞馬上勾起他注意：

曼德拉疫情大爆發

他坐直了身子，繼續往下讀到副標題：

世界衛生組織與美國疾管中心，針對曼德拉可能爆發伊波拉感染展開調查

他衝進營帳叫醒大夥兒。上工了。

☣

珮彤和喬納斯坐在休旅車後座，車子隨著堅硬紅土路面起伏顛簸。引擎吼叫，塵土飛揚，六輛休旅車組成車隊，前後各有一輛裝甲運兵車護送，守在末端的則是B52諾拉輪式自走炮。

兩人根據基貝醫師的筆記和城市鍛造計畫網站，追查盧卡斯和史蒂芬的旅遊路線，對照曼德拉轉診醫院的村民訪談以及紀錄影片後，鎖定一個村落為疫情原點，也就是此行的目的地。

「之前在病房是怎麼回事？」喬納斯問。

「什麼怎麼回事？」

「那個戴斯蒙．修斯。他和這件事情有關嗎？」

「我不確定。」珮彤考慮著要不要將戴斯蒙那通電話說出來，最後還是決定暫且不提。

「妳認識他嗎？戴斯蒙．修斯？」她遲疑片刻，「以前見過。」

喬納斯打量珮彤一陣，似是想聽出她的弦外之音。

「總覺得什麼地方搭不上。」珮彤繼續說。

「怎麼說？」

「還不知道，但就覺得……不太對勁。」

「妳是說……」

「我懷疑是人為。」

「生化恐攻？挑這種地點？」

「我知道，這裡根本沒有戰略、政治或精神象徵重要性。」

「除非……」喬納斯沉吟半晌，「除非是想在大規模投放前測試效果。」

珮彤想繼續討論，但此刻車速減緩、引擎熄了火，塵埃落定後，她終於看清楚這間村落。

她的口中忽然很乾。「退後，」她擠出聲音：「通知別輛車，大家先別靠近。」

26

【CNN報導逐字稿】

早安，歡迎收看CNN焦點新聞，本節要關注肯亞爆發致命傳染病，已有數十人死亡，其中包括一名美國籍和一名英國籍。根據疾管中心與國務院不具名來源表示，這波感染症狀與伊波拉病毒相似，但目前尚未有確切的檢驗結果。

值得注意的是，CNN得知目前另有一名美籍病患正在運送回國途中。疾管中心高層證實，日前自北卡羅萊納大學畢業的盧卡斯・特納，在肯亞東北部旅遊時遭到感染。

本臺將隨時更新進一步消息，觀眾有任何意見，也可以上網留言。疾管中心是否應該將未確認的致命病原帶進美國本土？請到我們的推特參與討論。

27

戴斯蒙清醒時，感覺自己被束帶綁在某種飛機座位上。機身打平，可見已到達巡航高度，但此時正經過一段強烈亂流。

他的雙臂被綁在扶手上，雙腿也被捆住。他的眼睛微睜一線，偷瞥到對面是個平頭肌肉男，耳中正塞著白色耳機，緊盯平板電腦。

戴斯蒙心裡有了脫逃計畫。他依舊微閉眼睛，開始搖頭晃腦，唸唸有詞，對面男人摘下耳機、放下平板，魁偉身軀向前一探，想聽清楚戴斯蒙囈語些什麼。

此時戴斯蒙驟然一個頭擊，往他前額狠狠撞去，那人頓時癱軟下去。

接著戴斯蒙彎腰，朝右邊扶手上的束帶張嘴就咬，希望能拉出足夠手掌滑脫的空間。再來可以搶手槍，然後——

一隻手扣住他的後頸，往上一扳，布條蒙住了他的口鼻。甜味撲面，戴斯蒙又陷入了黑暗。

28

才看見村子，珮彤就察覺不妙。太安靜，太荒涼，一定出了事，必須考慮最壞的情況。等大家穿上防護裝，一些人抬樣本工具箱、口服補液鹽和其他藥品之後，她與喬納斯便帶頭前進。他們身後是剛搭好的白色帳篷基地，落日漸漸西沉，眾人彷彿一群太空人走在火星表面。

前方二十多間小屋浸在夕陽餘暉中，泥牆與稻草屋頂早被烤乾。山羊群在村子中央道路上來回走動，踢起一朵朵紅褐色泥雲。

第一間屋子是空的。第二間不出珮彤所料，已有了遺體。兩個成年人，應該是夫妻，都躺在地上，面部與胸上血跡凝固，蒼蠅成群嗡嗡不絕。還有三個小孩，兩男一女，倒在爸媽身旁。

珮彤招手，漢娜見狀跟進去，放下冰櫃開始採集檢體。跪在兩個成人旁邊、揮手驅趕蒼蠅的珮彤，試著從蛛絲馬跡判斷死者大略死亡時間。外觀看來至少幾天了，非常糟糕。

其他小屋內外也找到死者。有些村民似乎希望死在太陽或星星的擁抱中。珮彤能理解那種心情。

準備回去據點時，她的眼角捕捉到影子，停下腳步靜觀其變。沒錯——有別人，還是別的什麼，躲在村落外圍窺伺。

珮彤朝對講機說：「喬納斯，看見了嗎？」

德國學者已經朝帳篷走回去，聞言一愣，「看見什麼？」

珮彤放下檢體箱，準備拔腿就衝。穿著隔離裝的動作不靈敏，脫下來卻也絕對不行，她趕快又向對講機說：「馬格洛上校，聽得見嗎？」

「蕭醫師，我聽得見。」

「請立刻派人到我這裡，但不要直接穿越村莊，從兩側包抄，謹慎、安靜，盡量不要曝露位置。請他們在我北邊一百公尺的地方藏匿好。」

「瞭解。」肯亞軍官回答。

「漢娜，妳帶自己的隊員回帳篷、脫裝備，大家上車準備離開。」

喬納斯回到珮彤附近看過去，以肢體語言詢問狀況。珮彤輕輕朝灌木叢點頭，喬納斯看了就要上前，但被珮彤拉著手臂制止，要他稍安勿躁。

片刻後，馬格洛上校報告：「就定位了。」

「請他們散開，然後朝村子收攏隊形。」珮彤指示。

肯亞士兵起身，突擊步槍架在身前，悄悄行走，彷彿獵人朝大獵物般進逼。珮彤很想逃開，但她的視線凝注在那叢黃綠色灌木上。假如她看錯，會是個要人命的錯誤。汗珠順著她的額頭滑落，她眞希望能扯下頭罩抹抹臉，灌點冰水到隔離衣裡。

士兵和珮彤之間的灌木叢忽然搖晃了起來，三個身影倏地跳出來。先是一個成年女性，看來四十多歲，一個小男孩，還有一個十幾歲的少女，都很瘦削。珮彤心想，是存活的村民。他們背對士兵，朝珮彤和喬納斯狂奔而來，但沒兩下就重心不穩，摔倒在地。馬格洛上校帶人從後面包圍，操著斯瓦希里語大吼。

「別開槍！」珮彤說：「保持距離，他們也有可能帶原。」

☣

十五分鐘過後，珮彤小隊回到據點，三名村人被安置在隔離帳篷，以免只是還沒發病。她靠著塑膠布幕坐下，從自己的備貨分出野戰糧食給對方，看著三人狼吞虎嚥。雖然太陽下山了，珮彤還是滿身大汗。

馬格洛上校也在一旁待命，隨時幫忙翻譯。

青春期少女吃光塑膠餐盒以後，重重喘息幾次，接著抬頭望向珮彤。出人意料的是，她一開口竟是說英語：「謝謝。」

「不客氣。」珮彤回答：「妳叫什麼名字？」

「哈莉瑪。」

「哈莉瑪，妳可以告訴我們這裡發生了什麼事嗎？」

少女朝村子瞥一眼，「大家生了病，一直咳嗽打噴嚏，看起來像感冒。可是越來越多人生病，而且越來越嚴重，最後就開始死人。好快。」

「誰咳嗽打噴嚏？幾個人？」

哈莉瑪搖頭，「每個人。所有人。其他人。」

珮彤聞言心一沉，若少女所言屬實，這個新疾病的發病機制比預期更可怕。曼德拉病毒株會先造成呼吸道症狀，然後演變為出血熱。病毒的破壞力太強大，感染才幾天就能傳播，而且很快就致死。

她看見遠處有人穿著防護裝朝村子走去，趕快出去看看是怎麼回事，結果喬納斯靠著帳篷站在外頭，伸出手示意她別急，「是漢娜，她說小屋裡有奇怪東西，想調查一下。」

珮彤轉頭對馬格洛說：「派些人跟著去，請他們停在村子外圍，記得攜帶夜視鏡。」

「瞭解。」

馬格洛朝手持無線電迅速發號施令，幾秒以後就有十個人從據點往村子跑去。

珮彤拿起平板，放在隔離帷幕前，「哈莉瑪，妳有沒有見過這三個人？」螢幕上是兩個美國大學畢業生和英國技工。

少女搖頭。

「可以幫我問問其他人嗎？」

接下來哈莉瑪的談話，珮彤不止聽不懂，還知道並非斯瓦希里語，可能是當地方言。

「沒有，他們也沒見過。」

「謝謝。妳記得大家什麼時候開始生病、什麼時候過世嗎？」

哈莉瑪向另外兩人確認，「應該三、四天前吧。」

「剛剛說的咳嗽和打噴嚏是什麼時候開始的？」

隔離帳篷裡三人七嘴八舌一陣，「不太確定，可能一星期，還是再久一點。」

珮彤點頭，「謝謝，妳幫了很大的忙，哈莉瑪。這些答案可以救很多人。」

漢娜在十分鐘後回到據點，手裡拿著珮彤看不清的暗色物體。可以肯定的是，漢娜處理得相當小心，先包好才帶進消毒區。

不久之後，漢娜將塑膠袋放在會議桌上。珮彤、喬納斯、米倫·湯瑪斯與肯亞衛生部幾位代表，圍著它觀察。

原來是手持攝影機，上頭還有血漬。

漢娜找了椅子坐下，「那兩個美國人來過這裡。」

「幹得好，華生醫生。」珮彤讚許，漢娜一頭紅髮底下的那張臉蛋神采飛揚。

珮彤再指著桌上的老舊活頁筆記簿，「我重新看過基貝醫師的筆記，他詳細記錄了史蒂芬·科林斯死前的變化，也在盧卡斯·特納被送往亞特蘭大之前，花了很多時間訪談他。線索指出兩人在史蒂芬病危一週前就有咳嗽、頭痛、發燒、倦怠這些症狀。」

「老天。」喬納斯嘆氣。

「這是全新、未知的病原。」珮彤解說：「初期類似流感，但一、兩週內就致死。」

「從哪兒發源呢？」喬納斯問。

「目前看來有兩種可能，」珮彤回答：「不是肯亞當地，就是那兩個美國年輕人帶來的。」

「戴斯蒙·修斯給的包裹？」喬納斯一臉狐疑。

珮彤遲疑一下，「那是個可能性。」

桌邊的漢娜、米倫和肯亞代表聽得很茫然。

珮彤望向肯亞小隊負責人，「你們已經派人前往曼德拉醫院那些病人的村子了，對不對？」

「對。和這裡情況不同，那裡只有一些死亡案例，不過所有人都已感染。」

珮彤起身，雙手叉腰，「好，整理一下目前已知的情報。指示病例其一可能就是史蒂芬・科林斯，遺體正空運回疾管中心，再不然就是各個見到的村民之一。」

身為獸醫，米倫首次開口：「或許村民接觸了果蝠或糞便，那帶病原宿主就會在附近。」

另一頭，肯亞代表正詢問地陪，周邊有沒有山洞或蝙蝠棲息地。

地陪點頭，「有很多山洞。」

米倫站起來，「我去準備。」

珮彤伸手按住他，「小牛仔，等等。」她朝外頭黃澄澄的月亮一揚頭，「先休息，天亮以後的腦袋更清楚，支援者的體力也更好，那時候再去才妥當。何況這邊還有事情要忙，待會兒氣溫將更涼，我們能在隔離衣裡頭撐久一點。從西非伊波拉爆發事件學到的重要教訓就是，無論死者或活人都能傳播病原。因為非洲葬儀習俗有親吻死者之類的動作，很多人在葬禮上被感染，再將病毒帶到村子外的地方去。」

珮彤查看牆上地圖，圈起附近其他村落和往南的B9幹道。

「喬納斯，我想得派人去這些地方執行隔離檢疫標準作業，運氣好的話，也許能鎖定原爆點。」

「沒錯。」他回答：「我會打電話給曼德拉那邊，分配任務下去。」

「上校，恐怕得請你們在B9設立檢查站。」軍官點點頭，「還要請你們幫忙挖火坑。」

「多大？」

「夠放今天換下的裝備，以及村裡可能沾染了病原的東西。」

「遺體呢？」上校問。

「先不用。待會兒先裝袋，之後再決定如何處理。當務之急是阻止病原擴散，既然遺體看來死了好幾天，這一帶的蝙蝠、鳥類、鼠類以及其他食腐宿主，早就躲不過。」

「什麼時候燒掉？」

「理想上是每天休息前。」

「我不同意。」馬格洛上校說：「青年黨很可能早就知道你們在肯亞境內，大型篝火會讓我們變成肉靶。」

「有何建議嗎？」

「先挖坑，東西塞進去，蓋上防水布，盡可能密封。返程時我再叫兩個人留下來，等車隊出發幾小時了再點火。」

珮彤往旁邊一看，喬納斯輕輕點頭。「那就這麼辦。」

☣

日落後的三小時是耐力和意志力的考驗。

所有作業完成時，馬格洛上校那邊挖出的坑洞裡，已堆滿隔離裝與村裡拿來的各種物品：牙刷、玩具、衣服、食物。橄欖色防水布拼接成一大片蓋上去，黏合用的膠帶彷彿塑膠薄被上一條條的銀色縫線。

黑色屍袋堆積在白色帳篷下。死亡腐敗氣味隨時間經過逐漸消散，最後劃過僻靜村莊的夜風，再度回復清新。

回到了自己的帳篷，珮彤一屁股坐在小床上，拿出外用藥膏塗抹手臂和腿部，減輕肌肉痠疼，白色背心與露出大腿的運動短褲都已被汗水浸濕。雖然渾身發痛，她卻好久沒這麼有歸屬感。上次行動中，珮彤意識到屬於自己的真實：她的歸宿不是亞特蘭大那間公寓，而是第三世界的帳篷。她在這裡時心靈寧靜，找得到人生意義。儘管壓力巨大、工時超長，她仍然樂在其中。

追蹤疫情成了珮彤的終生志業，也成了她的生活模式。病毒可以預測，可以追蹤，可以理解。人就不同了，不理性，會互相傷害，需要的時候總是不在身邊。人是她的盲點、痛點，男人尤其如是。

可是珮彤知道自己也該面對人生最重大的決定了：究竟要找個對象成家，還是完全獻身於工作。她不確定自己想要的是什麼，只知道待在非洲疫區很自在。即便如此，在她心裡還是有個空洞，工作無法填補，只能暫時遺忘。

喬納斯掀開帳簾，鑽了進來，站在入口瞇著眼睛，吸了口裡面的空氣，「哇，又濃又香。」

「抱歉，我去外面抹。」

「不必，我自己也想用，背疼得要命。」

喬納斯沒多問一句，直接從她手裡取了藥膏，「我來吧，」他擠出一些凝膠，「妳塗過哪些地方了？」

「手和腳。」珮彤回答。

「那我來幫妳抹背。」他用另一手推珮彤坐上座位、背對自己，珮彤盤腿拱起背脊和肩胛。喬納斯則兩腿打直坐在地上，小腿與她的膝蓋淺淺接觸。

沾滿凝膠的冰涼手掌碰觸背部時，珮彤倒抽了口氣，身子一縮。

「對不起。」喬納斯說。

「沒關係，下次先提醒一下。」

喬納斯帶著凝膠的手掌在她下背處按摩，手指滑到臀部頂端。珮彤感覺得到短褲被拉低了一些，接著是白背心被稍稍拉高，他的手再向上移動。

「這味道會黏在衣服上吧。」

珮彤二話不說便解下短褲放在旁邊，脫了背心擱在小床上。雖然也不是第一次讓喬納斯看見自己的內衣裝扮，但還是有些緊繃。

他的手從背部伸到腹部將凝膠抹開，手掌規律畫圓，微微接觸到胸脯底部。

珮彤有點心慌意亂。

「妳可真厲害，一下子就鎖定到這個村莊，」喬納斯淡淡說：「感覺我們快查到源頭了。」

「運氣好猜得準而已。」珮彤開始呼吸不穩，但保持語調平靜。

「根據經驗，妳幾乎都會猜中。」喬納斯從她左右兩側往上，抹到靠近腋窩，「話說，我們合作那麼久，還沒聽妳提過自己的事情，我好像對私底下的妳一無所知。」

「也沒什麼能說的。」

「怎麼可能，總有什麼我不知道的。例如，妳有什麼消遣？」

「不多，大半都在工作。」

「不工作的時間呢？」

「看書，跑步。」

珮彤聽他又擠出些凝膠，感覺那雙手沿著背部向上，使了點力氣鑽進胸罩繫帶。罩杯在胸前被拉緊了一點。

「能問個比較私人的問題嗎？」

「可以。」她輕聲說。

「妳聰明、幽默，心地善良，人明明很棒，怎麼還沒有定下來？」

珮彤察覺喬納斯的雙手停在自己肩膀，等待回應，心中忽然閃過哥哥，接著是父親，最後則是多年前離開的那個男人，「因爲沒遇上需要的時候會在身邊的人。」

「妳需要的時候，我一定在。」喬納斯說：「眞的。」

他抽回腿，挪動身子到珮彤前面。兩個人坐在帳篷內安靜了好一陣子。喬納斯專心注視她的雙眼，問了個珮彤毫無心理準備的問題。他的嘴唇湊過來時，珮彤心中的那種情緒叫作害怕，但不太一樣。

☣

隔壁帳篷裡，漢娜．華生也往身上抹消炎藥膏。爲了方便，她直接脫到剩下內衣內褲，在帳篷支架掛了吊衣繩，搭上汗濕的衣褲，應該很快就能乾。她的其他個人物品取出以後，整齊地放在自己這一側，但她的室友就另當別論了——米倫那邊簡直像是被一家子的熊翻過。

她站在帳篷中間彎下腰，雙手將白色軟膏抹勻在大小腿上。

後頭的門簾忽然掀開。漢娜從兩腿間一看，發現米倫表情錯愕，但又瞪大了眼。

「啊，抱歉。」他擠出聲音就要轉身。

漢娜站直身子，「無所謂啦……你轉過去幾秒就好。」她趕快塗完，鑽到薄被下，「可以了。」

米倫又掉頭，她遞出藥膏，「要不要擦一點？會舒服些。」

「謝謝，但不了，我累得不想動。」他直接開一罐止痛藥，吞下四顆。

「我也好累，」漢娜說：「累得沒力氣看書。」

「對啊。只是好像也睡不著。」

漢娜點頭附和：「沒錯。」

「有點沒辦法放鬆。」

她盯著帳篷頂，「嗯，我也是，明明精疲力盡，又一直想著明天會是什麼情況。」

米倫亮出手機，給漢娜看一個有聲書程式，「我決定來聽《夜鶯》（注），才剛要開始。」

漢娜把臉靠到手肘上，眉毛往上一挑，顯得很訝異。

「怎麼，妳讀過啊？」

「還沒，在我的TBR清單上好一陣子了。」

「什麼TBR？」

「待讀清單呀（To-Be-Read List）。」

「喔，我都不列書單的。」米倫說：「看到什麼讀什麼。」

漢娜對他這論調不覺得奇怪，但他挑的書就很令人意外，而且顯然她的心思寫在臉上了。

「又怎麼啦？」

「呃，只是呢，沒想過你會喜歡這種書。」

米倫盯著手機螢幕，審視封面，「嗯？這是哪種書？」

注：*The Nightingale*，百萬暢銷作家、當代療癒天后克莉絲汀．漢娜歷史長篇小說，另著有催淚口碑：《最好的妳》《不能沒有妳》等書（春光出版）。

「就……比較文藝的。」

他往後一縮，故作委屈，「什麼話，我很有深度，可是個超級文青。」

「好好好，超級文青先生，這怎麼用？」

「很簡單。」米倫插上白色耳機，自己戴左邊，蹲在漢娜床邊替她戴上右邊。他坐在地板靠著小床時，確保她有空間稍微伸展之後，才按下啓動鈕。漢娜耳裡響起每本書共同的開場：歡迎收聽有聲書。

她摘下米倫的耳機，「別逞英雄，上來吧。」

漢娜往內擠，騰出一些空間，米倫脫鞋以後躺了上去。

她也不知道後來是什麼時間點，自己側向另一邊給他更多點空間。片刻後，米倫的手搭上她的腰，摟近了自己。

☣

喬納斯的嘴唇距離珮彤十幾公分時，她轉開了臉。

「抱歉。」他也趕緊轉頭。

「不是，」她立刻說：「是外頭有聲音。」

「什麼聲音？」

珮彤遲疑地說：「直升機？」

她起身套上衣服，衝到帳篷外，看著村莊上空的兩架直升機從天而降。幾秒鐘過後，持著突擊步槍的士兵衝了過來。

29

直升機降落，士兵在據點散開，圍著珮彤、喬納斯等專家學者，排成護衛陣形。馬格洛上校跑出帳篷時，朝著無線電大聲下令。

沙塵紛紛墜落，珮彤依稀看見兩架直升機上面都有肯亞空軍軍徽。

「怎麼回事？」她問。

上校回答：「疫情擴散了，衛生部緊急請一位過去支援。」

珮彤一聽，立刻就回房收拾。

「記得帶食物和飲水，」馬格洛提醒：「航程有點遠。」

☣

直升機在黑夜中沿著肯亞東部和索馬利亞邊境人煙稀少的地帶移動，地面偶爾閃現的車頭燈，照出底下崎嶇荒蕪的岩山風貌。

珮彤覺得很累，卻又很想問清楚方才在帳篷裡，自己與喬納斯究竟是怎麼、或差點是怎麼一回事。但她實在開不了口，不知從何說起。她給自己的解釋是因爲太累，直升機太吵，但又不能戴耳機說話，免得駕駛也聽見對話內容。當然這都是藉口。

最後珮彤決定背靠著椅背，幾分鐘內她就被機身微微晃蕩的舒緩韻律，勾入了夢鄉。

☣

她醒來時，發現自己頭靠著喬納斯肩膀，嘴角還掛著口水。珮彤連忙伸手抹掉。

「抱歉。」

「別在意。」儘管喬納斯開口說話，但聲音幾乎被旋翼噪音完全蓋過。高度漸漸降低，目的地是個面積頗大的都市。

下方燈光閃爍，有好幾十處火堆，其中一些很猛烈。

她看看手錶，已經飛了幾個鐘頭。如果疫情蔓延這麼遠，進入人口中心，情勢就與先前迥異了。

更接近地面時，珮彤望向格狀街道，卻看不到什麼私家車，只有軍用貨卡來回進出，但民眾卻群聚在路障前面推擠叫囂。

駕駛員回頭示意戴耳機。兩人開始對話，珮彤先問：「這裡是？」

「達達阿布難民營。」副駕駛回答。

國務院簡報時提過達達阿布的情況，這裡雖然屬於肯亞管轄，但距離索馬利亞邊境僅一百公里，是全世界最大的難民營，收容人數超過三十萬，生存條件十分惡劣。難民超過八成是婦孺，大都是想逃離連年乾旱與戰亂的索馬利亞人。近年由於青年黨持續發動攻擊，肯亞政府表示想要關閉難民營，懷疑它已經遭到恐怖份子滲透，去年曾遣返超過十萬人。

「感染人數有多少？」珮彤追問。

回答她的是個女性聲音，她立刻就認出是在曼德拉有過一面之緣的肯亞衛生部官員，妮婭．奧可可，想必人就在僚機上，「好幾千。至少有兩千難民發病，死亡人數超過一百。救援組織的營地也出現案例，包括紅十字會和聯合國的工作人員。」

接著妮婭說明達達阿布的地理概況，主要有四個營區，分別為伊福二號、達伽哈萊、哈加德拉三個難民營，加上救援組織據點。

遠方一輛運輸機降落在單線跑道上。

「你們送什麼過來？」珮彤問。

「軍隊和補給。要進行隔離。」

「那我們能做什麼？」喬納斯開口。

「需要你們建議該怎麼處理，請提供意見。」

珮彤和喬納斯瞭解了現況後私下討論。旋翼很吵，兩人都得扯著嗓門講話，最後擬出幾項共識，可以分成四個區域：可疑個案檢疫區、確認病例隔離區和兩個支援區。一個支援區提供給與已經與可能感染者接觸過的工作人員，另一個僅限從未接觸病原者。安全區裡的人負責卸貨，從區外和內部互動。

珮彤和喬納斯對抗疫病許多年，還沒遇過達達阿布這樣離譜的情況，下指導棋時也只能憑經驗臨機應變。兩人更進一步提議，在最靠近的城市加里薩也實行隔離檢疫，封鎖A3號與達達阿布到哈貝斯文之間的公路上兩條進出營區的幹道。

討論過細節後，直升機又朝他們駐紮的村落飛回去。

喬納斯取下耳機，湊近珮彤耳邊，「情況不妙，這裡會成爲盧安達之後最大規模的難民危機。」

「是啊。」她望著窗外，「而且不合理，達達阿布距離曼德拉或那個村子都太遠。從網站或基貝醫師的筆記來看，那兩個年輕人從來沒去過達達阿布才對。」

「妳怎麼看？」

「事有蹊蹺。」

「例如？」

「還不知道。我得休息一下，整理思緒。」

其實她心中有個想法隱約成形，可是珮彤睡眠不足的腦袋隨直升機搖搖晃晃，老是捕捉不到它。不知爲何，今晚她第二次想起哥哥。哥哥死在烏干達東部邊境，距離這裡幾百公里。那是一九九一年的夏夜。

直升機將兩人放下時，東邊山頭已露出曙光。走回去的沿路上，白色帳篷閃亮耀眼，旋翼捲起驟風，吹揚他們的頭髮。

珮彤累壞了，但還是得打電話給艾略特和疾管中心的緊急行動中心。局勢已經截然不同，疫病爆炸的速度，遠遠超乎預期。

Day 4

120萬人感染

500人死亡

30

戴斯蒙再醒來時，側躺在堅硬土地上。房間很小，空氣流通，有三面木牆和一面鐵欄杆。最初他以為是個簡陋牢獄，仔細觀察卻發現是農舍獸欄。

他的手腳仍被捆綁，渾身上下都疼痛，比柏林那個早晨更加嚴重。看來對方搬運自己的動作不太溫柔。

他掙扎一會兒以後，坐起身探向前，隔著鐵柵能看到農舍中央走道的情況。外頭很黑，不知道自己昏迷了多久？

外表是農舍，內部卻改建為監獄，而且做得挺徹底的，儘管地面是泥土，木牆卻以垂直鋼筋牢牢打下。時間足夠的話也許能挖出一條路，但他很肯定自己沒那麼多空閒。

肢體疼痛和遭受拘禁帶回了一點記憶，戴斯蒙在腦中重溫過去。

☣

他五歲那年某天，特別早就醒來了，套上髒衣服便往外溜。一來到前門，看見媽媽站在門廊上。

「小戴，午餐之前要回來，不然我扒了你的皮！」野孩子倏地翻過家門，當媽媽的話是耳邊風。

他跑在褐赭色原野上，狗兒跟在一旁。那是一隻澳洲卡爾比犬，常常咬獵物咬得鼻子通紅，所以戴斯蒙給牠取名魯道夫。

他認定魯道夫是澳洲跑得最快的狗，地球上最厲害的牧羊犬。雖然沒有進行全國調查，反正他是相信了。魯道夫是爸爸工作時的得力助手，不過今天他留牠在家陪戴斯蒙玩。小戴很開心，爸爸應付得過來，魯道夫也更喜歡陪自己探險。

戴斯蒙爬到丘陵頂，回頭眺望農莊、農舍，兩棟房子外頭都有上了油漆的圍欄。

爸爸騎著馬走在遠處山脊上，他面前那群綿羊從這個距離看起來是一團髒兮兮的雲。他摘下帽子在半空揮舞，示意戴斯蒙過去。

對媽媽可以裝作充耳不聞，她沒那麼計較，但面對爸爸還是乖一點比較好。

戴斯蒙趕過去，到了爸爸和馬兒前面以後，聽他說：「小戴，別跑太遠，待會就回去幫你媽做午餐。」

「好啦，爸。」戴斯蒙咕噥，一句話就彷彿被上了腳鐐。

「魯道夫捉到的東西，記得帶回去，」爸爸從鞍囊拿了布袋，丟在地上，「去玩吧。」

戴斯蒙抓起布袋拔腿飛奔，魯道夫緊追在後。他回頭一看，爸爸和羊群差不多已到了視線之外。南澳那一年碰上大乾旱，爸爸每星期都得將羊群趕到更遠的地方才找得到草和水。晴空炙日，反倒成了他們家的天敵。

三十分鐘後，戴斯蒙來到自己打造的祕密基地。他一秒也不浪費，立刻從乾河床搬石塊、沾泥巴築城牆，也早就在旁邊灌木叢裡藏著短斧和鏟子備用。若是爸爸知道一定會氣炸，戴斯蒙打算今天就物歸原位。

小孩子沒戴手錶，偶爾抬頭看天色判斷時間，他得趕在中午前回家。魯道夫盡忠職守爲小主人把風，戴斯蒙努力堆疊石塊，弄得滿身泥濘。看看太陽，時間差不多了。

可惜小溪兩週前就完全乾涸，一點水也不剩，否則就能洗個手了。

他回頭朝農莊走，一出樹林就聞到怪味。是焦煙。

東邊天空升起黑雲。森林火災。從爸爸前進的方向往自家農莊蔓延。

戴斯蒙丟了短斧和鏟子，拔腿疾奔，得趕回家警告大家。爸爸應該沒問題才對，那麼強悍的大男人一定能平安無事。

魯道夫追在後頭狂吠。

氣流隨著他的每個步伐增強，猛烈拍打男孩臉龐，吹得右邊山頭上的火焰張牙舞爪，無情流竄，如惡魔旋轉舞蹈，被擁抱的樹木化爲焦炭濃煙。

到了剛才停留過的山脊，戴斯蒙扯開嗓門大聲求救，希望有誰能聽見。他被煙霧圍困，黑幕逐漸收緊。一陣勁風倏地劃開縫隙，轉瞬間瞥見的光景，讓戴斯蒙嚇得動彈不得。

火舌從家裡竄了出來。

他使出吃奶力氣放聲哭喊，魯道夫跟著嗚咽低鳴。

戴斯蒙衝下山谷，朝烈焰靠近，火勢邊緣已寸草不存。他赫然止步，魯道夫也緊急剎車，東張西望。男孩想了想，連忙解下綁在腰上的布袋，撕成兩截纏住前臂，再以繫帶綁緊，接著用上衣遮住面部，免得烏煙嗆鼻。他鼓起所有勇氣和力氣向前衝去，爲了家人闖入那片火海。

起初幾步還有腎上腺素在體內支援，即便火焰烤焦了腿上汗毛，男孩也絲毫無懼。他的雙腳揚起黑灰紅炭，彈上皮膚時有些刺癢。

但等鞋底熔化時，那份痛楚就很難忍受了。戴斯蒙發出哀嚎，差點摔倒在地，周圍火焰高度不過到他腰際，從濃煙之間仍看得見自己家屋頂坍塌、消失於火窟。他心裡殘存的最後一塊，也隨之崩潰，情緒支柱垮下，砸碎僅剩的希望。男孩痛哭失聲，肉體和心靈都飽受無比煎熬。

他轉身跑出火場，腳步已經沒之前那麼快了，雙腿不停顫抖。戴斯蒙繼續呼救，巴望父親騎著馬、穿過烈火現身，將自己拉上馬背、衝出煉獄。

但父親終究沒來。

戴斯蒙走不下去了。他覺得自己會死在這裡。魯道夫的吠叫傳進耳裡，男孩試著接近狗兒，可是烏煙密布，方向難辨，而且他頭昏目眩，隨時會暈厥。煙霧灌滿小戴的口鼻，他彎腰乾咳不已，但下半身傳來的熾熱逼著他不敢停歇。他無法思考，動作越來越慢，只能一步一步前進。

隔著火牆一處缺口，他看見魯道夫被地板燒灼得跳來跳去。戴斯蒙稍微振作精神，擠出最後的力氣上前。

穿過那片火焰後，他摔倒在地。地面如同炭火炙烤雙腿，戴斯蒙向前爬去，腿很痛，所幸手臂綁著布袋，還有點隔絕作用。魯道夫哀嚎著舔舔小主人蒙上灰燼的髒臉，為男孩加油打氣。

失去意識之前，戴斯蒙腦海閃過的念頭是：我好沒用，救不了大家。都是我不好。

☣

他醒來的時候，鼻子和嘴巴都還有焦煙氣味。全身疼痛不堪，尤其兩腿好像繼續遭受火炙。

稍微適應以後，戴斯蒙意識到胸前有什麼東西，是個冰冰涼涼的金屬。他睜開眼睛，被熏過之後的雙眼刺痛泛淚。有個金色頭髮的女子，外表二十出頭，正靠在身前為自己聽診。戴斯蒙覺得她美得不可思議。

女人微笑說：「嗨。」

戴斯蒙左右看了看，他身在鋪著厚地毯的大房間，白床單被衣夾夾在拉緊的麻繩上，簡單隔開成一張張臨時病床。

從氣溫能知道已入夜了。這兒沒電，靠煤油燈照明。

教室。原本戴斯蒙過不久也要到這兒念書，現在就不知道了。四面八方傳來哭號呻吟，根本分不出誰是誰，三不五時有人尖叫。味道……戴斯蒙從未聞過這種氣味，最接近的形容是烤肉，但又很不一樣。他知道為什麼。食用的肉類經過放血、除去內臟才會料理，然而火災不給人類準備機會。這是又腥又焦，混雜脂肪、香水與銅被烤過的氣味，再加上腐臭，好比牛羊死在農舍幾天沒人發現。

他的視線回到女人臉上，對方開口：「沒事了，戴斯蒙。你很幸運。」

他不這麼覺得，「我的家人呢？」

女人的笑意消逝。不必她說出口，他也能明白，於是只好閉上眼睛掉淚，被誰看見都無所謂了。

☣

隔天午餐前女人又過來了，像昨夜那樣替他檢查、更換腿部和其餘部位的紗布。換藥很痛，戴斯蒙咬著牙忍受，沒有叫出聲。那女人的神情好像比自己還難受。

她叫夏綠蒂，是義工。這次澳洲東南方森林大火災情慘重，有很多人過來幫忙。

「以後我要怎麼辦？」

「會有人聯絡你的親戚，然後接你過去。」

「我沒有親戚。」

夏綠蒂一愣，「唔，別擔心，會有辦法的。」

消息傳開後，那天早上別的義工經過他時，都投以同情的眼神。在她們心裡，這是個無家可歸的悲慘男童。分發食物飲水、換毯子和床單的人，甚至刻意避開他的目光，彷彿正視戴斯蒙反而傷她們的心。或許眞的會吧，看著悲劇、試著感受，就會跟著哀傷起來。戴斯蒙不怪她們，總是開口道謝，以前媽媽都要他有家教。

夏綠蒂就不一樣，她的態度很正常，沒當他是什麼異類，讓戴斯蒙覺得自在得多。

她離開以後，男孩躺在床上盯著天花板。走道對床老先生的收音機傳來新聞廣播。

「政府持續關注澳洲東南部『聖灰星期三』(注)森林大火造成的傷亡，估計至少七十人死亡，數千人輕重傷，財物損失達數億。僅維省境內一天就有超過五十萬英畝農地化爲灰燼，本季結束前，因火災失去的農田恐怕將超過百萬英畝。畜牧業損失也十分慘重，死於大火的綿羊多達三十萬頭，牛隻將近兩萬。澳洲南部發布史上首次緊急戒備命令。

「消防人員仍在與火勢拔河，全國各地許多義工前往支援，據估計，參與者將超過十萬，其中包括軍警醫護等等。

「目前無法確認火源，但可以肯定大旱氣候是重要因素，風速與沙塵暴也造成影響。根據民眾提供訊息，各處出現柏油路面起泡燃燒、砂礫化爲玻璃，甚至冷凍櫃內牛排被烤至全熟的異常現象……」

☣

午後，夏綠蒂又來了，還帶了用報紙包好的禮物。

「對不起，實在找不到包裝紙。」

戴斯蒙拆開以後，努力掩蓋失望之情，拿著那幾本書在手裡轉來轉去，只盯著封面看。

「怎麼了嗎？」夏綠蒂問。

「我看不懂。」

她很尷尬，「啊，這樣啊……原來如此。」

「我才五歲。」

「是嗎？」她的語調透露訝異，「我一直以爲你更大些。」戴斯蒙聽了很開心，「好吧，那只好由我唸給你聽了，」夏綠蒂又說：「當然，如果你想聽的話。」

幾分鐘以後，戴斯蒙便沉浸在故事裡，忘記所有恐懼悲傷，其他病床傳來的臭味和聲音都煙消霧散——直到一個黑髮、高個子男人露面爲止。他與夏綠蒂年紀相仿，站在走道上望過來的眼神，讓男孩很想衝上前擋在前頭。

注：媒體對此次澳洲森林大火的命名，典故為基督教教會年曆的大齋期起始日，禮儀中會塗抹棕枝灰燼做為悔改象徵。

「要走了嗎，夏綠蒂？」

「還沒，你先走吧。」

「親愛的，妳一小時前就該下班了。」

他那句親愛的讓戴斯蒙討厭極了。

「我知道，但我想再多留一會兒。」

「那我等妳。」

「別等了。」

男人重重嘆息。戴斯蒙想起父親面對倔強馬匹的反應。

等他離開以後，夏綠蒂繼續讀故事，好像完全沒被打斷過。

故事說到一半，夏綠蒂闔上書本，「該睡囉，小戴。」

扶男孩躺好、撥開他臉上金髮以後，她關掉煤油燈。戴斯蒙終於有了大火之後的第一次好眠。

☣

翌日早晨，戴斯蒙期待再一次聽故事，沒想到夏綠蒂竟帶來更大的驚喜：她推了一臺輪椅過來，問男孩要不要出去透透氣。

還用問嗎？

夏綠蒂推他離開房間、穿過走廊到了外頭，二月的陽光灑在戴斯蒙臉上的感覺眞好。這年夏天很熱，久久地留在澳洲人的記憶中。男孩讓微風拍打臉龐，深深呼吸，甩動頭髮，很慶幸終於能有一口不沾染屍腐腥臭的空氣。

重獲自由的他，後來興奮地自己滑輪椅到處玩耍。他的腿逐漸痊癒，醫生認爲能夠完全回復功能。

「你很快就能自己走了。」他們是這麼說的。戴斯蒙實在等不及了，以前從沒想到走路是如此寶貴的天賦。

☣

下午過後，夏綠蒂回來爲他唸故事書直到熄燈。兩人之間發展出固定相處模式，他早上在外面晃蕩，下午聽故事到休息。

一週過去，戴斯蒙又問起往後怎麼辦，「我們在想辦法了，小戴，你別擔心。」她說。

日子緩慢地過去，他漸漸可以自己行走，不靠輪椅也能在學校散步、闖進自助餐廳、其他教室甚至教師休息室。感覺很刺激，實際上也沒有什麼就是了。

戴斯蒙自告奮勇去幫忙備餐。胖大廚遞來一個鐵勺，安插小戴做「專業拌湯師」。每次說那五個字，他就呵呵笑得咳嗽起來，除此之外戴斯蒙挺喜歡大廚的。

回去床位的路上，他聽見另一間做爲醫護站的教室裡傳來夏綠蒂的聲音，她的心情似乎很差。

「您一定得接受。」停頓。

「不，先生，必須是您，我們已經——」又停頓。

「對，沒錯，您是他唯一的親屬。」

戴斯蒙聽見話筒被掛上，接著是夏綠蒂的啜泣聲。他想進去看看怎麼回事，卻聽見那個黑髮男子開口講話。

「妳太投入了，夏綠蒂。」

夏綠蒂的回應很模糊，戴斯蒙聽不清楚，但那男人似乎為此很不悅，語氣明顯下沉，「我知道妳在想什麼。」

「你確定？」她回嘴。

「妳想收養他。」停頓。「對吧？妳是不是瘋了？」

「有什麼問題嗎？」

「唉，這要從何說起？妳打算從醫學院休學嗎？不然怎麼養他？跟父母要錢？還是妳以為我得負責養他？還有，妳是不是根本不打算和我商量？」

兩個人開始吵架，互相罵了些很難聽的話。戴斯蒙實在不忍再聽，但又不願離開。那些話語就像纏上他小腿的火舌。

下午夏綠蒂來了，滿面愁容、狀態萎靡，話也變少，唸故事書像被強迫似的，和以前差很多，沒了栩栩如生的口吻。戴斯蒙的心裡更不是滋味。

☣

隔天早上戴斯蒙一醒來，夏綠蒂已經站在他床邊，「我們找到人照顧你了。」

她吞口口水，鎮定情緒，說了兩件男孩早就知道的事：他的父親祖籍英國，祖父母很早就過世了。

接著是他沒聽過的消息。

「你有個伯父，叫作歐威爾，雖然……他們兄弟倆關係不算好，但他還是答應撫養你。」

戴斯蒙點點頭，不知道如何回應。

「那我……」他想問還有沒有機會見她。

夏綠蒂輕輕搖頭，眼角掛著一滴淚，「後天我帶你到墨爾本機場，你搭飛機到奧克拉荷馬市，在美國。」她又擠出笑容，勉強裝出輕快語調：「你有聽過那裡嗎？」

戴斯蒙搖搖頭。

本以為她說完這些就會離開，但夏綠蒂又留下來為他說故事，就像一開始那樣。戴斯蒙喜歡她的聲音，喜歡每到精彩處，她就會問自己覺得故事將如何發展，喜歡她用很特別的語調，讀出每個章節的標題。

翌日她也過來了，而且一直待到熄燈。

戴斯蒙沒再見過那個黑髮男子，不過也算如了他的意。

☣

夏綠蒂開車送他到機場，吻了吻他的前額，交給他一袋子衣物，都是全新的。戴斯蒙感覺得出來全是她精挑細選過。

「這是給你的餞別禮物。」

他想開口說點什麼，夏綠蒂卻自己先哭了出來。

「謝謝。」男孩說

「沒什麼，小事一樁。」她有點無法克制情緒，抹了臉頰上的眼淚幾次，伸手放在戴斯蒙的肩頭，「快進去吧，別錯過飛機了。」

航空公司那兒已經得到通知，一位地勤小姐過來協助指引他。戴斯蒙回頭一望，夏綠蒂還站在原地啜泣，不停地揮手。

到了奧克拉荷馬，迎接戴斯蒙的人與夏綠蒂有著天壤之別，於是男孩更加思念她了。

31

米倫．湯瑪斯醒來以後瞇著眼睛，即使有帳篷遮掩，清晨的陽光仍舊刺目。漢娜躺在他旁邊，睡得還很熟，幾乎聽不到呼吸聲，身子很暖和。他忽然好奇這麼熱她怎麼睡得著，這才想起昨夜大家都累壞了。

他輕輕摟住漢娜的腰，遲疑了一會兒，怕自己驚醒對方。但她沒動也沒醒，米倫下床以後，慢慢爲她蓋上薄被，發現自己身上沾滿了漢娜昨天用的藥膏味道。她昨天可是渾身上下都抹好抹滿。不過呢，值得，非常值得。

他用十五分鐘吃完早餐，準備好一天行程，找到那輛上了年紀的豐田休旅車，肯亞政府聘請的地陪齊托，已站在車子前面將地圖打開，鋪上引擎蓋。

齊托伸手一指，「湯瑪斯醫生，我想就從這裡開始吧。」

「叫我米倫就好了。以這裡爲起點的原因是？」

「比較不會遇上獅子。」

米倫心想這理由眞是太棒了。他還記得電影《暗夜獵殺》改編自眞實故事，說的就是肯亞特薩沃在十九、二十世紀之交，曾經有兩頭凶獅殺死數十人的事件。

「聽起來設想周到。」他回答。

接著米倫走向蕭醫師的帳篷，探頭進去，出乎意料看見她竟還沒醒。貝克醫師坐在另一張小床上盯著筆電，做手勢示意先別出聲，自己起身帶著米倫走離帳篷。

「怎麼了？」

「沒事，只是我要出發了。」米倫轉頭望向帳篷，「她還好嗎？」

「過累而已。昨天太忙了。你已經確定目的地？」

「嗯，選了一些山洞，應該天黑前能回來。」

「很好，別拖到晚上。在洞穴裡千萬要小心，失足可是會沒命的。假如非得深入洞穴，注意無線電可能沒辦法通訊，取得樣本以後立刻回頭。想觀光探險的話，等到任務結束吧。」

「明白。」

「祝你好運，米倫。」

☣

前往第一個洞窟的車程不到兩小時，車裡四個人沒怎麼講話。米倫與齊托稍微討論了洞窟的地形，前座兩名肯亞軍官則只是緊盯窗外，留意是否有任何異狀。

米倫心裡很興奮，他的大半輩子就是爲了這件事情做準備。他出生在印度籍移民家庭，雙親很鼓勵他多探索性向，所以成長過程接觸了許多事物，連音樂舞蹈也包括在內。然而他最終離不開內心所愛：動物。豐富多變的物種與人類分享這個地球，米倫喜歡牠們的不可預測和個別特質。觀察和接觸新動物對他而言，總是充滿了新鮮感。

異國動物及其棲息地尤其勾人好奇。他喜歡廣泛閱讀、反覆收看紀錄片，最初也想過進動物園工作，後來還是希望能在自然環境中和動物互動。此外米倫希望自己做的事情有更大的意義，最好不止針對動物，能對人類也有助益。

攻讀獸醫畢業以後，父母強烈希望他就當個執業獸醫，因爲收入穩定，算是對兒子的教育投資有了報酬。可惜他心意已決，沒去當普通獸醫，反倒加入疫情調查訓練，在流行病學找到新天地。就米倫自己的立場來說是完美選擇，能旅遊各地、調查疫情，尋找動物宿主的棲息地。不過他也安撫爸媽要是做得不順利，就會乖乖回去當獸醫。

雙親拿兒子無可奈何，因此他現在得以一身隔離裝備，站在山洞入口前。米倫很慶幸有對開明的父母，這次調查可能會讓自己站上事業巔峰。

齊托祝他好運後，米倫帶著採樣工具踏進洞穴。到了裡頭，他馬上看見發黃、乾裂的蛇皮，內心慌了一會兒但仍繼續向前，暗忖一身裝備應有足夠防護效果。

一步一步前進越來越黑的未知之境，當黑得再也無法視物時，米倫開啓了夜視鏡，世界一下子被詭異的綠色籠罩。齊托每分鐘都會經由無線電確認狀況，米倫也不斷地回報。

然而過了十分鐘，訊號便中斷了。入洞以後，米倫每隔一分鐘便在地面放置一個綠色螢光棒，無線端斷訊以後則改爲橘色。螢光棒就是現代版的麵包屑，能指出回程路線。他們使用軍規品，足夠支撐十二小時，理論上熄滅之前，米倫早就採集好樣本出去了。

地面隨著他的深入更加潮濕陡峭。放下第二十個橘色螢光棒後過了十秒，他終於看見此行目標：蝙蝠糞便。

米倫彎腰取了幾個樣本，標示現在的洞穴深度，也在樣本位置周圍放置了有編號的藍色標誌與旗幟。

有所收穫後，他精神一振，將取樣工具放在旁邊，右手拿著麻醉槍、左手拎著大網子，繼續往裡面探險。靴底的觸感很滑，但米倫堅定信念，認爲蝙蝠就在附近，倘若牠們是宿主，便能突破困境，找到指示病例，甚至進一步研發出解藥。屆時調查工作便會大功告成，拯救成千上萬人命。想到這兒，他加快了腳步。

但轉彎時，米倫的左腳在石頭上一滑，整個人向前撲了過去、撞在地上，麻醉槍與網子脫手飛出。他大吃一驚，不過人沒事，馬上起身趕快找槍。

蝙蝠群發出尖嘯，聽起來既像鴉啼又像鼠鳴。距離不遠處，傳來翅膀拍打的聲響。

米倫轉頭一看，一大群蝙蝠撲了過來。

他被群蝠團團包圍，本能地舉起雙臂遮住面部，朝旁邊一縮，想避開蝙蝠的飛行路線，卻感覺防護裝被爪子劃過、薄翼在四肢上刮擦。米倫轉身低頭逃竄，岩石在他腳底碎散。

他踩空了一步，腳下什麼支撐也沒有。

32

頭頂上的白色帳篷布上冒出了一個黃點，有如燈火直射眼珠，令珮彤不禁瞇起眼睛，好奇究竟是什麼。幾秒鐘後她才會意過來：已經接近正午了，太陽已高掛天頂。她起身拿手機，看見時間時低呼一聲，她居然睡到十一點三十分才醒來。

隔壁小床空著。她趕緊衝到主帳篷內。

喬納斯與漢娜兩人圍著大桌，身後牆壁的板子上釘著大地圖，上頭的紅色區塊比前一天又多出許多。

「情況如何？」珮彤上氣不接下氣。

「要不要吃早餐？」喬納斯沒回答她的提問。

「我只想知道怎麼回事。」

喬納斯瞥了漢娜一眼，漢娜識相地起身離開，「珮彤，妳先坐下吧。」

「這麼糟？」

「糟透了。」

喬納斯迅速解釋現場小隊回傳的訊息：又有十五個村落捲入疫情，連同達達阿布難民營的死亡人數，已經攀升超過六千。

她搖搖頭，「不可能呀。」

「什麼意思？」

「首先假設基貝醫師是在兩個美國年輕人一走進醫院時就被感染好了。」

「嗯哼。」

「他在七十二小時內出現症狀。」

「沒錯。」

「可是他根本沒有呼吸道症狀，進入出血熱的速度未免過快，比我們在村落得知的情況快上太多。」

「對。」喬納斯回答。

「為什麼？」

「可能傳染給他的另有其人，而且已經在出血熱階段，又或者他做為特殊個案，直接跳過呼吸道症狀。」

「那也就代表這個疾病有兩種不同病程，會依據傳染者的不同、傳染者所在的症狀階段而呈現差異。」珮彤思考片刻，「還有一個疑點，達達阿布難民營的人被感染，應該和村民是差不多時間吧。」

喬納斯點頭。

「那不可能是那兩個年輕人的緣故。」珮彤說：「根據旅遊紀錄來看，那時他們在達達阿布北邊很遠的地方。」

「或許傳染給貨車司機才帶到南方。」

「有這種可能。可是一個病原在這麼短時間內蔓延這麼廣，我怎麼看都覺得不對勁。」她指著地圖，「感覺像是在一個地區內多點同時大爆發，這合理嗎？」

喬納斯也望向地圖，「如果指示病例一次造成大規模感染，例如葬禮或好幾個村落的聯合代表大會呢？食物也是個可能的管道。」

珮彤心中閃過戴斯蒙・修斯的名字。他寄送食物給兩個美國青年，難不成村民也收到了？幾天前夜裡那通電話依然揮之不去，畢竟他最後說了：我認為妳會有危險。

她左右張望，確定帳篷裡只有自己與喬納斯兩個人以後，才壓低聲音講起悄悄話：「我知道聽起來很像神經病，但我眞的懷疑這是生化攻擊。」

喬納斯倒抽口氣，「好，那我們來假設這個情節模擬看看。本地恐怖組織主要就是青年黨，如果他們取得生物兵器，就會用來削弱肯亞，等政府垮臺再成立基本教義派的伊斯蘭國家。大瘟疫這個手段是激進了些，但對他們而言，的確是好機會。」

「所以動機是存在的。」

「嗯。但現實是這種生物攻擊手法，遠遠超過他們現有的技術水準。」

「也許他們得到外援？」珮彤說。

「可以這樣假設，不過再來的問題就是誰，還有為什麼？」喬納斯端詳地圖，「唔，我不會直接排除，但目前也不想鑽牛角尖。說不定只是五個人在同樣場合感染，分別將病原帶到達達阿布、機場、曼德拉和周邊村落。這種情節在我看來，可能性明顯比較高。」

漢娜回到了帳篷內，為珮彤帶了加熱過的野戰口糧和一瓶水。她確實該補充熱量及水分了。

開口道謝過後，年輕學員站到一旁。珮彤與喬納斯繼續研究地圖，漢娜將手機套上衛星背蓋，撥號等待。

她一開始聲音不大，卻忽然抬高。「多久了？」停頓片刻，「先別掛。」她夾著手機向兩人說：「米倫進去第一個洞窟已過一個半小時，但超過一小時沒聯絡。」

「誰接的電話？」珮彤問。

「地陪齊托。」

「開擴音。」

漢娜按了按鍵，「齊托，我讓蕭醫師和貝克醫師和你說。」

「兩位醫師好。」

「齊托，米倫有沒有帶備用防護衣過去？」珮彤問

「有的，醫生。」

「可不可以麻煩你穿上防護衣，往洞裡走一段，試著接近到無線電能通訊的範圍找找看？」

「好的，醫生。」地陪爽快答應，「我試試。」

「太好了，非常感激。米倫應該會在地上擺螢光棒做標記，看不到螢光棒的話，他應該就在附近，可能遇上崩塌之類的事故受了傷。」

「我懂。」

「那就請你保持聯繫。謝謝你了，齊托。」

漢娜掛斷電話，珮彤望進她眼裡，「我們會找到人的，漢娜。」

三個醫生在午後先聯絡其他村落的小隊，並協調撤離事宜，全體預計隔天破曉就走。

下午兩點半，珮彤打電話給艾略特。雖然這五年出任務時，他都沒跟在身邊，珮彤還是覺得聽見他的聲音會安心不少，而且與艾略特討論現況，也有助於釐清盲點。

她站在大帳篷外，避開喬納斯等人。

「妳怎麼看？」艾略特問：「怎麼會散播得這麼快？」

「現在有幾種理論，比方說也許四到十個人同時被指示病例感染，然後正好往不同方向移動，導致病原快速擴散。」

「合理。」

「可是我總覺得，也許有其他散播途徑。」

「例如？血液汙染？葬禮？」

「都有可能，我不確定。」珮彤看著肯亞士兵在營區來回巡邏，「你那邊情況如何？」她眞正想知道的是盧卡斯·特納怎麼樣，但忍著不特別針對一個人關心。

「亂糟糟的。」艾略特回答：「美國對前往肯亞、衣索比亞、索馬利亞下了禁令，也拒絕從該地前來或近期到過這些地區的人入境。不是只有美國這麼做，歐盟、澳洲、亞洲大半國家也跟進，媒體認爲等同對肯亞經濟判了死刑。」

「的確，但恐怕別無他法。」

「沒錯。這邊還有另一個問題，就是追蹤到另一個疫情爆發現象。」

珮彤開始踱步，「眞的？有什麼症狀？」

「類似流感，不過初期強度低，而且呈現間歇性，可能一天之中什麼毛病都有，包括頭痛、咳嗽、發燒、倦怠那些，但隔天就沒事一樣。死亡率很低——目前。」

珮彤心一寒，因爲艾略特的描述與兩個美國青年在出血熱之前的症狀相同。如今已經死了一個美國人和一個英國人。

她克制情緒發問：「有多少人感染？」

「已知亞洲超過一百萬，歐洲也有一百萬，南美大概二十萬。我們認爲實際上更多。美國也有五十萬左右，公衛單位還在不斷更新資訊，數字會越來越高才對。」

確定是世界級的瘟疫了。珮彤想提出自己那套假設，又覺得還是先掌握所有事實資訊再說。

「怎麼會這麼快呢？全球公衛情報網這次居然沒發現？然後我們也一無所知？」

「症狀和流感或一般感冒太接近了，注射流感疫苗的人也被感染，才引起衛生部門注意和密切追蹤，加上症狀是間歇性就更難確認病程。不過實驗室已經取得樣本，立刻會動手分析。無論是什麼病毒，看來傳播管道非常多樣化，而且生命力極頑強。好消息是雖然病例都已經三百萬了，卻只有幾十起死亡，致死率非常低。」

「値得觀察。」明天就是感恩節，珮彤自然而然問起：「主任要不要發布旅遊警示？」

「他正在考慮，但我認爲機率不大。白宮已經表達反對立場，畢竟很多人打噴嚏總比扼殺經濟成長來得好，至少從他們角度看來如此。要是死亡率比較高的話，考量就會複雜得多。」

「唔，可想而知。對了，也許是多心，但我還是想提醒一下。治療美國人的肯亞醫生做了詳盡的病歷，兩個病人演變成出血熱之前，都是類似流感的症狀。」

艾略特沉默良久，才答腔：「妳該不會認為……」

「我覺得保險起見，最好比對兩株病毒的基因序列，看看是否相關。」

弦外之音就是，世界上已有數百萬人感染致命病毒。肯亞已經因此死了這麼多人。

艾略特語氣鎮定，「說得對，我會列為優先事項。」

珮彤呼出一口氣，停止了踱步。「嗯，」她還是忍不住好奇，「那個孩子怎麼樣？」

艾略特的遲疑已說明一切。「抱歉，珮彤。幾小時前，他在飛機上走了。」

這句話讓她感覺像是肚子被揍了一拳。二十四小時前，珮彤還去病房探視過他，承諾會竭盡所能加以治療，現在她懷疑自己做得遠遠不夠。

「所以ZMapp也沒效。」她想說得客觀冷淡，卻掩藏不了語調中的低落。

「珮彤，妳已經盡力了，而且還提供樣本給我們檢驗，剩下的讓我們這邊接手吧。」

但她在基貝醫師的手札裡看過年輕人給父母的留言。盧卡斯．特納勇敢、無私，實在不該在這種青春正盛的年紀就撒手人寰。希望傾盡全力幫助盧卡斯的基貝醫生的運氣能比較好，但珮彤不抱多大指望。

她的注意力回到電話上，「嗯，明白。我們這裡還有個狀況，一位叫作米倫．湯瑪斯的學員失蹤，他今天早上去附近山洞調查，過了幾小時仍沒有音訊，已經派人搜查了。」

「收到。放心，人會回來的，珮彤。可能只是弄丟手機或電池沒電。」

「我也希望如此。」

「有我這邊能幫上忙的地方嗎？」

「目前沒有，我們還能處理。」

「好，有什麼需要再告訴我。別垂頭喪氣？」

☣

帳篷裡，喬納斯又在電腦前打字。

「盧卡斯．特納在往埃默里的途中不治。」珮彤試著不帶情感地說。

但喬納斯抬起頭，褐色大眼盯著她，「眞遺憾。」

「嗯，我也覺得。」

☣

幾小時以後漢娜鑽進帳篷，電話靠在耳邊，「第二支搜索隊已經到達洞窟入口，沒看到休旅車，齊托也沒有用無線電通訊。」

「有打鬥跡象嗎？」珮彤問。

「沒有。」漢娜回答的神情顯然已先問過了。

珮彤思考片刻，「有可能是電話出問題，正在往回走，或者直接去了第二個山洞也未必。」

「但也可能被困在洞裡。」漢娜說。

「當然，所以還是派兩個人著裝進去查看。提醒他們別分散，每分鐘都要用無線電回報。然後與肯亞衛生部聯繫，說我們懷疑美國有一員、肯亞有一員以上可能受傷，請求空中救護直升機到那邊待命。再找不到人的話，就根據他們的行程去下個山洞找。」珮彤轉頭問馬格洛上校：

「可以派多一點人過去嗎？」

上校略有猶豫，「可以是可以，但防衛程度就分散了。」

「還是派人吧。」珮彤說：「同時盡快請求支援。」

「瞭解。」

☣

傍晚六點，他們清理會議桌準備用餐，仍舊沒得到第二支搜救隊的回報。第三支隊伍再過一小時就會抵達。太陽西沉得很快，主帳篷開了燈，士兵輪班站崗，不執勤的人也會到帳篷裡面吃東西。

珮彤忽然聽到外面傳來微弱的啪嚓聲，很像是空氣槍。喬納斯掉頭望向帳幕入口，可見也察覺了異音。兩人同時起身走過去，看到營地外圍來了兩架直升機，勁風捲起了陣陣紅沙。過了一會兒，沙塵裡走出十數人，身上是黑色防彈衣，手裡則有突擊步槍。馬格洛的兩個士兵中彈倒地。

珮彤耳邊響起喬納斯的喊叫：「敵襲！」

營地隨即陷入一片混亂。

33

失了先機十分致命。保護珮彤、喬納斯等人的軍隊一波波倒下，短短幾秒內死傷大半。子彈鑽進白色帳篷，肯亞軍的反擊掠過村落的茅草屋頂。

「快跑！」馬格洛叫著：「去開貨車！」

可是珮彤沒向外跑，反倒朝隔離村民的地方衝了過去。那三個人一臉驚懼，她開門指著外頭。

「出去像之前那樣躲起來，沒見到我們的話就不要出來。」珮彤才說完就被人扣住手臂，回頭發現是眼神驚惶的喬納斯，「珮彤，得走了。」

兩人朝著營地外緣的三輛豐田休旅車疾奔。漢娜先出發，已經跑了一半，正經過空地，周圍槍聲不斷。敵人用的是消音武器，傳出一連串啪嚓聲，馬格洛這方的自動步槍還擊時才隆聲大作。子彈落在前面兩輛車，側面冒出彈孔，車窗玻璃粉碎成片片。

「最後一輛！」喬納斯大叫。

珮彤壓低身形，全速逃命，心跳急促得如同低音鼓，應和著步槍演奏的死亡交響曲。

女子慘叫響起——她抬頭一看，只見漢娜倒下，血花四濺。珮彤立刻飛撲過去，跪著檢查她肩膀的傷口，小女生淚眼汪汪卻咬著牙趕快起來。珮彤伸手攙扶她，兩人跑到車子邊，喬納斯已打開車門等待。

大家都進去以後，他重重甩上門，「壓低身體！」自己則坐進駕駛座發動引擎，將油門踩到底。

營地突然爆炸，白色帆布與紅色沙塵漫天飛揚，碎屑如冰雹朝車子砸落下來。

喬納斯沿著大路駛離村莊，速度催到極限。車體在路面起伏彈跳，每一下都換來漢娜的哀嚎。珮彤一手摟著她的頸部，另一手護住她的腰際，將自己墊在學員身下，希望能起點緩衝作用。兩張臉貼在一起，珮彤嚐到漢娜的淚水滑落在自己唇上那股鹹味。頭頂上，一枚子彈刺穿後窗，玻璃朝兩人灑下，她趕快用手掌掩住漢娜頭臉。

子彈繼續往休旅車掃射，起初零零星星，後來成了大轟炸。

「抓緊！」喬納斯大叫。

休旅車猛然轉彎，跳了兩下，接著引擎尖嘯，全速奔馳。

震耳欲聾的爆炸將車體拋上半空。有一秒時間，珮彤感覺自己是飄浮的，噁心感湧上，就像雲霄飛車到達最高點，準備高速俯衝。接著休旅車駕駛座那面著地，抱在一起的珮彤和漢娜撞上車頂以後，軟在底下。金屬傾軋、玻璃炸裂的聲音過後，漢娜扯開嗓門尖叫。

前座的喬納斯解下安全帶，高舉手臂過頭頂。現在副駕座的儲物櫃到了他的上方，他打開後取出一把手槍，開保險上彈匣。

「不要，喬納斯！」珮彤大叫，但爲時已晚。他已經站起來，踩著駕駛座那側車門，從翻到上面的副駕車窗探身開槍。可惜才打了三發，他的身子就被步槍子彈貫穿，血肉濺在座位上。喬納斯倒下，手槍脫手掉進後座，就在珮彤伸手可及之處。

漢娜顫抖著尖叫，似乎再也承受不住劇痛。珮彤緊緊摟住她，視線飄向手槍。

過了一秒，後門打開，幾隻手將兩個女人拖到了車外。

34

戴斯蒙瞪著自己的雙腿。從酒店醒過來直到現在，才知道腿上的疤是怎麼來的。取回部分記憶之後，他當然希望想起更多，不過當務之急是逃離這個臨時監獄。

他躺在地上留意周圍動靜，希望能有些線索判斷所在位置，以及附近有誰。但農舍內部無聲無息，連隔壁獸欄也空無一物。

戴斯蒙又試著找些東西當武器。最好的選擇當然是掰根鋼筋下來用，於是他在牢房內四處查看，尋找結構弱點。最後他選定左邊牆壁那一根，接著雙手在地面翻找有什麼能充作鏟子的東西，摸到將近兩吋長的石片以後，就動手開挖土壤。

剝掉足夠分量泥土，終於可以開始撐開鋼筋。他站穩腳步，兩手使勁，即便疲憊的肉體湧出陣陣疼痛，依舊規律地來回推拉，想藉由壓力變化造成焊點鬆動。

過了十分鐘，戴斯蒙滿頭大汗，精疲力盡，可是焊點和一開始同樣堅固。

他靠著牆壁坐下，喘息不已，撿起石片在手裡轉動，腦袋一片空白時，竟不自覺地轉身在深色木牆刻起字：戴斯蒙・修斯曾經在此。他往後一靠，盯著牆上白字，自己的名字，然後又過去加了一句話：我是無辜的。

這是無意識的行爲，刻下以後，他反而懷疑一切是否屬實。他的記憶裡有個場景是倉庫改建爲臨時醫院，很多人在裡面接受治療。治療什麼？他知道非洲爆發疫情，可能是伊波拉病毒，珮彤．蕭去了那裡。自己或某人事前安排要戴斯蒙警告她。

所以他早就知情？

的確很可能有人早就知道會發生瘟疫。另一段記憶裡，臉上滿是傷疤的男人站在群眾前，聲稱世界即將改變。

戴斯蒙躺在牢房內思索。這裡天氣炎熱，明明大半夜也感覺氣溫在攝氏二十四度以上，換言之自己身在熱帶，而且是比較乾燥的地方——非洲，或者加勒比海島嶼——不太可能是海島，否則會嗅到海風鹹味。但別說海風了，農舍中間走道連點氣流都沒有。

制訂脫逃計畫時，戴斯蒙考量幾個條件：敵人是專業好手，沒必要不會留活口，他還活著一定有理由。

滿臉汗水也成了可利用的點。他朝尖銳石片吐幾口口水，在褲子上抹一抹擦乾淨，掀開上衣在腰際摩擦，擦破皮膚到稍微滲血的程度。戴斯蒙將血揉開，再讓衣服貼上去沾滿血跡。

靴子踏地的聲響沿著走道接近，他用破皮那側躺在地上，放慢呼吸裝出衰弱模樣。最有可能逃走的機會是引誘獄卒進來，如果做不到就得隔著欄杆，嘗試出手搶鑰匙。可以考慮扔石頭，雖然雙手被綁住要扔大力不容易，但只要對方朝牢房靠近、打亂重心，戴斯蒙就可以從鐵柵縫隙扣住來人。

士兵停在牢門正前方。來人一身護甲、黑色頭盔附帶面罩。

「找醫生給我，」戴斯蒙語氣虛弱，「我被拖進來的時候，腰都被刮破了。」

他滿頭大汗看起來更逼眞，但士兵依舊無動於衷。

「聽到沒有？找醫生過來。」

對方語調冷淡沙啞：「這裡看來像醫院嗎？」

「是不像，大概是白癡傭兵之家。不過你的老闆發現我才來沒多久就死了，不知道會怎麼想？」戴斯蒙停頓兩秒，「恐怕你的預期壽命會瞬間歸零？」

「給我看看。」士兵口氣中的無所謂少了些。

「找醫生來看。」

「少唬人。」

戴斯蒙轉身，輕輕挪開右手臂，露出血紅的腰際，裝出說話更吃力的樣子，「反正我猜最後也是一死，那你就當我的陪葬吧。」

「走過來。」

「你他媽混蛋。」戴斯蒙呸了一口。

本來他以爲士兵會開門，結果人家掉頭就走。

過了十分鐘，士兵又回來，帶了一碟吃的和一口小箱子。起初戴斯蒙還滿懷希望，但碟子穿過鐵柵時，他的心一涼——居然是薄薄的保利龍餐盤，一點也排不上用場。

「吃吧。」對方說。

「人都要死了還有什麼好吃的。」其實戴斯蒙餓得很，可是他猜得到裡頭摻有什麼，吞一口就會昏迷。士兵會在他昏迷後進來檢查傷勢，發現他耍了把戲，往後無論說什麼、做什麼，對方都不再相信，也就更難製造逃走的機會。

「你要玩硬的？」

「現在不是嗎？」

士兵將箱子放在地上，打開不知什麼操作。戴斯蒙站起來準備丟石片、朝鐵門飛撲，但對方的動作更快——從箱子掏出手槍，第一發就正中他的胸膛。

35

米倫驚醒過來，上半身很痛，不過腿上的感覺更奇怪，有什麼東西纏著左小腿。他躺著不敢亂動，想先確認那究竟是什麼。沒想到那玩意兒纏得更緊，簡直像個鉗子。米倫判斷它的寬度不超過一吋，但力道強勁，正逐漸切斷他的血液循環。

他知道自己摔進坑洞，但不清楚摔了多深。周圍一片黑暗，只有遠方光點彷彿火車隧道裡的手電筒。

腿被纏得太緊了，而且拉扯力道遠超乎米倫想像，他整個人在岩石上滑行，最後撞上山壁。光線亮了些，也灑到身上。這下子米倫終於看清楚腿上是什麼：居然是繩圈箍著腿腳。

「停！」他大叫。

但繩子繼續拉扯，他下半身盪到半空，左腳腳踝實在被繩圈箍過頭了，疼得要命。肩膀還連在地面，不過正一點一點騰空。對方聽不到，自己的聲音都被防護面罩擋住了。

米倫無可奈何，明知這麼做有生命危險，但還是摘下頭罩，放聲大叫：「停呀！」

他很倒霉，對方一聽見立刻反應了，下場就是他又重重摔到凹凸不平的石頭上。渾身劇痛的米倫翻了個身，結果更加難受。他躺著心想一切不知何時結束，而且還超級想吐。所幸嘔吐感很快消褪，也漸漸聽到上頭傳來的聲音。

「湯瑪斯醫生！你還好嗎？」

「不太好……」他咕噥。

「你說什麼？」是地陪兼口譯齊托的聲音。

「讓……讓我喘口氣。」米倫叫著。

他慢慢起身坐好。先前一摔傷得不輕，感覺撞上了肋骨，全身沒一處不破皮或瘀青，不過整體而言尚無大礙，至少沒有生命危險，甚至能自己走出去。他心想自己已經極其幸運，靠身上笨重裝備減輕了不少衝擊。

問題在於眼前的直坑少說六公尺，肋骨受傷的情況很難攀爬。幸好齊托早就從營地調來四個人支援，通力合作將他拉了上去，只是過程很煎熬就是。

米倫順了氣之後，慎重其事地向大家道謝。支援隊備有食物和飲水更叫他開心，吃了第一口，他才意識到自己有多餓。口糧吃完半盒，米倫才想到一件事，戴好頭罩站了起來。

「你能走嗎？」齊托問。

「沒辦法破世界紀錄，但只是出去應該不成問題。」米倫說：「不過出去之前，我要先把事情做完。」

三十分鐘後，一隻蝙蝠落在剩下的餐盒邊偷吃殘餚。他瞄準擊發，蝙蝠抖了抖就癱軟下去，麻醉成功，被米倫撈起來裝進布袋。

「我們可以走了。」

六人回到綠色螢光棒標記的區域，立刻打開無線電，試圖與留守在洞口休旅車旁的兩名肯亞士兵聯繫。齊托說最早帶著自己和米倫過來的兩個士兵，居然開著第一輛車跑掉了。

「他們成了逃兵，」齊托補充：「不過人家也有妻小，大概很擔心會感染病毒。」

好不容易取得聯繫，卻發現令人不安的消息。抵達洞窟以後，他們向村落旁的營地回報，卻沒人應答。

米倫立刻憂心起漢娜的安危，想起女孩早上寧靜的睡姿。儘管他的肋骨和兩腿還很疼痛，但仍加快了腳步，五個非洲人隨即跟上，不到十五分鐘就走出洞穴。

米倫取下頭罩說：「我們趕路回去。」

車速飆得極快，米倫在後座緊抓車頂手把，咬牙苦撐。

頭燈照亮營地同時，駕駛用力踩下剎車，車輪捲起一陣沙塵，鬼魅似地飄向前方。塵埃落定後，米倫最大的恐懼得到證實：營地已空無一人。他原本還期望只是設備損壞。

眾人下了車。齊托致電衛生部報告現況，一名士兵也聯絡了曼德拉機場的指揮中心。含米倫在內的其餘幾人，小心翼翼地靠近，軍人都拿出半自動步槍，手指搭著扳機。

據點一片狼藉，慘不忍睹，到處都是屍體橫陳，有肯亞士兵、世衛組織與疾管中心的人，也有肯亞衛生部員工。攻擊營地的人不留活口，但米倫找不到漢娜。如果她奇跡生還，可能也不敢隨便出聲。

他們散開來四處搜索，只找到更多遺體。米倫的心隨著一步步下沉，他祈禱漢娜能夠逃過一劫、保住性命。掀開與她共用的帳篷時，他屏住了呼吸。

空的。

米倫趕快回頭清點休旅車，少了一輛，或許她真的脫身了。

營地外圍傳來士兵的叫聲，米倫跑過去一看，瞪大了眼睛。

喬納斯．貝克倒在翻覆的車裡，身體被子彈打得血肉模糊。

他死前和敵人作戰到底，米倫看得出來。但對象是誰呢？青年黨？

「湯瑪斯醫生！」士兵站在車子後面叫嚷。

車子後門開著，後頭地面有一大灘血和四散的玻璃渣。

米倫取出衛星背蓋手機，立刻撥到亞特蘭大。飛往肯亞的航程中，蕭醫師在簡報時明確指示過，若遇上最糟糕的情況，疫情調查訓練的學員應跳過緊急行動中心，直接聯絡艾略特．沙丕洛。

亞特蘭大時間是下午五點，電話只響一次就接通。

「我是沙丕洛。」

「沙丕洛醫師，我是米倫．湯瑪斯，疫情調查訓練的一年級學員，參加了這次曼德拉行動。」

「你好，」艾略特回答。米倫聽得見他走動的聲音，背景有很多人講話和敲鍵盤。「找我有什麼事，米倫？」

「長官，我們這裡出了緊急狀況。」

36

艾略特聽了電話以後心煩意亂。原本他巡完最後一趟就準備下班，現在只能坐在辦公桌前急著思考對策。此時的因應攸關肯亞小隊的生死，尤其裡頭有個他很重視的晚輩。

他和妻子蘿絲本來有兩個兒子，但一個三歲時在家裡的水池出了意外夭折，夫妻倆就填了那池子改建成花園紀念。另一個孩子目前在奧斯汀當麻醉師，每年與父母團聚幾次。但珮彤更常拜訪他們，幾年下來，艾略特與蘿絲早就當她是自己家的女兒。

綁票之後的幾小時最爲關鍵，此刻要積極運作、迅速行動，才能保障珮彤平安歸來，並避免她遭人摧殘。

艾略特首先打電話到美國國家偵察局，但提出要求後，對方立刻拒絕。

「你聽不懂嗎？我們現在就需要衛星遙測！」他告訴對方：「我掛電話之後，會馬上聯絡國務院和階級遠高過你的人，把你的名字告訴他們。下次我打電話過來還沒有衛星的話，你自己看著辦。」

艾略特並非嚇唬對方，眞的立刻撥號到國務院和中情局聯絡人那兒。

他才剛掛斷，辦公室電話就響了，是疾管中心主任。先前他吩咐米倫時也通知了緊急行動中心，看來消息已經直達天聽。

「你是不是打到國務院去了，艾略特？」

「嗯。」他同時開電腦，寄信給負責肯亞那邊的喬瑟夫・魯多，希望能調動當地軍政資源協助救援。

「而且還威脅了他們？」

「唔，可能有。我不確定。怎麼了？」他換一邊肩膀夾話筒，方便打字。

「人家找上門了，很不高興。」

「嗯哼。白宮願不願意派出快速部署部隊？」艾略特認為目前解救人質的最佳方案，就是快速部署部隊過去徹底搜索，所以不停地打電話搬救兵。

「他們連目標都沒有要怎麼去？」主任回答。

「當然有，索馬利亞的青年黨基地。」

「艾略特，你務實一點。」

「我哪裡不務實？除了他們還有誰會幹這種事？當地就只有一個恐怖份子網絡，叫作青年黨。青年黨討厭美國，而美國派了很有價值的目標過去。抓走她的還能有誰？」

「她？」

「我們的人。」

主任嘆了口氣，「我們的人可能在他們任何一個據點裡。」

「我同意，所以才要同時進攻，別無他法。」

「老天，艾略特，你這是要美國入侵索馬利亞南部？」

「是爲了找到美國人質，而攻擊所有已知的恐怖份子據點。什麼時候救人不算是正當理由了？」

主任遲疑片刻，「你稍等。」艾略特聽到點擊滑鼠的聲音，「好了，十五分鐘以後，白宮要視訊會議——」

「我要加入。」

「不行，艾略特，這次僅限受邀者與會，而且總統和國安顧問都會出席。拜託，先別再打電話了，我知道你很擔心，我也一樣。會議結束以後，我立刻告訴你消息，好嗎？」

「唔，好吧。」

艾略特重重掛上話筒，坐在椅子上聽自己沉重的呼吸聲好一會兒。桌子上，手機跳出短訊。

寄件人：蘿絲

訊息內容：感恩節我想改訂希臘餐廳，你覺得呢？

艾略特點了手機，打給太太說：「晚餐先取消。」

蘿絲聽得出丈夫的語氣不對，「怎麼回事？」

「珮彤那邊有狀況。」

「唉呀……」

他不想對妻子解釋得太詳細，只說珮彤和隊員失去聯繫，正在研究是機械故障還是別的因素。身在這崗位上，善意謊言早已成爲常態，當年時常前往現場的時候，這些話更是家常便飯，後來調職到內部之後才好一些。艾略特也希望可以什麼都對妻子開誠布公，但眼前眞的不是好時機。

又過了十分鐘，他收到電子郵件，國家偵察局送來了衛星影像。

艾略特點開連結，看見黑衣人趁暮色攻擊營地的過程。影片結尾是他們從翻覆的休旅車後座拖出兩個女人，以黑布袋套頭以後將她們拉到空地，直升機將所有人載走。

艾略特不顧主任禁令，抓起辦公室電話撥給偵察局分析師，「直升機去了哪兒？」

「不知道。地方太大，不可能全部看一遍。」

「那架直升機有沒有在別的地方出現，或是被其他衛星拍到？」

「不知道——」

「他媽的什麼叫作不知道？」

「除了廠商是塞考斯基之外，沒有別的標誌，我們無法確認是不是同一架。」

「青年黨訓練營總該有衛星攝影吧？」

分析師沒接話。

「有吧？」

「先生……這是機密情報。」

「機密？你認眞的？不打算告訴我恐怖份子基地有沒有類似的直升機？」

「我會丟掉工作。」

「丟工作？聽我說，現在有一群恐怖份子正在刑求、甚至性侵美國公民。她們和你我一樣爲國家工作，爲了保護我們的家人朋友、讓我們一夜好眠而不顧自身危險，站上最前線。要是你還有點良知，最好趕快調閱那些訓練營的畫面，找找看有沒有類似的直升機或其他活動。如果有，求你打電話報告上級，讓國安顧問或其他什麼狗屁大官知道，可以嗎？」

「唔，好，我盡力。」

手機上又跳出訊息。

寄件人：蘿絲

訊息內容：有消息嗎？

艾略特回訊。

還沒。不會有事，別擔心。

☣

下午六點，艾略特辦公室電話響起，他二話不說接聽，沒料到卻是緊急行動中心的主管。

「艾略特，訊號蜂擁而來，呼吸道感染規模越來越大，一下子多了好幾百萬個病例——」

「嗯，嗯，」艾略特打斷他：「你們先盯緊，我之後回電。」

「我認爲——」

「我會回電。」掛了電話以後，他考慮該不該打電話給主任，免得主任忘記。

艾略特起身來回踱步，覺得血壓快要衝破天花板。還好蘿絲沒看見自己這副德行，他趕緊從最上面的抽屜取出降血壓的藥片吞下。

☣

彷彿過了好幾個鐘頭，電話才終於響起。

「開完會了。」疾管中心主任說：「兩支快速部署部隊待命，航母前進亞丁灣，摩加迪休機場的中情局特務也聯絡上了，一有人質下落的可靠情報，就會同時出發。」

「就這樣？」

「不知道她們在哪裡，也只能這樣。」

「意思是我們要眼巴巴等著人家網路直播、要脅勒索？逼我們的人讀恐怖份子宣言？還是以爲會有白癡喝醉了，跑進摩加迪休的酒吧昭告天下他們抓到了美國人？」

「不然你想怎樣，艾略特？」

「派特勤部隊攻堅索馬利亞的恐怖份子據點啊，衝進他們家裡翻箱倒櫃搜一遍。」

「萬一人不在那裡呢？要是被送到衣索比亞，或者還在肯亞怎麼辦？攻堅死傷的也是美國軍人，還可能引起對方的報復行動。」

「首先軍人本來就該上戰場。」艾略特回答：「特勤部隊都心知肚明在那個位置上有什麼風險，願意爲了救人付出性命，那是他們的職責。我們派人出去，大家心裡都有個很單純的想法，就是眞的遇上危險的話，我們的國家會全力救援自己。如果我們現在做不到，無法保護去疫區調查的人，往後還有臉要學員冒險嗎？啊？」

「好了，艾略特，有進一步消息我會通知你。回家吧，好好休息。」

電話斷了線，艾略特將話筒朝對面一丟，話筒又被連接牆壁的灰色以太網路線扯了回來，像溜溜球一樣砸在桌上。

房門打開，助理賈許探頭進來。他的資歷尚淺，總是等艾略特回家才敢下班，低頭看見壞掉的網路電話機以後說：「我……去找資訊部的人。」

辦公室房門關上，艾略特取出手機，打給老朋友。

「有新聞給你。」

「新聞稿？」

「完全非公開。」

「和肯亞疫情有關，還是什麼新鮮的？」

「和肯亞有關聯。疾管中心的人被綁架了，白宮明明知情，卻一點忙也不肯幫。」

37

艾略特回家後趕快給自己倒了杯酒，大口吞下。一杯再一杯。他坐在紅木隔間書房角落的大椅子上，望向一片虛無，後來視線落在七年前的海地合照：自己摟著珮彤、兩人正視鏡頭。那天終於確認沒有新的霍亂感染，所以大家都很高興，是這份艱苦工作難得的快樂時光。

拿起遙控器，他打開平板電視機。

CNN取得消息，肯亞東部接近索馬利亞邊境一帶，發生綁架事件……

艾略特全程緊盯新聞。報導結尾是：白宮發表聲明「表示已經追蹤事件發展，並考慮各種方案，確保美籍與肯亞籍人員都能平安歸來」。

他走進廚房找蘿絲，卻只看見中島上玻璃皿盛了沒烹調的全雞和一些切好的蔬菜。先前她還傳訊息說今天會做飯，艾略特不免猜測這是怎麼回事。

懷上頭一胎時，蘿絲就辭去了教職，專心相夫教子。小兒子死在水池以後，她費了很多心力打理取而代之的花園，收穫的蔬菜都成了桌上的餐點。

爐子開著，艾略特蹲下開燈一看，有預熱但沒放東西進去。

「蘿絲？」他喊了喊，沒得到回應。

走進位於廚房隔壁的妻子書房，今天收的信還擱在桌上，都沒開啓。

後來他在臥室找到她，她沒更衣，直接躺在被子上。燈沒打開、簾子沒放下，夕照透過陽臺的落地玻璃門灑入。

「蘿絲？」

她沒動靜。

艾略特坐上床沿，拎起妻子的手腕檢查，皮膚發燙，脈搏很快。他以手背碰碰她額頭，肯定是發燒了。

她睜開眼睛，看見艾略特時，立刻露出懊惱神情，朝床頭小桌時鐘一瞥，「哎呀，我睡著了。」

蘿絲用顫抖的雙臂撐起身體，但咳嗽一陣後又躺了下去，伸手從床頭櫃抽了張面紙。她對著面紙用力大咳，艾略特聽見氣管阻塞的聲音，而且床下的廢紙簍裡也堆了很多用過的面紙。

「什麼時候開始不舒服的？」他問。

「早上你出門之後不久。沒關係的，我去做晚飯吧。」

艾略特再探探她的頸部，淋巴結腫大，可見身體正在對抗感染。

蘿絲又朝面紙打了好幾個噴嚏。艾略特替她取來面紙盒，擱在床上。

「妳別做飯了，在床上好好休息，吃的就交給我來。」

她一臉狐疑，「好吧，那我等著吃好了。」蘿絲一笑，掐掐艾略特的手。

他幫蘿絲換了衣服，讓她鑽進被子，又進浴室翻了藥櫃，但以前買的感冒藥已過期很久，最後只拿了一包鋅錠回去。

「親愛的，躺下休息。先試試這個，可能有效。我去買吃的和感冒藥給妳，一會兒回來。」

艾略特稍微吃了些點心醒酒，關掉火爐、將沒煮的食材收進冰箱。做菜太爲難他了，每次蘿絲出遠門，他就靠全食超市（注）過活，今天也只能這麼湊合。

☣

賣場的停車場大客滿，艾略特等了半晌才有位子。一進去室內他就嚇到了，人山人海塞滿走道和櫃檯。

怎麼回事？

他擠到感冒藥那區，發現架上全空，盒裝、瓶裝的都不剩，後頭藥師諮詢處傳來騷動。

「我家小孩生病了——」

「什麼時候進貨——」

受理處方箋的窗口後面走過一個藥師，和艾略特對到眼，「抱歉，」他開口問：「請問還有感冒藥嗎？」

年輕女藥師搖頭的神情顯示已經被問了太多遍，「沒有了，也不知道什麼時候有貨。」

亞特蘭大如此，恐怕美國各地都一樣。現實狀況比數據還惡劣，而且惡劣得多。他得回去加班，疾管中心必須採取更積極的手段，動作得快。最要緊的就是比對本土病毒和曼德拉樣本，假如是同株……那後果難以想像。美國沒做好準備。沒有任何國家有準備。

他本想打電話回家，但又不願吵醒蘿絲。現在她需要休息，就算醒了一定也沒什麼食欲。要是真的餓了，冰箱裡也還有昨天剩下的餐點。

前往疾管中心路上，艾略特撥電話給身在奧斯汀的兒子。他們夫妻和獨子原本晚上就要搭飛機過來亞特蘭大，準備與父母共度感恩節，所以鈴響一聲就接聽了。

「嘿，爸。」

「兒子，想趁你上飛機前講講話。」艾略特聽見背景有人按鳴喇叭。

「怎麼了，沒事吧？」

「沒事。」他敷衍過去，「怎麼會有事呢？看看你們到哪兒而已。亞特蘭大外頭挺塞的。」

「這邊也一樣，感覺一半以上的人都感冒了。」萊安回答。

「亞當和莎曼珊還好嗎？」艾略特問。

「沒事。我們三個都算幸運，目前沒中獎。不過亞當那間托兒所，昨天就要父母把小孩子都先接回去。」他沉默一下，改口問：「快到機場了，我們要過去嗎？」

艾略特自己也考慮很久。但要是疫情真的失控，他寧可一家人互相聚在一起，也不願大家遙遙彼此擔心，「來呀，我們期待很久了。」

「好，那晚上見囉。」

「路上小心。愛你。」

「我也愛你。」

注：美國連鎖超市，專門銷售有機食品。

進入克里夫頓路的疾管中心大樓前廳，艾略特刷了員工卡卻亮起紅燈，嗶嗶作響，再試一次也沒用。保全人員自櫃檯走來。

「我的卡壞了。」艾略特說。

「不是卡片問題，沙丕洛先生。你的權限被撤銷了。」

「什麼？誰的命令？」他眼角餘光瞥見另兩個保全走向柵門這頭。

「抱歉，先生，我不清楚。」

艾略特從柵門入口退開幾步，讓別人走過去，眾人都對他投以好奇的視線。他取出手機，打給主任。

「史提分，我的權限有問題，進不了大樓。」

「趁早習慣吧。只要我還在這位子一天，你就別想進來。」

艾略特本想裝傻，但認爲訴求主任的責任感可能更有效，「聽好，無論你以爲我幹了什麼好事，反正都是既成事實。現在疫情大爆發，我們需要所有人力投入，這是爲了美國——」

「少來這套，艾略特，我們很清楚狀況。回家去，還有別再給我找媒體放話。」

Day 5

5000 萬人感染

12000 人死亡

38

這次戴斯蒙醒過來，身上多了更猛烈的痛楚。左胸口的紅腫像是遭到蜂螫——如果世界上有那麼大的蜜蜂的話。

失去意識期間，他又被換了地方。新牢房很不一樣，位在室內，看起來新穎先進，三面是油漆過的金屬牆，剩下一面則是厚重玻璃隔層，外頭是寬敞走道。床鋪窄長，有簡單墊子但沒有床單。高科技高效能牢房，天花板有擴音系統，內側牆上有個輸送口，他猜測是送餐用。

農舍獄卒打在身上的麻醉鏢威力很強，戴斯蒙察覺自己昏迷頗久，身上有了很多變化：舊衣物被取走，換上綠色手術服被治療過。拉開衣服一看，腰際自己弄破皮的地方已經覆蓋棉紗，但手腳已鬆綁。至少又能動了，感覺好一些。

雖然不確定根據爲何，但他知道自己在船上。或許是那種微微晃動，又或者是空間配置，以及牆壁、地板、屋頂都是金屬的緣故。

戴斯蒙坐在床上等待。等了多久沒概念，只覺得日光燈的嗡嗡聲變得惱人，然後很刺耳。

總算有了動靜：重靴踏著金屬地板，腳步果斷剛毅。玻璃前走來一人，朝房裡瞪視。

戴斯蒙立刻認出是記憶中那個疤臉男子，他比之前更長的頭髮自然垂散下來，稍微遮掩了臉上疤痕。然而烈火灼身留下的凹凸皺褶，自他的胸部延伸至頸部、下巴與兩頰，直到額頭才停下。他的臉上多了沙金色參差不齊的雜亂鬍鬚，但還是沒能將燒疤都蓋住。想必他受傷後煎熬了很久，直到現在仍是半人半鬼的模樣。

戴斯蒙緩緩起身，走向玻璃。

「為什麼？」對方的責問中除了凶狠，竟還有一絲傷痛，這倒是出乎意料。他似乎既憤怒又不知為何很脆弱。

「你是？」

對方冷笑，再開口聽得出明顯的澳洲腔，「戴斯蒙，別演了，我才不信什麼失憶的瞎扯。」

「我真的不知道你是誰。幾天前我在柏林一間酒店醒來以後，就什麼也記不起來，連自己是誰都搞不清楚。」

「等著瞧。」男人拿出手提無線電說：「動手。」

房間裡忽然一陣嘶嘶聲。戴斯蒙四處張望，尋找來源，發現竟然是之前以為用來送餐的出口。幾秒後，他又昏了過去。

☣

意識回復得斷斷續續，十分朦朧。戴斯蒙覺得頭很沉重，聽見細碎、扭曲的話語，好像自己掉在井底，上面有人說著悄悄話。

刺目燈光射來。他被綁在類似牙醫診所的椅子上，兩腿打直、頭向後仰，手肘內側插上點滴，看不見的地方傳來機器嗶嗶叫聲。

「你把『具現』怎麼了？」說話的是金髮疤臉男子。

「他回復意識了。」另一人聲音響起。

「加藥！」

「劑量太高，得讓他有時間代謝。」

「加就對了。」

☣

戴斯蒙眞正再度清醒時，又回到了金屬與玻璃隔間小床上。藥效沒完全褪除，他的思維依舊呆滯。

玻璃外，金髮男人靠著小桌，坐在金屬折疊椅上翹起二郎腿，看著平板電腦。他察覺戴斯蒙醒來以後便放下平板，神情已找不到之前那股怨懟，取而代之的是平靜但深邃的凝視。

戴斯蒙坐起來，「現在信了嗎？」

「嗯。」對方也起身走到玻璃前。

「所以你是？」

「康納．麥克廉。有印象嗎？」

戴斯蒙搖頭。

康納轉身背對玻璃，「永遠改變人類歷史的大事件發生了。事件背後，頭條新聞背後，是一場戰爭，戰火即將席捲全球。」

頭條，戴斯蒙會意過來，「你是說肯亞的疫情吧？」

「沒錯。」

「是你幹的。你造成的。」

「不對，戴斯蒙。是我們一起造成的。」

戴斯蒙聽見這句話，彷彿被卡車撞上一樣。他感受自己的情緒反應，想知道對方說的是眞是假。

「時間不多。」康納又說：「我需要你幫忙，需要你告訴我，你到底怎麼回事。需要你幫忙才能阻止接下來的一切。」

「放我出去。」

「不行。」

「怎麼不行？」

「考慮一下我的立場，戴斯蒙。我根本不知道你身上出了什麼毛病。」

「你認爲是什麼毛病？」

「我想到兩種可能。第一種是你被敵人逮到，他們利用你阻止我們。」

「阻止我們？」

「你沒聽錯。直到幾天前，我們還是夥伴。」

「什麼夥伴？」

「世上最偉大的科學成果。」

「『魔鏡』？」

「對。」

「魔鏡是什麼？」

「不能說。」

「爲什麼又不能？」

「因爲你失去記憶的第二種可能。」

「那是？」

「可能是你自己做的。也就是說，你背叛了我們和我們的信念。這是更可怕的狀況。總而言之，戴斯蒙，我現在不知道你站在哪一邊，但如果你回復記憶，自然就會知道事情的眞相，也會明白我們是人類最後一線希望——『魔鏡』是我們唯一的出路。」

「魔鏡有三個元件，」戴斯蒙說：「基石、具現、昇華。」

「你想起來了？」

「沒有，是那個記者告訴我的。」戴斯蒙想起記者面露恐懼說他們抓了我未婚妻，「他怎麼樣了？」

康納別過臉。

「回答我。」

「全額補貼他去迪士尼樂園玩呀，戴斯蒙。不然你以爲他會怎樣？」

「你到底想從我身上得到什麼？」

「具現。」

「具現是什麼？」

「你畢生的心血結晶，提供給魔鏡的元件。」

他坐在窄床上，努力回想關於具現的事，但腦袋就是一片空白，那兩個字沒有勾起一丁點記憶——只是有個感受浮現：保護它。潛意識告訴他，如果康納得到具現，將會造成難以想像的浩劫、前所未見的犧牲。

戴斯蒙抬起頭，「其他元件呢？」

「基石由我負責，差不多完成了。」

「昇華？」

「由別的夥伴守著。戴，聽好，你得盡快想起來自己是怎麼處理具現的，這關係到人類的生命和未來。」

兩人盯著彼此，試圖看穿對方心思。就在這時，走道上艙門開啓，一男一女走了過來，在康納的桌上放了筆記型電腦和一塊平板顯示器。顯示器轉過來，朝向牢房內。

「這是？」

「幫助你回復記憶。」

女子在筆電上輸入指令，螢幕跳出照片。那是個年幼的金髮男孩，大約七歲，站在穿著連身工作服的高大男人身旁，後面是油井。

戴斯蒙打量兩張臉，「這是我，對吧？」

「嗯。還記得旁邊那個人嗎？」

戴斯蒙見過——在回憶裡。但出於本能，他撒了謊：「不記得。」

康納吩咐那女子：「繼續。有進展就通知我。」

39

康納已走到看不見的地方，戴斯蒙轉頭再盯著螢幕上的照片。照片其實帶出了一點記憶，不好的那種。

☣

甫抵達奧克拉荷馬，戴斯蒙就明白了為何夏綠蒂捨不得自己上飛機。歐威爾．修斯（Orville Hughes）不懂也不想撫養五歲小孩，儘管他是戴斯蒙血緣最近的親戚，也無法改變這一點。他高大壯碩，長相猙獰，嘴角總掛著冷笑。

歐威爾住在奧克拉荷馬南邊斯洛特維鎮外的小農舍，不過工作地點在油井，每次值班兩、三週，回家休假也是好幾週。戴斯蒙大半時間要自己照顧自己，也寧可自己一個人在家。

當歐威爾休假時，每天會喝威士忌到三更半夜，白天則大半在睡覺，偶爾聽音樂，通常是牛仔歌謠。其餘時間他會一直看重播的西部片，最喜歡《荒野大鏢客》、《牧野風雲》、《槍戰英豪》。只要電視機上有查理士．布朗遜、約翰．韋恩、克林．伊斯威特的話，戴斯蒙就不准講話或發出任何聲音，但同時卻又得負責煮飯和打掃。若他不聽話就會被伯父處罰。其實戴斯蒙只被罰過一次，一次就已足夠了。

男孩很快懂了伯父的酒品。他喝前半瓶時幾乎看不出醉意，到了後半瓶就會性情大變，每吞一口就更跋扈，嘴裡念念有詞，時而自言自語時而對戴斯蒙嘮叨，英國腔也越來越重。

講話內容不外乎自己的童年、在倫敦的歲月以及戰後的日子。重點就在戰後那段。

「小子，你以為自己過得很苦？你根本不懂什麼叫作苦日子！戰後那段時間才叫苦。小子，你太沒用了，和你爸一樣。他從你媽家族那邊接手放羊生意，過得可輕鬆啦，所以才生出你這種窩囊廢。」

再來他會提到油井，說在那兒工作要多英勇有多辛苦。夜更深、醉意更濃時，歐威爾會開始描述油井意外，像是被切斷手指、手掌或整條胳膊等等，當然也會出人命。他講得駭人聽聞，戴斯蒙聽不下去起身要走就是大忌，會被伯父狠狠痛罵一頓，說大人講話小孩不准亂跑，「你是沒種到連男子漢怎麼做事都聽不下去嗎，嗯？」他又喝口酒，「是嗎？」

歐威爾盯著戴斯蒙。

「你眼睜睜看著他們死，對吧？然後就跑掉了。你腿上的疤不就這麼來的嗎？逃走的證據。」

戴斯蒙忍不住想要為自己辯駁，然而事後他才知道，這是最大的錯誤。伯父只是拿男孩當作精神沙包，藉由言語發洩心裡的怨毒，並沒打算將噴出的毒汁再吸回去。後來戴斯蒙索性坐著，不發一語。

到了奧克拉荷馬幾週以後，戴斯蒙終於瞭解，為什麼這樣一個抑鬱的男子會答應收養小男孩。那天，歐威爾站在廚房，電話線從牆上拉出來很遠。他嘀咕著什麼打電話到澳洲很貴，電話接通以後第一句話就是錢什麼時候到。戴斯蒙坐在客廳裡全都聽見了。

「火是不是燒得比地獄還旺關我屁事！賣掉地，錢送過來就好，當初也是這麼說的。」

一陣停頓。

「反正錢不過來就是這愛哭鬼滾回去，自己看著辦。」

戴斯蒙的淚水在眼眶打轉，但他不能讓那頭禽獸看見自己哭泣，也無法忍受繼續留在這種鬼地方，於是抓了放在門口的獵槍，衝出了小屋。三月的午後，男孩打定主意要離開，在荒野重新築巢、自力更生，直到年紀夠大能找工作就遠走高飛。

一小時以後，他坐在樹上等待。第一次開槍沒擊中白尾巴母鹿，舊獵槍後座力卻像騾子踹人，戴斯蒙差點摔下樹，還來不及扳動點三〇—三〇的開關重新填彈，就讓鹿跑掉了。男孩耐著性子繼續等，卻沒料到下了雪。起初只是零散雪花，後來漸漸變成大雪。

以前戴斯蒙沒看過雪。住在澳洲的時候，父親說只有維多利亞州西北部高山會下雪。

他眼睜睜看著雪花隨風飄舞。

遠處樹下竄出一頭母鹿，這回戴斯蒙懂得按兵不動。牠的體型、年紀都比前一頭更小，動作沒那麼警戒。男孩等牠緩緩走近，好好瞄準，如父親教過的那樣屏住氣息，才扣下扳機。

母鹿倒地，掙扎了一陣。

但他瞪著到手的獵物，驚覺這計畫有多麼愚昧。要怎麼去毛去皮，儲藏多餘獸肉，甚至烹飪呢？沒有工具，自己卻已經餓扁了。

爲今之計就是將母鹿拖回去，讓伯父明白他不是窩囊廢、能夠自立自強。戴斯蒙相信伯父看見他帶了獵物回去，應該會改觀。

男孩抓起鹿腿，開始拉過雪地，沒走多遠又發現另一個問題。即使自己將近一百二十公分高，以這年齡來說算是壯小子，但母鹿卻差不多是他兩倍重。他必須跑回去叫伯父來。

腳下的積雪已經有十幾公分。寒風呼嘯，拍打他的臉頰和夏綠蒂送的外套。每前進一步，籠罩世界的白牆就更完整一點。當時的他並不知道，事實上自己踏進了快速生成的暴風雪中。狂風打得他東搖西晃，站都站不穩。

就像澳洲那場大火，他又走進地獄，但這次是寒冰地獄。

男孩晃了太多次，分不清回家方向。如果是老家農舍周圍的樹叢和草地，他就瞭如指掌，可惜這片土地太陌生，找不到路標，根本不知道身在何方。

戴斯蒙認爲自己即將一個人死在冰天雪地裡。逃過烈火，被天使帶回人間，竟又因爲一個惡魔而困死在雪原。

兩腿很痛，他好想坐下休息，但感覺一旦坐下了就不可能再站得起來。於是他抓緊獵槍，繼續前進。他知道弄丟獵槍的話也是死路一條。他想過對空鳴槍求救，不過手指頭早已僵硬。

紛飛大雪裡，遠方依稀浮現一道黑煙。戴斯蒙知道那正是伯父的房子，他擠出最後一點力氣走過去。

接近門廊時，他以爲正門會猛然彈開。但它始終關著。只有窗戶滲出的暖黃火光堪爲救贖。他自己推開門，將獵槍放回牆角，一溜煙地跑進去。伯父沒正眼瞧過男孩，只吼了一句把門關緊。

戴斯蒙瞥了瞥酒瓶，幾乎空了。現在最好別出現在歐威爾視線內。

40

禁閉室外，康納沿著走道快步疾走，腳步聲非常響亮。健太郎丸號裡面沸沸揚揚，船員忙著爲下一階段籌備。如今的重點是要盡快組合魔鏡，倘若遲了便是葬送數億條人命，甚至是全人類的性命。

如果不趕快調查清楚戴斯蒙身上是什麼狀況，就無法實現理想。戴斯蒙正是魔鏡和他們所有努力的關鍵。

醫務室的會議間內，牆上螢幕顯示了X光、核磁共振造影和其他康納壓根兒不知道是什麼的檢測報告。

「查出什麼了？」他問會議桌另一頭三個研究員。

一個年輕醫師轉動椅子回話：「他身體的狀況像是恐怖片，沒看過這麼多骨折——」

「他的童年過得很慘。跟我說重點：你們，查、到、什、麼？」

一頭白髮、年紀較長的亨利．安德遜醫師開口：「他的腦部被植入東西，位在海馬迴。」

「什麼種類的植入？」

「昇華生技的模組，但是改造過了。」

「改造目的是？」

「不確定。」安德遜回答：「單從附加組件來看，可能是數據傳輸和接收。」

「連結什麼？衛星？」

「不無可能，但機率不高，因爲電力不夠。比較像是短距離通訊，藍牙或WiFi之類。」

年輕醫師又開口說話：「比方說智慧型手機，並且以手機爲橋接連結網際網路，可以用來下載解鎖記憶的指令。」

「有趣。」康納低語，然後揚聲說：「怎麼運作？」

年長科學家聳了聳肩。「誰知道呢？都是臆測而已，畢竟我沒有參與昇華升級的研究，只讀過他們公開的資料。昇華那邊最原始的植入裝置用於治療憂鬱症、精神分裂、躁鬱症等等精神疾病，作用是監控腦內分泌量、刺激神經傳導，簡單來說就是神經化學機制的平衡。

「之後的版本和修斯身上的比較接近，可以針對腦內特定部位作用。公開實驗的主題大概都是解決腦部斑塊問題，植入物鎖定目標以後，釋放叫作GP3的蛋白質，溶解斑塊。這種療法有潛力治療多種神經退化疾病，包括阿茲海默症、亨廷頓舞蹈症、帕金森氏症等等。」

康納舉手制止，「怎麼套用在現在的狀況？有在他腦裡找到斑塊嗎？」

「沒有，這個確認過了。不過找到了別的，他的海馬迴裡有不明物質循環。」

「你覺得是？」

「只能猜測——」

「那就猜啊。」康納越來越沒耐性。

安德遜醫師深呼吸，「幾年前，麻省理工學院研究團隊發現了如何隔離腦部的特定記憶。這是很大的突破，代表記憶確實以生物化學形態，儲存在海馬迴特定神經元群組。我認爲他的海馬迴裡的物質鎖住了某些記憶神經元，阻擋存取，很類似腦部斑塊在阿茲海默症影響記憶力，還有在帕金森氏症影響肢體動作的方式。」

「你推測是昇華生技放進他大腦裡的？想利用植入物消除那些海馬迴的不明物質、解鎖記憶，就像GP3溶解腦部斑塊？」

「沒錯，目前是這樣假設。也可以進一步推想通訊元件在植入物上做爲啓動機制，以有藍牙的電話或連上WiFi的電腦指示植入物解鎖記憶。啓動事件可以事前設定時程或條件，指定修斯到達特定GPS座標才作用，也有可能是某些暗示、情緒、影像或感官做爲密鑰。植入物的程式能判斷解鎖哪些記憶，不會造成危險。」

康納頭往後仰，盯著天花板，「好，看來要印證幾位的重重假設，有個非常簡單的辦法——打電話去昇華生技直接問一聲就好，那可是我們名下的公司。」

「已經聯絡過了。」安德遜醫師回答：「科學部主任證實有一支團隊研究的是記憶操作，計畫到現在仍在進行，至少前陣子還是。」

康納感覺得到接下來是壞消息。

「計畫名稱叫作昇華極光，規定和魔鏡一樣，符合區塊化、有需要才告知的原則。記憶操作研究團隊是完全獨立的單位，有自己的預算和設施，而且爲免影響更重要的魔鏡計畫，兩邊的交流受到嚴格限制。昇華那邊已經三週沒聽到研究團隊的回報。」

「總有個專案管理人。」康納才說完就恍然大悟，「等等，我知道了，極光計畫據點在德國，管理者叫作岡特．索恩。」

「沒錯。」

康納搖頭，「索恩的紀錄呢？規定裡都要求專案留下紀錄，就是預防管理人出狀況。」

「昇華那邊得知他死在戴斯蒙．修斯的酒店房間以後就一直在找，可是沒找到，懷疑被修斯藏起來或銷毀了。」

康納來回踱步片刻後，回頭對幾個科學家說：「先退一步，用手邊確認的情報組合出一個可用的理論。現在有幾項事實，首先是兩週前，戴斯蒙．修斯把『具現』藏了起來，連帶參與的工作人員也都失蹤，檔案完全消失。再來就是修斯現身柏林，與《鏡報》記者蓋林．梅爾聯絡，目的應該是要揭發魔鏡計畫。」

安德遜醫師接著說：「昇華極光與喪失記憶，應該都是他事前安排好的。」

「對。戴應該早就知道極光計畫的內容，伊卡洛斯創投原本就是昇華的投資人。應該說昇華根本就是我們從伊卡洛斯取得資金，來推動魔鏡其他元件的管道。」

「所以，」安德遜回答：「修斯找上極光計畫團隊，給自己安裝了記憶修改植入物，之後殺人滅口或全部藏起來。而且他也查到專案紀錄都在岡特．索恩手裡，找到以後同樣毀了或藏了，讓我們毫無機會摸清楚極光的機制。」

「戴的腦子很好呢。」康納嘀咕。

「但接下來，」安德遜繼續分析：「岡特．索恩察覺了修斯的意圖，或許是注意到檔案消失，又或者有修斯不知道的防範偵測系統。總之他追蹤修斯到了柏林的協和酒店，與他對質，演變成雙方鬥毆，戴斯蒙獲勝，卻認為索恩一定事先通知了我們，於是啓動極光裝置，抹煞自己的記憶。」

康納聽完搖搖頭，「一團亂。」

「換個角度來看，這是很縝密的布局。」安德遜說：「這下子無論我們怎麼刑求、拷問也沒用，多大的痛苦也無法解開腦部封鎖。沒了昇華極光的研究資料，目前我們無法取出他的記憶。」

康納點頭，「戴斯蒙腦袋好是毋庸置疑。」說完之後他坐下來，手指輕敲桌面思考，「極光是昇華那邊的關鍵項目嗎？少了極光，會不會連魔鏡都受影響？」

「不會，昇華大體完好，記憶領域是好幾年前就完成的部分。加入植入物的極光專案是從昇華的基礎做延伸。」

「好。現在有什麼選項？」

「只有一個辦法比較有把握，」白髮科學家回答：「腦組織切片檢查。」

康納一聽就不喜歡這主意，但仍問了句：「方法？」

「我不建議在健太郎丸號上動手術。雖然船上的設備先進，但考慮風險，還是移動到神經手術專科醫院比較好。梅奧診所（注）、約翰．霍普金斯醫院是我的首選，紐約長老教會醫院、麻省總醫院、克里夫蘭醫學中心也可以。麻煩的是，再不久疫情就會佔據全世界的醫療資源，到時候可能連幫我們做切片手術的醫生也找不到。」

「假設這些都能解決，切片能告訴我們什麼？」

「更精細觀察植入物，取得海馬迴內不明物質樣本。我們可以嘗試鑑定、進行實驗，找出溶

注：Mayo Clinic，又譯為馬約、梅約診所，雖名為診所但已經發展為世界著名的大型醫療機構。

解物質但不傷及神經元的辦法。」

「我猜沒辦法三天內完成。」

「的確不能。」

「需要多久？」

「無法——」

「估計一下。」

「兩個月？很難說得準。補充一點：對腦部做切片手術有風險，尤其這個情況下，有可能出現對我們十分不利的反彈。」

「你是指？」

「保險機制。假如植入物是修斯有意爲之，或是第三者試圖操縱他，就有可能設下陷阱做爲保險。一旦有異物入侵腦部、接近植入物，或許就會觸發防衛系統，下場可以是完全抹煞記憶，甚至直接殺死目標，現在仍無法預判。」

「無所謂，反正我們沒有兩個月。」康納揉揉額側，感覺頭痛快要發作了，「我們手上只有基石和昇華，具現還在他那裡。沒有具現就不能完成魔鏡，如此一來，兩千年的心血將毀於一旦，全人類要一起陪葬。」

老科學家靠上椅背，「不然將計就計，放他走吧。」

「將計就計？」

安德遜點頭，「顯而易見，修斯一定有備案，利用特定事件、地點或訊號啓動植入物。等他回復記憶就好？到時候再把他帶回來。」

「博士，這牽扯的假設太多，最大的關鍵是一切就緒的時候，還能不能把人帶回來。當初逮到他並非易事，等他恢復記憶也就回復了一身本領，想要控制他更是難上加難。」

「這麼說就無路可走了。」

「恰恰相反。有個很好的方案，我現在就要動手。」

41

士兵將珮彤、漢娜從休旅車後座拖出來的手法很粗暴，即便漢娜慘叫連連，也毫無顧忌。之後他們在兩位女子頭頂套上布罩，捆束她們的雙手，押到直升機之後連雙腳也綁了起來。一片黑暗之中，引擎與旋翼的噪音彷彿更加巨大。飛了不久便再降落，兩人又被拉到外面，丟進卡車後的金屬廂板。

車子開得橫衝直撞、蹦蹦跳跳，兩個人的身子不斷撞擊車廂，但手腳又遭到拘束，完全無法自衛，就像被蒙上眼睛再丟進乾衣機裡轉個不停。漢娜時不時便發出啜泣聲。

珮彤失去了時間感，再經過一段時間後，也不覺得有那麼痛了，可能是神經系統不再回應撞擊。她擔心會不會造成了什麼永久損傷。

卡車終於停了下來，她聽見帆布掀開的聲音，一抹陽光微微滲進罩頭的黑袋子裡。

有人扣住她的腳，一下子把她拖出車廂，她在摔到地面之前被人接住，雙腿虛弱無力。接著有雙手在她全身上下亂拍亂掐，碰些不該碰的部位。珮彤用力扭肩甩動，明知道沒用還是想抵抗，卻引來四周人大聲講話、訕笑。她猜想是斯瓦希里語。

驚呼聲傳來，換漢娜被拉出了卡車。

「別亂來啊！」珮彤趕緊大叫：「她需要治療，找醫生來。」

有個男人以濃厚非洲腔調的英語回答：「她什麼也不需要。帶走！」

珮彤被人從腋下架起、向前拖去，被捆縛的雙腳在乾燥崎嶇地面上滑行著。出乎意料的是，接下來他們竟然取下了套頭布袋才將人放下。

一開始，光線非常刺眼，珮彤只能聽見金屬摩擦轉動，像是鑰匙開門的聲音。

視覺習慣以後，她梭巡周圍，發現自己被丟在類似是農舍的地方，但木牆裝上了鋼筋強化。她再轉身——卻看傻了眼。

旁邊一片木板上，刻著兩句話：

戴斯蒙．修斯曾經在此。

我是無辜的。

珮彤目瞪口呆地看著這兩句話。戴斯蒙也來過這裡？為什麼？

她聽見布料被扯碎的聲音，還有漢娜沉重的喘息。年輕學員在她附近，可能就是隔壁。

「漢娜？」她試著輕喚。

「嗯。」學員的回應很微弱。

「妳還好嗎？」

漢娜很輕地回答：「先止了血。」喘了口氣又繼續說：「肩膀已固定了，我猜子彈穿了過去，沒留在裡面。」她再呼吸一次，「可是失血過多，體溫很低。」

「要撐住，漢娜。我們要一起逃出去，好嗎？這時美國一定已經派人援救了，妳要保持體力，隨時準備離開，明白嗎？」

「我明白。」

珮彤的心態在此時此刻有了很大的轉變。以前的她，人生方向明確，但那股意志力冰冷精準卻不帶什麼激情。情緒無法主導她，她總是能夠自制。珮彤認為這是母系遺傳，琳恩一向冷靜鎮定，女兒也景仰這樣的母親，同樣的人格特質在疫情調查時，很有幫助。

珮彤在工作中不得不壓抑情緒。情緒會干擾判斷、左右觀點，面對疫情時，過多的情緒將帶來風險，例如過度聚焦於單一病人或地點，忽略大局或細節、重要接觸者以及特定情報，都會是人命關天的事。疏離情緒在這種場合能夠救人，也鎮壓這麼多年下來的傷痛。

可是進了這個臨時監牢，躺在泥巴地上的珮彤，內心努力維持的高牆崩塌了。情緒如海浪翻騰，以最原始不羈的形式表達：憤怒。她痛恨殺害喬納斯的人——喬納斯是老同事和老朋友，原本他們似乎還有機會更進一步。她也痛恨在肯亞散播瘟疫、害死盧卡斯・特納和數萬數千人的凶手。她一定會找出他們，阻止他們，並要他們付出代價——即便珮彤也得為此付出性命。

42

米倫．湯瑪斯聽見帳篷外的營地嘈雜起來，許多人走來走去，開門關門，一個個屍袋被搬上卡車。

他掀開簾子出去一看，從洞窟救出自己的肯亞軍人正搜查遭到夜襲的營地，想尋回自己與已死同袍的行李和裝備。

米倫知道遲早得走，但沒料到這麼快。昨天晚上，疾管中心和世衛組織決定緊急將所有人員撤出肯亞，現場小隊從曼德拉搭機離開，後勤支援則從奈洛比動身。他收到的命令是返回曼德拉集合，但他拒絕了，因爲他不想棄漢娜和蕭醫師於不顧。米倫違抗命令留在肯亞等待，希望自己能有機會爲她們做點什麼。

然而軍隊也離開的話，這村子就只剩他一個人了。

齊托過來對他說：「湯瑪斯醫生，我們得走了，這是上頭的命令。」

「去哪兒？」

「奈洛比。政府宣布全國進入戒嚴。各大城市都設置了隔離區。」

米倫點點頭。

「和我們一起走吧。」齊托提議。

「不行，我得等隊員。」

「就算她們得救，也不會回來這裡。」

他當然想過同一個問題，「那會送去哪裡？」

「這我也不清楚。」

「擄人勒贖、人質得救以後，通常事情會怎麼發展？」

齊托思考了一下，「看看是誰救的吧。從海上行動的就會帶到海上，大半是印度洋。再來就是最靠近的機場，比較有可能的是曼德拉。」

曼德拉——是他最好的選擇。

齊托看穿了他的心思，「醫生，給你個忠告。」

「什麼？」

「天亮再走，會比較安全。」

「嗯，好主意。」

「我們會留一輛車、一些水和糧食給你，」齊托遲疑一陣後，又補充：「還會留一把槍。」

「不需要吧。」

「以防萬一。你有給手機用的太陽能充電器嗎？」

米倫點點頭。

「那就好，祝你好運了，湯瑪斯醫生。」

「齊托，你也保重。」

地陪轉身走開，米倫又叫著：「齊托！」對方回頭，他說：「謝謝你把我從蝙蝠洞救出來。」

「應該的。你們來此救命，我們銘記在心。」

車隊離去時，揚起紅沙漫天。米倫回到自己帳篷，開了一包口糧，靜靜地吃完，視線一直游移在漢娜收拾整齊的小床邊。

六個月前進入疫情調查訓練才認識漢娜，他起初覺得她神經質、情緒化，後來漸漸熟悉，才明白那是因爲她十分認眞，所以堅持準備完善、表現傑出。漢娜心地善良，這也是她投入醫學的主因。女孩對待病人就像米倫自己對待動物，所以他主動提議出差時兩人同住一個帳篷，方便比對兩個領域的檢驗結果。說不定，他那時候補充，閒聊的時候就找到疫情的突破口了。事實上，他是想在別的方面有所突破。

米倫取出手機，打開了有聲書軟體，亮出《夜鶯》封面，可以從上次聽完的地方繼續。現在他需要轉移注意力，心思不能一直在等待和憂慮上繞來轉去，合理的應對之道是按下播放後，聽到入睡。但米倫更希望等漢娜平安無恙回來，兩個人再一起聽完這本書。

他放下手機，闔起雙眼。蕭醫師說得沒錯，思考是睡眠的大敵。

43

艾利姆．基貝時睡時醒，太陽升起、落下、再升起，對他來說只像是燈關了又開。高燒也彷彿海浪，一下子吞沒他，身體內部簡直要被烤熟，但後來又會一下子無影無蹤，給他一線康復生機。實際上，他的症狀是一天比一天糟糕，思考也越來越吃力，而他開始覺得病情不會好轉，恐懼感漸漸湧現。直至失去最後一絲希望，艾利姆才意識到自己多在乎活下去。

窗外的火堆一日比一日更大。原本只是將用過的隔離衣、受汙染的材料放進去焚燒，現在也必須火化遺體了。

有一天晚上外頭竟然沒點火，他心想有生命危險的已不止自己一個，恐怕這兒任誰也逃不過。他靜待噩耗傳來。

門被打開，又是肯亞衛生部官員妮婭．奧可可。當初就是她堅持替艾利姆施打ZMapp、住進美國病人空出的病房。這回她推著推車進來，車上堆滿口服補液鹽、待裝液體的乾淨桶子、許多盒抗生素與止痛藥。車子停在伸手可及之處，她則坐在醫師胸口旁邊的床沿上。

「艾利姆，我們得走了。」

「不可以。」

「沒辦法。」

他望著自己的身體，儘管發著高燒，還是絞盡腦汁想爭辯，希望有人留下來幫忙照顧醫院的病患。

妮婭．奧可可似乎明白他的心思，「你說什麼也沒用，這裡也沒剩幾個病人了。」

「還有幾個？」

「含你在內，兩個。另一個年輕人恐怕在我們出發之前就會嚥氣。」

艾利姆嘆了口氣，點點頭，「你們要去哪裡？」

「達達阿布，然後是奈洛比，與軍方、公衛專家一起設營。」

艾利姆可以想像疫情爆發、不可遏制時的光景：政府失能、軍閥崛起，爲了有限的土地和資源燃起新一波內戰戰火。盜匪橫行，肯亞社會文明倒退百年。而起點就是這裡，曼德拉轉診醫院的這個病房。

「你們過來之前，」他氣喘吁吁地說：「我總是懷疑靠自己能維持醫院運作多久。但眞沒想到會以這個方式結束，而我成了最後一個病人，帶著整間醫院一起死去。」

「保持信心，艾利姆。信心是良藥，藥石罔效的時候更是。」

44

艾略特．沙丕洛在亞特蘭大自家書房內越來越煩躁，「現在不是搞政治的時候了，人命關天哪。究竟找到了人沒有，拜託你告訴我。」

他聽了一陣子，然後又打斷：「什麼命令都好，聽我說——喂？喂？」

艾略特放下電話，揉揉額頭。一個鐘頭又一個鐘頭過去，他明白找到珮彤和調查隊員的機會越來越渺茫。這種感受彷彿慢動作看著家人死在面前，是種凌遲。

昨天晚上他完全沒闔眼，蘿絲也一樣。他不斷看遍新聞頻道和網站的最新消息，耳邊時時傳來蘿絲打噴嚏與咳嗽聲。艾略特常常送水和點心進去，坐在床邊與妻子聊聊書上的內容。蘿絲的症狀穩定，但艾略特擔心她和外頭很多人感染的就是肆虐肯亞的致命病毒。

夫妻倆在家裡做了應急的隔離措施：兒子、媳婦、孫子住二樓，艾略特與蘿絲待在一樓。孫子在車庫頂的加蓋上竄下跳，正和爸媽玩得開心，大家只能從冰箱拿食物加熱食用。不是很理想的感恩節，但比起讓病原擴散來得好。

艾略特又到客廳開了電視。

「雖然疑似流感病毒的大流行引起全美關注，但多數家庭並不因此更改感恩節計畫。」

畫面出現一位中年男子，站在殖民時期風格的磚造住家前接受採訪，「我們心想反正大家都生病嘛，那乾脆互相照顧，還能兼顧傳統——」

艾略特換了頻道找其他新聞。

「僅美國境內目前估計的感染人數就約有兩千萬。有關當局將病毒命名為X1，其間歇性發作症狀與季節流感非常類似。根據病歷，遭到感染以後，身體會先不適幾天，接著好轉一、兩天，然後症狀再次復發。疾管中心與衛生研究院官員呼籲大眾最近要提高警覺，勤洗手並——」

他再換頻道。

「AAA新聞網報導指出，雖然正值流感高峰，今年感恩節的週末交通流量預期將會刷新紀錄，航班數量也將創新高。零售業者已經摩拳擦掌爲黑色星期五預做預備，華爾街分析師認爲相較去年業績成長可達一成……」

生物風暴的完美舞臺。高度傳染性病毒就這麼剛好在國內人口流動最密集的時候登場。

艾略特走回書房關上門，撥電話到疾管中心，沒想到竟然進了語音留言信箱。

「杰柯，是我，艾略特。有空請回電，謝謝。」

他又撥到對方手機，還好杰柯接聽了。

「杰柯，你應該比對了呼吸道病毒和曼德拉樣本了吧？」然而一聽見對方回答，他跳了起來，「什麼？……我知道是感恩節——」他愣著聽完，「不是，杰柯，假如是同一個病毒的話，這會變成我們最後一個感恩節啊……不行，杰柯，拖到星期一就來不及了。你得回去做完，叫團隊都……喂？杰柯——」

艾略特眞想放聲大叫。

他趕快再打到緊急行動中心，希望遇上其他接線員，可惜只得到一樣的回應：所有人值班前就被指示不能給艾略特更新情報。在疾管中心面對史上最大危機時，艾略特．沙丕洛遭到官方正式封鎖。

Day 6

3億人感染

7萬人死亡

45

一開始，米倫以爲有風吹過空帳篷，使布料飄揚拍打，乍聽像是說話聲。但睡意漸褪後，他聽得越來越清楚。那的確是說話聲，有幾個人壓低了嗓音，就在帳篷外頭悄悄爭論。他不想打草驚蛇，安靜地滾下床。

已經日出了，隔著白色布幕能看見三個人影，如皮影戲般鬼鬼祟祟接近，中間停頓了一次指指點點，然後往更裡面移動。他們一直快速對話。後來進了主帳篷，開箱子翻東西的聲響傳來。

米倫悄悄站起來穿鞋。

齊托留下來的休旅車離他很近，主帳篷則在另一頭比較遠的地方。不過米倫仍看得見那三人正在帳篷裡翻箱倒櫃。

顯然對方以爲這裡已經沒人，講話越來越大聲，只是米倫聽不懂。他覺得自己應該趕緊上車離開，但這三個人會不會知道什麼線索？甚至就是帶走漢娜與蕭醫師的犯人？

他穿上印有疾管中心標誌的防彈背心，拿了齊托留下來的半自動步槍，彈匣形狀有如香蕉。米倫這輩子只有一次開槍經驗，是小時候參加童軍營時拿點二二步槍練習打靶。相較之下，此刻他手中的武器不論長相和威力都凶猛多了。

他抓好步槍，確定開了保險，朝主帳篷潛行而去。垂下的門簾提供了不錯的掩護，可是米倫還是一步一步更加恐懼，口水不停分泌，怎麼吞都吞不完。就算他努力想要鎮定，心跳就是慢不下來。再不衝進去或撤退，可能隨時會心臟病發。

提著槍的他一股腦兒闖進帳篷內，看見了三個人圍著會議桌……狼吞虎嚥。桌子上地板上都是被打開的野戰口糧。他一下子認出他們就是先前在廢村周圍找到的村民。對方滿面驚恐地瞪著他，嚇得摔下折疊椅，手腳並用想逃走。

米倫趕快放下步槍，高舉雙手，「等等，等等，我是疾管中心的人。」他指著防彈衣上的白色字母，「我之前就來了，是美國人，來幫忙的。」說話同時他也張開雙臂擋住出入口，終於有個大約十三歲的女孩停下腳步。

「對、對，我是美國人。」米倫再強調：「來救你們的。」

好不容易安撫三個村民後，米倫要他們繼續吃飯。裡頭只有少女哈莉瑪能說英語，她一邊用餐一邊描述廢村被攻擊的經過，讓初次得知過程的米倫感受不小的震撼。

槍戰開始的時候，三個村民躲在隔離帳篷裡。後來珮彤放他們逃走，三人就鑽進村外的灌木叢，目睹了整個事情經過。

「有人逃走了。皮膚很好很白、頭髮顏色深的阿姨，一個男的，還有紅頭髮的姊姊。可是被打中——」

「誰被打中？」

「紅頭髮姊姊。」

米倫癱在座位上，回不了話。

「抱歉……」哈莉瑪小聲說。

他盯著晨風中搖曳的白色帆布，「後來呢？」問話的聲音變得空洞。

「深髮阿姨扶她起來，一起跑上車開走。但是爆炸了，車子翻倒，再來又是很多人開槍。最後怎麼樣我看不到，對不起。」

米倫點點頭，「謝謝妳告訴我這麼多。」

等村民吃飽，他問三人要去哪裡。少女聳了聳肩。

「我要去曼德拉，」米倫說：「你們願意的話可以一起。」

哈莉瑪猶豫著。

「我想肯亞政府應該開始為生存者準備臨時住處了，裡頭會有食物和飲水，也許還能找到工作，應該比留在這裡好很多。」

女孩與兩個同伴交談，最後轉頭告訴米倫：「好，我們跟你走。」

☣

外派時要改變指定位置的話，根據標準程序要先通知指揮據點。現在指揮團隊已經撤離奈洛比，米倫只好直接撥打到亞特蘭大的緊急行動中心。

「你沒有一起撤離？」接線員問。

「沒有，我還在——」

「等等，別掛。」

米倫聽見電話彼端有人大聲說話，上百個聲音一起，好像紐約證券交易所整個搬到疾管中心去了。他捕捉到隻字片語：

「堪薩斯有五萬個病例。」

「海軍證實三艘航母上有個案。」

接線員回到線上，「湯瑪斯醫師，請留在原地，這邊有特殊狀況，之後會有人聯絡你。」

「我不能留下來。」米倫還沒說完，電話就掛斷了。

他不禁懷疑亞特蘭大、甚至應該說美國出了什麼問題。堪薩斯有五萬名感染者？意思是，病毒已經從肯亞攻進美國？

他得設法瞭解現在的情況，也得找個人告知自己的去向。

似乎只剩下一個人選。

46

艾略特根本不記得自己什麼時候在椅子上睡著，等他醒來時已經是半夜，身上蓋了毛毯，遙控器放在大腿上，電視仍開著。

他咳了幾回，伸手朝喉嚨探過去觸診淋巴結，已經腫了。他的額頭冒汗，發燒還算輕微，但可以肯定已被傳染。

電視停在財經新聞網，畫面是紅色曲線朝右側大幅滑落。

「今天亞洲股價暴跌四成，主因爲市場謠傳新加坡即將實施戒嚴並封鎖邊界，中國也會禁止港口吞吐，以免X1病毒繼續擴散。世界衛生組織停止發布感染數據預估，據信原因在於實際感染人數遠比所知更高，金融市場直接反映出這份恐懼。適逢黑色星期五，紐約證券交易所與納斯達克將提早於下午一點終止交易，跌幅預期會更驚人。期貨方面，目前百分之二十……」

艾略特的手機響起。他還有點迷糊，瞪著號碼卻沒印象。

「我是沙丕洛。」

「長官，我是米倫．湯瑪斯，前天和您通過電話，是蕭醫師的小隊成員。」

他坐直了身子，「記得，米倫。你找我什麼事？」

「亞特蘭大緊急行動中心那邊好像忙得抽不出空理我。我現在正在遭到攻擊的那個村莊這裡。」

艾略特聽了一呆，疾管中心的人應該都撤離了才對，「你還在肯亞？」

「是，長官。我……我決定留下來，看看有沒有辦法幫上忙。」

艾略特點著頭說：「好，那邊情況怎麼樣？」

「肯亞軍隊昨天先離開了，我打算自己過去曼德拉，但現在沒人能諮詢，我不知道這麼做妥不妥當。」

「基本上會比留在鄉村好，但我也沒辦法針對這件事給你太多建議，因爲不知道曼德拉那邊還有誰，或者肯亞當地的現狀。抱歉，米倫，我被決策圈排除在外了。」

「瞭解，長官。沒關係，能回報自己的位置，我已經覺得舒坦些。我在這邊找到三個生存者，剛抵達村莊就遇見他們，準備一起帶過去曼德拉。」

生存者？艾略特心中燃起一線希望。既然那三人沒被疾病打倒，分析他們身上的抗體，或許就能明白如何戰勝病毒、研發解藥。

「米倫，聽我說，你得想辦法把那三個人帶回疾管中心做檢驗。」

「怎麼做？」

「交通的部分我來想辦法，你負責把人帶去曼德拉躲好，等我電話。記得讓手機保持足夠電量。」

艾略特打了三通電話，才聯絡上能帶他們回美國的人，就算全部回來也至少是三天後的事。但遲來總強過不來。

之後，艾略特待在客廳，直到陽光射進落地窗。家裡還很安靜，他利用這段時間處理要務，即使害怕也不得不做的準備。

他進入書房打開電腦，列出想警告的對象和鄰居。此處是亞特蘭大郊區靠近疾管中心一處富有歷史的高級住宅區，當地建物不算豪宅，但棟棟眞材實料、工藝精湛，自然地價也很可觀。周邊住戶除了醫生還有律師、大老闆等等。艾略特鎖定幾個他認爲可靠、遇上危機也能面不改色的人選。

危機迫在眉睫，他萬分肯定。

早上七點，他找來了蘿絲、萊安和莎曼珊。說完計畫以後，蘿絲靜靜落淚，萊安夫妻嚴肅點頭，表示全力支持。

他再打電話給想警告的人。十點鐘時，有五對夫妻在他的客廳坐下。

「抱歉打斷各位闔家團圓的時光。」艾略特開口：「不過我認爲你們和我都一樣，大家的家人與朋友皆面臨巨大的危險。」

眾人面面相覷，一頭霧水，「你意思是——」

艾略特舉起手示意安靜，「比爾，聽我解釋……你會明白的。

「二〇〇四年國會通過『生物防禦計畫』法案，表面上是斥資五十億美元購置疫苗，並設法對抗生化攻擊和流行病，但社會大眾不知道的則是，法案裡隱藏其他條款——美國遭遇重大災害等級的生物威脅事件時可以啓用。我認爲那種事件就在眼前。X1呼吸道症狀恐怕是類似伊波拉出血熱的早期症狀，但其實它和肯亞爆發的疫情，根本是同一株病毒。要是我的假設正確，為了阻遏疫情擴大，政府很快就得執行『生物防禦行動』。

「一旦計畫展開，我們熟悉和深愛的美國會有很大的轉變。接下來我說的事情，請千萬不要轉述給外人知道。」

艾略特詳細告知細節後，其中一人身子往前探，開口問：「如果眞被你料中的話，我們該怎麼辦？」

「所以我才請大家過來。我已有個想法，但需要各位配合。」

47

金屬和玻璃構成的牢房內，戴斯蒙躺在窄床上，看著沒完沒了的投影片，其中一些是兒時影像，其餘大都是貿易展覽和商業會議場景，從二十出頭到近期的都有。或許抓他來的這些人無法取得他的私生活照片，也或許因爲他根本沒留下什麼紀錄。牢房外來來去去的人問了很多問題，用字遣詞相當謹慎，沒有透露組織及目的，但戴斯蒙還是從小地方找到線索、放進心底，希望對日後脫逃有所助益。

外頭的人走掉，戴斯蒙飢餓難當。他們沒給太多食物，可能覺得囚犯身子虛弱才好控制。沒想到，飢餓也能勾起一段記憶。

☣

戴斯蒙到奧克拉荷馬的第一年，伯父去油井工作時，會將他放到育幼院去。那裡的孩童有大有小，不過六歲的他已經是前段班。也有其他油井工人將小孩送過去，戴斯蒙交了幾個朋友。每次歐威爾來接他都會和院長等一群人吵架，罵說收費根本是土匪等級。

於是某日，歐威爾出門前在桌上留了點錢，告訴戴斯蒙以後自己留在家，別出差錯逼他請假回來，免得後悔莫及。

戴斯蒙拿錢在附近小商店買了吃的。老闆很好心，幫孩子精打細算，餐點內容大多是豆類和肉品罐頭，然而距離伯父回來還有幾天的時候，錢終究花光了。他到了店裡不敢賒欠，反而問老闆能去哪裡打工。

「六歲小孩想打工？」老闆戴著小眼鏡，身材很乾瘦，聽了這話哈哈大笑，戴斯蒙只能盯著自己的鞋子看。

「戴斯蒙，你賒帳就好了，先拿回去去吃，等伯父回來再結帳。」

「不要比較好。」他馬上拒絕。所幸，最後老闆叫他整理儲藏室、搬些東西上架，就給了些東西讓男孩撐過最後幾天。

伯父回來第一句話就是：「剩多少錢？」

「沒剩。」

「沒剩？你全部花光？花去哪裡了，渾蛋小子？買芭比娃娃嗎？」歐威爾嘀咕著會被戴斯蒙吃到家破人亡之後又出門了。

伯父對錢很執著，哪座油井給的錢多他就去哪座，危不危險、營地設置好不好，都不在他考慮範圍內。他將所有錢都留在手裡，絲毫不信任銀行。

「他們全都是騙子。」有個晚上他喝到後半瓶酒時，開始說教：「還是很笨的騙子，不管什麼湯姆迪克還是哈利都可以去借錢——那些可是我們的錢，是我們暫時放在那裡的錢。什麼儲蓄銀行更過分，遲早會倒，你等著瞧。」

幾年以後，戴斯蒙很訝異地得知逾千家儲蓄銀行破產，政府動用一千三百億人民繳交的稅金去紓困。這恐怕是伯父那些陰謀論和大預言裡唯一命中的一次。

後來伯父還是將他獨自留在家，戴斯蒙則想出讓錢夠用的辦法：出去打獵彌補家用。有時迫不得已在未開放的季節中盜獵，但他心想森林警察大概也不忍心對才六歲又快餓死的小男孩開罰單。

靠著打獵，戴斯蒙每次能剩一些錢放在桌上，等伯父回來看——有時候他多攢了些，就自己藏起來。

存夠了錢，他跑去小鎮邊緣的當舖。之前他曾站在外頭二十幾次，盯著櫥窗內的腳踏車，想像騎著它就能去好多好多地方。

男孩走進當舖，將錢放在兼作櫃檯的展示櫃上，「我要外面那輛腳踏車。」

老闆拿起鈔票算了算，「差十元。」

「我只有這麼多。」

老闆不講話。

戴斯蒙伸手討錢，「不賣拉倒，我去別間店買。」

老菸槍老闆乾咳了幾下，「要是大人跟我這麼講話，我就叫他滾蛋了。不過你這小鬼挺有個性的，我就便宜賣你吧，反正那鬼玩意兒擱在那邊也一年了。」

戴斯蒙從此嘗到自由的甘美，也是他第一次靠自己省吃儉用買了東西，比起以前的各種禮物都更加寶貴。

這件事當然不能被伯父發現。那六個月是戴斯蒙童年最好的回憶。

有了單車，戴斯蒙可以去的地方多了不少，也能去隔壁的諾布爾郡看看。諾布爾郡大街兩側商店林立，還有郵局和小電影院，甚至找得到圖書館。男孩走進圖書館，在書架間來來回回，想找到之前夏綠蒂爲自己讀過的故事書。他只想再看封面一眼，重溫兩人讀書的那幾週光陰。

一個頭髮花白的婦人正從推車上將書歸回架上。她走過來問他：「需要我幫忙嗎？」

戴斯蒙搖搖頭。

「喜歡的都可以借喔，」她打量男孩一會兒，又說：「不用錢，看完記得帶回來還就好。」

沒什麼意義，因爲他還不識字，「嗯……這邊有人讀書給大家聽嗎？」

婦人遲疑後說：「唔，有啊。」

「什麼時候？」

「嗯……好幾個時段，你什麼時候能來呢？」

男孩回答以後婦人說可以，也介紹自己叫作艾涅絲。戴斯蒙覺得她說話很好聽，音調溫和平靜，其實奧克拉荷馬州其他人也一樣，只有伯父的語氣特別惡劣。

臨走前，戴斯蒙想到自己沒問讀書會讀什麼書，如果是他討厭的或講什麼戀愛之類就算了。

他試著禮貌地詢問艾涅絲，活動中會讀什麼書。「有好幾本可以選，」她回答：「你喜歡什麼類型？」

「冒險，」戴斯蒙毫不猶豫地說：「英雄得勝那種。」

「那你不會失望的。」

的確。翌日進了圖書館，艾涅絲坐在櫃檯後面織毛線，看見男孩就放下東西，拿出了書。

「準備好了嗎？」

他點點頭，事前就猜到可能只有自己來聽，但這樣更樂得輕鬆。

很快地，艾涅絲讀出來的字字句句在戴斯蒙腦海中化爲影像，人物和他認識的親友一樣眞實。故事彷彿是遺忘的前世，比起今生更加美妙。

聽故事成了戴斯蒙自由的出口，伯父在家的那幾週才是坐牢。

夏天過去了，一封信從教育局寄到了家裡：戴斯蒙的小學已經安排妥當，今年秋天，他可以先過去上幼稚園。

歐威爾讀完信一臉作嘔，直接將通知書扔進了火裡。

「幼稚園？」他說得好像喝了壞掉的牛奶，「是嫌你還不夠窩囊廢嗎？」

不去最好。戴斯蒙只想去圖書館。

感恩節過後，艾涅絲開始教他讀書識字。戴斯蒙學得很快，也歸功於艾涅絲的好點子：她會先找一本書讀前半本，挑起男孩的興趣以後，才從旁協助他自己讀完後半本。這和騎單車很像，一開始好難，但學會訣竅之後就輕而易舉。

復活節的時候，戴斯蒙已經可以讀書給艾涅絲聽了。

然而這幾個月裡，艾涅絲一點一點地改變，她說故事到一半時會睡著，也越來越常從皮包裡掏藥出來吃。

☣

一年過去，又入夏了，某天戴斯蒙去了圖書館，卻發現大門深鎖，而且持續了一整週。後來他忍不住去隔壁郵局，詢問是否有人看到艾涅絲。

「她到諾曼去了。」

「諾曼？」

櫃檯後面的郵務人員盯著戴斯蒙，好像當他是個傻子，「醫院啊，市立諾曼醫院。現在是地區醫院了，地址沒換。」

「她去醫院做什麼？」

「治療癌症，不然呢？」

戴斯蒙的世界又開始支離破碎，「她會回來嗎？」他從對方表情就知道不會，「怎麼過去那裡？」

「問你爸媽。」

「走什麼路？」

「小夥子，諾曼醫院離這裡有十哩遠，叫爸媽帶你去。快讓開，我還要忙呢。」

戴斯蒙在小鎮邊緣的加油站買了一份地圖，醫院有個很大的H標示。

隔天早上他規劃路線、在背包裝滿了食物。雖然不知道歐威爾哪一天會回家，但如果他回來了，通常也是中午過後傍晚之前。戴斯蒙等到下午四點，看伯父還沒露面就出發了。要是被伯父發現自己偷偷存錢買了單車，後果不堪設想。

最初戴斯蒙以為不到一小時就能抵達。但他大錯特錯——花了將近三小時，進入諾曼市區時已經日落了。晴朗夜空下的停車場燈光閃亮，男孩將單車停在前門，蹣跚入內。

接待櫃檯告訴他艾涅絲的病房號碼。這是戴斯蒙第一次搭乘電梯。到了四樓後，他的腳步很重很慢，對於即將看見的一切，充滿了恐懼。

房門關著，他抓緊門把，門板被推動時發出吱吱嘎嘎的聲音。裡頭的燈光很昏暗，艾涅絲側躺著，旁邊有機器嗶嗶作響。

聽到開門聲，她轉身看見了男孩，嘴角漾起微笑，眼眶卻有淚水打轉。

「你怎麼會過來呢，戴斯蒙？」

他不知如何回答，呆呆地走到床邊伸出小手。艾涅絲握住了他的手。

「妳爲什麼沒……」男孩沒說完，他根本不知道該怎麼說。他沒想好，沒打算相信自己在郵局聽到的是眞的，以爲進了醫院，就會發現一切都是誤會。

艾涅絲嘆口氣，「我之前是有想過要說自己搬家，不希望你知道我生病了，免得你對我最後的印象是這個樣子。」

戴斯蒙盯著自己的腳丫。

「是你伯父帶你來的嗎？」她問，男孩搖搖頭，「總不會是自己騎車來的？」見他不講話就知道是默認，「戴斯蒙，」艾涅絲緩緩地說：「這樣子很危險，你伯父呢？」

「還在油井，要好幾天才會回來。」

門口來了個護理師，「安朱斯女士，您需要什麼嗎？」

「麻煩給我侄子一條毛毯好嗎？他今天會在這兒過夜。然後，如果沒有也沒關係，不知道醫院裡找不找得到童書？」

「有喔，我拿幾本來給您。」

那天晚上，艾涅絲最後一次讀故事書給戴斯蒙聽。兩點鐘時，男孩在窗邊的躺椅上沉入了夢鄉。

天亮以後，艾涅絲要男孩承諾不會再過來。路途太遙遠，而且她往後也沒體力了。

「戴斯蒙，這是我的心願，你會聽話吧？」

「嗯，我會。」

回程的風向不順，戴斯蒙騎得比較慢，心裡忍不住納悶：怎麼自己喜歡的人都會死掉，不喜歡的人——他伯父——卻活得好好的？生命太不公平，世界對他好殘酷。

☣

中午到家時，看見伯父在門廊喝酒，男孩頓時口乾舌燥。

「挺漂亮的車啊，小戴。哪兒來的？」

戴斯蒙想嚥口水，嘴裡卻好像塞滿木屑，「撿到的。」他乾咳著說。

「那就是偷來的。」

「不是，是撿到的——」

「你能撿得到就代表是別人的東西——等於你偷了別人的東西。搬到卡車上，我明天送去鎮上物歸原主。」

「是我的！」戴斯蒙氣得忘記了害怕，「我自己買的！」

「你買的啊……」伯父假裝讚賞，「哪來的錢？」他呸口口水。

戴斯蒙低下了頭。

「小子，我問你話，你就得回答。錢哪來的？」

「我存的。」

「存？」歐威爾終於爆發，「胡說八道，那是你從我這裡偷的錢。我給你錢買吃的，要你用剩的還給我，結果你這忘恩負義的混蛋，竟然存私房錢給自己買玩具！」

戴斯蒙忍著不回嘴，任由伯父不停痛罵自己是個沒用的廢物。足足罵了兩星期後，歐威爾又要去上工，這回他沒丟錢在桌上，而是要戴斯蒙打包行李。

「該讓你看看真實世界了。」

☣

歐威爾·修斯要侄子走進的真實世界就是鑽油營地，位在奧克拉荷馬與德州邊界的北邊。他要戴斯蒙在裡面做事：打掃清潔、洗衣服、削馬鈴薯，或者其餘粗工懶得做的雜務。伯父說戴斯蒙軟弱無力，沒本事幹粗活，可能這一輩子都沒指望。

工人的確個個虎背熊腰、手臂粗壯得沒法筆直下垂，總是有個斜斜的角度。看著他們，戴斯蒙聯想到《太空迷航》裡的機器人——伯父不在家的時候他才有機會看電視。不過粗工和機器人還是不太一樣，他們總是渾身油漬，開口閉口都是髒話、妓女和淫詞猥語。工人值班十二小時、休息十二小時，醒著就猛灌咖啡，但在油井附近不能抽菸。營地有裝了天線、包上錫箔的小電視機，沒執勤的人搶成一團，通常是看棒球比賽，也總有人會聚在某個帳篷裡打牌。

一大群工人裡，就只有一個人會在休息時看書。戴斯蒙很快就認識對方，那人也挺慷慨地將自己正在讀的書借給男孩，還大力推薦。

可惜戴斯蒙怎麼也無法融入小說的情節，那本書說的是一群人要追捕潛逃的俄國潛水艇。

奇怪的是，來了油田之後，竟然緩和了他與伯父的關係。

伯父不再監視他的一舉一動，甚至願意分他工資、准他留下單車。但戴斯蒙也不再那麼想出門，從營地回到家後，每次都整個人累垮。

下一趟工作前，他還是去了圖書館。那裡已重新營運，換成一位年輕小姐坐在櫃檯後方，讀著教科書和做筆記，戴斯蒙沒上前打擾，只借了五本書帶到營地去。

第二次營地打工結束，回家後過了幾天，忽然有個男人出現。他穿著短袖鈕釦襯衫，戴了夾式領帶，轎車後頭的沙塵高揚。

「修斯先生。」他站在門廊上叫喚。

戴斯蒙看著已有醉意的伯父去外頭和那人吵架，吵得比想像中還久。最後對方搖搖頭，下了階梯，轉身撂下一句：「你家那孩子下個月再沒入學的話，以後來找你的就不是我，而是社工人員和警察了。你自己想清楚，修斯先生。」

☣

小學一年級對戴斯蒙來說比油田還無趣。艾涅絲已經教他識字，雜貨店老闆爲了不讓他餓死也教會他算數，再來是他與其他小孩很難聊，他們在戴斯蒙眼裡就是……小孩，或者說小嬰兒，滿腦子只有玩耍或幼稚的事情。他覺得自己格格不入，比同學高出很多級。老師留意到了，也盡可能找比較難的作業給他，但心力畢竟得用在大部分學生身上，於是戴斯蒙幾乎沒人管，自己坐在角落讀書，彷彿與世隔絕。

後來校長評估後同意他跳級，但到了二年級班上，情況也沒有好轉。

夏天他又和伯父去油田，工作一次比一次粗重。

而他的生活規律逐漸形成：每年夏天去油田打工，其餘月份上學，伯父只有一半時間在家。

他不知道是因爲父母和艾涅絲的死，或者因爲伯父這種養育方式，讓他漸漸發現自己心裡有一堵牆，無法與別人親近。加上幾次嘗試帶朋友回家，伯父當著大家的面痛罵斥責，讓他非常尷尬，戴斯蒙自然而然放棄了交友。偏偏伯父也從不答應他去別人家過夜，戴斯蒙不敢違背。有一次，他拿少棒聯盟的報名單回家，伯父直接燒了單子，說別浪費他的時間和金錢。歐威爾也不肯讓他參加任何社團、童軍、課外活動。

戴斯蒙覺得自己徹底孤立，與任何人、任何事之間不存在連結，只有讀書時最快樂。到了八歲的時候，他已經讀完圖書館所有有興趣的書。

櫃檯後面那女孩察覺他在書架間漫無目的地遊蕩。她叫茱莉，二十出頭，每次見到她似乎都會換髮型。那天她綁了個圓髻。

「找不到的書可以調閱哦。」她說。

「從哪裡調？」

「別的圖書館。」茱莉拉出鍵盤，「我們參加了先鋒圖書館系統，申請以後會有人把書送過來。你想找什麼書？」

其實戴斯蒙沒有特定目標，當然也不知道該怎麼找，「我……不確定。」

「嗯，那你愛看什麼書呢？」茱莉問。

他上一本覺得有趣的小說是卡爾．薩根的《接觸》，而且還看到這位作者在公共電視上開了節目。儘管很想看那個節目，但戴斯蒙知道伯父不會答應，歐威爾只想守著約翰．韋恩，對外星人或人類的宇宙定位一點也不好奇。男孩很想知道地球以外的地方是否存在生命，可能是因爲隨便換個地方都比自己的處境好，目前只有讀書能逃離煩憂。

「可以用作者搜索。」

「卡爾．薩根。」男孩立刻回答。

從此之後，戴斯蒙一腳踏進新世界，開始閱讀科學、歷史、人物傳記等等。他很想理解世界爲何是當前的模樣、是什麼人造成的。換個角度看，他還想參透爲何世界如此殘酷且不公。

又過了一年，茱莉從圖書館系統中再也找不到適合戴斯蒙的書。幸好她就讀於奧克拉荷馬大學，校內圖書館館藏更豐富。男孩將她幫忙借來的書視爲珍寶。

家裡生活一如往常，夏天還是要與歐威爾去油田打工。他得知伯父這幾年接的工作比較靠近斯洛特維鎮，除了更安全，也方便在戴斯蒙受傷出意外時立刻返家。男孩沒來美國之前，歐威爾喜歡到遙遠偏鄉工作，環境差、危險多但是工資也很高。

戴斯蒙每年要做的事情更多，也更容易受傷。十一歲的時候，他在阿比林郊外斷了右手臂，隔年到加爾維斯敦又斷了條腿。五月時去了納科多奇斯，有個粗工吸太多古柯鹼神智不清，竟拿著旋轉鑽頭朝戴斯蒙的腳上一放，害他的骨頭全都碎了。那混帳被歐威爾揍到奄奄一息，後來哪個工地都再沒見過他。

出院回家時，伯父迎接他的方式是請戴斯蒙喝一品脫廉價威士忌。歐威爾也不知道還有什麼能止痛，男孩乖乖吞了下去。起初他覺得很噁心，但總比腳掌劇烈陣痛要好，習慣了以後，入口也就不那麼難。

出乎意料的是，伯父並沒棄他不顧，除了給他送餐進房間，後來還繼續帶他去工地。兩人的關係持續轉變。

十三歲時，戴斯蒙上了高中，每年去油田打工的他身材魁梧、手臂壯得像駿馬的腿，比農家子弟或橄欖球校隊還結實。此外就算別人的父母會做生意、上過大學，教出來的小孩也沒他聰明。得利於圖書館系統，他對歷史比起多數教師更熟悉；油田工作也牽扯到許多數學，雖然不是微積分那麼高深，但戴斯蒙學起微積分一樣快。他發現自己一學期只去上課一半，就能通過所有考試，於是上學變得像是參觀監獄或拜訪陌生星球的體驗。他無法融入任何團體，也早在幾年前就放棄那種念頭。高中生只會瞎聊、只關心橄欖球，老是巴望著下次的比賽。戴斯蒙關心的是下一本書何時到，哪一天要與歐威爾去油田。他喜歡跟著去看看外頭的世界，路易斯安那州、德州南部，都有多彩多姿的環境。

結果他翹課越來越頻繁，教師們無法再一直默許下去，歐威爾就直接跑去和校長說他需要侄子去油田幫忙，但侄子還是能畢業。雙方達成協議，之後戴斯蒙上課時日壓到最低限度，足夠他通過幾項標準測驗就好，如此一來校監那邊再也無話可說。

他和伯父的關係不像父子也不是朋友，更接近歐威爾愛看的西部片裡四處爲家的浪子，基於共同需求或目標而一起行動，路途的盡頭是他們尋找的某物、某人。只是，他自己從未看清尋覓的究竟是什麼？生活和影集一樣，每集換一個城鎮，有不同的壞蛋要打敗、不同的謎題要解開。謎題總是同一個：多久造好油井、挖不挖得到油，以及下工之後歐威爾形容爲「消火氣」的日子，能不能活命。

歐威爾消火氣的辦法就是在最近的市鎮住上一週，每天在酒吧喝到睡著、賭錢或者釣女人。

他還常常打架，喝到某個程度時，別人隨便一句話都能激怒他。歐威爾不動手的對象只有退休軍人，也絕對不碰他們的老婆，甚至不准別人招惹軍人──常常就爲這原因而開打，老是把戴斯蒙拖下水，男孩怎麼避都避不開。後來他想通了，伯父一開打就直接助拳，反而省時省力。

在那種環境混久了，戴斯蒙練出看人的眼光，知道哪種人愛惹事、哪種人出事會開溜，也懂了什麼時機自己該撤退。他培養出第六感，明白什麼情況該用啤酒瓶或撞球桿，什麼情況靠拳頭。他不愛用刀，但學會了空手奪白刃。有幾次被警察逮到，歐威爾總能編出說詞搪塞過去，再花幾百塊賠償酒吧老闆。戴斯蒙的肋骨總有瘀青，手指指節總會折斷，黑眼圈和小傷口沒好過，疼痛成了常態，怪異生活也成了常態。男孩在歐威爾扭曲的價值觀下逐漸長大。

兩個人回到旅館房間就是喝酒和聽歌到天亮。羅伯特・厄爾・基恩、公路男子、傑里・傑夫・沃克、強尼・凱許都是他們喜歡的歌手。距離工作開始前幾天，他們就會收斂，到了油田爲了安全起見則是完全不碰酒。這也是伯父灌輸他的價值觀。

☣

長大以後，戴斯蒙理解了伯父，明白當年自己闖入他的生活，爲何遭到那麼大的反彈。撫養小男孩造成歐威爾好多年沒辦法繼續這種隨心所欲的日子，直到現在才終於回歸。他的心情舒爽了，戴斯蒙在家裡也輕鬆很多，兩個人甚至偶爾會一起出門打獵。

在油井工作的日子有種神奇的療癒作用：連續不斷的勞動，伴隨一些非常危險的項目，因爲太辛苦所以心思不會放到別的地方，也就遠離了雙親、夏綠蒂、艾涅絲以及其他的一切。休假時他會用威士忌和啤酒阻絕那些思念，除了書之外只有酒精有效。戴斯蒙的生命完全被勞動、酒精和書本塡滿。

一九九五年高中畢業，對他而言不具特殊意義，生活也沒有太大改變，最大差別只是再也不必考試了。同齡的人上大學、去奧克拉荷馬市求職，或者繼承家業，而戴斯蒙一心只想脫離現狀，找個地方從頭來過。沒錢辦不了事，所以他開始節省開銷。一九九六年一月時，藏在床墊底下的咖啡罐裡總共有兩千六百八十五美元，這個數字就是戴斯蒙當時全部的身家。他將這筆錢花在即將改變人生的東西上，靠它離開奧克拉荷馬，離開至今爲止的一切。

戴斯蒙的牢房外始終有兩個人守著，其中一個人操作筆電、播放幻燈片和問問題，另一個人不斷打字和拍攝。

他左思右想認爲，應該要取得這兩人的協助，自己才有可能逃脫。牢房的設計和結構精良，靠蠻力一定出不去。首先必須摸清這兩人的性格，才知道該對誰下手，所以戴斯蒙開始試探他們有沒有什麼弱點，或是可供利用的價值觀。可惜截至目前爲止，無論他怎麼問，對方都當作耳邊風，看樣子康納嚴令禁止兩人與囚犯對話，戴斯蒙怎麼試圖攀談，他們都不回應。更精確來說，戴斯蒙想交流的時候對方就會更緊張，他們原本就已經很緊繃了。一再嘗試都徒勞無功，戴斯蒙心中覺得自己逃走的機會越來越小。

但過程中，他也記下一些腦袋會有模糊反應的詞彙。

「你對芝諾學會有印象嗎？」他們問。

「沒有。」

「季蒂昂集團？」

戴斯蒙還是謊稱不知。其實他記得字面，只是不知道爲什麼自己記得，也不清楚代表的含義。

船上定時供餐，戴斯蒙吃得毫無顧忌，反正要下藥的話，對方靠麻醉瓦斯就能爲所欲爲。他需要體力，所以現在的生活步驟就是用餐、運動、問問題、睡覺，睡醒了進入下個循環，久而久之，已經分不清楚今夕何夕。

某個時間點開始放起了音樂，顯然是認爲有可能刺激他的記憶。戴斯蒙的確認得：〈美國仍在〉、〈公路狂徒〉、〈銀色駿馬〉、〈等待火車的浪子〉、〈無盡之路〉、〈天使愛壞人〉，還有此刻正播放的〈最後的牛仔之歌〉。全都是「公路狂徒」合唱團的曲子，團員有強尼．凱許、威倫．傑寧斯、威利．尼爾森以及克里斯．克里斯托佛森。戴斯蒙彷彿又看見當年卡帶封面上四人的面孔，這個團的歌曲他聽了很多很多次。音樂勾起回憶裡的歐威爾，但他並不打算讓康納知道。

戴斯蒙前後推敲，認爲疫情的始作俑者就是康納。那麼，他還有什麼做不出來的？因此無論康納想要什麼，戴斯蒙都不能給，必須抗拒到最後一刻。

☣

總伺服器和指揮中心位在底層甲板，大門外的四個衛兵正圍著折疊桌玩牌，看見康納走近時紛紛起身，並爲他打開艙門。

康納以前沒進過伺服器指揮中心，眼前的景象很壯觀，長桌到天花板上都有滿滿平板螢幕，即時更新他看不懂的圖表。其中一些能看出是溫度，還有一些進度條已經到達百分之百。有個螢幕正播放《星際大爭霸》，眼前的高科技設備確實令人聯想到太空船，只可惜船員素質沒那麼高：紅牛和激浪的飲料罐四處滾動、微波食品包裝紙像大遊行後黏在地面的膠帶，鍵盤縫隙塞滿了餅乾屑。

四張臉同時轉過來望著康納：一個苗條的亞洲女子，烏溜溜長髮掛在肩上，兩個大胖白人應該是孿生兄弟，最後是年紀稍長也最瘦削的印度人。

印度人起身，神情很困惑，「長官？」

「我要個電腦工程師。」

「啊，」對方猶豫片刻後，指著後面艙門，「在裡面。」

「你們不是？」

「不是的，長官，這邊只做系統與網路管理。」

康納張望一陣，環境像豬圈。資訊系統操控在一群邋遢鬼手上？

他搖搖頭，「嗯，那你們繼續忙。」

「長官……你先敲門比較好。」

雖然不明白什麼意思，康納還是聽了他的忠告。他先在艙門用力扣了三下，但沒得到回應。他回頭朝印度人網管瞥一眼，對方聳聳肩，意思似乎是：那你就進去吧。

康納開了艙門一看，伺服器管理室空間狹小得如同生物防護隔離區，地板到處都是紙張、包裝、瓶罐與色情書刊。三個二十幾歲的年輕人戴著耳機，埋首筆電前瘋狂敲鍵盤，螢幕的黑底色上一排又一排白色文字流動，每隔幾秒鐘就有人叫罵、雙手一張，癱在椅背上，乍看還以爲他們在玩人體打地鼠。

「喂！」康納叫著。

三人摘下耳機，滿臉不悅地掉頭。

最靠近他的是個黑髮小夥子，講話有東歐腔，「幹嘛呀，老頭？」

「要你們駭個東西。」

「沒空，在忙疾管中心的事。」

「別管那個了，我會處理。這邊優先。」

另一個年輕人開口：「兄弟，你去和艦橋說啊，我們只聽那邊的命令。記得關門。」

「聽清楚，兄弟，你們聽艦橋的，但是艦橋聽我的。別逼我浪費時間證明這一點。」

三人愣了一下，張大眼睛，「喔……」東歐小夥子反應過來，「唔，好。你要駭什麼？」

「人腦。」

☣

艦橋外監控室內，分析師呈交報告給康納。文件剛從印表機出來，還帶著溫度，「感染率已經到達臨界點。」

「很好。」康納掃視數據。

「還有一件事：阿爾法據點回報，索馬利亞南部出現大量無人空拍機，擔心美國很快會鎖定農場位置。」

「沒關係，今天晚上就把蕭醫生和另一個女人送上船。」

「已經提案了，但對方要求提高價錢。」

康納翻個白眼，「隨便他們，付就是了。」

反正再過幾天，錢也沒用處了。

49

珮彤上一次的脫逃計畫表現很精彩，但也導致獄卒更加謹慎戒備。黑衣士兵現在只拿木棍推保利龍餐盤送進柵門，柵欄鐵條還連接了她搆不到的汽車電瓶。通電的鐵條碰都碰不得。

她好餓。儘管想抗拒但熬不住身體需求，還是爬到餐盤那兒吃了幾口。

幾分鐘以後，珮彤倒地昏迷。士兵拔掉電瓶，開啓牢門，扛起她苗條的身軀。珮彤動起手的凶狠程度和她的外表相距甚遠，現在終於能送走她，士兵樂得輕鬆。

50

與艾略特通過電話以後，米倫向三位村民解釋了自己的提議，哈莉瑪一邊翻譯，一邊與婦女妲米莉亞討論，兩人偶爾和六歲男孩小天對話。

米倫能夠想像他們的感受：幾天之內目睹家人、朋友死去，自己孤伶伶活下來；現在還被要求遠渡重洋，成爲醫學實驗品、白老鼠，只爲了治好別人。很殘酷吧？他明白的。

哈莉瑪轉頭，「你們確定能開發出解藥？」

「不，不確定，只是有機會。我無法承諾結果，只知道你們可能是解救許許多多人的關鍵。」

「等你們研究結束以後，我們想回家也沒問題嗎？」

「這倒是可以保證。」

「那麼，我們就跟你走吧，醫生。」

「叫我米倫吧。」

他們抵達曼德拉時已日正當中，日廠休旅車輪胎在紅土道路上嘎吱作響，四人望著寂寥街景，沉默不語。曼德拉的模樣與幾天前米倫到訪時，已相去甚遠。

當初街邊有孩童踢足球、跑上前偷看車隊，還有農民推著農產、趕著牲畜，擋在大路中間。今天連個影子也看不到了。房舍無論新舊都空空蕩蕩，看在米倫眼裡，就像美國西部人跡杳然的道奇城搬到了非洲。原本新興市鎮的風貌就該有爆炸般的變化，可惜在曼德拉爆炸的是顆生化炸彈，而且恐怕是史上威力最大的一枚。

他還以爲當地甚至鄰近區域的倖存者都會集中在醫院裡，沒想到院區也凌亂廢棄，資源大都遭到搜刮，食物醫藥都沒了，只剩下少量飲水可能因爲太重才被留下。

「這樣下去等不到人來接，我們會先沒東西吃。」米倫說：「肯亞軍留給我的東西不多。」

「我們去城裡找吧，」哈莉瑪回答：「已經很習慣了。」

米倫聽了，從後車廂取出防護衣開始著裝。哈莉瑪指著醫院問：「你要進去？」

「嗯，這是我的工作。」

☣

醫院走廊上擺滿了空桶子、空瓶罐與空的醫藥儲藏箱。一堆堆垃圾堆得很高，中間留下狹窄通道，彷彿醫療廢棄物形成的高山與小徑。米倫小心地穿越，留意不讓防護衣被扯破，也小心不踩在針頭上，畢竟一個小疏忽都可能奪走自己的性命。

他走到當初漢娜採取檢體的大廳，看見地上躺著一排排屍體。有人臨死時闔眼還捧著木製十字架，也有人死不瞑目地盯著天花板上早已靜止的風扇。後側靠牆處堆滿屍袋，死了以後還被困在黑色塑膠裡，化作通向絕路的一級級階梯。現場沒有未開封的野戰乾糧，可以想見醫療團隊在戰場漸漸敗陣的窘況，裝袋焚屍的速度輸給了病原，最後只能將心力集中在還有生存希望的人身上。

然後盡快撤離。

米倫暗忖不會找到活人和食物了。

但他繼續搜索，每間病房都沒漏掉，希望能有點線索或心得帶回亞特蘭大。可惜一而再再而三都是遺體，出血、黃疸、嚴重脫水的死狀，在在觸目驚心。

他忽然間聽見沙沙聲，就在前面不遠處。有箱子掉落下來。米倫不顧裝備笨重，疾奔過去，探頭望進開著的房門。

空的。

有個影子從滑動的推車下面竄出，還朝米倫逼近，倏地鑽過他胯下，逃到後面走廊。

他立刻退後轉身。原來是隻大耳狐，米倫十分興奮，他在行前就讀過牠們的資料，至今還沒機會親眼見識，早就希望能近距離接觸。大耳狐主要以白蟻或蜘蛛、螞蟻、馬陸等昆蟲爲食，偶爾也吃菌類或比自己小的獸類，獵食不依賴視覺、嗅覺而是聽覺，那雙大耳朵眞的能在非洲遼闊草原上鎖定小小蟲子的一舉一動。此外大耳狐多半是一夫一妻制，特別之處在於照顧後代的是雄性。

第二隻、第三隻大耳狐衝出了房間。很合理，因爲大耳狐具有高度社會性，通常會集體行動。

身後又傳出開門聲。米倫定睛望去，大感錯愕。他竟看見一個當地男子靠著門框站立。那人十分虛弱、奄奄一息，但米倫進醫院之後還沒遇見別的活人。對方想邁步前進，可是雙腿很不穩，米倫趕緊上前攙扶。

「我是米倫．湯瑪斯，來自美國疾管中心。」

中年非裔男人隔著面罩端詳米倫面孔，「幸會，我叫艾利姆．基貝。」

米倫對這名字有印象，「您是這所醫院的院長吧。」

艾利姆苦笑，「都是從前的事了，現在我只是個病人。」

「大概也是最後一個。」

「就怕是這樣。」

「您先回床上休息吧。」米倫說。

「謝謝，但不了，我得走走路。今天早上才剛退燒，已經在病房臥床太久，再不動一動，肌肉會流失光的。」

接下來三十分鐘，米倫就扶著病人在醫院走動。他經過每間病房都要看看，回到大廳時沉思很久，充血的雙目泛著淚光。

米倫難以想像艾利姆會是什麼感受——受困在自己工作、救人、行善的地方，也受困在孱弱身軀裡無法行走、無法逃離末日廢墟般的荒蕪景象。換作是自己被關在亞特蘭大疾管中心裡，眼睜睜看著外界崩壞的話，米倫還真不知道該怎麼辦才好。所幸就眼前所見，曼德拉醫院的殘敗還沒有擊潰肯亞醫生的生存意志，米倫對此十分敬佩。

兩人大半時間並肩而行，沒有交談。艾利姆光是一腳一步前進都步履蹣跚、氣喘不休，米倫只能盡力從旁協助。防護裝內熱得像火爐，他滿頭滿身大汗，實在等不及想脫掉，但不能在這時候丟下人家，必須陪醫師走完這程。

等到艾利姆眞的沒了力氣，米倫才扶他回病房躺下。

「肌肉萎縮的速度還眞快，」醫生說：「就算沒被疾病殺死，也會被臥床給殺死。」

米倫點點頭。

艾利姆伸手指著一臺推車，「那邊有吃的，拿些走吧。」

「謝謝，不過和我一起來的人已經去市區找東西了，他們應該能找到。」

「其他隊員也在？」

「不，只有我。我外出的那段時間，營地遭到攻擊，大部分隊員皆被殺害，肯亞軍方派來的護衛也全殉職，還有兩個夥伴被擄走。」

艾利姆重重嘆息，「眞糟糕，災難最能突顯人性中的光明和黑暗。」他一會兒又開口：「你與同事的關係如何？」

米倫遲疑地說：「我才進去半年，和其中一個走得比較近，就是我的……」他思考怎麼描述才好，最後決定說：「室友。」

艾利姆微微一笑，「這個『室友』叫什麼名字？」

「漢娜．華生。」米倫不知道該如何延續話題，就稍微描述了漢娜的形象，結果發現與人聊聊她的事，竟能夠緩解情緒。之前他沒意識到自己壓抑得那麼緊繃，連想她、提她都不敢。

艾利姆若有所思，「嗯，我有印象，她是上次在醫院採檢體的那位女孩吧，做事非常仔細。」

米倫一笑，「沒錯，是個很細心的女生。」又隨即面色一暗，「襲擊營地的人開槍打中她，她被對方帶走了，現在生死未卜。」

艾利姆徐徐說：「有個東西，我從前不明白價值所在，但這幾天卻有所體悟——就是『信心』。昨天我還覺得自己毫無希望再走出病房啊。湯瑪斯醫生，你也要保持信心、保持耐心，奇跡需要時間，我們則需要等待的勇氣。」

兩人坐著沉默半晌。汗水自米倫眉頭滑落臉頰，在唇上留下一抹鹹味。

艾利姆換過氣又問：「隊員都不在，你剛剛說去找食物的是？」

「生存者，來自附近的村莊。」

艾利姆很吃驚，「他們打了ZMapp嗎？」

「沒有，但沒發病。」

「太好了。」

「所以我想帶他們回去亞特蘭大，或許能找到線索開發疫苗，治療這次的感染。」

「你告訴他們了？」

「說了，他們明白是什麼意思，還是答應幫忙。」

「非常好，是個好辦法。」

「你什麼時候能再下床？」米倫問。

艾利姆望向窗外的太陽，「你還要再過來的話就等日落吧，會涼快一些。」

☣

哈莉瑪等三人帶著滿載農作物和未開封食品的推車回來，與米倫在主帳篷會合，一起圍著長桌坐下，享用零食、野戰乾糧、蔬果與飲料組合成的怪異晚餐。

太陽漸漸西沉，米倫再次換上防護衣，正要塗抹消毒劑時，艾利姆居然自己從醫院走出來，還推著病房那架裝滿補給品的推車。

米倫和三個村民跑了過去。

「我一點都不想在裡頭過夜。」艾利姆喘著氣說。

「完全理解。」米倫回答。

他向三個村民介紹醫生，四個人回到帳篷，聯手將裡面打造成艾利姆專用的臨時復健中心。

51

從亞特蘭大看到的世界與艾略特的預料相差無幾：股市暴跌、人心惶惶，黑色星期五的節慶氣氛蒙上了重重陰霾。

計畫裡最麻煩之處，在於要說服另外五家人集中資金，添購需要物資，總價要幾十萬美元。他們首先向自助搬家公司租來兩輛長二十英呎寬六英呎的大卡車，開到好市多買了大量生存所需用品，多半是食物。考量到最糟糕情況，艾略特打算挑選個鄰近乾淨水源的地點。

再來要買兩輛高級休旅車，價格自然很嚇人，還好有三十天保證退款專案，而且只需要先付一筆頭期款，其餘靠貸款。艾略特再三對鄰居保證，三十天後只有兩個結果——他們會慶幸自己能夠以車爲家，不然就退錢當作沒買過。

艾略特回到書房看新聞，等待深深相信的未來成眞。

其實，他希望自己錯了。

Day 7

9億人感染

18萬人死亡

52

囚禁戴斯蒙的人又換了新策略，原本播放音樂和照片的小組走了，換來三個瘦削的白人擠在折疊長桌邊，不停地敲打筆電鍵盤。電腦延伸出黑色電線，連接了數十臺手機與平板。

戴斯蒙給他們取了暱稱：活寶三人組（注）。

活寶三人組時不時大吵大鬧，站起來吼叫踱步、指東指西或大大攤手。可惜他聽不見他們到底嚷嚷什麼——牢房裡擴音器被關掉了，所以眼前畫面就像看默劇一樣。

他差點睡著的時候，厚玻璃牆外來了第四人，是女性。高䠷、金髮、綠色眸子十分銳利，與幾個蓬頭垢面小子形成了鮮明的對比。她瞥了戴斯蒙一眼，眼神閃過認識的神色，不過又立刻別過頭。兩人的視線交會極其短暫，令戴斯蒙懷疑是不是自己的想像。女子盯著平板電腦，按了幾個鍵。

牢房裡擴音器滋滋一聲以後被打開。她開的？爲什麼？

「進度如何？」她的問話很強勢。

注：The Three Stooges，美國知名喜劇演員組合。

「大海撈針。」最靠近她的電腦工程師回答。

「再撈勤快點，時間不多。」

戴斯蒙想仔細觀察卻被本能制止，察覺那女人或開擴音系統的人，應該不會希望被工程師小組或監視器背後的人發現。他躺在床上，偶爾向外頭瞟一眼，裝作興趣缺缺。

「艾芙莉，妳知道的，一直叫我們動作快也沒意義，只是浪費大家的時間。」活寶笑得很虛僞，「我當然知道時間不多了。」

「我知道上次那是你幹的好事。」她提高音量：「不然你說說，要怎樣才有意義？」

「嗯，我怎麼知道？可能得先告訴我們到底要找什麼東西。」工程師舉起皮包骨的手臂到半空揮舞、猛烈搖頭，模樣很戲劇化，「這件事聽起來愚蠢至極，連要找什麼都不知道，就叫我們找出來？」

艾芙莉轉頭迅速看了戴斯蒙一眼，他認爲那意思是提醒自己仔細聽。另外他也意識到自己應該認識對方，兩人似乎有種默契，可能是交情夠久的朋友。

艾芙莉再朝工程師開口時，語調平穩：「拜倫，能告訴你的其實都告訴你了。修斯大腦裡有『昇華』生技的植入物，我們推測是修改版本，可以釋放記憶。目前已確定他的海馬迴記憶中樞被特殊物質阻擋，只要能向植入物發送命令，就能解除封鎖。他的記憶是找到『具現』的關鍵，沒有『具現』也就無法完成『魔鏡』。所以現在很簡單，你們設法啓動植入物，讓他回復記憶，我們問出答案、得到具現，之後大家過著幸福快樂的日子。要是你們失敗，魔鏡計畫就功敗垂成。」

拜倫無奈地搖搖頭，望向坐在隔壁的同夥，「反正來的人都是說些我早就知道的東西假裝幫上忙，換個辣妹來比較好，你說是不是？」

艾芙莉沒有情緒地回話：「我是幫你看清大局，找出自己忽略的部分。同時也提醒你，失敗的代價有多大。」

「我怎麼會不知道呢？」

「你看起來不夠積極。」

「開啥玩笑，麥克廉開了金口，我還敢不積極嗎？那傢伙活像《半夜鬼上床》走出來的妖魔……應該說佛萊迪還輸給他才對。」

艾芙莉冷笑，「他正在聽呢。」

拜倫面色一白，另外兩個工程師悄悄地拉開和他的距離。

但艾芙莉又揚起嘴角，「開玩笑的。」

「不好笑。」

「當然不好笑，你們時時刻刻都像剛才那樣害怕的話，手腳自然就會快。回到正題——修斯一定留了什麼方法回復記憶，也許他已經自己找到了方法。你們讀過之前問話的逐字稿沒？」

「當然，他只供出預付卡和幾條追不下去的線索，都沒用。」

艾芙莉點點頭。

「何況就算眞的是個應用程式，就算我們能駭進去，也未必起得了什麼作用。」

「怎麼說？」

「植入物可以設定根據時間或地理位置來啓動，不到那個時間，或是他沒有走到特定座標上，怎麼做都不會有反應。再來，就算刺激他回復記憶，也可能是一堆無關緊要的東西，不想給我們知道的，仍舊要靠特定時間、地點來觸發。最後再強調一次，我們對那玩意兒到底怎麼作用一無所知，記憶可以與感官、影像、聲音連結，要從何找起？」

「爲什麼你認爲記憶會透過別的方式觸發？」

拜倫聳肩，「這不是很簡單的邏輯嗎？他不希望自己眞的忘記，又不希望我們取得敏感資訊，最簡單的辦法就是植入物只能在需要的場合啓動。這麼一來他可以順利行動，別人也沒辦法從他身上問出祕密。」

艾芙莉咬咬嘴唇，「唔，好了，你們繼續，有發現通知我。」她又拿起平板按了幾下，牢房擴音被關閉，然而她卻還在外頭與工程師對話。拜倫又拱起肩膀，很激動地說了幾句，她轉身飛快看向戴斯蒙，目光與他交會不到一秒，接著掉頭走出了艙門。

門一關上，拜倫站起身來回走動、與兩個夥伴討論，朝筆電螢幕指指點點，最後三人都癱在椅背上休息。

戴斯蒙很好奇爲什麼艾芙莉要讓自己聽見這番對話內容。她是站在自己這邊，還是想藉此騙取信任？難道都是計畫的一環？

這群人的目標是一個應用程式，或許就是迷宮實境？戴斯蒙在柏林曾嘗試啓動但是沒成功，說不定眞的被拜倫說中了：那個軟體要在正確的時間或地點才打得開。

可是他確實又恢復了一點記憶，依然是小時候的事，和具現沒關聯。也許當初自己就是這樣安排，最敏感的訊息得等到時機成熟，又或是戴斯蒙做好準備時。

他閉上眼睛，揉揉太陽穴，發現自己還眞的掉進自己建構的迷宮中，最後能不能活著出去，仍是未知數。他的呼吸漸漸變慢，往事浮現於腦海。

某個星期六，歐威爾剛醒來頭腦還清楚時，戴斯蒙對他說：「載我到奧克拉荷馬市區。」

「幹嘛？」伯父咕噥。

「買東西。」歐威爾聞言搖頭，一臉煩躁。

「我要買電腦。」

伯父瞪著他的表情難以捉摸。戴斯蒙已經在心裡預演很多遍，設想了歐威爾會有的各種回應。他可能會說電腦沒用、浪費錢，或者說戴斯蒙的腦袋有洞。

沒想到歐威爾只是掐了一大撮哥本哈根牌沾菸，放在嘴唇後面，然後說：「好吧，上車。」

一分鐘以後，戴斯蒙已坐在吉普車裡等著。

歐威爾卻一路走過去，到了房子後面的小倉庫，聽得出他打開了裡頭那輛斯圖貝克牌拖車引擎蓋。那拖車好多年前就壞了，歐威爾老說要修理也沒動手。一堆工具被摔在地上，然後引擎蓋又闔起來，隨後他跳進吉普車，一路開到市區。

「美國電腦」的店面比戴斯蒙想像得更大，因此選擇也更多。他本來從《電腦買家》雜誌鎖定一間店想用電話訂購，後來覺得不放心，要是電腦壞了的話總要有地方能修理，更重要的是保固期。

一開始他以為歐威爾不是留在車上，就是會跑到附近酒吧等自己，但這一回他竟跟進了店裡，兩個人像《豪門新人類》（注）那樣穿著髒兮兮連身服與工作外套，加上曬黑的臉蛋與粗大手

注：美國電視影集，描述鄉下人一夕致富後搬到比佛利山的趣事。

掌，怎麼看都不像和電腦沾上邊，無法融入裡頭光潔的環境。多數店員都是戴著眼鏡的年輕小夥子，個個瞧見他們就移開眼神，不想接待。

戴斯蒙還是找了一間店，說明自己要什麼和預算上限。

「不夠哦。」

「差多少？」

「含稅的話還要兩百五十美元。」

戴斯蒙指出《電腦買家》廣告裡這個規格，就是自己準備的價錢，店員聽了反而不悅地訓了他一頓，說那雜誌上的賣家都賣爛貨，比較了很多小地方，也堅持售後服務有價。

等店員劈里啪啦說完，戴斯蒙又問：「那你建議我怎麼買？」

「額外配件像是數據機先別買，顯示卡換低階的，螢幕選小一點。」

戴斯蒙還沒來得及回話，歐威爾忽然走上前，從口袋掏了三百元鈔票朝櫃檯一拍，「別廢話，照他說的組好。」

店員挑眉，「啊？」

「聽不懂嗎？組就對了，我們趕時間。」

歐威爾本來要把兩大箱東西都塞在貨車後面，但戴斯蒙說什麼都不肯，覺得天氣太冷風太大，電腦回去都壞了。叔侄倆最後將電腦塞在兩人座位中間，成了回程路上戴斯蒙說話的屏障。

「謝謝。」

伯父悶哼。

「要有數據機才能上網。」

「我知道你想幹嘛。」

「我是——」

「不必解釋那麼多。買電腦是你難得一次聰明的決定。」

戴斯蒙眞的不知道要怎麼回話。

「我還以爲你會把錢拿去買車。」歐威爾又說。

其實戴斯蒙確實考慮過，「我覺得電腦比較有用。」

電腦和網路之於十七歲的戴斯蒙，就像圖書館之於六歲的他，皆開啓了蘊藏無盡知識的新世界。上網能夠餵養心靈、啓發更大的好奇心，問題一個接一個，要探索的領域數之不盡。每次聽見德州儀器數據機的撥號音，他都彷彿重獲新生。

戴斯蒙在IRC聊天室裡認識了許多志同道合的朋友，不少人住在舊金山、西雅圖或紐約，其餘則遍及美國各地小鄉鎮，就像他自己。大部分都是躲在地下室、臥室裡徹夜不眠的年輕人。

他下載了好幾套程式語言，包括C++、Python、Java和Perl，也在雅虎地球村上開了網頁，學習HTML與Javascript語法。程式設計邏輯很合他胃口，與鑽油工人腦中那種渾沌難測截然不同。每天都有新課題供他邊做邊學。

☣

同一年夏天，他在濱海工地斷了三根肋骨。在家靜養期間忽然有兩輛車開到家門前泥巴路上，前面是閃亮的賓士，後面是老舊福特小卡車，後窗靠著兩把獵槍。

賓士車下來兩個西裝男人，儀容乾淨、頭髮旁分，但汗如雨下的模樣和豬沒兩樣，戴斯蒙都不認識。但他認得後面卡車下來的精瘦男人，對方大搖大擺地走近屋子，好像當作自己家。這人叫作德爾．伊普利（Dale Epply），也是油井工人，在戴斯蒙看來是唯一比歐威爾還麻煩的傢伙。

兩個西裝男人自我介紹是西德州能源公司代表，詢問可不可以進屋裡談。戴斯蒙聽了名字就忘，反正他已經明白是怎麼回事。

到屋內坐下後，對方讓戴斯蒙倒了冰紅茶和水接待，接著就是聽起來很制式的一番說辭：他的伯父在海灣那邊的鑽油平臺意外身故了。兩人等著戴斯蒙的反應。

「謝謝你們通知。」他只能這麼說。眼睛頗乾澀，只希望這群人快點兒走。

其中一人拿出信封，從破咖啡桌上推到他面前。對方打了領帶，戴斯蒙猜想是律師，也從這人接著的說話得到印證。

「西德州能源公司的承包人員都有簽約，你伯父也一樣……」

戴斯蒙沒辦法專心，零零碎碎聽見幾個重點。合約內容包括約束性仲裁，所以可能有其他律師會聯絡戴斯蒙，主張他對公司提起意外致死的訴訟，但那些律師都是投機份子，提出訴訟也是浪費時間。工人因公死亡時，公司都有賠償與慰問金，金額已經很豐厚，理所當然地就在剛才那個信封裡。

戴斯蒙打開信封，裡頭是一萬美元支票。兩人盯著他，神情緊張。德爾一臉不耐煩，他過來的用意，戴斯蒙自認不會猜錯。

「兩萬五，我以後不會再煩你們。」

律師朝隔壁那位看了一眼，那人開口：「上頭授權最高只有兩萬。」

「那就兩萬。」戴斯蒙淡淡說。德爾在一旁冷笑。

公司代表從西裝裡取出一本簿子，掀開鱷魚皮封面，填好另一張萬元支票。

律師從手提箱拿出兩份四頁文件，「上面注明你放棄上訴權利……」他的話還沒說完，戴斯蒙已簽好了名。律師收回文件以後，再拿出一個信封，「你伯父的遺體送到諾布爾郡七橋殯儀館，由於那種傷勢只能盡快火化，費用當然由公司承擔。」

他等了等，看戴斯蒙沒講話，就打開信封，「所有承包人員都寄存了一份遺囑在公司，現在宣讀內容。」

律師瞇起眼睛。窗外太陽很大，戴斯蒙直接看到信上面才一行字。

穿著西裝滿頭是汗的律師清了清喉嚨。「歐威爾．修斯的遺囑內容如下：『所有遺產遺物交給侄子戴斯蒙．巴洛．修斯處理。三九、二一、八。』」

躺椅上的德爾笑出聲，「嗯哼，至少他寫遺囑的時候沒喝醉。」

其他三雙眼睛望過去。

德爾聳肩，「他不喝酒的時候話很少。」沒人為這句話發笑。

公司代表再次致哀，這次不再用力演戲，他們也趕時間，才幾秒就飛也似地離開。

德爾卻說自己要留下，「看看戴斯蒙有什麼地方需要幫忙」，儼然以熟人自居，好像不只是同事。閒雜人等離開後，德爾與戴斯蒙坐在小客廳兩端。他開始言不及義，自說自話，戴斯蒙的沉默對他絲毫沒影響。很明顯德爾還有別的盤算，或者說只等自己做好心理準備就要動手。

「小戴，有件事情不知道該不該說——你伯父還欠我錢。」

「你確定？」

戴斯蒙沒見過歐威爾和別人借錢，連打牌輸了也從不賒欠。

「當然。」

戴斯蒙早就察覺德爾褲子口袋裡的物體輪廓。應該是點三八短管手槍。

「那麼，」戴斯蒙回答：「我們去銀行吧，兌現支票就可以給你錢。」

德爾想了想，「嗯，好主意，那你要不要先簽好支票？」

他的目光簡直要射穿戴斯蒙。

戴斯蒙無可奈何，只能緩緩翻到背面簽字。

「歐威爾那老傢伙不上銀行的吧？好像不相信人家。」

戴斯蒙偷偷瞥了瞥靠在門口的點三零三零槓桿式步槍，那是歐威爾預防有野鹿跑進來才擱在那裡的。德爾從他的視線也注意到了，但還裝模作樣假裝不知道。

「他那遺囑也太短了。最後三個數字聽起來像保險箱號碼啊，你覺得呢，小戴？」

戴斯蒙絞盡腦汁想著如何離開客廳，沒有回應。

「嗯，一定是沒錯。咱們試試號碼到底對不對吧，正好可以拿了他欠我的錢然後回家。」才說完，德爾一瞬間便閃身到步槍旁邊，「小戴，保險箱在哪裡？」

戴斯蒙故意不看他，「床底下。」

德爾抿嘴一笑，「嘖嘖，不可能吧，歐威爾沒這麼笨，如果有人來搶劫，一定會到處搜，還有可能被龍捲風捲走、被火災燒壞鎖頭之類。」他伸手探進口袋握著槍，「在哪裡？我不想問第三次。」

「後面倉庫。」

德爾撲向前，奪走咖啡桌上的遺囑，「帶我過去。」

他推開門，用身體擋著步槍，不讓戴斯蒙得手。夕陽殘光照入破舊農舍。

戴斯蒙穿過他身前，進門廊下階梯。院子的草坪很短，東一塊西一塊泥巴，乍看像是件縫縫補補很多次的大衣。

小倉庫在三十公尺外，秋風徐徐，橡樹牆壁和鏽蝕的錫屋頂靜觀著改變戴斯蒙一生的大事。內部空間狹小，只容得下一輛六〇年代農田拖拉機，不過裡頭現在是斯圖貝克拖車和強鹿牌乘坐式除草機，歐威爾總叫他用這個整理草地。

「德爾，他怎麼死的？」戴斯蒙步伐加快，想拉開距離。

德爾快步追上，「井噴。」

一聽就知道是謊話，但戴斯蒙也知道沒法從他口中問出眞相。

到了倉庫門口，戴斯蒙停下腳步，裝作以爲對方會先進去的樣子。

他轉身一看，德爾的右手藏在背後，口袋裡顯然少了東西。

「開門。」德爾撇了撇頭。

戴斯蒙解開門閂，向外輕拉，門板摩擦草地時，他立刻竄了進去。

德爾大吃一驚，跟著衝了進去。

裡面很暗，不過戴斯蒙無須調適，他非常清楚自己需要什麼，也知道東西的位置。

他根據記憶，伸手在黑暗中摸到放在長凳上的物體：除草機的備用刀片。小心不割傷自己的同時，戴斯蒙即使沒瞄準也大膽揮過去。

刀刃命中目標，而且直擊要害。德爾頸部如同沒上蓋的油井狂噴，鮮血染紅了牆壁，他的右臂下垂、左輪槍脫手而出。

可是德爾用左手朝戴斯蒙咽喉抓了過來，指尖深深嵌入肉裡。戴斯蒙丟下刀片，肩膀用力一撞，兩人飛出小屋，跌進陽光下，德爾脖子灑出的血液彷彿公路旁噴灑的除草劑。

德爾鬆手，手掌被戴斯蒙緊緊壓住，幾秒以後血色盡失，傷口從湧泉變成細流，唏哩呼嚕講了幾個聽不清楚的詞之後，他的瞳孔失焦，再也沒了動靜。

戴斯蒙起身注視德爾．伊普利的屍體，心想畫面應該放在颳著風沙的西部小鎮——拔槍慢的牛仔注定倒地。

我幹了什麼好事？

清風撩起金髮，拍打戴斯蒙臉龐，血水沿著他的右手手指滴落。他殺了人，縱然是自衛但也是一條命。然而事情發生得太快太急。

戴斯蒙以為自己心裡該懊悔不已，實際上卻毫無感覺。不得不為。他明白人生會因此複雜，於法是該報警處理，解釋來龍去脈，而且警方大概也會相信，因為德爾的前科恐怕比密蘇里河還長。但換個角度想，戴斯蒙自己並非就是一張白紙，他曾經在三個州捲入歐威爾挑起的鬥毆而遭到逮捕。另一方面，難保德爾在警察那邊沒有人脈，他的親友也可能會追究到底，戴斯蒙則無依無靠。

報警充滿了不確定性，也代表自己會被困在這兒，或許還會很久很久。

他進屋以後洗了手，翻出歐威爾的鑰匙，將車開進院子，接著回到倉庫搜集需要的東西：帆布（之前有時候屋頂漏水，兩個人都喝太醉不想修理，就拿來先湊合著用）、鏟子、除草機用的一桶汽油、高樂氏漂白水、還沒上漆可以補牆的備用軟木板。

從德爾口袋取回歐威爾留下的遺囑以後，戴斯蒙在屍體旁邊鋪好帆布。油井工作難免碰上有人喪命，所以他知道人死之後大概多久會僵硬，短時間內德爾的肢體還會像麵條一樣軟。正因如此，戴斯蒙得在周圍放幾片木板，跟著屍體一起捲進帆布做爲支撐，方便抬起來翻過卡車後擋板，將屍體滑進貨斗。

沾了血的土與草都被他鏟起來，裝滿容量五加侖的大桶子並蓋好。戴斯蒙再拿板鋸裁掉倉庫裡被染紅的木板，裝進麻布袋一樣放上車。最後是自己身上血跡斑斑的衣物，脫了以後也塞進帆布卷。

他只穿著內褲，跑回去清潔更衣、收拾行李，東西很少，前座還不算完全塞滿。電腦主機放在底盤上，十五吋映像管螢幕面朝下放座位上，三套衣服裝進袋子、卡住主機，避免滑動，槓桿式獵槍擱在駕駛座後方。

戴斯蒙進入歐威爾的臥室。他知道伯父還有一把史密斯&威森出產的點三五七麥格農手槍，想帶著預防萬一，但開了床邊櫃子卻是一愣。手槍的確在裡面，可是還有另一樣東西：微皺的照片，背景是油井，站前面的男孩約八歲，當然就是他自己。歐威爾站在隔壁，兩個人都沾了泥巴和油漬，臉上沒有笑容。

戴斯蒙想也沒想，伸手拿照片收進口袋，卻隨即觸電似地趕緊取出來。他不想弄皺它。

他回到卡車將照片收進櫃子，手槍壓在座位下好搆到的地方。

他再進倉庫，掀開斯圖貝克拖車引擎蓋，將塞在裡面的工具一一翻出，片刻後在管扳鉗底下瞥見保險箱的一角。戴斯蒙加快動作，挖出保險箱整片表面。歐威爾把這玩意焊在拖車上？一定是這樣，想搶錢的人得把整輛拖車搬走。鬼點子眞多。

他根據遺囑的三個數字轉動密碼，解鎖開門，箱內的東西叫戴斯蒙看得目瞪口呆。他活到現在還沒看過這麼多錢：萬元一捆的綠色鈔票堆在裡頭的光景，彷彿海市蜃樓。他忍不住伸手拿一捆起來摸摸看是不是眞的。除了鈔票之外還有房屋地契、卡車行照以及刻了歐威爾名字的一組美軍軍牌，最下面壓著一個黏好的信封，潦草筆跡簡單指名收件人是戴斯蒙。

他把軍牌收進口袋，撕開信封發現確實是歐威爾留了信給自己，而且一年前就已寫好。難以克制好奇心的戴斯蒙先讀了第一行。本來他想站在原地全部看完，但同時又覺得應該等到自己能夠好好消化內容時再說。此時此刻，他滿腦子只想著該怎麼處理德爾的屍體，然後遠走高飛。

他將各種文件書信都先塞進卡車的手套櫃內，然後拿個袋子回來裝鈔票，數了數發現總共是三十二疊，每疊都是一萬美元。

戴斯蒙跳進駕駛座，開車駛離小屋。森林大火奪走父母之後的十三年，他以此處爲家，心上的傷至今沒有痊癒，但人總是會改變。

車子向西沿著斯洛特維路前進，十分鐘後轉了個彎，停在一處廢棄牧場大門前。戴斯蒙拉開鐵絲路障，卡車開過去以後再恢復原狀。車子穿越草原，遠離大路與人煙。

他找個地方挖洞，挖完時渾身上下已被汗水浸濕。德爾的屍體、沾了血的衣物與木頭都扔進去澆上汽油，等太陽落下地平線，他才點燃火柴拋下。

焚燒人肉的味道很噁心，令戴斯蒙想起森林火災後，自己住進校舍滿是傷患的環境。遠離火堆時，夏綠蒂又閃過他的腦海，再來是艾涅絲，最後則是歐威爾。歐威爾的脾氣差，像條毒蛇，但畢竟是他最後的家人。現在什麼都沒了。

站在距離火坑幾公尺之處，戴斯蒙取出歐威爾留下的信，好好讀完。

戴斯蒙：

這些錢拿去，別亂花，省著用，要做投資。你看好錢，錢也會看好你。裡頭有我一輩子的積蓄，把你接過來以後，我也不再像以前一樣有多少花多少了。還有你家在澳洲那座牧場賣掉的錢，我一毛也沒動。希望你拿了錢以後，能遠走高飛，別留下來，你的腦袋不該埋沒在這裡。

有句話說：殺不死你的，都會讓你更強壯。都是胡說八道。有些傷一輩子也不會好，不能讓你變強壯，反而讓你變弱，無論怎麼掩蓋怎麼逞強都沒用。我在二十五歲就遇上了，詳細經過不重要，你也別去查，反正覆水難收。在你過來之前，我本來打算用酒精灌死自己，就算沒死在工地也活不了幾年。接到電話的時候，我和那位小姐說自己根本沒能耐照顧你，你到我這裡來還不如去別的地方。但她硬是把你送了過來。現在我倒是很慶幸，撫養你的過程成爲了我的救贖，改變了我的心。原本我以爲你有那樣的經歷，應該會和我一樣萎靡、漸漸死去。可是你沒有。你比我見過的任何一個人都更頑強，無論是在鑽油工地、越南和柬埔寨的叢林，還是被轟炸的倫敦街頭，都找不到。

我不一樣。我被世界壓垮以後，只想在酒瓶瓶底找到平靜，不喝不知怎麼活下去。別變成我這副德行，千萬不要重蹈覆轍。酒精和毒品只能幫你遺忘片刻，但心裡那個坑會越挖越深。別依賴這些東西，戒掉吧，戴斯蒙，別再喝酒，也別再去鑽油工地。我不知道你的歸屬在哪裡，但很肯定不是這種鬼地方。想辦法活得驕傲，往後乘風破浪而去。擁抱悔恨只會害你翻船。

——歐威爾

然後他折起信，怔怔地望著坑裡的火焰逐漸熄滅。坐在奧克拉荷馬的田野上，戴斯蒙承諾自己：接下來會戒酒，也會遵照歐威爾的忠告，永永遠遠離開這裡。而且他知道自己的下一個目的地。

他從卡車拿了鏟子，拍熄最後一點餘燼，燒出的東西裝進兩個五加侖大桶子，填平坑洞以後，又開了半英里來到加拿大河畔。戴斯蒙穿上防水膠靴，在水流裡清洗帆布沾染的血跡，再切成碎片順水放流，又倒光兩個大桶裡的灰燼。前前後後花了半小時，他才讓這些東西都消失在視野盡頭，再來才用漂白水擦拭卡車車體以及自己的雙手。

車子開回諾布爾郡後，他找間雜貨店買了些補給。

晚上他在另一片草地上露營過夜，但沒有生火。

早上的第一件事就是見律師。他帶著伯父的遺囑與地契過去，對方的服務專業、收費公道而且願意協助戴斯蒙，僅僅表示這種要求極其罕見。

兩小時後，戴斯蒙在接待員充作見證人的情況下，簽署了許多文件，三人按慣例前往法院，完成簡短程序。

戴斯蒙在下午時開車離去，接下來首次踏上的那片土地，卻即將徹底地改變他的命運。

那個地方叫：矽谷。

53

珮彤睜開眼睛，慢慢看清楚了周圍環境：金屬牆壁，窄床，玻璃隔板。她的頭一陣陣抽痛，彷彿宿醉，坐起身時湧起一陣反胃，稍微調適過來以後，還是察覺得到微微的搖晃和震動。她覺得自己上了一條船。

玻璃外面的金屬椅子上，有個金色長髮、面部疤痕嚴重的男子，正看著平板電腦。

「早安。」他操著澳洲腔調，口吻帶著虛偽的熱情。

「你是？」

「康納・麥克廉。」

珮彤端詳一陣，「你想要什麼？」

「情報。」

珮彤也想知道一些事情，她感覺這個人一定有答案，「肯亞疫情是你造成的吧？」

「只是將不可避免的結果提前罷了。」

「流行病不是不可避免的結果。」

「珮彤，妳比誰都清楚才對，那句話可是妳自己說過的。」

「我說的是從前的流行病難以避免，那是歷史。現在不一樣，我們可以杜絕流行病，也以此爲終生志業，是你跑出來搗亂。」

康納盯著她，面露一絲笑意，「這裡的確有個人致力保護人類不受疾病侵害，但那個人並不是妳。與我們的計畫相比，妳那種努力可謂滄海一粟。而我們提供眞正一勞永逸的解決辦法——一個可以消滅所有瘟疫的瘟疫。」

一個。「兩者有關對不對？其他地方的流感，和肯亞的出血熱。」

「妳這麼聰明，當然知道答案。」

「目的是什麼？」

「恐懼。」

她將線索串了起來：對方提早一週在肯亞偏鄉釋放病原，之後才散播到世界各地。後期症狀類似伊波拉等級的出血熱，威脅程度足夠引起各國政府關注。換言之，他們用肯亞示範了一週內得不到治療的後果。

「你們有解藥，對不對？」

男人閃過一個倨傲的笑容，「珮彤，我們不是惡魔，只要國家政府認清他們在新秩序裡的新地位，疫情立刻就能得到緩解。」他轉過身，「雖然與妳閒話家常很有趣，但我有幾個問題需要妳老實回答。」

「去你的。」

「妳的朋友華生小姐失血過多，聽說需要立刻動手術。」

珮彤怒目相向，就是這個人葬送了喬納斯、盧卡斯等許多人的性命，根本不能信任。

「照實回答問題，我們就會救她。」康納說。

「誰會相信。」

康納將平板電腦反過來，畫面上是漢娜躺在手術臺上，嘴裡啣著管子，肩膀傷口露出，準備接受治療。

三個身著手術服和面罩的人站在手術臺旁邊，戴著手套的雙臂懸在半空中。

「我怎麼知道你會不會信守承諾？」

「那先由我展現善意吧，蕭醫師。」康納輕觸自己鎖骨，「開始。」

螢幕上三名醫療人員圍著傷患開始動作，還有其他人從畫面外端著手術工具盤進來，放在一旁。

「妳不講話或不老實，手術就會中斷。」康納說。

珮彤點點頭，視線停在螢幕上的血壓數據。

「妳有沒有和戴斯蒙．修斯聯絡過？」

珮彤猛然抬頭。戴斯蒙．修斯——這名字聽得她心裡一驚，「有。」她小聲回答。

「什麼時候？」

「去肯亞之前。」

「怎麼聯絡的？」

「他打電話來。」

康納神情疑惑，「妳沒說實話。」

「我明明——」

「我們一直監聽妳的手機。」

「他是打到家裡，室內電話線。」

康納似乎還是不放心，緩緩改口：「那他說了什麼？」

「不重——」

「說就對了。」康納語氣強硬。

「他有點奇怪，好像不認得我，但又說我可能有危險，說完就掛了電話。」

「什麼危險？」

「他沒說清楚。」

康納思索片刻，「妳最後一次與令堂談話是何時？」

「啊？」

「說。」

「降落在奈洛比以後。」

「她說了什麼？」

珮彤盡力複述對話內容。

「最後一次和令尊說話又是何時？」

「我父親？那都八〇年代的事了，在我六歲——」

「之後沒再和他說過話？沒電子郵件或視訊？」

「死人最好會寫電子郵件。」

康納嘴角上揚，又偏過臉，「那麼，最後一次和妳哥哥聯絡呢？」

珮彤聽得錯愕不已，「我哥哥？他九一年就過世了。」她等著看康納的反應，但他只是平淡地望著她。

「我哥哥在世界衛生組織工作，去烏干達宣導愛滋病防治，在埃爾貢山一帶遇上火災。」

「我知道妳哥哥何時、何地、如何亡故，但那不是我問妳的問題。」

珮彤的心思轉到對方醜陋的面孔上，他的臉頰到下巴甚至頷口，滿是燒疤，「你認識他？一九九一年的時候也在場？」

康納觸碰鎖骨，「停。」

螢幕上幾個醫生縮了手卻沒離開，互望一眼，似是權衡輕重，最後想要繼續手術。可惜另一個穿著手術服的人衝進畫面內，手裡拿著槍指向最近一人，醫生群只好作罷。

珮彤吞了吞口水，「一九九〇年耶誕節，我們在帕羅奧圖市見過面，之後再也沒機會了。」

「乖乖回答很簡單，不是嗎？最後一個問題，說出妳在疾管中心VPN的帳號和密碼。」

「不可能。」

康納指著平板，醫生還站在手術臺邊，漢娜的傷口不停地冒血，「妳覺得她能撐多久？五分鐘嗎？」

但珮彤知道對方的要求代表什麼。自己在疾管中心網路是最高權限，能取得緊急行動指揮部所有報告、策略物資存量、實驗室對新病原的分析結果等等。生化恐怖份子得到這組帳號密碼，就等於瓦解了美國的應對能力，能利用最新情報任意殘殺無辜。

「帳號是pshaw@cdc.gov，密碼是ashaw91#io。」

康納轉了平板，快速鍵入一串字，「妳也太天眞了，密碼這種東西當場就能試出眞假。別耍把戲了，珮彤，快點說實話。」

她嚥下口水，鼓起勇氣，「你應該知道我是美國公共衛生服務軍官團成員，漢娜和我一樣，宣誓保護大眾福祉。我們盡忠職守，告訴你帳號密碼是背信忘義。」

「我的天，怎麼每個人都要來硬的？」康納在平板上按了些鍵。

幾秒以後，牢房傳出嘶嘶聲，珮彤馬上失去意識。

康納又摸了鎖骨，「繼續，留著華生可能還有用。然後以最快速度替蕭醫生準備一間審問室。」

54

健太郎丸號監控室內，康納盯著螢幕裡技術人員為珮彤·蕭施打藥物，過了不久進行訊問，幾分鐘內就問出她的帳號密碼，傳送給控制中心。

「連進去了。」無線電裡傳來回報。

「看到什麼？」康納問：「他們發現了沒？」

「還沒，病毒比對被推遲了，感染模型還差得遠。」

「好，下載所有資料以後就登出。」

回到船長室，他調出其他監視錄影。戴斯蒙開始做伏地挺身，三個工程師還在玻璃對面瘋狂打字，周圍和康納之前看見的狗窩一樣，到處是紅牛飲料瓶罐和微波食品盒。

另一段畫面裡，疾管中心的紅髮醫師被綁在醫務室病床上，手術後昏睡至今。

康納將鏡頭轉到珮彤·蕭那邊，她剛醒來，跌跌撞撞地走進小浴室，站在水槽前撥水洗臉，乾嘔一次以後轉身對著馬桶，但最後什麼也沒吐出來，只好靠著牆壁，盯著半空發呆。

珮彤再站起來以後，解下了衣物。水滴從她深棕色的秀髮滴落，沿著胴體弧線流動。康納看了好一會兒。珮彤並非亮眼出眾、符合世俗標準的大美女，但在他眼中卻覺得有種獨特魅力，來自於她內斂的自信，散發出沉靜平和的氣息，如磁鐵般使人自然而然想待在她身旁。

自己則與她相反，令人厭惡排斥，自小便是如此。所有人看見他都是同樣反應：微笑消失、瞳孔放大，被他臉上的疤痕嚇得口齒不清。

但他很快就會創造出不同的世界。在新世界裡，沒有任何孩子會被當作怪物，受眾人排擠，孤單寂寞地長大。

☣

淋浴之後的珮彤躺在小床上，沒得吹乾的頭髮沾濕了床褥。她很害怕，擔憂自己也擔憂漢娜，還有肯亞以及全世界的人。倘若病毒擴散全球，將會奪走數百萬甚至更多生命。這種天翻地覆的感覺以前只有過一次，發生在她六歲時。當初全家住在倫敦貝爾格萊維亞區的公寓，有一天小女孩在自己臥室就寢後，房門忽然打開，母親衝了進來搖醒她，語氣十分著急。

「親愛的，醒醒，我們要出門了。」

母親替她更衣，只帶了幾套換洗衣物就出發，將珮彤、姊姊麥迪遜與哥哥安德魯都趕進黑色計程車，前往希斯洛機場。那夜之後，他們就永遠離開了倫敦。

第一班飛機載他們到阿姆斯特丹，第二班轉往巴黎，接著搭私家車連夜趕路，到了法國小鎮利曼，隔日破曉又登上小飛機，飛向美國。

一家四口後來有一段時間裡都住飯店，幾天就換一間。母親解釋是放長假、在美國「觀光」，但小小年紀的她都能察覺狀況不對，更何況哥哥姊姊。

珮彤三不五時問起父親在哪裡，爲什麼沒一起來。

「孩子，他在忙。」

母親常常鬼鬼祟祟地打電話，線路拉進浴室，關上門還開了蓮蓬頭。珮彤試著偷聽，只聽到大概是：有人走丟了一條狗，品種是米格魯，媽媽很擔心，一直問別人找到那條米格魯沒有。小女孩覺得奇怪，媽媽明明不是很喜歡狗或小動物。

一個月以後，母親終於叫來三個孩子，表明父親不會過來美國。她的眼裡沒有淚水，嘴裡講的卻是：「出了意外，你們的爸爸走了。」

珮彤聽得心都碎了。安德魯先是不可置信，接著開始懷疑、憤怒，提出許多質疑，但母親不肯回應。

他怎麼死的？

葬禮什麼時候？在哪裡舉行？

得不到答案的安德魯火氣越來越大，忍不住對母親大吼大叫，吵了起來。

我要見他。我要見我自己的爸爸！死了也要見他的墳。妳阻止不了我的。

我要回倫敦，那是我們的家。

那天開始，安德魯變得越來越疏遠，珮彤也幾乎罹患緊張性精神分裂，所幸還有姊姊麥迪遜陪著抱著，但她每天晚上大哭，整整哭了一星期。母親變得沉默寡言，但私下依舊不停通電話。她保密至此，使孩子們更難諒解信任。或許追根究柢只因爲是她宣布了父親亡故的噩耗，三兄妹多多少少將父親的死歸咎在母親身上。

安德魯一再要求回倫敦，但母親堅持不退讓，後來四人在舊金山附近的帕羅奧圖定居，孩子們改從母姓。安德魯完成高中剩下的兩年學業後，便離家就讀醫學院。

一家人過了一段日子才眞正和好。不僅僅是時間所致，更因爲一九九一年安德魯的猝逝。兩姊妹與母親到那時才又漸漸走近，重溫母女之間的深厚感情。

她已經很久很久沒想起一九八三年在倫敦的最後一夜。珮彤的意識逐漸模糊，睡前仍想著爲什麼這段記憶會在此時此刻又浮現。

☣

醒來時，珮彤經歷此生最劇烈的頭痛，她跑到水槽前面呑了兩大口水。鏡中映照出一對充血的雙眼，她拉起上衣，很恐懼自己即將看見的畫面：紅疹從腹部蔓延到胸部。

她感染了。

Day 8

20億人感染

40萬人死亡

55

米倫坐在折疊椅上享受週末午後的陽光；前方的艾利姆努力移動雙腿，正穿越曼德拉轉診醫院外頭沙地，村婦妲米莉亞一邊攙扶他，一邊以斯瓦希里語替他加油打氣，哈莉瑪從旁錄影記錄，小天跑來跑去搬東西做成路障，讓醫生繞路或踩踏。男孩才六歲，玩得很開心。

他用手機播放音樂，四個肯亞人似乎也挺喜歡的。要是沒有太陽能充電器，米倫當然不敢浪費電池，不過目前最不缺的就屬陽光和電力。大家連著兩天在音樂和復健裡度過，同時繼續等待艾略特派來的運輸隊。米倫好想回家。星期五晚上抵達曼德拉幾小時後，他裝上衛星背蓋看Google新聞，第一篇報導就看傻了眼：

【美國股市強碰瘟疫恐慌】

X1病毒疫情肆虐造成大眾憂心，終於反映在股價上，雖然本日提早於一點終止交易，但美股指數仍重挫百分之二十五，市場稱之爲「紅色星期五」。跌幅超越一九八七年十月十九日道瓊工業指數一天內下滑百分之二十二的「黑色星期一」，成爲股市歷史上最嚴重事件，兩者相同之處爲暴跌起於亞洲股市，隨後蔓延至歐美……

米倫又點開下個頭條。

【雙重疫情，全球隔離】

世界衛生組織停止提供X1病毒感染預估數據，但專家表示至少已有五千萬病例，疫情擴及全球，各國爲防疫均採取極端手段。

英國政府今晨宣布關閉邊境，德、法、義、俄隨後跟進。

本次X1疫情最神祕也最值得注意的特點在於傳染力無遠弗屆，部分病例發生在偏遠鄉村、長期外派的軍艦，以及很少接觸外界的巡洋艦上。

引發國際激烈反應另一因素則是，致死疫情以肯亞爲中心向外擴散。暫名爲「曼德拉病毒」的類伊波拉疾病已經造成數萬人死亡，感染比例尚未統計。爲免疫情擴大，東西方各國包括美、英、法、中、日、澳、印等，皆表態對東非地區自紅海到南非實施封鎖。

封鎖政策細節目前尚未對外公開。

米倫找了一小時，還是沒找到眞正想知道的消息，也就是疾管中心和世衛組織被俘擄的人員是否已經尋獲，他尤其關心蕭醫師與漢娜的下落。感覺世界陷入混亂之際，她們也遭到了遺忘。

星期六早上醒來時，他就看見艾利姆豁盡全力在帳篷周圍練習走路，妲米莉亞也開始幫忙，兩個人有說有笑。雖然米倫聽不懂斯瓦希里語，但從他們的肢體動作就足以明白一切。

他閉上眼睛假裝還沒醒。讀了昨天的新聞，米倫體認到樸實而溫暖的點點滴滴，在未來日子裡會越來越少。

☣

週六稍晚，他繼續搜尋新聞。

【類伊波拉病毒席捲肯亞】

肯亞各大都市出現暴動人潮，要求失能政府立刻採取行動，對抗曼德拉病毒造成的大規模死亡。奈洛比、蒙巴薩與加里薩三座大城，因鬥毆與火災造成的死傷人數目前無法確認，但衛生部估計病毒已經造成逾四萬人死亡，受感染人數遠不止於此。

大城市局勢動蕩，導致難民潮……

米倫滑了照片，十字路口一堆堆火焰和翻倒的汽車，暴動群眾與全副武裝的警員對峙。他不想拿給四個肯亞夥伴看，難得有愉快的一天，還是別煞風景。艾利姆漸漸能走路了，他們是病毒能夠被治癒的活生生證據。看著這四個倖存者，彷彿這世界還沒完全分崩離析。

他仍保有一絲希望，一個能堅定信心的理由。

☣

經過一次次湊合的復健療程，艾利姆的休息時間縮短，腳步越來越穩定。星期六用過晚餐以後，一如米倫所料，他主動表示要私下討論。

「我想和你談談，明天飛機到達以後的安排。」

既然都猜到了，米倫就免去對方開口的尷尬，「如果她想留下來也沒關係。」

「她是想，」艾利姆回答：「但她也知道自己答應了很重要的事，研發解藥是當務之急。」

「我考慮過，」米倫說：「假如從你們兩位身上先採取足夠樣本，應該也可行。」他遲疑片刻，「或者還有另一個辦法。」

艾利姆挑眉。

「你也一起走。」

艾利姆搖頭，「我得留下來，現在是國家最需要我的時候。」

星期天，米倫打包好行李時電話也來了。

「湯瑪斯醫生，我們已接近曼德拉機場。」

「我們會準時到。」他回答。

抵達機場後，他帶兩個年輕村人走進私人飛機，然後返回休旅車。艾利姆在駕駛座上，妲米莉亞坐在他旁邊。

「你們打算去哪裡？」米倫問。

「哪裡需要我們，我們就去哪裡。」艾利姆說：「先往南邊走，再做打算。」

「祝你們好運。」

「希望你的同事和朋友都能平安回來。」

「我也希望。」

幾分鐘後飛機起飛，米倫望向窗外機場。上星期此地明明還朝氣蓬勃，而今已成一片荒蕪，彷彿沙漠試爆後的焦土。不知回去美國後，又是什麼景象，新聞報導已有太多人遭到感染，最終命運與曼德拉的居民恐無二致。但他不能坐以待斃，但願自己眞的找到了解藥關鍵。

56

週末清晨，人在亞特蘭大的艾略特繼續等待，他認爲接下來即將發生的事情，將會永遠改變美國。新聞報導仍看不出端倪，自己的幾個聯絡人也沒聽到風聲。

不過前一天社交平臺已經出現蛛絲馬跡：包含國民警衛隊在內的所有軍職，都被召回最近基地或指定集合點，醫院、警察、消防、救護人員也開始動員。第一批是沒有X1症狀的人，已有症狀者則晚三小時。他們報到以後，紛紛致電或發訊給親朋好友，表示要參加緊急預備演習，接下來好幾天都不會回家，其中一些人還說演習期間無法使用電話和網路。

艾略特本以爲自己的手機遲早會響起。他不僅僅是醫生與流行病學者，也是公衛軍官團的少將、疾管中心員工——雖然或許是過去式。自從他將珮彤被擄走的消息洩露給媒體，艾略特連自己是否遭到革職都無法確認。他起初很肯定自己夠格被列入重要人員名單內，而且應該不止一份名單會找上門，結果電話遲遲沒反應，看來眞的已被完全排除在外。

他心知肚明背後是誰搞鬼，活了大半輩子，從沒這麼生氣過。都什麼節骨眼了還玩政治鬥爭的戲路，簡直是草菅人命，偏偏自己無力回擊，所以更是悶上加悶。

星期六沒什麼後續。艾略特坐在客廳躺椅上，蘿絲拉了張椅子陪在旁邊。今天她的症狀又惡化了些，咳嗽幾乎沒停過，通常她會一直忍著，忍不住就會先走開。萊安、莎曼珊在樓上陪孫子亞當玩，乍看之下是個完美的感恩節後週末：收看大學足球賽（由艾略特母校密西根對上俄亥俄），孫子嬉鬧，全家人齊聚一堂。

可是艾略特不禁懷疑五歲孩子的童年能平靜多久？幾天，還是幾週？他知道遲早要面對，卻也忍不住害怕。為自己，為蘿絲，更為了兒孫與媳婦的處境。

電視每次播報新聞，他都看得憂心忡忡。零售業者聲稱黑色星期五讓實體店面來客數創新高，但他怎麼想都覺得是因為週五股市大崩盤，為了提振週一開市時投資人的信心才謊報的消息。

週六日的郵務沒有中斷，社區每家每戶門口都有郵包，鄰人們穿著睡衣出去領取，邊咳嗽邊進門。

他預測的轉折發生在週日中午。

手機發出警報，聲音非常尖銳，類似安珀警報（注）或天災警報，但訊息內容並非這兩者，而是要求手機主人點連結或開電視。

一分鐘以後，艾略特全家人坐在電視機前面，畫面上是美國總統從橢圓辦公室對全國人民談話。

「親愛的美國同胞，今天我們國家面對一個全新威脅。首先我要告訴各位：我們已經做好因應危機的完全準備，有嚴密的計畫並且即將徹底執行。現在發表談話，是因為這個計畫將會對所

注：Amber Alert，發生兒童誘拐事件時的警報。

有人造成不小的影響，然而政府及全體國人都需要每一位的配合與支持。

「聯邦與各州政府密切關注X1疫情。這種低強度、近似流感的病毒，已經感染數百萬美國人民。經過專家研判，X1病例人數已達危害國家的等級，因此我將啓動『生物防禦行動』，這個計畫的目標只有一個：在目前的危機情況下保護各位及各位的親人。

「在詳細說明步驟之前，我先承諾大家，一切都是暫時的安排，只是爲求小心謹愼而必須做到滴水不漏，這是爲了確保每個美國人民，都能接受最完善的照護。」

總統解釋的計畫內容完全被艾略特說中：美國即刻起進入緊急狀態，包括戒嚴與每晚六點實施宵禁。所有國民看完總統談話之後，立刻返家等待進一步指示，遊民必須向最近的收容中心或地鐵站報到，會有專人安排交通運輸。

國民警衛隊、美軍、聯邦緊急事務管理署在主要都市外圍拉起封鎖線，州際公路和主要幹道都設有檢查哨，航空、軌道、公車全部停止營運。位於管制區外的人，會被帶往設於偏僻地帶的學校、運動場、法院等臨時安置所。

聯邦政府暫時將關鍵產業收歸國營，其中包括電信、網路、運輸物流、電力能源與衛生醫療。

下午兩點鐘，街上來了校車，要載走已有X1症狀的人。那個畫面很詭異：星期天在門外停了一整隊巴士，男女老幼一邊咳嗽一邊上車。

總統在談話中提出警告，不配合上車的人將被排除在必要民生服務之外。往後國民警衛隊與軍人負責發送食物、運送病患去醫療院所，沒上車登記的人除了無法取得食物醫療，還會被送至低優先等級隔離區拘留，裡面只有基礎設施，等於被判了死刑。

艾略特站在門口，隔著玻璃觀望。一輛半滿的巴士停在房子前，開了車門。

蘿絲挽著他的手臂，壓低聲音不希望被兒子和孫子聽見。

「我實在不想去。」

「但也沒辦法，親愛的。」

艾略特轉頭，兒子在安全距離之外。他試著保持語氣平淡，彷彿只是去看場電影，「幾小時就回來了。」

萊安知道沒那麼簡單，「別去。」

「只是數人頭，先判斷狀況。很快就能出來。」

排隊上車時，艾略特嗅到濃厚消毒水氣味。他與參與自己計畫的鄰居視線交會，每個人臉上都寫著：你說中了。

可惜不是好事。

司機站在臺階頂端大聲講話，要求大家攜帶手機，沒帶的話也可能失去食物與醫療配給。有幾個人聽了，便脫隊跑回家拿手機。

座椅都用殺菌藥劑擦拭過，水分還沒乾透。艾略特和蘿絲管不了那麼多便坐下，他摟著妻子，在十一月下旬的冷風裡給彼此一些暖意。

路上除了這些巴士再沒別的車。巴士集合以後駛過亞特蘭大市區，私家車一輛輛停靠路旁，人行道上空空蕩蕩，風中飄著紙屑。閃著燈號的警車擋住岔路，保持單一動線，警員穿上鎮暴裝備整隊巡邏，看見外出走動的民眾立刻吼叫制止。坐在巴士上就好像參觀一座進行封鎖中的城市，幾小時前還一片自由和平，但景色說變就變。

轉幾個彎之後，艾略特看出了目的地。

喬治亞巨蛋外的一個個緊急事務管理署帳篷，印證了他的猜測。它是亞特蘭大獵鷹隊的主場，一九九二年開幕時是世界最大，目前也保持第三名地位的體育場。但就設備而言畢竟稍嫌過時，因此對面又新建了一座體育館，以出資者命名為梅賽德斯．賓士體育場，預計明年開幕。

他以為週日下午起重機應該會休工，此刻一看，工人正忙著將伸縮屋頂的零件吊上去，似乎趕著要完工。

亞特蘭大市區就很多層面而言，的確是隔離檢疫的理想地點。旁邊還有一座飛利浦體育館，主管機關有三個大型場地能夠區隔人群。艾略特也想像得到奧林匹克百年公園已同樣被緊急事務管理署的帳篷佔滿，工作站和行政區會放在歐尼酒店內，指揮中心則借用ＣＮＮ中心大樓，那裡周邊停車空間充裕，亦可以轉作儲藏區之用。如果還不夠用的話，美國第三大、三十七萬多平方公尺的喬治亞會議中心以及喬治亞水族館、大學美式足球名人堂的距離都不遠。

前面有個工作人員身上穿著正壓隔離防護衣，或者也可以叫作太空裝，站在緊急事務管理署帳篷外頭指揮交通。亞特蘭大市區有這種穿著的人出現，看得大家心中一寒。

車隊移動緩慢，前面的巴士開始一波一波放下乘客，直到車廂清空。輪到艾略特與蘿絲乘坐的巴士時，旁邊另有六輛跟著靜止，帳篷那邊走出七個身著隔離衣的人，各自上了車。進入他們這車的人在隔離衣下穿了軍隊工作服，艾略特隔著面罩還是看得見衣領。

帳篷前另一人舉起紅旗。

巴士內，站在前面那人拿著擴音器，所以聲音變得像《星際大戰》的黑武士那樣古怪，「感染超過七天以上的人請舉手。」

一些人慢慢舉起手。隔離衣內的男子目光掃視、觀察，時不時瞇著眼睛，一副懷疑樣。

「請誠實，這很重要，知道各位的感染時間，才能給予妥善照顧。上星期日有咳嗽或打噴嚏症狀的人請舉手。」

不對勁，艾略特心想。更多人舉手，而且他透過餘光發現，蘿絲也承認了。

他想阻止但來不及，前面那個軍人已經看見了她。

外面的男子放下紅旗，乍看好像宣布比賽起跑。

「好，舉手的人請起身下車，外面會有人給大家進一步的指引。」

艾略特看見蘿絲眼裡的驚惶。身著隔離衣的軍人守在車前緊迫盯人，確保舉了手的人都乖乖聽令。

他忍不住站起來，「能不能解釋——」

「先生，請您坐好。」

「我只是想知道——」

「先生，您的疑問會在裡面得到解答，如果您不回到原位，我就得將您轉移到隔離區。」

艾略特只能跌坐回去。

軍人又對蘿絲開口：「女士，請您上前。」

她緊盯著艾略特。

艾略特強作鎮定，「沒關係，」他低語：「去吧。」

下車的人列隊後，被帶進喬治亞巨蛋。帳篷內清空，外頭那人舉起黃旗。

車廂前面的軍人又講話了：「超過六十歲，或者需要協助才能走動的人，現在請舉手。」

艾略特六十三歲，外表也不特別年輕，在疾管中心工作很勞累。但爲了蘿絲，他不肯舉手。

軍人滿臉狐疑望過來。艾略特見了聳聳肩，「工作壓力大，看起來就老了點兒。」

對方搖搖頭，不過沒要他站起來。

超過六十歲的人下了車，士兵也二話不說跟了出去，外頭的人舉起綠旗，巴士就這麼開走了，這個發展在艾略特的預料之外。

他轉頭緊盯，視線越過緊急事務管理署的白色帳篷，以及外頭那群穿著隔離衣的人，停在喬治亞巨蛋的入口。蘿絲在裡頭，問題是有沒有辦法出來。

巴士停在大停車場，司機開了車門就吆喝大家下車。

乘客魚貫而出，一頭霧水。

又來了一個身穿太空裝的女人，要大家爬樓梯上五樓。經過她面前時沒人講話，可是進了樓梯間就竊竊私語起來，彼此驚恐地交換一連串疑問。

一週怎麼定出來的？

那些人是不是會死？

不會讓我們回家吧，一定不會！我們該找機會逃跑！

結果樓梯間上面傳來一聲大吼，嚇得眾人住了嘴，「快跟上！」說話的人也包在太空裝裡，面罩下那張臉肌肉結實，但毫無笑意，「快上樓，會有人回答所有問題，不跟上就準備進隔離區。」

人群爭先恐後前進，甚至開始推擠。

到了五樓，艾略特看見一列列包廂，使他聯想到大選投票。每個包廂大小只夠一個人進入，隔間很薄很脆弱。

「大家自己選一間，每間都一樣。分散開來，作答時間五分鐘。」

他進入包廂，找到一臺平板，螢幕上有個很大的綠色按鍵正在閃爍。艾略特按下去，跳出一個手機圖片，底下寫著：請將行動電話置入側盒內。

電話放進去以後，黑色盒子自動闔上。他依稀聽見電動馬達運轉聲。

螢幕顯示問卷，題目大半正常，例如社會安全證號、姓名、生日、住址、職業、教育程度、目前症狀和發生時間、過往病史、是否因服藥或痼疾影響免疫系統、國外旅遊紀錄，當然特別聚焦在肯亞、索馬利亞、衣索比亞、烏干達、坦尚尼亞等地。艾略特在生日那欄謊報了年分。

也有些問題比較奇怪：是否習慣使用槍械？是否曾經入獄服刑？是否曾任職於軍隊或接受軍事訓練？

什麼意思？

問卷填完以後，跳出一個大大的感謝訊息，最下面的廠商標誌完全沒看過：「基石量子科技公司」。政府使用的問卷與資料庫軟體可能都由他們研發。

黑色盒子打開，艾略特取回手機，平板螢幕除了基石量子的標誌外，一片黑漆。

他按下主頁鍵，跳出兩行字：

您已完成本日問卷。

您沒有新訊息。

居然做了追蹤疫情專用的作業系統，也算聰明。

旁邊有幾個穿太空裝的人沿走道來來回回，偶爾停在包廂前面，拿無線電呼叫技術支援。

「一二九一的手機不相容。」

「一三〇五的平板需要重啓。」

艾略特走出包廂後，沒兩下就有工作人員過來清潔平板電腦，並指示他到停車場另一頭白色布簾隔間。

在隔間裡，女性工作人員刮取他的口腔黏膜，抽了兩小瓶血，所有採樣裝進一個標有「輝騰基因」的袋子，再從袋子外側私下條碼貼紙，貼在手環後繫在艾略特右腕。

「這是？」

「爲基因序列建檔可以加快藥物研發，」女子在他左腕也掛上一樣的手環，「別取下識別手環，領食物和接收醫療時都要驗證。」

他點點頭，「我太太被帶到——」

「抱歉，先生，下一站會回答您的提問。接下來說的也很重要：您的手機每天會發布一次警報，詢問當下症狀，請誠實回答，畢竟這關乎自己的性命。也請留意手機電量是否充足。」

艾略特還想問問題時，對方已經舉手叫：「下一位！」然後轉頭告訴他，「請從右手邊出去。」

下了巴士以後，艾略特一直盼望能見到熟面孔，像是疾管中心或軍官團的人，然而到最後都沒能如願。

而且根本沒有下一站。抽血之後，他們被趕往另一側下樓梯回到停車場，又坐上同一輛巴士。原本以爲會坐滿，結果並沒有，與艾略特一起來的人有很多沒再露面。車子引擎發動時，空位超過了一半。

艾略特抱著一線希望，想看看車子會不會開到喬治亞巨蛋，可惜它直接原路返回了住宅區。離家之前，他特地吩咐過兒子別上巴士。雖然後面的車輛只給沒症狀的人搭乘，但由於萊安是麻醉師，艾略特認爲他很可能被視爲具有重要技能人士，而被生物防禦行動徵召入伍。但現在狀況不同了，他得確保兒子會坐上巴士、被政府徵召。因爲萊安恐怕是找到蘿絲的唯一希望。

他不確定自己離開了多久。要是無症狀的人都已經上車報到，或許已錯過僅剩的機會。於是車子一到居住的街道，他就衝下巴士，對鄰人的叫喚與詢問充耳不聞，直奔家中。家裡安安靜靜的，連電視也沒打開。艾略特梭巡了一樓，誰都不在。

二樓也一樣，是空的。

他趕緊跑進通往地下室的簡陋木梯。裡面的空氣潮濕，他摸黑找到開關。萊安、小珊和亞當就坐在自己幾年前搬進地下室的舊沙發上。孫子躺在他媽媽腿上睡著了。

他的兒子抬起頭，「爸！」

「計畫改變。」艾略特不停地喘氣。

「啊？」

「下一班車過來的話，你就上去。」

「爲什麼？怎麼回——」

「你媽被留在那邊了。喬治亞巨蛋。你進去找她，想辦法救她出來。」

57

戴斯蒙完全失去時間感，只能根據三個活寶製造的垃圾堆有多高來猜測——可惜後來清潔工推著車子進來全收走，最後一點根據也就此消失。

他保持運動習慣，每組做更多下，各種動作輪流搭配，不讓肌肉過度疲勞。肋骨還痛著，但也因此能測出自己的極限和弱點。戴斯蒙持續準備，因爲這是目前唯一能做的事。

外頭的任何變動都引起他高度關注。高䠷金髮女子又走入玻璃對面的房間，他做伏地挺身到一半時，停下來轉頭觀察。

女子站在三個活寶前面問話，他們像被蜜蜂螫了似地用力搖頭攤手，指著螢幕反駁。後來她也指著螢幕逼問，看來是上級？或者上級派來的使者？（戴斯蒙猜測眞正的主使是康納）。

她離開前，又轉頭朝康納飛快瞟了一眼，眼神裡似乎藏著什麼意思，他實在讀不懂，感覺彷彿曾經學會卻又忘記的語言。

金髮美女來去匆匆。

艾芙莉進入艙房向康納報告，但他舉起手掌打斷她。

「告訴我成不成就好。」

「他們說是大海撈針。」

「戴投資的那間公司不是開發了軟體嗎？」

「他們試過，認爲就算關鍵在裡面，也藏在後門程式。還有，記憶可能需要特定地點或特定時間才能釋放，如果寫死在硬體上，就算能夠駭進去，也無用武之地。」

康納盯著天花板。

「接下來怎麼做？」她問。

「沒時間了，得破釜沉舟。」

「意思是？」

「意思是，該告訴妳時就會告訴妳。」

艾芙莉低下頭，壓低聲音提醒：「蕭醫師感染了。」

「我知道。」

「不是前導流感，是曼德拉病毒株。」

「我說了我知道。」

「要治療嗎？」

「不必。她被感染比較好控制。」

Day 9

38億人感染

62萬人死亡

58

戴斯蒙躺在床上放鬆肌肉，思考最近一連串事件的意義。

三個活寶走了，折疊桌還留在外頭，本來放電腦的地方都是空罐和包裝盒。放棄了？滾蛋最好。

嘎嘎聲劃破沉默，似乎有什麼東西斷裂，然後橡膠摩擦金屬，玻璃牆竟朝右側滑進浴室隔板。

牢房打開了些。

戴斯蒙立刻嘗試鑽過去。首先是手臂，再來是軀幹，一點一點蠕動前進，最後他終於進了走道，站在桌子旁邊。

走道末端的艙門緊閉，可是門環正在轉動。*有人要進來。*

戴斯蒙衝了過去。

艙門一打開，先伸進來的就是手槍，握槍的手臂纖細白皙。

他扣住對方手腕，搶下手槍，壓制來人以後推開艙門，瞄準前方掃了一圈，隨時準備開火。

持槍進來的人是個金髮女性，戴斯蒙沒能看清長相，但隱約覺得熟悉。他回神先判斷狀況：

長桌上是四臺螢幕與鍵盤，桌子下放著電腦主機，兩個穿制服的士兵倒地不動，沒有血跡。

女子用手肘朝他舊傷未癒的肋骨狠狠一撞，劇痛在他體內散開，迫使戴斯蒙不由得鬆手，結果又被女子以膝蓋蹬了前臂，讓槍支脫手。她再將戴斯蒙轉了個面，往他的胸口猛踢。他背部撞上牆壁，感覺肺部的空氣全數盡出。戴斯蒙順著牆面滑落，同時用力吸氣，努力保住意識不想昏迷。

對方撿起手槍，收回肩式槍套，蹲下來讓那雙碧綠眸子平視戴斯蒙。

「眞是天才，我明明是來救你的。你究竟想跟我打架還是想逃走？」

戴斯蒙從這角度才看清楚是怎麼回事：兩個守衛還沒死，只是被麻醉，脖子後面都插著小鏢。

「戴，你還愣著幹嘛？我要走了，來不來隨你。」

他想起這女人叫作艾芙莉，是她開了擴音器，讓自己能聽見她與工程師的對話。能信任她嗎？但我又有什麼別的選擇？

「怎麼逃？」他趁著換兩口氣的空檔提問。

艾芙莉在房間角落找出半自動步槍和背包，又自背包取出一套衣服和夜視鏡。

「穿上制服，戴好夜視鏡，二十秒以後會停電。七層上的甲板有架直升機，我估計有三分鐘時間能過去，來不及的話就得殺出一條路。」

戴斯蒙覺得自己被逼到死角，就像當年德爾．伊普利闖入歐威爾的房子。那一天他爲了保命而戰，頭一次殺人。當下他做出決定：有必要的話，那就殺出去。無論如何要阻止這群人，付出生命也在所不惜。

於是他拿了衣服就套上。

他穿好以後，察覺螢幕上有動靜。畫面裡有四個房間，和自己的牢房一樣，其中三個空著，只有一間關了一個女人，和他的年紀相仿，髮色偏深褐，膚色與膚質都宛如白瓷。

「是珮彤．蕭……」他喃喃出聲。

連她也被捉來了。在柏林醒來以後，他唯一的線索就是珮彤．蕭的電話號碼，而那時她正要前往肯亞調查新爆發的疫情——但瘟疫根本是康納一手造成，即便康納宣稱戴斯蒙曾經是他的夥伴。無論如何，珮彤．蕭與整件事情脫不了關係，她有可能便是阻止悲劇的關鍵人物。

戴斯蒙指著螢幕，「帶她一起走。」

「不行，沒空。」

「艾芙莉，這很重要，得帶她走。」

艾芙莉重重呼出一口氣。

「帶她走。」

艾芙莉甩著金髮，一臉不悅，但戴斯蒙見她走到長桌邊敲鍵盤就放了心。螢幕顯示珮彤牢房的玻璃層也向旁邊滑開，只不過才滑不到二十公分，電力就中斷了。

59

珮彤不可置信地望著滑動的玻璃隔板。他們要搬運她？要殺她？應該是要殺人滅口吧，反正對方已靠藥物問出疾管中心的密碼。留我還有何用。

一股恐懼感油然而生，可是一道怒火很快迎上，在她盯著玻璃隔層移動時在內心瘋狂交戰。最後憤怒勝出。就算死，她也要拳打腳踢，掙扎到底，沒理由讓對方好過。

燈光熄滅，整個房間陷入黑暗死寂，有如所謂的感官剝奪艙。珮彤停下動作，心底那絲恐慌重燃。難道他們要讓我死在黑暗裡？我得想點辦法。

她伸手摸著玻璃，找到打開的部分。玻璃滑動不久就停了電，所以縫隙還很小，她的左手左腿能進去，但軀幹在胸口處被卡住。她搭著玻璃外側用力推擠，想鑽出去，但只累得氣喘吁吁卻沒什麼效果，還因爲呼吸急促導致胸口隆起，玻璃加壓在骨頭上更痛了。她無可奈何，顯然逃生無門。

又有個聲音傳來：金屬摩擦，接著是艙門開啓的低鳴。兩道白光從走廊那頭射入，前後來回晃動，如同黑暗中競賽的兩座燈塔。最後光線停了下來，凝聚在自己身上。

這時珮彤也不禁慌張了，她蠕動身子回到牢房裡。但又有什麼用，裡頭同樣無處可躲，連浴室都能被一眼看光。她心想人生即將就此告終。

兩個警衛沿著走廊過來，光線發自他們頭盔的ＬＥＤ燈。珮彤舉起手掌遮住眼睛，希望能看清楚對方樣貌。帶頭的是個白人女子，金色直髮從盔緣下散出，臉蛋清瘦美艷，雙眸明亮。除了照明，頭盔上面還有夜視裝置。她後面的另一個人——

珮彤嚇了一大跳。戴斯蒙．修斯。面對面勾起的情緒太過複雜，她不知如何反應才好。

對方先走到縫隙前面，「珮彤，我叫作戴斯蒙．修斯，之前曾打過電話警告妳。」

他盯著自己的神情，眞的一絲破綻也沒有。怎麼回事？為什麼裝作不認識我？疫情爆發之前那通電話就這樣了——話說回來，根據盧卡斯．特納的證詞，戴斯蒙似乎與瘟疫有所牽連。還有自己被關進農舍時，看見牢房牆壁上有他的刻字。現在他喬裝成警衛、假裝兩人初次見面，到底爲什麼？背後有什麼陰謀？直覺告訴珮彤該跟他走、配合他演的戲，但洩露任何情報給凶手知道，都絕非好事。

「我記得你。你要幹嘛？」

「我們要離開，妳應該也想走吧？」

珮彤點點頭，但下巴朝縫隙撇了撇，「試過了，擠不出去。」

金髮女子腦袋微微後仰，頭盔光線射向天花板，「戴，我們沒這麼多時間。」

他轉過身，白光打在那女人身上。女人瞇眼回瞪，幾秒以後偏過頭去。

戴斯蒙回頭挪開光線，「艾芙莉，這個用槍打得破嗎？」

對方搖頭。

他朝珮彤伸手，「那只好硬拉了。」

珮彤遲疑。怎麼可能成功？但戴斯蒙招手時一臉自信。

反正還能更慘嗎？

她走上前，讓戴斯蒙一掌扣住自己手臂，另一掌按在二頭肌，「會很快，否則擠不過來，」他壓低聲音又說：「也就是會很痛。」

珮彤望著他，不肯示弱，「我知道。動手吧。」

戴斯蒙一邊腳底踩著玻璃，向後用力扯。

痛覺湧現，珮彤閉上眼睛強忍。玻璃刮過胸口、肋骨，加上戴斯蒙的力道全部累積在腋下，使她覺得自己的手臂就要被拔下來。

忽然間，她往前一跌，撞在戴斯蒙身上，兩人的面頰相貼。戴斯蒙的反應很快，穩住重心沒跌倒，還接住珮彤沒讓她重摔落地。

「還好嗎？」

「還可以。」其實她的胸前應該瘀青了，每吸一口氣都疼。

艾芙莉在前面領著他們離開，「動作得快點。」

走廊另一頭，艙門外面傳來腳步聲。艾芙莉和戴斯蒙俐落地掛上夜視鏡，關閉頭燈，珮彤一個人被留在黑暗中。

「妳等著。」戴斯蒙的聲音很靠近。

出於自衛本能，珮彤壓低身形，挨著牆壁縮小面積。等過了一會兒，眼睛逐漸適應黑暗，艙門稍稍打開之後，她已能看見門後的光柱搖晃。胸膛隨著心跳加速又發痛了，她知道敵人的目標，若是發現自己，絕對會格殺勿論。

戴斯蒙和艾芙莉穿過艙門以後，傳來了五次悶響——步槍裝了消音器。幽暗走廊傳來艾芙莉近乎悄悄話的呼喚：「解決了，走吧。」

珮彤走到門口停下來。前面的兩人又打開頭燈，另有三道光線因爲士兵倒地姿勢不同，分別照亮天花板、牆壁與地面，他們頭部和胸部傷口流出的血液在地上擴大，像一團黑影慢慢伸出的觸鬚。

聽見槍聲，珮彤想起了肯亞。休旅車後座也沾滿漢娜的血。

艾芙莉蹲在角落一個背包前面。儘管她的五官被陰暗覆蓋，珮彤卻能清楚看出她絲毫沒有不安和矛盾，只是專注眼前情勢。想必她早就殺過人，而且不以爲意。

艾芙莉從背包裡翻出手機，在觸控螢幕上按了些鍵。

「妳幹嘛？」戴斯蒙的語氣帶著警覺。

「備案。」她咕噥：「之前就說過，這時候我們原本都該到了才對。現在既然如此，只好調虎離山。」

一陣爆炸與晃動驟起，「怎麼回事？」戴斯蒙問。

「代表我們又多了五分鐘可以逃走。」

「爲什麼？」

「船殼破損。」艾芙莉回答：「這艘船快沉了，」她走向另一道艙門，「看見會動的就開槍，戴，你不能猶豫。」

「等等，」珮彤開口：「我的同事漢娜．華生也被關起來了。」

艾芙莉瞥了戴斯蒙一眼。讓她閉嘴，意思不言可喻。

「她還活著嗎？」珮彤的視線在兩人臉上游移。

戴斯蒙也望向艾芙莉，艾芙莉就是不肯回應。

「她到底是生是死？」珮彤逼近她。

「不知道，她在醫務室那邊。」

這代表麥克廉嘴上凶狠，結果還是讓屬下替漢娜動完了手術。可是萬一船沉了，絕對不會有人去救她，漢娜仍舊死路一條。

「我們得帶她一起走。」珮彤說。

「不可能。」艾芙莉立刻駁斥：「絕對不可能。連我們來不來得及走都沒把握。」

珮彤注視戴斯蒙，眼神無言傳達一句話：求求你。

換他轉頭凝視艾芙莉。

「這是拿我們的命在賭。我是說眞的。」

「賭命也得去，不能放著不管。」

60

戴斯蒙的心跳在胸口加速，聲音傳進耳朵，就像客車開上鐵軌。他抓緊步槍，保持警戒。眼前隔著夜視鏡能看見的走廊浸沐在綠色光線下。艾芙莉走在他前面靠右一步，如果遇上敵人，也不會妨礙他瞄準。

珮彤伸手抓著戴斯蒙腰帶，跟在他後面，對她而言周圍只是伸手不見五指的黑暗。每當戴斯蒙停下腳步或要轉彎，珮彤就會撞在他背上，一直悄悄地說「抱歉」。

上下層傳來重靴腳步聲，走廊迴蕩頭盔內傳出的話語，有如幽魂低吟，一點一點朝三人逼近。

「什麼情況？」戴斯蒙問

「混亂、叛變，」艾芙莉回答。如戴斯蒙猜測，她的耳機能監聽船內無線通訊。「康納下令搜捕我們，但多數人都先去找了救生艇和登陸艇。」

有破綻就代表他們有機會。

艾芙莉蹲在一扇門前，將夜視鏡撥到頭盔上，戴斯蒙見狀照做。

「進去，」她吩咐：「沿著邊緣走，動作快！」

艙門慢慢滑開，裡頭流出光線，這片區域沒有斷電，不知靠的是不斷電系統還是發電機。

艾芙莉先進入，立刻朝右一竄，快速移動。然而戴斯蒙看見裡頭的大空間，不禁一愣。這裡和足球場一樣長，寬度也有將近一半，天花板挑高約九公尺，一列列以塑膠簾隔開的小房間透出柔和黃光，彷彿許多日式燈籠懸在混凝土海面之上。

每個隔間裡都有病床，多數躺著病人，機器傳出嗶嗶聲，有如失去連線的機器在偌大洞穴中演奏死亡交響曲。中央走道上擱置一輛裝著屍袋的推車，無人聞問。

戴斯蒙知道自己看過這景象，是之前的回憶畫面。他曾誤以爲是倉庫，如今明白了眞相。船本身就是醫院、實驗室。這個安排非常巧妙，被抓來的實驗體毫無脫身可能，進出大概都靠貨櫃。這個組織從世界各地擄人？用完即丟？眞是恐怖。

站在他身旁的珮彤也目瞪口呆。

右邊傳出兩下很細微的咔嚓，引起戴斯蒙注意。艾芙莉回頭注視，臉上寫著：夠了，你這白癡。他察覺自己與對方心意相通，懷疑他們到底相識多長時間，而且究竟如何認識的。

戴斯蒙追上去，抓住她的肩膀低聲問：「船上有解藥嗎？」

「什麼解藥？」

「非洲瘟疫。」

艾芙莉一臉不耐煩，「沒有，戴，你自己不記得嗎？」

他望著對方一臉困惑。

「這邊是做其他實驗的……算了，快走吧。」

其他實驗？戴斯蒙想不透什麼意思。

他跟著艾芙莉從外側走到大房間對面。艾芙莉打開另一道艙門衝進走廊，裡面燈光黯淡，戴斯蒙猜想只是緊急照明，船內醫療區域想必有電力備案。走廊一邊有許多間手術室隔著玻璃板，裡頭一片狼藉，檯子上地板上都是血，針線、夾鉗與手術刀散落各處。

另一側大部分是艙壁，但中間出現一排門。艾芙莉迅速推開每扇門查看，手裡的步槍沒放下過。戴斯蒙爲她進行掩護，槍口前後挪移。珮彤只能縮在他背後。

「進去找。」艾芙莉吩咐。珮彤趕緊跑了進去。

果然漢娜閉著眼睛，躺在裡面的病床上，草莓金色的頭髮灑滿枕頭，手臂上插著點滴，連接旁邊塑膠藥包，還有螢幕顯示生命機能。

珮彤撥開她的眼瞼檢查，「被打了鎮靜劑，」她動手拔掉點滴，「我揹她。」

「那妳就別走了。」艾芙莉聽起來快要爆炸。

珮彤不肯退讓，「我揹得動。」

「接下來要爬七層樓，還會發生槍戰，妳不可能走得動。」

「我可以——」戴斯蒙開口，被艾芙莉白了一眼。

「你不行，得負責開槍。階梯和甲板上都會有滿滿的敵人。」

他看得出來，這次艾芙莉絕對不會妥協，更何況她說得沒錯。

艾芙莉轉頭對珮彤說：「看妳要把人弄醒，叫她自己走，還是留她下來，快決定。」

珮彤望向戴斯蒙。戴斯蒙只是點點頭，雖然他沒說話，但看得出意思是要她堅持到底。

她研究螢幕顯示的資料，跑到床尾翻找抽屜。

「找什麼？」艾芙莉問。

「病歷。我得看看用了什麼藥、下多少劑量。」

「都電子化了。」艾芙莉扣住珮彤的肩膀，「要叫醒就現在立刻做，可以嗎？」

珮彤重重嘆息，神情肢體都沒洩露半分緊張恐懼，可是戴斯蒙卻能看見她壓抑的情緒，彷彿兩人心有靈犀，彼此絕不陌生。他眞希望能幫她承擔一些，可惜只能讓珮彤自己來，因爲接下來的處理關乎漢娜生死：鎮靜解除太快，有可能會危及性命。

珮彤拉開抽屜，檢視瓶罐標籤，翻找了片刻，終於找到需要的藥品。她連忙準備針筒、注入點滴，同時觀察漢娜有何變化，另一手搭在病人的腕部追蹤脈搏。

門外傳來腳步聲，艾芙莉繃緊神經，戴斯蒙也轉過身。

漢娜動了動，抽一口氣之後淺淺呻吟。腳步聲停了下來。

艾芙莉竄到門邊角落，招手要戴斯蒙跟過去。珮彤矮身伏在病床後，聽到走廊傳來男人說話聲。

說的是德語，內容提及收集樣本之類。

漢娜睜開眼睛，看見戴斯蒙與艾芙莉時顯得非常恐慌，畢竟他們穿得和抓走自己的犯人相同，手裡又有槍械。

她張嘴想尖叫，但珮彤像整人玩具一樣跳起來捂住她的口，伸出食指搭在嘴唇前示意。

房間裡只有儀器聲。嗶嗶聲加快節奏，戴斯蒙覺得掌心冒汗。

外面又響起腳步聲——他們繼續前進，只有一人留下來，並且逐漸靠近。

艾芙莉做手勢要漢娜下床。珮彤趕快伸手摘下點滴，將學員拉到自己身旁。

戴斯蒙察覺艾芙莉居然放下了步槍，用槍帶垂著。她想做什麼？

儀器線路脫離漢娜身體，原本一下一下的嗶嗶聲開始連續不斷，變得十分刺耳，同時艙門開了一條縫，半自動步槍槍口探了進來。

艾芙莉從腿上皮鞘抽出軍用直刀，刀刃八吋、刀柄為橡膠。來人的臉才剛從門縫浮現，她瞬間起身便往他的脖子刺下。

對方喉嚨發出咕嚕聲，眼裡寫滿不可置信。艾芙莉將他拉向地板，同時狠狠一刀劃過，精準截斷器官和頸椎。

戴斯蒙對她的手法之純熟精湛嘖嘖稱奇。艾芙莉把死者拖進房間以後，重新架好步槍，過程幾乎全無聲息。

其餘艦上士兵繼續移動，腳步回音逐漸遠離。

艾芙莉從死人脖子上抽出刀刃，那種滑溜聲聽起來令人作嘔。她將刀子在死人胸前抹乾淨，收回鞘內，又蹲著鑽進房間，朝珮彤和漢娜耳語。

「快走。」她又向戴斯蒙說：「我帶頭，她們在中間，你殿後。記得保持速度。」

艾芙莉一說完，馬上竄到門口。珮彤拉起漢娜沒受傷的手臂，掛在自己肩上，兩人盯著地板上屍體默不作聲，乖乖跟了過去。

戴斯蒙保持警戒，直到她們進入走廊，大家跟隨艾芙莉進入樓梯間，裡頭一樣只有緊急照明燈。

艾芙莉停在平臺，仔細留意周圍情況。

上下都有人聲，聲音沿著金屬艙壁反彈，戴斯蒙無法分辨到底是二十人還是一百人，能確定的是數量太多，沒辦法不露蹤跡，更不可能正面衝突。

艾芙莉脫下背包，取出防毒面具，遞給戴斯蒙。

「套上，留下來，之後聽我信號。」

她衝上樓梯，但三人沒發現毒氣也沒聽見槍聲，反而是艾芙莉開口講話的聲音，充滿威嚴權勢的語調響徹樓梯間。

「下士，我羈押了人犯，你過來幫忙運送。」

61

珮彤的表情說出戴斯蒙心裡的擔憂：她出賣了我們。從艾芙莉過來釋放自己時，他就一直暗自懷疑，不知道對方究竟爲誰效命、有什麼盤算？爲什麼願意協助他脫逃？

上面的對話還沒停，艾芙莉和另一個人爭辯起來：「是麥克廉的命令，你們這是不見棺材不掉淚。給我閃開。」

又吵了一陣，艾芙莉終於靠在欄杆，朝底下叫喚：「強森，把人帶上來。」她走下幾級，又喊了一次：「強森，愣著幹什麼？趕快把那兩個女人帶過來，我們要走了。」

至此，戴斯蒙才明白艾芙莉打什麼鬼主意，從珮彤眼神看來，她也已經懂了。套上面具的他，招手要兩個醫生走在前面。

之前戴斯蒙擔心漢娜剛下病床，會不會沒力氣爬樓梯，幸好現在她看來能夠緊緊跟在珮彤身旁，而且力氣似乎漸漸復原，或許是鎮靜劑藥效消褪的緣故。

到了上面平臺，有兩個士兵站在那兒，身上制服和艾芙莉、戴斯蒙一樣。

「修斯呢？」其中一個開口。

「死了。」艾芙莉若無其事地說。

兩個士兵聽了，瞪大眼睛。

「再不走，我們也會死。」

他們兩個拔腿便朝上跑。

艾芙莉跟上，依舊是兩個女醫生走中間，戴斯蒙殿後。

一個士兵在上面平臺等候。那邊擠了不少人，有軍人有平民，他過去推擠，開出一條路。

「讓開——這是麥克廉指示的特別行動。」他吆喝。

四人穿過那群人以後，士兵又搶先往上面跑。

再上一層，另一名士兵也進行同樣的開道處置。

計畫成功，他們一步步接近終點。

後來的兩層也沒出差錯，只是聚集的人越來越多，樓梯間越來越難通行，大半都是平民急著想前往上甲板。

艾芙莉加速腳步，戴斯蒙必須不斷催促珮彤與漢娜。兩人緊緊抓著金屬欄杆喘個不停，漢娜肩頭的繃帶滲了血。她想深深吸口氣，居然吸不動，淚水沿著臉頰滑落，戴斯蒙能想見她承受了多大痛楚。

一行人繼續往上，到了平臺時，忽然有個高個子鑽進樓梯間大叫：「艾芙莉，給我站住！」

她立刻指著對方反吼：「造反的叛徒！」

周圍士兵面面相覷。闖進來的男人拔槍，但艾芙莉快了一籌，子彈精準落在那人胸口中央。

他向後一飛、跌進人群，嚇得那些平民鳥獸散，尖叫著逃進走廊或向上爬——只有四名士兵除外，想必是跟著倒地那人過來的。

四個人都舉起步槍，瞄準艾芙莉，但方才受徵召的下士站到她面前，槍口對準同袍。

「立刻放下武器！」他怒斥。

「你被她騙了！」四人之一開口：「她想把人救走。」

下士開始猶豫，轉頭瞥了艾芙莉一眼。這是致命的錯誤。他露出破綻，立刻被對方開槍擊中胸膛，向後晃了幾步以後翻過欄杆，屍體墜落時不停旋轉著。

艾芙莉手中爆出槍聲。

兩個士兵倒地，很快的第三個也中彈，最後一人撤出樓梯間。

艾芙莉向上爬的動作更快了。

她穿過四具遺體時朝上面大叫：「中士，掩護我們！」

中士從上層平臺的欄杆俯瞰，樣子有點遲疑，但還是點了頭。

四人快步登上階梯，樓梯間都沒人了，現在若遭到襲擊的話，絕無緩衝之地。

戴斯蒙的腳步也急促起來。

艾芙莉帶頭上去，開啓了艙門，射進陽光。對面或許是出路，或許是死路。四個人緊挨著牆壁，以免受到狙擊。

「很好，中士，」艾芙莉說：「你回去下一層爲我們掩護。」

中士二話不說離開。等人走掉，艾芙莉將背包甩到前面，拿出長柄圓鏡伸出艙門一些，足夠偵查外頭情況。

無論她看見什麼，顯然都很不妙。

收好鏡子以後，她又掏出三個手榴彈和兩個橢圓物體。

「直升機停在十點鐘方向，受到嚴密保護，另一頭正在裝載救生艇和補給艇。」她停下來，看著戴斯蒙，「狀況會很混亂，需要你幫忙。」

戴斯蒙明白她是什麼意思，他開口回答的語氣比自己以爲的更有把握，「瞭解。」

艾芙莉先擲出兩顆手榴彈，再拋出兩個橢圓物體，爆炸震動甲板，熱浪從艙門吹入。

「走！」艾芙莉衝進外頭那片煙霧，珮彤與漢娜尾隨，戴斯蒙從後面保護。槍戰立時爆發，戴斯蒙聽見艾芙莉開火，但只能依稀看見她的背影，無法確認目標位置。加上又起了風，煙霧捲動好似草原龍捲風，連方向都很難分辨。

子彈掠過他頭顱旁，但周圍太過嘈雜，無法聽音辨位。從煙霧縫隙裡可以看到好幾群人尖叫著跑向小艇，大部分已經穿上了救生衣。

又一陣風如同撩簾般，短暫吹散煙霧，戴斯蒙總算看見位於正前方的直升機。艾芙莉與漢娜、珮彤拉開一段距離，兩人拚命想跟上。守在直升機外頭的最後兩名衛兵在艾芙莉開槍後倒下，她爬進駕駛艙，過了幾秒珮彤也跳進機艙，轉身拉漢娜上去。

戴斯蒙掉頭背對直升機。引擎發動期間，他會負責掩護。在一段度秒如年的時間過後，終於聽見旋翼啓動，背後颳起了狂風。煙霧散開，曝露出後面一地死傷。

他吞了吞口水，心裡知道接下來要做什麼。他將槍托抵住肩膀，手指搭在扳機。

眞希望艾芙莉快點吆喝自己上去。

樓梯口那道門有人影衝出。戴斯蒙只用半秒時間判斷身分：黑色護甲、步槍在手。對方走入陽光，一時無法視物。

他扣下扳機。

第一發打偏了。第二發命中肩膀。

第三發取走那人的性命。

他等待，以爲該有的感受並未出現，腦袋裡只有瞄準時冷冰冰的專注。

旋翼咆哮裡傳來艾芙莉的叫喚。戴斯蒙的腳才踮到起落架，機體就升空了。

珮彤伸手拉他進機艙。艙門沒關，他望著冒煙下沉的貨櫃船漸行漸遠。

戴斯蒙回神檢查珮彤，她看來沒事，但隔壁年輕女孩就不同，劇烈活動和血壓增高對漢娜都是巨大負擔，傷口汩汩流出深色血液。除了渾身冷汗之外，漢娜的面色發白，白得可怕。

珮彤湊到戴斯蒙臉邊，說話時嘴唇擦過他的耳朵。即便如此，旋翼噪音下仍只能勉強聽懂。

「幫我找找救護箱，快點，她出血過多。」

62

康納從登陸艇望向逐漸沉入印度洋的健太郎丸號。冒出黑煙的破船一秒一秒被海水吞沒，可惜它不是米格魯號，所以絕對不會有人過來找。

「有人救走了修斯。」船長說。

「還眞是觀察入微。」康納嘲諷。

「我們是不是該——」

「我會處理。一切在掌控中。」

☣

珮彤爲漢娜縫合肩膀傷口。她聚精會神、手法純熟，半秒鐘也不浪費。

戴斯蒙盡力在旁協助，判斷珮彤已成功救回女孩性命。不過漢娜依舊蒼白憔悴，直升機艙地板上都是她的血，掉在血水裡的紗布和工具，彷彿血色汪洋中升起的火山島嶼。

珮彤坐倒下來，深深呼出一口氣，看上去精疲力竭，戴斯蒙眞擔心她會昏過去。同事、朋友的人生操在自己手中，一個不小心就會賠掉對方性命，壓力之大不言可喻。

她隨即望向戴斯蒙，眼神似乎充滿質疑。接著珮彤湊過去，嘴唇離他耳邊只有幾公分，駕駛座上的艾芙莉絕對聽不到，「戴，到底怎麼回事？」

她的語氣和船上不同，感覺更……溫柔，而且熟悉。

「什麼意思？」

「爲什麼裝作不認識我？」

他睜大眼睛，心想所以是眞的，兩個人從以前就認識。於是戴斯蒙簡略解釋自己在柏林醒來後失憶，以及如何淪落到此時此地的過程。

「我們得談談，」她說：「有些事情得告訴你。不過首先……」珮彤左右張望後，找到掛在艙頂的耳機拉過來。

戴斯蒙取了另一副。

「艾芙莉，」珮彤的語調又變得沉穩嚴肅，幾近命令：「我們得送漢娜去醫院，她失血過多。」

艾芙莉回頭瞟她一眼。

戴斯蒙擔心兩人又要吵架，決定先打圓場，開口問艾芙莉現在的位置。

「肯亞外海，靠近坦尚尼亞國界。」

「妳的計畫是？」

「求援。」她簡單撂下這句話。戴斯蒙感覺得到艾芙莉不想多做解釋——很可能是因爲今天她的所有安排，都被跟屁蟲們改得面目全非。

「目的地是？」珮彤問。

「蒙巴薩。」

珮彤蹙眉，「根據疾管中心資料，蒙巴薩沒有美國使館或領事館。其實應該說，蒙巴薩完全沒有西方國家的代表處，因爲當地太危險，幾年前全部撤離了。」

停頓片刻，艾芙莉回答：「我在公車總站那裡的置物櫃藏了一組工具。」

「對我們有用嗎？」戴斯蒙問。

「裡面有衛星電話，我會聯絡幫手，安排脫逃路線。」

幫手？戴斯蒙不禁存疑。

珮彤也一樣，表情很提防，顯然並不信任艾芙莉，「妳沒把衛星電話帶在身上？」

「之前沒機會。船上所有通訊都受到管制。」艾芙莉手往戴斯蒙一比，「你也看見了吧？我們連手機都會鎖起來，不能隨意取用。更何況從船上拿的衛星電話，一下子就會被追蹤到。」

「如果找到妳說的置物櫃和聯絡人，有什麼辦法離開蒙巴薩？」戴斯蒙問。

「當地有海軍基地和大型機場。」

「也有幾間夠水準的醫院。」珮彤說：「阿迦汗醫院是首選。」

艾芙莉搖搖頭，「聽好，雖然我已處理掉健太郎丸號上的其他直升機，問題是康納・麥克廉那個人太精明了，一定會發現我們帶著傷患逃走。現在蒙巴薩和附近市鎮所有能買通的警察、傭兵、賞金獵人，大概都在搜捕我們，醫院和機場絕對是最大的目標。」

珮彤正想出言辯駁，地平線上的黑霧卻吸引了三人的目光。

蒙巴薩燒起來了。

63

蒙巴薩上空的煙霧太過濃密，他們看不清楚市區景象。三人爭論幾分鐘後，戴斯蒙、珮彤、艾芙莉達成共識，這裡依舊是取得協助、脫離肯亞最好的選擇。

戴斯蒙靠在直升機艙後側牆壁，閉上眼睛。港都的慘況令他想起恍如隔世的往事，心裡也湧出一些對於珮彤的感覺。接著他赫然察覺珮彤——在逃亡過程中與在機艙裡兩人的肢體觸碰——似乎也是勾起他記憶的關鍵。

☣

戴斯蒙在奧克拉荷馬州斯洛特維郊區處理掉德爾·伊普利的屍體後，接著思索自己應該上哪兒去。他心裡有三個選擇：西雅圖、紐約、矽谷。之前無數次在ＩＲＣ聊天中已經結識全國各地同好，大部分集中在門洛帕克、帕羅奧圖、山景城或者桑尼維爾，也就是矽谷周邊，因此戴斯蒙迫不及待想去那裡重新展開人生。

他一路都開車並露營過夜，切實遵守速限，不在旅館逗留，不想留下任何書面紀錄，以免有人從奧克拉荷馬追過來。所幸歐威爾將保險箱的東西全留給了他，錢不成問題。

穿過費利蒙、紐華克已經是早晨了。戴斯蒙繼續駛過鄧巴頓大橋和舊金山海灣，進入帕羅奧圖東部市區。

他在海灣公路旁找到一個小型旅行車園區，便進去詢問有沒有人出售車子。戴斯蒙看上一輛用了多年的Airstream牌露營拖車，與正在嚼菸草、聽廣播的白鬍子老頭討價還價，對方聲稱自己身體不行了，大概過沒過久就要被送去「膠水工廠」(注)。

「你狠心讓我連張病床也沒得住？」

最後雙方說定了一個稍貴的價錢，老人還要求戴斯蒙把百元鈔票一張一張放在他手掌上，方便他一一大聲數數。老頭數完以後祝他好運，要他好好照顧拖車，然後走進馬路對面的民宅——後來戴斯蒙才聽說老頭和那戶的女主人眉來眼去已久。

戴斯蒙將拖車開到舊卡車旁邊，一起停在租下的小營地，剃鬍梳洗一番，才到附近雜貨店購買日用品。

把電腦裝好在拖車餐桌上之後，他趕快連上網路，繼續找朋友聊天。旅行車露營區提供的基礎服務包括電話以及許多組「美國線上」公司的可接聽號碼，所以不到一小時內，他就安排好了三間公司的面試，都是前途無量的網路新創公司。

翌日上午，他開始擔心起儀容。縱使才要滿十九歲，過去大半時間的戶外勞動和風吹日曬，讓他的面容成熟了許多，但仍透露一抹青澀。此外，戴斯蒙的體格比較適合橄欖球聯隊後衛，分毫不像電腦駭客。他擔心自己格格不入，第一眼就被婉拒。

爲了彌補外形劣勢，戴斯蒙買了黑色西裝、白襯衫和領帶，還請店員幫忙燙好。爲此也購入一雙正式皮鞋，只是他習慣了厚重工作靴，穿上反而很不自在。一身正裝的戴斯蒙總覺得自己是個爲了畢業舞會勉強打扮的粗人，心裡還是好緊張。

他也爲自己的程式功力感到焦慮。雖然曾在免費的地球村網頁或是其他網站嘗試了各式各樣的手法和技巧，但他的問題在於根本不知道這些新創公司鎖定什麼語言。

還好，第一個面試之後他就不太擔心外表了，根本沒人注意他，大家都穿T恤和Teva牌涼鞋。

進入會議室，他見到這間公司的首席技術長奈爾．埃里森（Neil Ellison），對方直接遞出幾張試卷，上面都是寫程式會遇上的問題。這次考的是PERL，戴斯蒙已經學會這門程式語言。

「如果不會PERL可以直接離開。」

戴斯蒙拿了鉛筆就寫。

「做完來找我。」

他根本沒抬頭。十五分鐘過後，他就去找了埃里森。

「什麼事？」

「我寫完了。」

埃里森瞥了試卷一眼，本來想往桌上一丟，卻忽然被什麼吸引，開始認眞檢視。

一個工程師站在他背後偷瞄，「錯了吧。」口氣很不屑。

「不，他的解法比我們好。」埃里森抬起頭問：「你叫什麼名字？」

注：從前曾以動物遺體製作黏膠，故以此戲稱人過世。

之後兩場面試也差不多，只是測試了不同程式語言。戴斯蒙解了PHP、Javascript和Python的各種難題，最後三間公司都發出錄取通知。他的首選是xTV，看來很有發展空間，只不過還有個關卡：合約內容一半以上他都看不懂。

戴斯蒙稍晚便到了瓦勒斯・辛克雷（Wallace Sinclair）律師的辦公室。裡面裝潢看來頗為高級，令他不禁擔心收費是不是同樣不菲。

三份聘書都令他失望之處在於並非入職就能獲得股票，而是採取所謂的「股份行權計畫」，持有股份與留在公司的時間成正比。另外也不是直接給股票，是轉換為選擇權的形式，也就是能夠以固定價格購買公司的股票。

「這對我有什麼好處？」戴斯蒙問。

「股價上升的話，就對你非常有利。」瓦勒斯解釋：「你算一下就知道，假設選擇權以一元購買，但當時股價已經漲到十五元，代表你手上的選擇權有每股十四元的淨值。」

這麼一說，戴斯蒙就理解了。

「更好的一點在於，公司給你選擇權的時候，價格應該接近市值，也就是說你並不需要繳稅，在股票增值以及你履約之前，都不算在所得裡。」

合約裡還有兩個重點，分別是保密條款和競業條款。

瓦勒斯一一說明：「常見的方式還有薪酬索回、購銷協議之類。」他說：「你這幾份都沒注明，算是不錯的，我覺得都可以簽。」

戴斯蒙向他道謝之後，留下旅行車營地的編號，請對方寄帳單過去。

對方看了地址以後卻說：「不必了，戴斯蒙，等你自己開公司或有比較大宗的案件，記得來找我就是。」

他聽了很開心，感覺律師是認為自己很有發展空間，所以願意放長線釣大魚。

當天晚上，戴斯蒙打電話與xTV聯繫，表示隔天就能上班，但希望降低薪水、增加股份。領的現金只要夠過活就好。對方同意了他的要求。

☣

新創公司的生活頗合他心意，與鑽油工作竟有異曲同工之妙：工時長、工期緊，大家時常精疲力盡，依靠咖啡和能量飲料苦苦支撐。此外便是定期舉辦的瘋狂派對，以前他和歐威爾休假時會流連低俗酒吧、脫衣舞孃和賭場之間，新創公司挑的則都是高級餐館與酒店宴會廳。戴斯蒙心想這份開銷一定很驚人，不過公司也就只有這一點令他擔心。

其實財會部門的人也常常指出每個月的開銷像燒錢，可是首席執行長似乎不以為意。某次週五夜晚，又在酒店設宴，眼界高遠的創辦人當著員工和來賓的面，公開慶賀xTV註冊用戶達到百萬。

全場歡聲雷動。

他拿著麥克風走上臺。

「這是電視民主化的過程。使用者透過我們提供的攝影機，捕捉觀眾真正想看的內容，也就是『真實人生』。此外還可以直接上傳影片到xTV網站，並且得到收益。」

創辦人背後的大螢幕開始播放影片段落的跳接剪輯，但全部靜音，「所以我們能看到南達科他州的農民分享嚴苛的生活環境，亞特蘭大未滿二十的小媽媽爲入不敷出而苦惱，布魯克林藝術家在地鐵和咖啡廳兜售畫作，街頭歌手在西雅圖表演，阿拉巴馬州的釣魚比賽，或是北卡羅萊納州的直線競速賽，還有芝加哥的消防員日常。

「這才是眞正的生活，是大家追求的故事。

「隨著網路速度不斷提升，會有更多觀眾聚集到 xTV 收看這些原創內容。請各位聽清楚了：我們很快就會見證網路電纜甚至衛星的滅絕，未來在電路城（注 1）隨手買到的電視機都能上網，每天晚上都能欣賞世界的眞實模樣。

「再過幾年，我們的規模會比維亞康姆和時代華納等跨國傳媒集團加起來還大。我們讓眞實的人訴說自己的故事，這就是電視的未來，也是我們的使命。」

戴斯蒙打從心底相信這番話。在場每個人又一次熱烈歡呼以後，開了香檳，大家都痛快暢飲，除了戴斯蒙。

☣

幾個月以後，有個工程師在住處舉辦萬聖節舞會，戴斯蒙也受邀前去。他本來不想去，但的確希望除了工作睡覺之外，還能有些別的活動，又聽說除了同事之外，多半是大學生或剛畢業的人——因爲主辦人自己也才離開校園不久。

戴斯蒙有兩個選擇，一是盛裝打扮，或不當一回事，兩種作法都有風險，最後他折衷處理：換上只在面試穿過的黑西裝和五美元的黑色假髮，再到連鎖文具店隨便買了個有金屬夾的塑膠證件套，撕了列印紙寫上「FBI探員」、「福克斯．穆德」（注2）塞進去。粗糙了點，但意思到就好。

派對地點是四個工程師在帕羅奧圖租的三房平房，外觀是牧場風，內部沒怎麼裝修，有些小地方很像《脫線家族》的布景，例如又厚又舊的地毯——而且還是橘色的。現代化開放式格局，卻有拱形的天花板，落地窗外面的泳池似乎自從辦完畢業派對就沒清掃過。

還好戴斯蒙扮了裝，因爲其他人眞是全力以赴，他們儘管在造型上沒花大錢，但仍能看出十分用心。《星際大戰》和《星艦迷航》角色活靈活現出沒，客廳裡有三個肉桂卷雙髻的莉亞公主走來走去，兩個黑武士達斯．維達會悄悄依附到人群旁邊睥睨大家，但服裝基本上是黑色垃圾袋特製。除此之外還有六個路克．天行者、三個星艦系列的百科和武夫，以及唯一一個鷹眼喬迪．拉弗吉。鷹眼正啜飲麥格淡黑啤，視覺輔助器是頭箍改造而成，他向旁邊女孩說不如脫掉上衣算了，反正透過視覺輔助器，早就把她衣服底下看得一清二楚。等那位鷹眼拿起酒瓶放到唇邊，女孩立刻伸手撥掉酒瓶，離開前撂下一句：「你不是看得很清楚嗎？」

廚房中島那邊有個戴著光頭頭套、穿著二代星艦紅色制服的蒼白小夥子，指著機器開口：「開始交戰。」拉拉下襬又轉身，大吼：「大副，艦橋交給你了。」（注3）

沒人看出來他到底在和誰講話。

注1：Circuit City，美國連鎖電器與3C商店。

注2：美國知名影集《X檔案》男主角，為聯邦調查局探員。《X檔案》調查各種超自然和靈異現象，並以外星人的祕密為劇情主線。

注3：《銀河飛龍》（星艦第二代影集）裡艦長的常用臺詞。

一個黑武士招手要打扮成美枝．辛普森的女孩拿罐啤酒過去。

「你不是有開車？」女孩說。

他立刻停下動作，壓低嗓音：「交易條件改了。想怎麼改是我的自由。」（注1）

好幾群人開始划酒拳，音樂放得很大聲（他留意正在播『年輕歲月』的歌），兩間廁所都排隊排到客廳來。

沒看見其他的穆德探員，讓戴斯蒙鬆了口氣，不過他倒是遇見一位史卡利探員（注2）。她的服裝很精緻，黑色褲裝、白色襯衣的領子翻出外套，識別證是電腦列印，FBI字樣旁邊還貼心的附上自己照片，紅色假髮也和影集一模一樣。女孩身高大約一六五公分，身形苗條，眉毛是深棕色，皮膚很白皙，眼睛在臉上的比例稍大了些，不過戴斯蒙覺得挺吸引人的。

她和五個人站在一起，手裡拿著派對小紅杯，但沒怎麼喝。一個路克．天行者走近她，旁邊還跟著黑武士。

男孩說話帶著鼻音，感覺事前練習過。

「妳好，所以妳是女性身體檢查員？」（注3）

史卡利揚起嘴角，但沒有笑意，「你盡力了，下次換一句試試看吧，帕達瓦（注4）。」

天行者轉頭瞥向黑武士，「這位的原力好強大。」

戴斯蒙被他們逗得很樂，心想這傢伙出師不利眞慘。

兩人退進人潮中，留下史卡利望著戴斯蒙。

他在酒吧混得夠久，看過成千上萬次男人搭訕女人的情況，從中學到兩件事：首先是遇見自己有興趣的女孩千萬別猶豫，眼神交會時就要上前交談，等越久越不利。再者是開場白根本沒用，女人有沒有意思幾乎一開始就決定好了，她們不會因爲開場白而改變態度。想吸引女性，最有效的態度是自信，而最能呈現自信的就是，不要學別人用什麼開場白。

所以戴斯蒙盯著女孩，走到她面前，「嗨。」

「嗨。」

「我是福克斯．穆德。」

女孩與他握手，那隻手在他掌裡顯得很嬌小。

「戴娜．史卡利。」她面無表情，戴斯蒙心想女孩眞是抓到了精髓，顯然她對角色扮演很有一套。

「我知道妳來這裡的目的。」

「是嗎？」

「妳來妨礙我調查。」

「該怎麼說呢，穆德？我只接受科學。」

「意思是妳不願意相信？」（注5）

「在科學面前，我願不願意無關緊要，重點是假設能不能得到驗證。」她拉了一綹紅髮塞在

注1：《星際大戰》電影裡黑武士的著名臺詞。
注2：《X檔案》女主角，性格實事求是，講求科學驗證。
注3：FBI原意為美國聯邦調查局，但縮寫被調侃為Female Body Inspector，即女性身體檢查員。
注4：《星際大戰》中絕地武士對徒弟的稱呼。
注5：《X檔案》劇情中，男女主角因立場不同而常出現的爭論。

耳後，戴斯蒙瞥見假髮底下的深褐色，「所以，你到底在調查什麼？」

他戲劇化地嘆口氣，「很棘手。有人在帕羅奧圖一帶目擊了異人類。」

「異人類？」

「就是異於常態，史卡利。有個女人不符合已知的人類常模，具備不自然的智能和魅力，同時還極度風趣。這次調查從基因工程開始著手，但也不排除外星文明的可能性。」

她終於演不下去，唇邊漾起笑意，過一會兒又正經地說：「異乎尋常的假設需要異乎尋常的證據。」

「我剛剛確認過了。」

另一個扮成《黑色追緝令》烏瑪·舒曼的女孩走過來，摟上她的手臂，「欸，妳在這兒啊。我們走吧。」女孩已喝得酩酊大醉。

「好，等一下。」史卡利連忙說。

「不等了，走吧！保羅和羅斯都回家了，快點。」她開始拉史卡利。

史卡利轉頭說：「抱歉，我得出差了。」她笑得靦覥，「祝你調查順利。」

她被朋友帶到門口，要走出去之前回頭望了一眼。

戴斯蒙回到廚房，等攪拌機調好一壺瑪格麗特之後，跑去問主人：「那個扮成史卡利的女孩是誰？」

主人的心思都在酒上面，「史卡利？……喔，她啊——珮彤·蕭。」

戴斯蒙重新睜開眼睛，望著珮彤，她仍讓漢娜枕在自己大腿上。

他忍不住微笑，「嗨，史卡利。」

珮彤立刻看進他的雙眼。令戴斯蒙意外的是，她的神情不只是驚訝，竟然還有恐懼，臉上浮現的笑意染了一絲悲傷懊悔。

「怎麼了？」

「你記起來多少？」她問。

「我們是在帕羅奧圖一場萬聖節派對上認識的。」

珮彤點點頭，沒有回話。

「我說錯了什麼嗎？」

她搖搖頭。

「唔，」他問：「我們之間發生過什麼？」

珮彤沒能回答，駕駛座上艾芙莉叫著：「外頭有狀況，戴上耳機！」

戴斯蒙從擋風玻璃向前望去，眼睛越睜越大。

64

艾芙莉將操縱桿用力向後拉，直升機在蒙巴薩的烏煙上空徘徊。過了一分鐘，珮彤終於看清下面的景象。

蒙巴薩是肯亞第二大城、東非第一大港，城市中心爲蒙巴薩島，以堤道連接肯亞大陸延伸出的三座半島。如今堤道上塞滿了車輛，居民急著離開島嶼，從天上俯瞰的畫面有如螞蟻在混亂中逃竄。

島側有座強噶威煉油廠坐落在通往大陸的橋樑前，廠區起火以後朝天空噴出濃煙。油槽與管線提供火舌源源不絕的燃料。

不僅僅是火災，十數艘大型貨輪在海灣出口往返，不斷將長方形貨櫃投入水中，築成無法穿越的鐵壁。「港口被封鎖了，」艾芙莉的聲音從耳機裡傳出：「可能是肯亞政府的隔離計畫。」

「或者是其他國家幹的好事，」戴斯蒙說：「別人也想保護自己。」他望向窗外，眼睛瞇了起來，「機場跑道也被炸了。」

珮彤一臉憂懼地看著地面情況。從空中能鎖定一間醫院的情狀，外面圍了數百人想擠進去。街道兩旁已經倒了很多人，有些看來已經嚥氣，有些半死不活還被踐踏。

蒙巴薩就是她的夢魘成眞——未受控制的瘟疫在大城市爆發，數百萬人得不到醫療，只能聽天由命，絕大多數不僅會死，還死得很痛苦。珮彤大半輩子致力於阻止這種情節上演，她之所以來肯亞也是爲了這個目的。然而太遲了，任務失敗了。贏的是他們——是康納・麥克廉。

蒙巴薩已是這種狀態，她不敢想像奈洛比甚至是美國又如何。

這一瞬間，自己和漢娜的安危變成了次要。

珮彤需要振作起來，首先必須確認自己遭到俘擄多久，也就是病毒擴散的持續時間。

「今天星期幾？」她問。

「星期一。」艾芙莉回答。

珮彤聽了一呆，抵達奈洛比是上星期天的事，所以已經整整過了一週。

「肯亞的疫情怎麼樣？」她連忙追問。

「不知道。」艾芙莉說。

「什麼叫作『不知道』？」珮彤掩藏不住語氣裡的質疑。

「我早就說過了，我們在船上禁止對外通訊，關於疫情的部分更是最高機密。畢竟船員們也有家庭。我只聽到一些風聲而已。」

「例如？」珮彤幾乎可以肯定艾芙莉在說謊——至少沒將情報和盤托出。

「例如肯亞有二十萬人死於曼德拉病毒株，其他地方有五十萬人死於前導流感病毒。」

前導病毒。換言之麥克廉沒說謊，艾略特追查的東西只不過是曼德拉病毒的前身，突變以後才導致殺傷力極強的出血熱，害死了盧卡斯・特納和他的朋友。珮彤原本希望麥克廉只是虛張聲勢、嚇唬自己，但她實在有點不敢聽下一個問題的答案。

「有多少人受到感染？」

艾芙莉遲疑片刻，「很難說，有聽到三十億這個數字。或許更多。」

珮彤全身一震，感覺自己會嘔吐甚至昏過去。三十億感染者，超乎想像的大災難。如果世界各地與曼德拉的狀況殊途同歸，人類文明再過幾十年、幾百年都未必能回復原狀。她根本不知道經過這種浩劫的世界會是什麼模樣，尤其考量病毒散播的速度之快，最後生存者能有多少，幾百萬還是僅僅幾萬？

但是康納．麥克廉開發了解藥。他只賜給自己揀選的子民？珮彤必須找到解藥，爲了自己也爲了世人。

「麥克廉手上有解藥。他在船上告訴我的。」

「沒錯。」艾芙莉回答：「船醫報告提到，包含在我們上次的定期疫苗裡，季蒂昂旗下組織所有人員都接種了解藥。」她朝戴斯蒙一瞥，「你也不例外。」

他只是點點頭，仍舊望著窗外那片慘狀，臉上閃過一抹愧疚。

艾芙莉駕駛直升機遠離都市，朝內陸移動。降落在蒙巴薩顯然是自尋死路，急於逃離疫區的暴民爲了奪走直升機，將無所不用其極，落地之後便無法離開，也不可能讓漢娜就醫。

她從駕駛座下掏出地圖研究。珮彤問：「妳在幹嘛？」

艾芙莉沒抬頭，「找安全路線，公主殿下。」

「我不是什麼公主——」

戴斯蒙舉起手安撫珮彤，「兩位小姐，現在大家同一陣線，集思廣益絕對有好處。艾芙莉，妳有什麼想法？」

「想法？我們麻煩大了。」

「好，這一點早就有共識。解決方案？衛星電話和飛機，對吧？」

「還有醫院。」珮彤立刻補充，看了看在機艙地板上沉睡的漢娜，她是如此孱弱無助、氣若游絲。我不能讓她死。

戴斯蒙搶在艾芙莉之前開口：「好，那我們沿著海岸飛行，找一個還沒癱瘓的都市？」

「迪亞尼海灘不遠，」珮彤說：「那裡有先進醫院和飛機跑道，一路上還有其他海岸鄉鎮。穿越坦尚尼亞邊境繼續往南是坦噶和三蘭港，近海還有坦尚尼亞群島。」

「飛機會被打下來。」艾芙莉淡淡地說。

「被誰？」珮彤問。

「坦尚尼亞人。妳用腦袋想想就會懂——北方鄰國爆發怪病，第一步當然就得關閉機場，任何從肯亞飛過來的東西一律擊落。肯亞的海岸城鎮也沒用，狀況不會比蒙巴薩好多少，何況我很肯定康納會派人在這些地方追捕我們。據我所知，迪亞尼海灘沒有美國政府勢力，三蘭港是有中情局的據點和大使館，問題在於我們根本走不到那麼遠。」

「那只能朝內陸去了，」戴斯蒙說：「奈洛比？」

「形同自殺。」艾芙莉回答：「蒙巴薩都已這副德行，奈洛比只會更慘，而且從康納的角度來看，我們沒別的地方可去。我覺得……」

「什麼？」

「我們無路可走。」

「不對。」珮彤有個主意，雖然很冒險但值得賭一把。

戴斯蒙打量她。

「我想到有個地方能去。」她說：「在肯亞內陸，有飛機跑道、衛星電話和醫院。我猜那邊的疫情已經得到控管，麥克廉也絕對不會料到我們會走這一步。」

珮彤說出自己的盤算，艾芙莉開始研究地圖。

「它在直升機能到的最遠距離上，油箱有一半機會能撐過去。失敗的話就會眞的孤立無援。」

「要飛多久？」戴斯蒙問。

「三百五十英里左右，大約兩小時。」

珮彤再度低頭望向漢娜，不知道這女孩是否能再撐兩小時。但此刻已別無他法。

65

戴斯蒙靠在直升機後側艙壁，珮彤就坐在旁邊。兩人無言互看之後便直視前方，窗外最後一絲夕陽，漸漸沉入遠方山脈。

旋翼嗡鳴的節奏太過死板，沒過多久珮彤便靠著他肩膀睡著了。戴斯蒙盡量不動，知道她累壞了，能休息就盡量休息。

而他自己則找不到睡意，心裡浮現好多疑問。在健太郎丸號上得到的情報，令他難以平復情緒：假如康納所言屬實，戴斯蒙也是瘟疫幕後的推手，或許阻止瘟疫蔓延的關鍵就埋藏在他的記憶裡，或是曾在柏林啓動的迷宮實境軟體內。他閉上眼睛，試著集中精神，希望能想起過去的事。

☣

萬聖節派對隔天早上，戴斯蒙進了xTV後繞到會計部一趟。他調查到珮彤目前就讀史丹福大學二年級，公司裡新來的實習生安潔雅才剛從那裡畢業，和她是朋友。

戴斯蒙走到安潔雅的隔間時，她直盯著電腦螢幕，食指揪著沙褐色頭髮轉來轉去。

「嘿，妳認識珮彤・蕭，對吧？」

「嗯哼。」安潔雅正在製作表單，過了一會兒才轉頭，「怎麼了嗎？」

他聳聳肩故作瀟灑，「沒什麼，只是覺得妳可以請她來參加星期四公司辦的派對，應該很有趣。」

安潔雅奸笑一聲，「哦？真的呀，你覺得『很有趣』？」

戴斯蒙嘆口氣，「小安——」

她的語調越來越誇張，「有人看對眼囉。」

「欸，拜託，妳都幾歲了。」

「是我該問你吧，情竇初開的小夥子。」

「那妳幫不幫忙？」

「互相囉。」

戴斯蒙真擔心這女人會開什麼怪條件。

她遞了一疊紙，「這是時薪和外包人員的工時表。每星期我都得自己輸入和檢查，能不能乾脆做成一個網頁表格讓他們自己輸入，再自動下載到我們的薪資系統就好。」

戴斯蒙張開嘴巴想回話，但是安潔雅還沒講完，「我還需要偵錯和確認功能，裡面不可以有非數字字元，資料不可以超出設定好的範圍等等。最好是Netscape和IE這兩個瀏覽器都相容。」

「妳是要把實習工作全自動化？」

「戴，這世界很現實，愛也有代價。」她的眼神極富戲劇張力，「而且不便宜喔。」

「妳這個惡魔。」

「做完以後，發個連結給我測試吧。」

還沒到午餐，他就寫好了網頁。

☣

這次xTV的派對是要慶祝新一波資金挹注，以及新的軟體開發里程碑，公司似乎朝著霸佔電視圈的野心越來越接近。

戴斯蒙在一張圓桌邊找到了珮彤和安潔雅，兩人面前的香檳杯已空。

「兩位小姐，」戴斯蒙伸手過去，「再斟杯酒？」

安潔雅露出拷問官才有的變態笑容，「戴斯蒙，什麼時候輪到你當服務生了？」

「沒辦法，股票不能當飯吃。」

珮彤一笑。

安潔雅翻個白眼，拿起自己的酒杯，「那我去旁邊砸杯子吞玻璃吧。你們小倆口別閃得其他人睜不開眼睛。」

她走了以後，輪到戴斯蒙坐下，「眞是會說話的朋友呢。」

「是啊。」

「她是不是太過壓抑啊。」

「最後一學期和前任分手分得很難看，加上覺得實習工作乏味。」珮彤微笑，「聽說你幫了她一把。」

「唔，職責所在。」

「爲了你的調查是嗎？」

「報告長官，是的。」

「有新線索了嗎？」

「現在正在收集情報。」

「有把握嗎？」

他盯著珮彤，「還不能判斷。」

「我可不覺得。」她喝一口香檳，「你喜歡在xTV工作嗎？」

「嗯，喜歡。」

「爲什麼？」

「我喜歡解決問題。每天回家都覺得有進度，早上起床又有新的問題要處理。」

「你以前是做什麼的？」

「鑽油工人。」

珮彤勾起嘴角，本來想取笑他，但隨即瞇著眼，「你是說眞的？」

「嗯。」

「眞稀奇。」

戴斯蒙認爲坦誠最好，假如注定是死路的話就不必浪費時間，醜話乾脆一次說完。

「我沒上大學，剛從奧克拉荷馬搬來。」

他知道珮彤主修生物，之後想當醫生，背景與孤兒、鑽油工人、新科殺人犯有不小的距離。

「爲什麼？」

戴斯蒙被問得一愣，「什麼爲什麼？」

「爲什麼會搬到這裡？」

他來到矽谷以後，還眞的沒人問過這件事，「工作吧，」他想了想，「還有這裡的人。我想認識自己這樣的人。」

「想再多認識一些？」

「想啊。」

珮彤臉上又露出靦靦的笑容，「手伸出來。」

戴斯蒙伸出手，她從手提包取出筆，在他的掌心寫下一個地址。

「這是？」

「調查的下一個線索。星期六晚上，門洛帕克那邊有場住家派對，很多像你這樣的人會去，你應該會喜歡。」

「妳也會去？」

「嗯。」

「到時候見。」

☣

門洛帕克的派對和兩人初遇的狂歡萬聖節有截然不同的氣氛。走入那棟地中海風格的房子時，戴斯蒙心裡還很忐忑，但在珮彤面帶微笑開門迎接後，疑慮一掃而空。她穿著黑色洋裝、戴著鑽石耳環，搭配一件淺灰色羊毛衫阻擋初冬的冷風。

珮彤對派對賓客的評價很正確，大家的對話都能勾起戴斯蒙的好奇心。他們不道人是非、閒話家常，也不討論電視上看到了什麼，而是眞正的大事——從技術、科學到政治、歷史。多數人和珮彤一樣來自史丹佛或剛畢業，其中一半提出了可能改變世界的新創計畫，隨著一罐罐啤酒被消滅，他們越講越自信。能看見創業者的眞實面貌、理念與規畫的機會難得，雖然其中也有不少癡心妄想、自吹自擂，但戴斯蒙相信最後眞的有人會圓夢，只可惜不知道會是誰。

他發現珮彤一個人站在門廊，「怎麼了嗎？」

珮彤轉身，小臉露出笑容，「一個晚上聽太多誇大其詞的東西會受不了。」

他忍不住笑出聲。

「但你挺樂在其中吧？」她問。

「是啊。」

「就說你會喜歡。」

他凝望珮彤。

「你也在追逐夢想吧？」她繼續說：「自己創業、奮鬥之類的。」

「我還追逐別的。」兩人的目光交會。

「妳呢，珮彤？妳想要什麼？」

「現在嘛，我只想離開這兒。」

戴斯蒙站在原地，看著珮彤走近。

「這時候，正常男人應該會主動送我回家，戴斯蒙。」

「大概我不太正常。」

「我想也是。」

她牽起戴斯蒙的手，一起走出門廊。

「我開的是貨車……」

「而且還很髒。你停車的時候，我看見了。」她伸手探進包包，撈出鑰匙丟上半空，戴斯蒙接住了，「那就開我的。」

☣

車子停在她住處的停車場，戴斯蒙湊過去，給她輕輕一吻。珮彤伸手撫著他的臉，將他朝自己拉近。

刷卡進門後，兩人又開始熱吻。珮彤一步步後退，和截斯蒙趺趺撞撞地走進房間。他自己撩起上衣，女孩也脫下襯衣，四片唇又馬上貼合。生物和化學書籍散落地面，珮彤順手將IBM Thinkpad筆電丟下床去。這舉動讓他眉頭一緊，擔心電腦被摔壞。房間裡充滿蠟燭和戴斯蒙無法捉摸的香氣。

他朝門口瞥一眼，「妳室友——」

「回西雅圖了。」

那一夜，戴斯蒙就像初次寫程式：許許多多運行錯誤，然後快速完成編譯。

他慶幸光線很暗，珮彤不會看見自己一身疤痕。

但早上陽光自窗外灑亮室內，他醒來時看見珮彤已經在研究他兩腿和腳掌的燒疤、胸腹的刀傷和其餘許許多多歲月的痕跡。

她沒多說什麼，只是走進浴室洗漱換衣服，比起昨晚安靜很多。戴斯蒙擔心珮彤後悔了，想著自己該說什麼才好。

「我遲到了。」結果她先開了口。

戴斯蒙趕快坐起來。

「週日中午，我都和媽媽、姊姊吃飯。」

「我——」

「別緊張，牛仔，出去的時候記得關好門就可以。」她遞上一張紙條。

「這是？」

「你的調查結果。」

戴斯蒙打開一看，上面是珮彤的電話號碼。

66

與珮彤共度一夜之後，戴斯蒙的生活逐漸定型：白天全心在xTV工作，下班以後與珮彤約會，沒見面的時候就讀書。他在當地找到圖書館，開始研究理財投資的書籍，例如班傑明．葛拉漢《聰明的投資者》以及《證券分析》等等，相關的資料都不放過。他繼承而來的三十二萬美元，大多都還藏在露營拖車裡的麻袋，實質開銷只有買拖車、西裝以及支付歐威爾那棟房子的處理費，剩下一大筆錢如何運用，成了他關注的焦點。

但答案卻來得巧妙。某天午餐時，戴斯蒙在公司休息室裡聽見兩位前輩聊天。他們一個是工程師，一個是資料庫開發員，兩人提起房價和托兒所收費都節節高升，在新創公司薪水不夠高，妻子催促兩人去甲骨文或昇陽之類大公司求職。

戴斯蒙走過去坐下，「兩位，我有個想法。」

當晚，他告訴珮彤自己的計畫。

「戴，我覺得這不是好主意。」

「會嗎？妳想想，我手頭上的資金能買一大堆，賣家也得到需要的現金，而我得到選擇權，這不是雙贏嗎？」

「好，計畫本身不錯——」

「當然。」

「但執行方法有問題。」

「什麼意思？」

「得分散風險啊。」

「不要。xTV 會越來越大，我應該集中投資。」

「要是 xTV 倒了怎麼辦？」

「不會倒的。」

「這種事情誰也說不準。」

他坐著思索爲什麼珮彤不太支持這個主意。

「要準備好。」

「啊？」

「童軍格言。童子軍在奧克拉荷馬不是很流行嗎？」

戴斯蒙從鼻子重重吐出一口氣，「我伯父不怎麼讓我參加課外活動。」

珮彤移開視線，感覺得到他不想多談這件事，「我覺得你的計畫不錯，戴斯蒙，但同時我也認爲你要專注在選擇權的話，應該考慮其他公司。你已經買了很多 xTV 的選擇權。我在別家新創認識一些人，可以幫你問問看誰願意出售。」

他越想越覺得珮彤說的也有道理。尤其她據理溝通的態度更令人激賞，自己需要這種人陪在身旁。

戴斯蒙之後幾週到咖啡廳或對方家中，見了幾十位新創公司員工，也請律師根據他們的聘書判斷出售選擇權是否於法有據，再起草購買契約。一個月內，戴斯蒙買了好幾家公司的股票，那些公司也樂得配合，因爲他們想要留住員工，而戴斯蒙提供現金使員工生活無虞、開心滿意是最好的辦法。

幾個月後錢用得差不多時，戴斯蒙已握有十四家公司的股票選擇權。此後他的投資轉爲保守謹慎，薪資存款都花在刀口上，只針對非常特別出色的公司下手。他也開始堅持瓦勒斯的法務協助之後要請款，而他每次都準時付清。

☣

每天早上戴斯蒙都會打開《諾曼快訊》網站查看。那是奧克拉荷馬州諾曼市的地方小報，也是唯一會報導斯洛特維周邊消息的媒體。他並不在意新聞部分，直接跳到分類廣告。如之前所囑託，當地律師發布公告歐威爾·湯普森·修斯的住宅進行拍賣。地方新聞幾個月以後有一則標題爲「**圖書館系統獲得意外捐款**」：

昨日先鋒圖書館系統喜獲三萬兩千美元捐款，備注爲紀念艾涅絲·安朱斯，經查該圖書館員十年前已經過世。更意外的是捐款者歐威爾·T·修斯爲鑽油工人，日前已意外身亡，然而系統顯示修斯先生從未辦過借書證，也沒人見過他造訪該系統下的圖書館。此外，安朱斯女士的親戚都表示不知道兩人有交情。

「感覺非常神祕，」圖書館系統負責人艾德華·楊希說：「但我們也不打算深究。重點是這筆錢對我們的幫助太大了，除了感激還是只有感激。」

戴斯蒙微笑。原本以為小農舍可以賣更高價，但終歸是處理好了，錢也到了該去的地方。艾涅絲和圖書館系統陪他度過人生最黑暗的時刻，戴斯蒙希望這筆錢也能嘉惠到下一個需要幫助的人。

☣

某個星期三早晨，戴斯蒙上班時看見 xTV 員工聚在前門，大家不是拿著手機說話，就是交頭接耳竊竊私語。

他以為是火災或瓦斯漏氣之類的意外，結果出人意料：竟然是公司沒錢了。地主出面查封總部，財物都由投資人接管，沒固定的東西都被拿去變賣，無論是伺服器、路由器還是桌椅都不能倖免，連 xTV 標誌的運動服庫存也要捐給本地的遊民收容所交換減稅額。

戴斯蒙買的選擇權成了廢紙，也沒辦法進去取回個人物品。突變來得太快太急，失去工作也失去生命意義的戴斯蒙茫然無措。後來他買的又有三間公司倒閉，每回都讓他像是肚子被人狠狠揍一拳。

「別太快灰心，戴。」珮彤總是如此勸慰他。

☣

他和珮彤相處時間越來越多。戴斯蒙幫她準備考試，她則幫忙戴斯蒙整理工作機會。

五月時學年結束，他幫珮彤從宿舍搬到門洛帕克的單房公寓。史丹福大學部多數學生夏天會回家，留下來的也都找短租，但珮彤卻簽了一年租約。

她在史丹佛國際研究中心找到一份基因研究的暑期實習工作，似乎樂在其中，戴斯蒙看了也爲她開心。

七月份，他大半都在珮彤租屋處過夜，環境舒服，他也喜歡有珮彤陪伴，只是心底深處有種罪惡感，覺得自己什麼地方不對勁，卻又不知如何向她解釋。

珮彤從沒過問他身上疤痕以至於過去種種，應該說她鮮少主動打探關於戴斯蒙的一切，直到某個週六的夜晚。

「你願意爲我做件事嗎？」

「當然。」他回答。

「我媽、我姊還有姊夫，明天找我吃午餐，你一起來吧。」

戴斯蒙沒回話。

「他們不會咬人的。」

☣

珮彤的母親是琳恩・蕭博士，有包含醫科在內的雙博士學位，父親是德國籍、母親是華人。母女倆很多相似之處。珮彤是么女，麥迪遜是長女。

琳恩・蕭自己就是史丹福的研究員和副教授。麥迪遜在保護野生動物的非營利組織工作，戴斯蒙特別留意別提起自己以前獵了多少鹿、麋、豬、火雞之類的事。

麥迪遜的丈夫德瑞克在舊金山從事金融投資顧問，是賓州大學華頓商學院ＭＢＡ，可惜戴斯蒙沒聽過。德瑞克很嚴肅，用餐時也由他出面一直發問。戴斯蒙猜想應該是出於家人的保護心態，畢竟珮彤的父親不在了，那個角色只好交由姊夫扮演。

「戴斯蒙，你是哪裡畢業的？」德瑞克問。

「諾布爾高中。」

「沒上大學嗎？」

「也沒必要。」

德瑞克不怎麼喜歡這答案，珮彤倒是微笑了。

姊夫追問：「你父母從事什麼行業？」

「以前在澳洲有個牧場，」德瑞克的眼睛一亮，「但已經去世了。」

「孩子，你聽起來沒有澳洲口音啊。」琳恩說。

「很小就搬到美國了。」

「西岸？」

「奧克拉荷馬。」

「奧克拉荷馬呀……」德瑞克咀嚼這幾個字的口吻，像喝湯咬到骨頭似的。

☣

回到珮彤住處後，戴斯蒙站在廚房裡說：「他們討厭我。」

「他們明明挺喜歡你的。」

「我的確像是鄉下人，但不是傻子。他們覺得我配不上妳。」

「陪不配得上我自己會判斷。」

「他們總會有意見。」

「或許吧，但意見歸意見，最後還是由我決定。我並不在乎你有沒有大學學歷。」戴斯蒙想開口，珮彤又補上一句：「我要的是你這個人，戴斯蒙。」

☣

他睜開眼睛，感覺直升機機身搖晃愈發激烈。艾芙莉將引擎催到了極限。珮彤還枕著自己肩膀，睡得很熟。戴斯蒙很想搖醒她，問清楚兩人之間究竟怎麼回事，當年那份情感爲何畫下句點。但他感覺得到能取回的記憶所剩不多，彷彿隔著濃霧，已依稀看見遠方有個路標。不知是否被船上那個叫拜倫的電腦工程師說中，戴斯蒙一開始就設定了年輕歲月和與珮彤相處的時光，只要有誘因就會自動憶起？比如柏林的寒氣、農舍的牢房、歐威爾的照片，還有與她重逢並肢體接觸等等。每一次的觸發，都彷彿翻開人生一個章節。

同時，戴斯蒙也下意識察覺到最關鍵記憶——「具現」的下落——恐怕沒那麼容易解鎖。他之所以失憶，就是爲保護這祕密而創造了迷宮。

迷宮？沒錯，答案就在迷宮實境裡。

最初的線索一步步指引自己找到應用程式。現在戴斯蒙更加肯定，他的過去就藏在迷宮實境裡，得趕快取得手機下載軟體。

但他沒把握是否已做好準備面對往事、面對過去自己是個怎樣的人。

腦海裡隱隱約約還有另一段回憶。戴斯蒙閉上眼睛，重溫舊日。

67

經歷自認悲劇的午餐後，他就很少與珮彤的家人見面。

戴斯蒙後來去過六、七間新創公司面試，也發現自己有個新盲點，他在這方面變得神經質，沒辦法全心投入，因爲如果又和xTV一樣怎麼辦？誰願意重蹈覆轍呢？

同一週，他手裡的選擇權又倒了一間，這樣下去不出一個月，他會連拖車營地的費用都付不出來。必須趕快找份工作。

再一星期就是聖誕節了，戴斯蒙擔心珮彤會不會邀自己回家過節。還好她沒開口，似乎直覺明白彼此當下的界線。

「爲了避免你想太多，最後買了座小島給我當聖誕禮物，我們先設定規則吧。」她說。

「可以。」

「最多花十元在對方身上。」

「好。」

「禮物必須有自我揭露的意義。」

這個他就不太懂了。

「我想多瞭解你，戴斯蒙。禮物要跟你的過去、跟你成長的心路歷程有關，明白嗎？」

明白是明白，但戴斯蒙真的想不出能送她什麼。聖誕節前一週，他想破了頭。

他同時也爲了工作苦惱。又一間新創失敗、選擇權化作廢紙。也許當初他買的其實是樂透彩券，每次公司倒閉就像命中注定的開獎時刻，彩券一張張進了垃圾桶。

戴斯蒙有天晚上開卡車到州立波托拉紅木公園，爬到山上鋸了一小截紅木下來、除去雜枝，帶回家削了幾天。之後他查了當地活動行事曆，找到了需要的資訊。

距離聖誕節還有兩天時，珮彤拿出包裝精美的禮物，擺在公寓咖啡桌上。戴斯蒙的禮物沒包裝，立刻心虛起來。

他拆開包裝紙，裡頭是個紙盒。盒子裝著一份地圖和另一個小盒子，同樣經過包裝。戴斯蒙攤開地圖，看見一些城市用黃色圈了起來：英國倫敦、德國海德堡、香港，另有蘇格蘭兩個小鎮、愛爾蘭一個小鎮，以及中國南方的一處鄉下。

「黃色部分是我的族譜，」珮彤解釋：「包括父母和祖父母。」

戴斯蒙掃視地圖其餘部分，發現還有二十多個綠色標記。

「綠色是我以後想跟你去的地方，戴。希望有機會。」

他沉默不語，感覺眼前好像是一張死刑宣判。珮彤對兩人的未來有期望，也已經計劃了一陣子。

「繼續拆啊。」她的語氣興奮，沒察覺戴斯蒙的焦慮。

第二個盒子裡面是個塑像，小噴泉上的美人魚，底座刻了字：「帕羅奧圖」。

「找不到更符合形象的東西，」她盯著戴斯蒙，一臉期盼，「猜猜看？」

「唔……」

「試一下。」

「妳最喜歡的電影是《小美人魚》？」

珮彤用力掐他肩膀，「不對。我高中是游泳校隊。」

「啊，對，我怎麼沒想到呢，滿明顯的。」

美人魚下面還有第三個箱子。珮彤沒催他打開，反而有點忐忑、好像拿不定主意。戴斯蒙撕開包裝紙的時候，她還別過了臉。

盒子裡的東西很小。他用手指夾住，取了出來。

是玻璃藝品，心形，紅色。

「我愛你，戴。」她開口說。

戴斯蒙將那顆心收進口袋，向前一傾吻了珮彤，「我以前對別人沒有過這種感覺。」

珮彤快速笑了一下，臉上無法隱藏那份失落，但她翻個白眼，裝作若無其事，「老天，你是要轉行當律師了嗎？」

「我說眞的。」戴斯蒙又夾出那顆玻璃心，「我和妳不同，我的心也和妳的心不一樣。」

「問題不在你的心，戴斯蒙。」珮彤注視他。

他在內心不斷反問自己眼前一切是不是眞的。

「那，你要送我什麼呢？」珮彤又是一臉期待。

戴斯蒙從背包拿出給她。她端著木雕研究，「這……是艾菲爾鐵塔？你……你想去法國？」

「不是。」他搖搖頭，有點挫折，「要去也可以，但這是鑽油平臺。」

「喔，」珮彤轉動著研究，「我還以爲形狀會跟鎚子一樣，上上下下敲打地面。」

「妳想到的是抽油泵，這個是鑽油平臺，用來鑽井。」

她點點頭，「所以……」

「就是以前我工作的地方。」

「喔。」

「在奧克拉荷馬州，我身上有很多疤是這樣來的。」

珮彤張大眼睛，對木雕多了一份呵護之情，「謝謝，戴。這很棒，我很喜歡。」

「不止這個。」

她整張臉亮了起來。

「另一樣東西沒辦法塞進盒子。」

兩人坐進了卡車。後來珮彤已漸漸不那麼排斥坐他的車了，戴斯蒙從一〇一號轉進九十二號公路，最後到達半月灣。

兩人還沒到沙灘就看見熊熊篝火。戴斯蒙拿自己外套替珮彤披上，在沙地鋪上毯子、開了一瓶便宜紅酒，兩人一起坐在火邊取暖。珮彤朝著火焰背挨著他，每隔幾分鐘舉起酒瓶喝一小口。

戴斯蒙看了看，附近約莫五十人左右，大多年紀都相仿，有情侶也有小群的朋友，大家喝酒聊天，有說有笑。

「你要來一點嗎？」她問。

「不了。」

「怎麼不喝？」

「我承諾過。」

「對誰？」

「自己。」

珮彤倚著戴斯蒙，一起凝視火焰與後面的大海。這裡就十二月來說太溫暖，但風中仍有一絲寒氣。戴斯蒙擔心她著涼，用毯子把兩人裹上。

「你作弊。」珮彤忽然開口。

「有嗎？」

「上限十元。」

「我沒超過啊。」

她轉身盯著戴斯蒙。

「樹是免費的，雕刻是我親自動手，這瓶酒才六點六八，來回油資三元應該能打平吧？」

「你怎麼不改行做會計。」

人群逐漸散去、只剩零零落落幾人，兩個公園工人進來維護場地。

酒剩下半瓶，戴斯蒙看得出來珮彤刻意不喝完。她轉過身，送上了深沉饑渴還帶著酒香的吻。

他拉珮彤起身，兩人牽手穿過沙丘高草，走到沙灘尾巴月光昏暗的窪地。他鋪了毯子以後，又領她躺下。

這次換他將嘴唇送過去。珮彤閉上眼睛，跟隨他的指引。

回程途中，她問：「那是什麼意思？」

「什麼？」

「篝火。禮物要跟自己有關係啊。」

那顆玻璃心，那句我愛你，閃過戴斯蒙腦海，「我在澳洲的家人是因爲火災過世。」

戴斯蒙敘敘說起那段往事，卻彷彿潰堤般一發不可收拾，提起了夏綠蒂、小男孩來到美國讓伯父帶大，然後艾涅絲病逝，歐威爾碰上意外，登門造訪的除了律師還有德爾·伊普利。

他沒想到說出來這麼輕鬆。找到世上最信賴的人、彼此毫無保留的感覺，像是肩頭上自己也沒發現的隱形重擔終於放下，獲得前所未有的自由、安全。

回到珮彤的公寓，兩個人又做愛了，這次的節奏比較和緩。

之後他們一起躺在床上，望著天花板。她筆電播放的MP3有「年輕歲月」、「威瑟」、「石廟嚮導」、「非凡人物」、「REM」、「嗆辣紅椒」這些搖滾樂團的歌曲。

「抱歉，戴，我從不知道你過得這麼辛苦。」

「過去造就現在的我。這才是最重要的。」

「明天和我一起回家吧。」

儘管他心裡覺得和她家人見面一次已經夠多，但又有個聲音叫他應該要去。

但最後戴斯蒙還是拒絕了，說想要自己靜一靜。這不是實話，他巴不得一直待在珮彤身邊，以前他和歐威爾從不慶祝聖誕節或生日。

可是，腦袋試著想像自己在珮彤母親的家裡，大家坐在餐桌或壁爐邊，她一直挨著自己……辦不到。不止因爲他感受到的壓力，還有其他因素，一個超乎他預料的問題。

他一個人在拖車裡度過聖誕節，熱豆子罐頭吃，靠電暖爐溫暖小臥室，讀圖書館借來的書，與珮彤靠電子郵件保持聯繫。戴斯蒙回覆信件的溫度總是比她保留，他自己也察覺了，所以寫了刪刪了又寫，彷彿拼湊著艱澀難解的古埃及聖書象形文。

除了寫信之外，麻煩的還有錢。他現在只能吃罐頭豆和罐頭肉，簡直回到在歐威爾家一開始的情況。回想當年雜貨店老闆陪著自己精打細算，他才沒餓死，如今再對照歐威爾留下來的一整櫃鈔票，戴斯蒙忍不住笑了起來。老傢伙吝嗇苛刻，但從結局來看，卻自有一套處世邏輯。戴斯蒙很想念他，也擔心他縮衣節食存了多年的積蓄會被自己敗光。

聖誕節過後，他手上的選擇權又倒了四家。其實公司過節前就知道了才對，只是不想破壞員工的心情，但新年度來了不能要投資人繼續燒錢填坑。

每次收到通知信就是一記重擊。戴斯蒙的財務安全感逐漸崩潰，卻也因此專注在這件事情上。

他開始分析，爲什麼有些公司能存活、有些公司卻成炮灰。這件事乍看沒有規律，但他繼續投入時間思考、讀文章、鑽研商業史教科書。

聖誕節之後那星期，珮彤開始強烈要求他別再三餐吃罐頭。

「戴，這樣下去你會得奇怪的消化道疾病而死，訃聞只能寫說『戴斯蒙．修斯，熱愛書本、才華洋溢的電腦工程師，在帕羅奧圖市郊旅行車營地內，被豬肉和豆子罐頭害死』。」

他聽完大笑，也妥協了，答應至少讓珮彤準備一半的餐點。確實好吃得多。後來他幾乎都住在她家，因爲珮彤又說不知道哪天拖車的電熱器會壞掉，戴斯蒙會半夜凍死在車廂裡。兩個人心知肚明這機率有多低，然而一九九七年底那幾天，他們每晚相擁入眠，沒有人覺得冷。

68

戴斯蒙從直升機艙看著夕陽落到山頭。珮彤仍然靠著他肩膀沉睡。

他有很多事情想問她，例如爲什麼他們最後沒在一起？爲什麼半月灣那夜的感情沒能持續下去？兩個人後來究竟發生什麼事？

珮彤動了動，戴斯蒙湊過去，兩人四目相交。她察覺了氣氛改變，「又想起什麼嗎？」

「我們之間。」

她聞言別過了臉，低頭盯著一動不動、氣息微弱的漢娜。

戴斯蒙輕扣她手臂，「我想起萬聖節舞會、xTV，還有那顆玻璃心、半月灣，以及我雕得很差勁的鑽油平臺小禮物。」他露出微笑，但珮彤似乎笑不出來，反而再轉頭，令戴斯蒙有點訝異。

他伸手溫柔地托著珮彤下巴，將她的臉轉回來，對上自己的瞳孔，「我記得我們兩個人在一起很幸福，但還沒想起來之後怎麼了。妳告訴我吧。」

「還是不要吧。」

「要是那和現在這狀況有關呢？」

「不可能的。」

「我傷了妳？」

珮彤閉上眼睛，「不是那樣。」

「什麼意思？」

「那時候……雙方都受傷了。」

怎麼回事？他才要開口追問，艾芙莉從駕駛座回頭一瞥，指了指耳機。

戴斯蒙無奈地看著珮彤迅速拉了耳機，只好跟著照做。

「討論一下落地以後怎麼辦。」艾芙莉說。

珮彤有條不紊地解釋計畫，艾芙莉提出一些建議，其實應該算是要求，但三人在大方向上達成了共識。

決定下一步行動以後，戴斯蒙開始詢問艾芙莉，有太多問題還沒得到答案。

「船上醫療區那些人，他們感染的是什麼？」

「不知道，我負責電腦相關業務。」她回頭時，臉上表情神祕難解。

「怎麼了？」

「其實……那邊的實驗由你負責，戴。」

「所以對他們下手的，是我？」戴斯蒙覺得一陣反胃。

「那是具現計畫的一環。」

「具現是什麼。」

「不知道。」

珮彤忍不住開口：「艾芙莉，妳到底知道什麼？救我們又是什麼動機？」

「我不知道救妳還需要邀請函？」

雙姝又開始針鋒相對，音量越來越大。戴斯蒙本想找個空檔插入，結果一直等不到。他只好強作鎮定，直接打斷。

「我說……各退一步，可以嗎？」兩人沉默。「聽好，再內訌下去，也沒機會阻止他們的陰謀了。」

他停頓幾秒鐘，等兩人情緒緩和，接著提議每個人說出自己知道的情報，大家一起嘗試拼湊出全貌。

他當兩人的沉默是同意，戴斯蒙就從自己先開始。

她們靜靜聆聽戴斯蒙訴說前面的經歷，從他在柏林的飯店房間醒來，地板上死了個人，身分應該是昇華生技的保全。他的腦袋裡沒有記憶，不知道身上出了什麼事，唯一線索是加密暗號，凱撒式代換，解開以後說警告她，後面是珮彤的電話號碼。

「警告是指瘟疫，還是叫我不要去肯亞？」

「我後來也想過這個，猜想是叫妳別過來，大概預料到會有人綁架妳，妳與這件事有更深的關係。在船上的時候，他們有沒有問妳比較私人、看似和疫情不相關的問題？」

珮彤回憶一下，「康納的確問起我，最後一次與父親、哥哥說話是什麼時候。」

「那很重要嗎？」艾芙莉問。

「我父親和哥哥早就過世了。」

艾芙莉這才吃了一驚，回頭看看她。

戴斯蒙在心裡推敲，背後顯然有更大一片黑幕，只是現在還無法串連所有訊息。

「康納也提到我母親。她是史丹佛的基因研究人員。」珮彤遲疑一下，繼續說：「另外他逼問我在疾管中心的密碼，後來對我下了藥，應該已經弄到手了。」

她繼續解釋在船上如何度過其餘時間，細心程度讓戴斯蒙很激賞。然後再回到他的故事：他打電話通知珮彤以後，警察莫名其妙來到房間外，躲避通緝途中還破解了大概是自己給自己的密碼，循線找到一位《鏡報》記者，與他約定在林登大道的咖啡廳會晤詳談。

「記者說，我才是線人，本來講好會提供證據，曝光一個隱密組織，有科學家在裡面進行自曼哈頓計畫以來規模最大的實驗。據他的說法，計畫名字是『魔鏡』，我當初說魔鏡可以永遠扭轉人類歷史。」

「合理。」艾芙莉說。

「爲什麼妳這樣想？」

「你也和我說過要大動作阻止他們完成魔鏡。」

戴斯蒙打量她好一會兒，無法判斷這番話的眞僞。

眞的可以信任她、當她是夥伴嗎？

正想繼續提問，珮彤卻先開口：「那個記者後來怎麼了？」

「康納派人捉住他的未婚妻，要他牽制我。」戴斯蒙回答：「他成功了，我和記者還沒談完就被追蹤到，過了不久就被俘擄。記者想必會被封口。」

「『魔鏡』是什麼？」珮彤又問。

「我不知道，他也不知道。」戴斯蒙看著艾芙莉，「妳呢？」

她回頭看了一眼，「一樣，我也沒查出來。」

戴斯蒙總覺得艾芙莉有所保留。是珮彤在場的緣故？還是另有原因？

「我之前知道嗎？」他問。

「當然。」艾芙莉回答：「就我所知，你負責的專案對魔鏡而言不可或缺，是最後的元件。」

「康納在船上問我話的時候，給了類似說法。」戴斯蒙回想，「他和那個記者都提到魔鏡分爲三部分：『基石』、『具現』、『昇華』。就他所言，我負責的是具現，但我實在一點也想不起來。」他遲疑片刻，「這幾個名詞我都找到了。是我名下伊卡洛斯創投的投資標的。」

「另一間你投資的公司應該也涉入其中。」珮彤補充：「曼德拉疫情最早的病例有兩個才從大學畢業的美國孩子，他們代表非盈利新創『城市鍛造』前往肯亞，背後資金也來自伊卡洛斯。他們還和你一起共進晚餐過，覺得你開了他們的眼界。」

「怎麼說？」

「就對你留下深刻印象，覺得你不是凡夫俗子。」

戴斯蒙注意到艾芙莉臉上那抹神祕的笑容。她沒講話。

珮彤則沒發現，自顧自繼續說下去：「還提到你正在進行一個次世代大計畫，你的說法是人類已走到滅絕的邊緣。」

「這是又怎麼回事？」

「因爲找不到太空垃圾。」

「太空垃圾？那是……」

「例如星際探測裝置、外星文明留下的遺物等等，這些東西應該散落在宇宙各處。那孩子說，你認爲正常狀況下，月球表面應該成爲太空垃圾場，到處都是墜落的探測器和衛星，結果人類登月之後，竟然一無所獲。」

「我還是不懂。」戴斯蒙說。

「他們也不懂，我更不懂。」

戴斯蒙向前傾，肢體動作表示出對艾芙莉的探問。

「嗯？我又不是做太空資源回收的？」她的這個反應引來戴斯蒙輕笑不已，使珮彤一臉煩躁。

「那妳是做什麼的，艾芙莉？」戴斯蒙順勢問起：「我和妳是怎麼認識的？」

艾芙莉猶豫著，戴斯蒙感覺得出她在徵詢自己的意思，該不該在珮彤面前說出兩人關係。

「現在還是開誠布公比較好。」他回答。

艾芙莉點點頭，「好吧。」

69

艾芙莉從自己的背景開始說起。她成長於北卡羅萊納州，念了當地大學，主修電腦程式，副修德文和中文兩門外語。大四那年，她去一間叫作「盧比孔創投」的新創面試，位置就在州際公路四〇號旁邊三角研究園裡一幢老舊矮房。辦公室很小，幾乎沒有裝潢，牆壁大半空空蕩蕩，第一印象讓人覺得是前一夜才臨時成立、根本不具規模。艾芙莉暗忖這種不成氣候的小公司凶多吉少，正想著可以走人的時候，卻被接待櫃檯的小姐帶進會議室。

桌子後面坐著一個頭髮斑白的中年男子，他面前有本闔上的檔案。他自稱大衛・沃德（David Ward），「我知道看起來不體面，但公司的錢都用在正事上。」

出乎艾芙莉意料的是，對方沒問她問題，好像對自己知之甚詳，更指出她獨特的專長組合——外語和程式設計——對盧比孔的業務大有裨益。甚至提到了艾芙莉在北卡羅萊納大學網球隊有過輝煌紀錄，這一點也加分。她越聽越好奇，忍不住詢問工作內容究竟是什麼。

「盡職調查。」對方這麼回答。

那時的艾芙莉還沒聽過何謂「盡職調查」，對方立刻說明，她會負責研究盧比孔的投資標的狀況如何，都是些提出創新產品的高科技公司，擁有改變世界的潛力。

「妳會常常出差，與公司的創辦人、高階主管會晤，收集資料、對他們的說法進行分析。」

聽起來十分無聊。艾芙莉對畢業以後的出路沒有太多眉目，但當下知道絕對不會是「盡職調查」這檔事。

彷彿讀了她心思那般，大衛又開口：「這工作不是因爲喜歡才來做。」

「那是爲什麼？」

「爲了錢。」

這句話更引起她注意。那段日子裡，艾芙莉十分無奈地接了很多原本不想做的工作——都是爲了錢。

大衛遞上一張紙，正面朝下。她翻開一看，是工作合約，有競業條款與嚴格的保密規定，但薪資金額叫艾芙莉忍不住挑眉。

「如果覺得不合適，隨時可以辭職。」

她在北卡羅萊納的農家長大，三年前入不敷出，家裡才把農地給了銀行。她父親的教育是餽贈之物莫挑剔，面前這合約怎麼看都像是天上掉下來的免費禮物。薪資太高了，她知道自己配不上，一定有問題。

顧不得父親的告誡，艾芙莉抬頭吐出三個字，挑剔了這份大禮，「代價是？」

大衛淺笑，「恭喜，普萊斯小姐，妳通過面試了。」

「這又是怎麼回事？」

「簡而言之是膽量。妳膽量夠。」他看著面前那本檔案，「實際上，我們也做了『盡職調查』，知道妳是獨生女，四年前妳剛進大學，母親就出車禍亡故，父親罹患阿茲海默症末期，看護費用不便宜。爲了賺錢，妳竭盡所能，當網球家教之外，也在一家不起眼的冰淇淋店打工……」大衛翻開檔案看了一眼，「是富蘭克林街上的『優格幫』。雖然妳四年成績都是A，但妳非常厭惡電腦程式，主修這個一樣也是爲了錢，希望畢業以後找到好工作，有份薪資能照顧父親，有朝一日開始自己的人生，最好不要被綁在辦公室，能遊走世界各地，過得精彩刺激。」

她瞪著眼前這個人，不確定該說什麼才好。大衛每句話都說進她心坎裡，但她不懂怎麼會有人這樣熟悉自己。

「我們鎖定的一間公司叫作『昇華生技』，他們正在開發有可能治療阿茲海默症和其他神經退化疾病的新技術。」

大衛又遞上一張紙，是昇華生技最新的研究突破。

「有興趣嗎？」

艾芙莉其實讀得似懂非懂，大衛也沒有催促她。

「所以，」他終於開口：「答案是什麼呢，艾芙莉？現在就得決定，我們只收一個人，妳在第一順位，也有其他候選。」

「你明知道我會怎麼回答。」她說。

「那就歡迎妳了。」

☣

之後一年中，艾芙莉調查了盧比孔有興趣的目標。她心中的疑慮隨著時間過去越來越深，呈交的檔案都在家中留下了備份。無論探視父親、上健身房、搭飛機，還是入住已經分不清此與彼的旅館房間，只要醒著，她就反覆推敲自己的假設。每次開會、拜訪新公司，艾芙莉就試圖找出能夠印證想法的線索及證據——或者反過來，確認是不是自己發了瘋。

有一天早上，艾芙莉走進大衛的辦公室，關上門，準備將自己的懷疑說出口。她在心裡演練很多次，設想對方有何反應：或許哈哈大笑要她休假一天，又或許嘮叨她不要看太多影集。

但終究將那句話說了出口：「我覺得你要我調查的那些公司，並不單純。」

「怎麼不單純？」大衛的語調平靜。

「感覺只是幌子。」

對方依舊毫無波瀾，既無訝異也不像有半分興趣，「什麼的幌子？」

她吞口口水，「恐怖份子。」

大衛盯著螢幕繼續打字，彷彿艾芙莉只是想取消一個約好的飯局，「這個指控挺嚴重的。」

「我知道。」她堅定自己。

「我明天要去一趟維吉尼亞州，開車去。妳也一起來吧，應該有空才對？」

艾芙莉手足無措，懷疑大衛是不是把她的話當成耳邊風，「嗯，是有空……你到底有沒有聽懂我說什麼？」

「有。九點見。抱歉，艾芙莉，我有事得先走一步。」

☣

翌日早晨，兩人從北一高轉進州際八五號，在彼得堡切入州際九五號往北。出乎艾芙莉預料，目的地並不是維吉尼亞首府里奇蒙。過了弗雷德里克斯堡交流道以後，大衛直接將車子轉彎開進荒地。

最後他們停在一幢很大的殖民風格住家前面，車道上鋪著碎石。

大衛領她走進木板隔間圖書室，牆上軟木板釘著名字和彩色絲線。艾芙莉認得那些人和公司，一旁還有幹部與投資人的照片：戴斯蒙．修斯、康納．麥克廉等等。他們全串起來了，都與這一年調查的公司有關。

艾芙莉瞠目結舌地走近那片拼圖。看來自己的推論無誤。

「恭喜，艾芙莉。盧比孔旗下諸多探員裡，最快挖出真相的人，就是妳。」

望著那些照片和商標，她心裡確實有些得意，「所以現在是什麼情況？」

「新型態的恐怖活動。對方不是宗教狂熱者，也不是胡言亂語拿AK-47掃射的暴力牌。他們是科學家、有專業技術，理性且高智商，潛伏在暗處積極策劃。」

「策劃什麼？」

「我們還不確定，但規模非常大，大得可以永久性改變世界。他們研發了一個叫作『魔鏡』的裝置，妳調查的公司負責生產所需零件，時機成熟時就會進行組裝。」

「聽起來很像曼哈頓計畫。」

「的確。」

「他們是誰？」

「技術上來說，是一個古代團體的現代版本，叫作『季蒂昂集團』。」

大衛走到書架前取下一冊檔案，交給艾芙莉。

「這個團體大約兩千三百年前成立於希臘都市季蒂昂（Citium），創始人是哲學家芝諾

（Zeho），所以史料也稱他爲『季蒂昂的芝諾』。當時文明世界各國都有人前去與他辯論，活動越滾越大，蔚爲風潮。在那個時代，他們還只是一群哲學家、思想家。」

「辯論什麼？」

「宇宙的意義，人類的意義，我們爲何存在。」

「就兩千年前來說，這題目非常深奧。」

「他們超越時代，著重三個領域：眞理、倫理、物理。當時的社會壓迫他們的理念，於是季蒂昂集團見證多神教和一神教席捲世界，轉爲地下組織繼續活動，期待有一天這世界的水準能跟得上。可惜他們一直沒能等到，現在終於按捺不住，想要主動改變。」

「所以有了魔鏡。」

「沒錯。」

「不過，魔鏡到底是什麼？」

「這就是我們的調查目標。」

艾芙莉蹙眉，「好，可是調查出來了以後，怎麼處理？說白一點，這個『盧比孔創投』的眞身是什麼？」

「創投是盧比孔計畫眾多掩護之一。實際上，這是由美國政府出資成立的祕密組織，政府內也僅有少部分人知道。我們的任務很單純——阻止季蒂昂。」

「政府？是類似……什麼？中情局？」

「不太一樣。盧比孔不受官方單位管轄，也沒有識別證或三個字母的縮寫。我們不留任何書面紀錄以免情報外洩，但每個月會有幾個地位極高的政府官員，開會討論盧比孔計畫的運行概況，實際活動內容只有我們自己知道，他們只在必要時提供金錢和資源。」

「怎麼阻止季蒂昂？」

大衛輕笑，「這就是關鍵了。等妳準備好再討論。」

「我已經準備好了。」

「還沒，艾芙莉，眞正的訓練從今天才開始。」

☣

一轉眼她就受訓了兩年。每週四晚上，她必須開車前往維吉尼亞州北部，那間殖民風格房子裡的課程內容與「盡職調查」毫無關聯——比方說使用槍支。雖然她在會走路的年紀就曾經和父親出門打獵，但之前艾芙莉沒有使用過正式軍械的經驗。此外她也要熟練空手搏擊，縱使從未接觸過近身格鬥，但她學得很快，因爲本質和網球頗爲相似——反應要快，迴避對手的進攻，注意步法，利用肢體扭轉增加威力。

她一週週成長蛻變，專注力越來越強。

同時她在盧比孔創投的工作也持續進行。他們對季蒂昂旗下的公司砸了不少錢，希望藉此套出更多情報。每個月釘在軟木板上的點逐漸增加，有趣的是，最後竟然全部可以串起來。

也就是說，魔鏡快要完成了。

終於等到那一天。她和大衛坐在圖書室，檔案上是所有和季蒂昂相關的公司。

「挑一個。」他開口。

「挑什麼？」

「妳滲透季蒂昂的切入點。」

「修斯。他是關鍵。」

「原因？」

「他和別人不同。」艾芙莉這麼回答。

「如何不同？」

「他的信念是眞的。修斯相信魔鏡能拯救人類，但我認爲他並不知道事情眞相。取得他信任也就等於取得全部資料，自然能夠知道如何阻止季蒂昂。」

「要是妳錯了又如何？要是他一開始就知情？恐怕對妳不會手下留情。」

「這是必要的風險。」

「很好。任務開始以後，妳只能依循直覺。採取正確行動，提出正確問題，一如妳過去的表現就好，只不過接下來我無法從旁協助。妳認爲修斯是關鍵，那麼他就會是關鍵。」

☣

隔天，艾芙莉就向伊卡洛斯創投底下的輝騰基因遞了履歷，說辭是盡職調查過程中，注意到輝騰的產品與技術。她對面試官表示，十分期待公司的進一步成果，也不諱言是預期輝騰能蒸蒸日上、股價大漲，越早入職得到的選擇權就越多，等輝騰被併購就可以換到大把鈔票。

幾天後她獲得了錄用，分配到資訊部門。自畢業以來的三年，艾芙莉都沒碰程式，但幸好上手很快。

輝騰也的確發展得十分迅速。公司主要業務是收集基因組資料進行解析，報告對於藥廠研發或醫療服務都很有幫助，也就是所謂的大數據模式加上獨門分析技術。只不過資料進來得太快，資訊中心每天忙著追進度。

公司內部眞正缺陷卻出現在溝通上。業務部門與技術部門吵架，技術部門又和資訊部門吵架；在業務看來科研人員手腳太慢，科研則歸咎於資訊人員，資訊部抱怨模擬運算的硬體水準不足——但業務那邊總以保密爲由，拒絕採購新設備。

這成了艾芙莉向上爬的好機會。之前她做的就是盡職調查，分析過數百家新創公司的技術和業務部門，她很快看透輝騰內部出了什麼毛病。在她展現溝通技巧以後，馬上成爲資訊部門對外的代表，其他工程師的程式功力或許強很多，但偏偏不懂怎麼開會。艾芙莉成爲主管和大學成績沒關係，完全是因爲她在盧比孔工作過，學會洞察人心、判斷情勢，協調各方勢力，找出解決方案。

她也如願以償地在主管位置上，得到與戴斯蒙．修斯接觸的機會。

☣

「後來我們越走越近。」艾芙莉的聲音從耳機傳來。

她沒繼續說下去。戴斯蒙感覺得到她是刻意保留，心想珮彤大概也聽得明白。

「一個月前，」艾芙莉再開口：「你才發現我竊取資料傳遞出去。起初你以爲我是商業間諜，但我趁你過來對質的時候，說出盧比孔計畫和季蒂昂集團的眞正目的。」

她回頭，「結果你眞的在狀況外，遲遲沒看見背後陰謀有多龐大。過了兩天，你又找我過去，說自己調查過了，確定季蒂昂集團下一步行動慘無人道。」

「大瘟疫。」戴斯蒙接口。

「應該吧。」艾芙莉回答：「你還說季蒂昂集團最初的動機是好的，骨子裡有崇高理念，想要解開古往今來最深奧的謎題，發掘人類存在的眞正意義。只可惜最近幾年集團變質了，強硬派佔上風以後，政策改弦易轍，他們覺得人類面臨重大危機，於是態度和作法都變得激進，逼得你不得不出手干預。

「接著你把我調到健太郎丸號上，理由是那邊最安全，不只對我，也是對你自己。你說如果計畫失敗大概會被捉上船，我承諾到時會幫忙。等我們再見面，就是昨天離開的牢房了。」

「所以我眞的失敗了。」戴斯蒙嘆氣。

「或許吧，我覺得目前所知太少，無法判斷。看起來你原本想揭發季蒂昂，引起各國政府與媒體關注，利用輿論加以牽制，甚至一舉擊潰它們。但顯然對方先發制人，還好你手裡有張魔鏡元件的王牌，不知道是藏起來還是毀掉了，讓他們非得活捉你不可。」

戴斯蒙點點頭，「清除記憶大概是備案。」

「我是這麼認爲。」

「換言之，我的記憶裡有阻止季蒂昂集團和這次大瘟疫的關鍵。」

「同時也是他們完成計畫的最後環節。」艾芙莉提醒：「你在船上應該都聽到了才對，他們掃描過你的身體，你的大腦管理記憶的海馬迴有個特殊植入物。康納認爲植入物有解鎖記憶的功能，而你設置的後門可以透過行動裝置啓動。」

她回頭看著戴斯蒙，「你在柏林的時候，有沒有找到那個啓動程式？」

珮彤也轉頭盯著戴斯蒙，以嘴型警告：別告訴她。她對艾芙莉的不信任可見一斑。

然而戴斯蒙覺得方才艾芙莉的說法無懈可擊，完整解釋了她如何進入季蒂昂集團以及健太郎丸號，又為何出手相救。

唯一癥結在於艾芙莉的故事無法驗證。依她所言，盧比孔是個徹底「隱形」的情報機構。雖然不難推敲出艾芙莉的特務身分，但現在無從得知她到底為誰效力，會不會眞正用意是套出解鎖記憶的鑰匙？或許她方才的故事眞的就只是……故事？

戴斯蒙做了決定，「嗯，找到了。」

艾芙莉盯著他，咀嚼每個字。

「在柏林的時候，我先在乾洗店留了一套西裝，醒來取回後，發現標籤後面縫進幾張預付卡，卡號能登入Google Voice電話服務，語音信箱的問候語是個網址，連接到城市鍛造網站的隱藏頁面。從那個頁面能下載一個『城市鍛造追蹤器』，程式會偵測地理位置。但我還沒研究出怎麼使用。」

他觀察艾芙莉，看看對方是否相信。這算是個保險，現在提起迷宮實境沒意義，謊言則不然。就算她背叛了自己，得到的也是假情報。

「好，」艾芙莉回答：「落地以後，想辦法下載試試看。」

☣

直升機穿過夜幕，三人一路無語。下面一片黑暗，道路上找不到車頭燈，遠方亦無城市霓虹的點點光彩。頭頂上星辰閃耀，比以往珮彤的任務所見更加明亮璀燦。

她的心思一直回到戴斯蒙口中的謎語：沒有太空垃圾究竟如何，又代表什麼呢？

漢娜在她身旁微微顫動。珮彤探身過去查看，年輕女孩發燒了，槍傷感染嗎？她伸手掐掐漢娜的淋巴結，是腫脹的。

接著漢娜連續咳了兩聲。珮彤拉開她上衣，看見腹部有小而淺的紅色疹斑。

她也被感染了。珮彤心一沉，胸口湧出酸楚，她趕緊閉上眼，免得淚水潰堤。

一隻手搭上她肩膀。回頭一看，戴斯蒙的凝望向她訴說：我會解決的。尋常疾病自己都能解決，但珮彤知道這回她需要有人幫忙。

駕駛座上的艾芙莉聲音從耳機傳出：「有光線。」

珮彤隔著直升機擋風玻璃看到下面是個城市，市區生起了幾個大火堆。起初她看不明白，正常來說這地區不該有篝火，因爲沒有電網所以需要生火煮飯，木柴算是貴重物資。

半晌後她才反應過來：火堆是爲了焚屍。隨著距離拉近，她看得到每個柴堆上有幾十——不對，幾百具遺體。一股反胃衝上她的咽喉。

火堆之間，黑暗中有小光點如螢火蟲飛舞游移，是當地人拿著手電筒、太陽能燈、煤油燈等，或黃或白，或耀眼或黯淡。

經過他們頭頂時，艾芙莉開口：「確定嗎？」

「油剩下多少？」戴斯蒙搶在珮彤之前發問。

「快沒了。」

珮彤望向窗外，看到人群聚集起來，伸手指向直升機，其中一部分人提著步槍。

「順著大路往北。」她說：「分叉的地方有飛機跑道和衛兵能保護我們。」

直升機機身傾斜，低空飛過泥巴路。片刻後便找到了飛機跑道，一旁低矮建築靠發電機透出光亮，讓珮彤覺得是好兆頭。

直升機才剛降落，二十多個人影自屋內衝了過來，個個提著步槍，瞄準他們。

艾芙莉抽出手槍。

戴斯蒙立刻提醒：「寡不敵眾，還是冷靜行事比較好。」

對方大聲吆喝並包圍直升機。珮彤掃視一圈，尋找肯亞軍制服，卻一件也沒有。全是髒兮兮的平民。

有個人上前拉開機艙門，溫暖夜風吹進他的濃厚體味。旋翼還在機頂呼嘯，陣陣風壓襲來。幾雙手抓住了珮彤，動作粗暴地緊緊掐住她的手臂。外頭傳來斯瓦希里語和其他聽不懂、可能是索馬利亞語的喊叫。也有人朝戴斯蒙出手，他又踹又揍，但被步槍抵住臉以後，只能束手就擒。

艾芙莉反抗的同時，破口大罵。

珮彤被揪到外頭地上，又被拎起來讓一個高個子黑人上下打量。她聽見後頭有人要把漢娜拖出來。

「別碰她！」她的叫聲淹沒在騷亂中。

70

旋翼還在上方轉個不停，被幾個大漢挾持的珮彤不停掙扎，戴斯蒙原本勉強能和對方抗衡，但最後還是被四人合力制伏、壓在地上，手臂被扭到背後。他不但沒哀嚎，甚至也沒停止抵抗。持著步槍的民兵散開，讓路給一個中年黑人走上前，顯然是這裡的頭目。

可是珮彤定睛一看，認出來了。上星期曼德拉轉診醫院大廳裡擠滿了病危民眾，而他躺在一個角落渾身冒汗，旁邊擺了三個桶子。

那天珮彤給了他一線生機：ZMapp。她希望病人能就此康復。看來真的有效。

現在的艾利姆．基貝行動自如，雙目炯炯有神。

他察覺是珮彤，立刻對一個高個子吆喝，高個子又轉頭命令部下。

民兵像是觸電似地驟然鬆手，珮彤重心不穩地向前跌去，還好艾利姆過來接住了她。

震耳欲聾的旋翼呼嘯中，艾利姆的聲音傳來：「蕭醫師，歡迎來到達達阿布。」

艾利姆吩咐之後，兩名醫護抬來擔架，護送漢娜進去手術室。此地的設施並不高級，但至少乾淨而且物資充裕。珮彤和他花了一小時替漢娜的肩膀進行手術，去除壞死組織、爲傷口消毒，然後再縫合。手術結束以後，珮彤還站在原地，倚著漢娜好一會兒。女孩已經開始打點滴，成分有抗生素與止痛藥。

雖然感染了曼德拉病毒，但此刻珮彤覺得她或許還有救，因爲她終於被交到一雙能幹的手上——那雙就在幾公尺外清洗的手。

艾利姆善後完畢，離開手術室讓珮彤與漢娜獨處。

珮彤帶來的學員只有漢娜生還。她的腦海閃過其他人仍一身卡其色制服，躺在荒野任禽獸啄食的畫面，就算他們被人找到，也只是勉強瞑目以後被裝進屍袋。自己帶隊的學員落得這副下場，對她來說是天大的惡夢，珮彤一直將整個團隊視如己出，當作兒女般照顧。

只剩下漢娜了。一定要保住她。

如今珮彤已盡其所能，心裡終於舒坦了些。自從村莊遭到康納．麥克廉派人攻擊以來，她的心中第一次重燃希望。

☣

達達阿布這兒有好幾個大營地，多數供難民暫住，還有一個小據點提供醫療照護，也就是珮彤和艾利姆動手術的地方。

戴斯蒙在等待期間無事可做，和艾芙莉一起走出單層樓長條狀的臨時醫療中心，穿過鐵鏈圍欄後，進入難民營巡看。

能伸展肢體感覺好多了。窩在抖動的直升機兩小時，對他身上的瘀傷無疑是雪上加霜，何況還被人硬生生拉出來摔在地面。那些民兵守在圍欄邊、駐紮於營地各處，也負責保護幾棟較大的建築——那些房舍被改裝爲醫院。「醫院」這兩個字其實太抬舉它們，戴斯蒙心想。精確一點來說類似休息區，已經進入復原階段的病人才能進去，狀態不佳的病人還是得留在開放空間的毯子和木架上。

尖叫、呻吟聲此起彼落，前方大火堆將放上去的遺體燒成灰燼，貨車在營地繞行，除了收屍也發放食物、飲水與藥物。病患竭盡全力對抗病毒，但顯然輸多贏少。難民營是個巨大的生化絞肉機，慘烈景象令戴斯蒙不忍卒睹。

這是我的錯，他這麼想。自己必須爲眼前、爲全世界即將經歷的慘況，負起很大一部分責任。

在柏林時，他一心想知道自己是誰、經歷過什麼。現在他只剩下一個念頭：阻止這場災難，拯救能力所及的每一條生命。

艾芙莉臉上寫著對他的明白。「戴，事情還沒結束，可以用剩下的時間改變結局。」

在他們背後，一個拿著AK-47步槍的人走近，「醫生動完手術了，請你們兩位過去。」

☣

珮彤、艾利姆、戴斯蒙、艾芙莉四人進入屋裡的餐廳，一個當地女性走到艾利姆隔壁坐下。珮彤發現她竟是廢村那邊的生存者，出現在這兒是巧合嗎？兩地相距數百公里，她是怎麼到達達阿布的？

艾利姆看起來很疲倦，不過聲音依舊沉穩：「那女孩很幸運。」

「是啊。」珮彤咬了口燉肉，還好用來盛裝的桶子上沒看到標籤的痕跡，「如果在天上多待幾小時，恐怕就熬不下去了。」

「或許吧。但她眞正幸運的是有妳在旁邊照看。」

珮彤一直很不擅長接受別人讚美，每次都覺得那些字句像繩子捆住她，有種窒息、麻痺的感受。現在也是，所以她臉紅了起來。

「盡我的義務罷了。」但她淡淡地說，又吃下一口不知道是什麼肉，「這邊是什麼情況？」

「很普通的生物學，」艾利姆回答：「病毒在難民營裡大鬧了一場。」

「死了多少人。」

艾利姆猶豫一下，「抱歉，蕭醫師，恐怕得等疫情結束才有辦法清點。」

「粗略估計也有幫助。我認爲這裡是病毒攻擊的第一個人口中心。另外，請叫我珮彤就好。」

他點頭，「一開始這裡大概有三十萬人，我預估只有一萬能活。」

珮彤一愣，「生存率才百分之三嗎？」

「如果能有更好的醫療、足夠的補液鹽，或許能翻上一倍，達到百分之五或六。」

他的話語彷彿喪鐘迴盪不去，大家久久說不出話。之前最強的薩伊伊波拉病毒會導致九成感染者喪命，沒想到曼德拉病毒竟然更加猛烈，更何況初期傳染方式就像一般感冒，威力不言可喻。

但到底爲什麼？瘟疫和魔鏡計畫之間是什麼關係？魔鏡到底是什麼？害死地球九成五人口有

什麼好處？陰謀還有後續延伸嗎？

康納·麥克廉沒隱瞞自己手中有解藥，那是人類世界唯一的機會。現在他們得設法將所有片段組織起來。

珮彤吞了吞口水，「這麼說有些不好意思，我們過來這裡主要是想治療漢娜，不過也有些事情需要幫忙。」

艾利姆的眉毛一揚。

「我需要衛星電話。」

肯亞醫師點了頭。

「還有飛機。」

他臉上那抹笑意，讓珮彤一時很難判斷。在艾利姆回答之前，她都反覆想著自己是不是太強人所難。

「我幫得上忙。」

☣

用過餐以後，艾利姆帶他們穿過主通道。建築物內部亂七八糟，每個房間都被翻箱倒櫃，珮彤覺得看起來像是沒教師管理的中學教室，被學生弄得亂七八糟。走廊上到處是拆開的紙箱，書桌翻倒、抽屜被拉出來，裝補給品的櫃子都開敞著。

肯亞醫師打開上鎖的工具間，裡頭很小但有各種電子設備——手機、平板、筆電——簡直是塑膠與晶圓的寶庫。

「實施隔離加上病患暴增之後，這裡的秩序崩潰，沒有難民和醫護的分別，只有活得下來與活不下來的人。之前在這裡工作的人把所有電子產品集合起來，希望能幫到之後的人。」

「你們自己不用嗎？」戴斯蒙有點訝異。

「你們試試看就明白了。」艾利姆的語氣帶著點憂懼。

一個當地女性過來說：「基貝醫師，她醒了。」

是漢娜吧，珮彤暗忖。

艾芙莉二話不說，取了筆電和太陽能充電器，又在上面擺了平板，然後拿手機像疊疊樂一樣堆了起來。

戴斯蒙好奇地瞟了眼。

「不知道接下來會去哪裡，」她解釋：「衛星也可能失靈了，所以得爲歐美亞三地區不同的電信網路做好準備。」

他感覺金髮美女的心思總是搶先一步，自己也找了幾隻手機出來。

艾利姆指著堆放手機的架子，上面竟然也有疾管中心配發的衛星背蓋。珮彤看見時，口裡一陣苦澀，就像軍人找到殉職同袍的兵籍牌、塑膠與玻璃雕刻的墓碑。但這些東西怎麼會來到達達阿布？

她帶走兩個背蓋，給自己與漢娜。

☣

戴斯蒙目送珮彤跟著艾利姆回去手術室，覺得她對漢娜的關愛很溫暖、發自肺腑。珮彤爲了這個後輩豁出一切，拚上自己的命也要保住那女孩，終於迎來了好結局。他不禁覺得能得到珮彤的陪伴照顧是非常幸運的事。

他察覺艾芙莉的視線。她正凝視著凝望珮彤的自己。某個角度來說，艾芙莉在戴斯蒙眼裡是珮彤的鏡像：兩個人都堅強勇敢、極爲重視使命，無畏任何阻礙。或許正因相似，才有諸多衝突，差別在於艾芙莉殺人，珮彤則是救人。

兩個女人都讓戴斯蒙難以抗拒，彷彿她們是磁石的兩極，而自己是塊金屬，按照自然規律而被吸引。艾芙莉和珮彤各自散發不同魅力，都是他想解開的謎題。

珮彤走出了他的視線，艾芙莉竟自己找了間會議室進去關上門。戴斯蒙有點吃驚，她爲什麼要避人耳目？

儘管在直升機上自我介紹過，但無論之前或之後，戴斯蒙都反覆自問究竟可不可以信任她。或許艾芙莉是奸細，目的是調查「具現」藏在何處。

當然也有可能她說的都是眞話。

戴斯蒙推開門。艾芙莉將手機一隻一隻擺在長桌上啓動。

「我要和幫手聯絡，」她開口後轉身，「有什麼事？」

戴斯蒙遲疑是否要找藉口留下來看她聯繫誰。「沒事。」他口裡這麼說，心裡還是掙扎不已。

「你不是要下載城市鍛造的應用程式？」她翹起嘴角，讓戴斯蒙覺得自己的謊言早就被識破。

他點點頭退出房間，關上了門，卻停在門外想聽看看她說什麼。完全沒聲音。恐怕是用文字通訊。

戴斯蒙也啓動手機，開始下載迷宮實境，輸入自己創建的私人迷宮代號。程式又詢問他是英雄還是牛頭人。

這回他依舊選擇英雄。跳出對話：搜尋入口……

上次在柏林搜尋找不到任何入口。這次戴斯蒙耐著性子等待，等到了一個視窗。

發現入口：1

他按下連結，螢幕顯示出地圖，附上GPS座標，還有一個綠點閃爍。

他仔細一看，位置是蘇格蘭北部島嶼。他不免訝異地想，與達達阿布相比，柏林明明比較近，怎麼在柏林搜尋反而搜不到？思索過後，戴斯蒙認爲他一開始就設定在某個時間點或某個條件下才會搜出結果，還有個可能則是事前吩咐了夥伴啓動功能。後面的假設特別值得留意。

他放大地圖，發現是昔德蘭群島。衛星鳥瞰顯示當地人煙稀少，農場和道路都不多，還好有港口與機場。

閃爍綠點是一片森林中央，完全沒有建物、住家，也缺乏聯外道路。但戴斯蒙知道那裡一定有什麼正在等著自己。

他衷心希望是對抗病毒的關鍵。

71

珮彤走進辦公室改裝而成的病房，漢娜已經睜開眼。她想坐起身，珮彤立刻過去叫她躺著休息。

女孩的聲音沙啞微弱：「怎麼回事？」

珮彤考量要怎麼解釋，最後認爲漢娜受了太多苦，細節還是改天再說。

「我們得救了。」

漢娜閉上眼睛，呼吸仍然沉重，「能回家了嗎？」

「快了。我還得打幾通電話。放心，這邊會有人好好照顧妳，我一會兒再過來。」

珮彤走出病房，開啓手機撥給艾略特，響都沒響一聲就被接起來。

「您撥打的電話目前由生物防禦行動接管。若您在封鎖線內，請按一。若您在封鎖線外，請按二。」

她等了半晌，系統重複語音提示。

艾略特的手機怎麼會轉到電腦總機？珮彤沒聽過什麼生物防禦行動，倒是懷疑與「生物防禦計畫」法案有關。九一一事件之後，國會提議爲了緊急情況，必須囤備重點疫苗。

出於好奇，她就按了一，假裝自己身處封鎖線內。「若您本人或家中有人生病，請按一。若您受過核心職務專業訓練，請按二。核心職務包括軍事、醫療、護理、警察、消防、急救、獄政。若您撥打地點爲行動中心，請按三。其他，請按〇。提醒您，按〇會大幅延長等待時間，目前預估需等候六小時十八分。」

珮彤掛斷電話，撥給幾個疾管中心同事。她能默背出來的號碼並不多。結果完全一樣，都轉到這個生物防禦行動專線。

她又打到疾管中心的緊急行動指揮部，聽見了不同的語音。

「您撥打的是生物防禦行動指揮中心。若您負責運輸補給，需要目的地和路線指引，請按一。若您負責核心職務，需要任務分發，請按二。若您發現管制區外未經篩選的民眾，請按三。」

最後那句話聽得珮彤打了個寒顫。篩選。

語音重複一遍，沒有人工接聽選項。

珮彤按二。一個嘶啞男聲傳來：「姓名和社會安全碼？」

她報上資料，聽見電話那頭敲鍵盤，「我有重要訊息——」

對方打斷她：「地點？」

「肯亞，達達阿布。」

沉默良久。

「妳的任務地點是飛利浦體育館，立刻過去報到。」

「啊？」

「飛利浦體育館位在——」

「我知道飛利浦體育館在哪兒。聽好，我是疾管中心派到肯亞的團隊指揮官，最先調查曼德拉病毒的人。」

又一陣沉默，但她感覺得到對方也慎重起來。

「我這邊有病毒起源和製作解藥的重要資訊，必須趕緊聯絡上疾管中心。」

她聽見背景有人瘋狂打字，「最方便聯絡妳的電話號碼是？」

「你有沒有聽懂我說的？我知道疫情怎麼來的，還知道可能的治療手段。」

「蕭醫師，我都懂，但現在每小時都有科學家和醫師打來上百通電話，說自己有解藥的情報，所以這邊設有一條專線交給研究人員處理，他們會聯絡妳。」

「意思是叫我排隊？」

「是的。」

「你確定？」

「確定。」

「請問你是？」

「崔佛斯，下士。」

「下士，風波平息以後，媒體會追查死了這麼多人的原因，試著找出癥結，看看是誰在關鍵時刻犯了錯——如果當下他進入狀況，就可以扭轉疫情發展趨勢，拯救數千萬甚至數十億條性命。我說的就是現在。只要你把我轉接到研究團隊或疾管中心就好，幾秒鐘的事能讓很多人逃過一劫。」

「抱歉，醫師，其實我連他們的電話都沒有。」

珮彤想著該如何是好。

「醫師？」

「我還在。」

「妳原本的電話被鎖了，我需要回撥號碼。」

珮彤查了手機設定，唸出電話號碼，崔佛斯道謝後，又被她喊住。

「醫師，還有事嗎？」

「你說排隊……前面有多少人？」

「三百一十六。」

她搖搖頭。「最後還是再和你說一遍：我是疾管中心的首席流行病學家，也是疫情爆發之後最早被派到肯亞的人。不知道你的檔案裡面有沒有資料，或許會寫在學經歷裡頭。換句話說，我是最接近調查結果的人，能看見那些東西的人都認識我，也知道一定要先聯絡我。所以，麻煩你把我的順位盡量往前挪，可以嗎？」

「還需要其他協助嗎？」

她仰頭長嘆。

掛電話以後，珮彤打開手機上的瀏覽器，心想如果透過世衛組織，或許也可以聯繫美國疾管中心，只是她不知道電話。世衛令她想起喬納斯，一星期前他還打過電話來。要是兩人分頭行動，他會不會還活著？是否太接近自己，才害他送了命？

珮彤試著專注，不再胡思亂想。

世界衛生組織將她引到名為「歐盟生物防禦」的網站，要求輸入個人資訊，等待最接近的「歐盟隔離指揮站」聯絡。網頁詢問的項目和方才美國那邊幾乎雷同，看來歐洲也對疫情採取類似防堵手段。

她試著登入相關機構，但全部轉到美洲、歐洲的生物防禦，或者亞洲及俄羅斯的類似網站。顯而易見，不僅是美國，全球各地幾乎同一時間採取了相同動作，電話與網路受到管控與封鎖。珮彤擔心再這樣下去，世界即將演變成新的黑暗時代，或是更加慘澹的境況。

☣

回到餐廳外，她看見戴斯蒙靠在牆上，正盯著手機。

「找到了？」她問。

「嗯。」戴斯蒙若有所思。

「所有網址都會轉接到緊急網站，電話也只有總機。」

「應用程式還能用。」他低聲說。

珮彤聽了很振奮，覺得或許是當下的突破口，「然後呢？」她連忙追問。

「這次得到一個地點，」戴斯蒙回答：「蘇格蘭北方，沒什麼人居住的島。」

珮彤能理解為什麼他看來有些沮喪，大概他預期會有更明確的線索，又或者是剛才在營地走一遭，感染了病患的苦痛。

她描述自己和生物防禦行動接線員交涉的經過，兩人討論美國、歐洲以及最重要的是昔德蘭的情況如何，解藥的關鍵很可能就在那座島上。

「假如英國也鎖國，一進入領空，可能就會被擊落。」

「前提還要我們眞的能飛過去。」珮彤說：「你會開飛機？」

戴斯蒙臉上冒出笑意，「不知道，記不得了。得試試看才行。」

珮彤盯著他好一會兒，不知道該不該當眞。後來他才笑著說：「開玩笑的。」

那就只能靠艾芙莉了。兩人都沒說出口，但珮彤直接冒出一句：「我不信任她。」

「妳也不喜歡她。」

「對，但不信任也是事實。她出面救人的理由很薄弱。」

「時機也很巧。」

「那你相信她嗎？」

戴斯蒙大口喘氣，「我眞的不確定。很想相信她，但……就是怪怪的，畢竟我還不知道自己有什麼過去、和她之間的關係。有點……難解釋。」

他望著珮彤的眼睛，「我倒想先知道，我們後來究竟怎麼了。」

她沒講話。

「爲什麼不肯說？」

「都過去了。」珮彤淡淡地說。

戴斯蒙沉默幾秒，接著從口袋掏出手機，「我得找個信得過的人。之前我沒對艾芙莉說實話，在柏林下載的軟體其實叫作『迷宮實境』。剛才我故意拿兩隻相同型號的手機，現在留下沒有安裝那軟體的這隻，有軟體的給妳保管。」

珮彤注視螢幕，「通知欄說還在下載，下載什麼？」

「我也不清楚，找到入口以後，忽然就跳出那個訊息。」

珮彤抬頭看見艾芙莉已經站在走廊另一邊，但自己完全沒察覺，不知道她站在那兒多久、又聽見多少。

戴斯蒙順著珮彤視線望過去，轉頭問：「妳有聯絡上嗎？」

「手機打不通，網路連不上，我們與世隔絕。」

珮彤將戴斯蒙託付的手機收進口袋，卻發覺艾芙莉始終注視著自己的一舉一動。

「你的軟體呢，有效嗎？」艾芙莉問戴斯蒙。

他說了自己查出的情報，包括迷宮位於昔德蘭一事，但仍舊假裝應用程式名爲城市鍛造。

「昔德蘭可遠了。」艾芙莉說：「這裡有飛機嗎？」

珮彤朝走廊另一頭過去，「去看看吧。」

☣

回到手術室外，艾利姆小聲和先前在餐廳見過的婦人交談。

「請問關於另外那件事——」珮彤開口。

艾利姆微笑，「跟我來。」

他領三人步出建築，穿越醫護營，走上單線跑道，跑道末端停了一架大型飛機。機上的窗戶很少，大概是貨機。珮彤適應昏暗以後，看到機身上有清楚的紅十字徽章。

「疫情大爆發時，他們載送補給品過來，可惜沒能全身而退。要是你們有辦法就開走吧，反正這裡沒人能駕駛。」

艾芙莉二話不說便沿著走道朝飛機而去。

戴斯蒙向珮彤使了個眼神。我過去監視她，免得她逃走。

珮彤向艾利姆道謝，對方揮揮手。

「說起來，妳才是我的救命恩人，沒那劑ZMapp，我活不到今天。」

「這不是我的功勞。」珮彤回答：「該謝謝肯亞衛生部那位妮婭．奧可可，她很懂得怎麼說服人。」

艾利姆點頭的神情很沉重，彷彿那個名字勾起他心裡的悲傷。

「我恐怕不能帶漢娜走。」

「我也這麼認爲。妳放心，我會盡全力照顧好她。」

珮彤很肯定他的醫德，「有你在我就安心了。謝謝。」

☣

她回到建築物內，深呼吸一口氣才進入病房，艾利姆與那位女性村民尾隨在後。

漢娜躺在床上閉眼休息，儀器偵測顯示她的各種生理機能，看來狀態不錯，珮彤非常欣慰。

她伸手搭著女孩肩膀，「漢娜……」她看了看，又問：「聽得見嗎？」

漢娜勉強睜開眼瞼。

「我得走了，艾利姆會好好照顧妳。」

女孩輕輕點頭，向艾利姆道謝以後，留意到他身邊的婦人，「妳是村裡那位——」

艾利姆幫忙翻譯，婦人點頭。接著他對兩人解釋：「是妳們的同事米倫．湯瑪斯帶她到曼德拉來的。」

米倫還活著。珮彤聞訊喜出望外，但從神情就知道漢娜更是欣喜若狂，一滴淚珠無聲地滑落她的臉頰。

「他在醫院找到我，」艾利姆繼續說：「我活了下來，只是非常虛弱，還好有米倫和妲米莉亞幫忙我復健。」他瞥了身旁婦人一眼，「而且也給了我活下去的理由。」醫師特別朝漢娜說：「那是最好的一帖藥，這幾天我的體會特別深。」

大家都沉思了片刻。

漢娜拉著珮彤的手，淚水滾落得越來越多，只是沒哭出聲。

珮彤代替她提出心中疑問：「米倫去哪裡了呢？」

「回家，到亞特蘭大。他打電話聯絡了人，應該叫作艾略特吧，然後安排了運送。幾天前，他帶著村裡存活的兩個孩子前往疾管中心，希望能研究出解藥。」

珮彤一聽，立即重新評估現況。有人帶存活者回到疾管中心，算是為困境另闢了蹊徑。

艾利姆再次面對漢娜，「米倫很擔心各位，尤其擔憂妳的安危。」

珮彤感覺女孩掐了掐自己的手。

☣

艾利姆為珮彤準備旅程所需：食物、飲水——還有預防萬一的藥物。她開始咳嗽，肯亞醫師看得出病因是曼德拉病毒，便加上能治療次級感染的抗生素。

送她下樓時，艾利姆開口說：「妳來了之後，我就一直想問一件事。」

她點頭，「請說。」

「之前我治療的那位年輕人盧卡斯・特納，他還活著嗎？」

珮彤搖頭，「抱歉，他走了。」

「我非常遺憾，那是個有前途、很勇敢的孩子。」

兩人一陣無語哀悼。

「感謝你的大力幫忙。」珮彤最後開口。

「保重，蕭醫師。」

「你也一樣。」

☣

臨時病房裡，漢娜擦乾淚水，闔上雙眼。她從來沒這麼疲憊過，感覺得出自己的體溫越來越高，接下來幾天將決定自己的生死。但她已準備好了，因爲她能依靠前幾天沒有的寶物來面對一切。

那個寶物是希望。

☣

另一間病房裡，艾利姆・基貝在點滴內注射一管抗生素。

「這是浪費。」女病人說。

明明狀況不斷惡化，她的語調依舊鏗鏘有力。艾利姆不由得同意蕭醫師的形容：妮婭・奧可可有意的時候，說服力確實極強。

「還好，」他回答：「現在這裡也不歸妳管了。」

☣

這架飛機很類似當初珮彤搭乘到肯亞的機型，只是小了點。客艙有六個高背座椅，戴斯蒙在中央的開放空間放了個睡袋躺下。他身上只有T恤和短褲，還看得到點點汗漬。

他的體格維持得很好，肩膀寬厚、肌肉量看起來常常練習格鬥技或做重訓，而非瑜伽或耐力訓練的類型。她特別注意到戴斯蒙的腳掌到腿部的燒傷痕跡，想起若干年前他在宿舍過夜以後，自己首次目睹的時刻。那感覺恍如隔世，但眼前的戴斯蒙比較接近初識時那個神采飛揚的十九歲少年，多長了幾歲反而更彷徨迷惘。而珮彤也彷彿回到那年的萬聖節派對，深深受到他的吸引，掉進絕無逃脫希望的黑洞，難以自拔。

上星期六夜裡，心裡那把火在聽見他的聲音後重燃，接著是盧卡斯·特納提起他的名字、在農舍牢房牆壁看見他的留言。然後戴斯蒙救她離開那條船，沒有他的幫忙，恐怕也救不回漢娜。珮彤心底有什麼一點一滴在過程中，如同從長眠中復甦。可是她不願意。有更重要的事等著她。他們得救人，人類的未來優先於自己和戴斯蒙。

珮彤在他隔壁鋪好睡袋，兩人躺著沒講話。她知道戴斯蒙看著自己，想著要是他記起來了，不知會做何感想，她又該如何面對。

☣

五分鐘後，飛機升空，航向昔德蘭。

航程又吵又晃，但戴斯蒙很快就睡著了。他累壞了吧，珮彤心想。機艙內的溫度隨著高度提升而下降，引擎噪音很猛烈，艾芙莉一刻也不浪費。

她在戴斯蒙與牆壁間多放幾個枕頭，免得遇上亂流撞傷，自己鑽回睡袋並挨近對方，保存彼此之間那一絲暖意。

但珮彤漸漸地察覺自己發起了燒。雖然也可能是因爲機艙的封閉與寒冷，但她的臉頰發燙、頭痛欲裂，胸口悶得不行。希望她能在島上找到線索，爲了自己也爲了所有病人。

戴斯蒙嘀嘀咕咕，可是引擎太吵，珮彤聽不清楚。

她轉身一看，戴斯蒙眼睛沒睜開卻動了嘴巴，於是她湊過去聽，耳朵距離他的嘴唇僅僅幾公分。

「我懂了，」他安靜幾秒，又嘟囔：「是X因子。」

珮彤也記得。她當時在場，所以知道夢境的下一個場景，不禁爲戴斯蒙憂心起來。

她拿出戴斯蒙託付的手機。螢幕顯示：

下載完成。

Day 10

46億人感染

100萬人死亡

72

紅十字會飛機的機身開始打平時，戴斯蒙渾身冒出大汗。珮彤將他的睡袋拉鍊解開，但似乎幫助不大。

戴斯蒙每隔幾秒就用力甩頭。

珮彤試著叫醒他，但五分鐘過去還沒能叫醒，他像是陷入了昏迷。

腳步聲傳來，她轉頭看見艾芙莉站在背後，正瞇著眼睛，俯視地板上眉頭緊皺的戴斯蒙。苗條的金髮美女蹲下來爲他拭去額頭汗水，雙手捧著戴斯蒙的臉，湊過去聆聽他的囈語。

這些行止看在珮彤眼裡，不像是單純的檢查診斷，更接近愛侶之間的疼惜。她想著究竟是因爲艾芙莉演技出色，還是兩人以前就有過這種接觸？

艾芙莉沒轉身，問佩彤：「需不需要降落？」

「不確定。現在在哪裡？」

「衣索比亞上空。」

「目前他的狀況還穩定，我傾向至少進入歐洲再說。」

艾芙莉沒多說什麼就離開。駕駛艙門關好以後，珮彤再擦乾淨戴斯蒙臉上那層汗珠，伸手擱在方才艾芙莉輕撫的部位，感受他瘦削、濕潤下巴的鬍碴。

現在只能等待。

☣

聖誕節過後兩天，戴斯蒙在公寓裡對珮彤提起自己的理論。

「我懂了。」

「懂了什麼？生命的意義？」

「更有意義的事情：公司爲什麼會倒閉。」

「唔。」那時她一邊翻《時人》雜誌，一邊看《六人行》重播。

「是X因子。」

「我不懂。」

「妳想想就懂了。每間公司一開始必須開拓市場。」他在小公寓中來回踱步，常常擋住電視上的羅斯和瑞秋。「xTV在這點做對了，不過想成功還有兩個要素，分別是執行效率和我說的X因子。對網路新創來說，執行效率很簡單，確保程式沒問題、產品有升級、定期付地租等等就好。但X因子才是關鍵。

「網路公司的X因子是客群接納度。每間公司都以獨特方式破壞社會的既定規則，也就是改變消費者行爲。妳想想，Amazon改變我們買書的方式，大家不必去實體店面，只要上網下單，書就會送到家裡。說不定以後他們不只賣書，什麼都可以賣，就像Webvan（注1）取代超市，減少開車出門的麻煩。還有WebCrawler（注2）改變的是大眾如何取得資訊的方式，別花時間到圖書館查資料，到 WebCrawler 搜尋就好。想找特定公司行號？也不用像以前打去查號臺或翻電話簿，網路搜尋會給你答案。這些公司都想修改我們的行爲模式，從中獲得關注與利潤。」

「有道理。」

「奧妙之處在於有多少客戶，以及客戶在什麼時間點會改變習慣。xTV 就是搞錯了這一點，高估客戶的接納程度，在足夠的消費者買單前就花光了資金。」

「嗯，我同意。」其實珮彤一直探頭看電視，莫妮卡從阿姨的遺產繼承了一個娃娃屋。戴斯蒙始終不明白《六人行》爲什麼這麼紅。

「這取決於創辦人。」他繼續解釋：「成功的公司，創辦人或領導階層，對客戶要有透澈的認識，可能得比客戶自己更瞭解自己。所以他們在客戶察覺需求之前就已經完成規畫，以無法抗拒的形式包裝好，再加上管理。xTV 有遠見卻沒有紀律，才會折翼。」

「嗯哼。既然大澈大悟了，你接下來打算怎麼辦？」

「明天我會去面試三個工作。」

「眞的？」珮彤坐直身子，抛開雜誌，「哪兒？」

戴斯蒙說了，她點點頭，「終於要『復工』了？」

「不好笑。但是沒錯，我得腳踏實地了。」

注1：創立於一九九六年，初期以生鮮為主，二〇〇一年便耗盡八億多美元資金而停業。董事之一曾表示失敗原因在於一級市場尚未成功便躁進其他領域。

注2：集合式搜尋引擎，亦即整合其他搜尋引擎的服務。

跨年夜那天，戴斯蒙接下了新工作。他告訴珮彤是哪間公司，珮彤顯得很吃驚。

「SciNet？」

「SciNet。」

「眞沒想到。」

那是一間無聊的公司，還在發展初期的電子商務平臺，以科技設備和產品爲主要業務。

「它算是我的全壘打，」戴斯蒙回答：「X因子小，客戶接納等待時間短。市場以科學家或辦公室管理階層爲主，都是理性思考、需求明確的人，行爲模式非常容易預測。」

「別太有把握，我就是被科學家養大的。」

「妳懂我意思，總之它一定會得分。雖說未必能發展成幾十億資本的大企業，至少能達到我需要的程度。」

「你需要什麼？」

「財務穩定。職位不錯、薪水高、給的選擇權多，這樣我就可以繼續投資別家新創。」

「你還沒放棄？」

「完全沒有。」

那天晚上兩人一起去朋友家裡的派對玩，這與戴斯蒙以前度過的跨年夜截然不同，世界煥然一新、人生充滿希望——除了有新工作，還有與珮彤的感情。

☣

SciNet的企業文化與xTV呈現強烈對比。xTV簡直是好萊塢電影，SciNet則如同大學校園或實驗室那般兢兢業業。不過仍有幾個開發工程師除外，其中之一就是戴斯蒙。他們心癢了就開些小玩笑解悶，大部分會扯上電影《魔鬼終結者》，裡面叫作SkyNet的人工智慧有了自我意識，排除阿諾．史瓦辛格飾演的機器人，意圖消滅人類。每次資料庫或網站出了毛病就會有人說：「天哪，SciNet產生自我意識了！」

連公司網頁的錯誤畫面也被擺上阿諾．史瓦辛格戴墨鏡、持霰彈槍的照片，底下文字說：此頁面已被終結。

執行長忍不住發信禁止所有終結者笑話。

戴斯蒙回信問：我想確認一下，相關笑話被「終結」了嗎？

☣

沒人眞的擔心SciNet產生自我意識，不過一九九八年春天，它正式營業並快速取得全面性的成果。全國各地許多研發機構皆登錄使用它，清點庫存之後貼文拋售積灰的設備，得來的資金再用於購置眞正需要的東西——大部分商品同樣能在SciNet上面找到。

戴斯蒙在程式團隊帶頭，後來接下首席技術長一職。其實他認爲在那個位子有風險，儘管薪水變高、程式工作變少，但公司缺現金或想重整時，管理階層比較容易被資遣，程式設計師才是一天都不能少。

但這段時間風平浪靜，早期公司的客戶著重在舊金山灣區：勞倫斯利佛摩國家實驗室、NASA埃姆斯研究中心、史丹佛大學及其國際研究所等等。公司在科學界和採購部門之間頗受好評，使用者和交易量節節攀升。

戴斯蒙定期分析資料、彙整報告，鎖定重要客戶，積極提供服務，過程中發現一些從未聽說過的組織：昇華生技、基石量子、普羅米修斯科研等等。

「這三間公司，每一間的購買力都比勞倫斯利佛摩、甚至比史丹福那邊還高。」他指出：「而且他們什麼都買，如果不是刻意囤貨，就代表他們正在進行地球上最大規模的實驗。」

SciNet執行長才三十出頭，是哈佛的MBA，心中只有營業額，「聽起來都不是問題。」

「唔，」戴斯蒙繼續說：「最奇怪的是昇華和基石都不是主要付款者，從後臺能看到信用卡交易紀錄，卡片和帳戶屬於另外兩家公司，一個叫作季蒂昂控股，另一個叫作隱日證券。」

執行長不耐煩地問：「那又如何？」

「兩個第三方機構大量購買科技設備，運送到私人研發單位去。」

「到底有什麼問題？」

「我不是很肯定，只是覺得應該調查才對。我們公司創造新型態交易平臺，會不會被有心人利用？成了洗錢工具之類。墨西哥的販毒集團與黑幫——」

「夠了，戴斯蒙，我覺得你只是電視看太多。客戶買得多，我們要高興才對。」

管理階層當然不想過問大客戶的隱私。SciNet靠交易量賺錢，季蒂昂控股和隱日證券就像兩棵搖錢樹。

可是戴斯蒙壓不住好奇心，自己偷偷進行調查，卻什麼結果也沒有。兩個金主的書面紀錄寥寥無幾，找不到辦公室、網站甚至電話號碼，就像是現金源源不絕的空殼。

☣

另一個有待解決的問題在家中。某個晚上，兩人在珮彤租的公寓共進晚餐，她做了千層麵，戴斯蒙好久沒享受到那種美味。

然後珮彤說自己被史丹佛醫學院錄取了。

「太棒了，」他說：「有多少人搶破頭進不去。」

「其實我有點忐忑。」

「我會盡量幫忙。」

「我知道，所以留在這兒，不想和你分開。我們也該替未來做點打算了。」

迴蕩不散的是「我們」二字。那天起，珮彤用這個詞越來越頻繁，越來越常提及未來。她問戴斯蒙想不想要小孩，想住在市區郊區還是像小時候住鄉下，對孩子的童年有沒有計畫，爲人父母以後怎麼平衡工作和家庭，有假期的話想不想去旅遊。

對戴斯蒙而言，這些都是無法回答的問題。一個月一個月過去，珮彤給的壓力逐漸增強。起初她還算婉轉，之後變得直接。戴斯蒙只能以不變應萬變，說自己忙於工作，無暇想像往後會怎麼過。

「就像火車過山洞，誰知道另一邊有什麼呢？又怎麼知道出去之後有什麼念頭？」

珮彤沉不住氣，「戴斯蒙，你是火車嗎？我們是人，人生沒那麼難以想像。」

偏偏對戴斯蒙而言，人生就是那麼難。他從小到大根本沒辦法爲自己做決定，總是被別人、被環境牽著走。森林大火、歐威爾、矽谷都是。現在的他追求獨立和自由，現實層面則是金錢取向。有了足夠的財富，他才能慢慢考慮人生，屆時或許能回答珮彤的問題。但她此時此刻便想打破砂鍋問到底。

糟糕的是，戴斯蒙的財務自由似乎也隨著時間流逝，後來他手頭上的選擇權又倒了四家，SciNet的成長也開始趨緩，畢竟前期是熱潮，等到客戶清空庫存設備以後，單月交易量降低也是理所當然。管理團隊提出一些新構想，其中包括擴展業務到歐洲，以及平臺延伸到工業領域內。兩條路都是嶄新的挑戰。

然而一九九八年夏天，迎來了轉機。戴斯蒙持有股份的一間公司上市了，他手裡有一萬三千四百股的選擇權，首次公開募股的單價就高達二十一美元，亦即全部售出的話，他可以賺進約二十五萬。

得知消息以後，他反覆確認股價，看了不下一千次，就怕只是系統當機或什麼古怪的意外。但現實是：價格仍繼續飆高，第一個交易日過去就達到三十八點二三美元，所以總價成爲五十一萬兩千兩百八十二元，這是個戴斯蒙無法想像的金額，代表了財富和自由。

他趕到律師辦公室，瓦勒斯協助聯絡投資銀行代爲出售選擇權，確保交易後合法繳納長期增值稅。

「戴斯蒙，你確定要全部賣光？」

「確定。」

針對要不要全部拋售，他設定了簡單原則：如果自己願意用目前價格購買這張股票就留住，不願意的話就全部賣掉變現。

翌日成交，扣除稅金和手續費等等，淨賺四十萬美元。

然後他又去找瓦勒斯。

「幫我寫份東西，個人用的。」他解釋自己需要的內容。

「需要對方簽名喔，戴斯蒙。」

「我知道，那不成問題。」

「你這小夥子聰明絕頂，不過對於女人，還有很多要學的。」

遺囑是最簡單的一環。他受歐威爾影響，內容就一句：

全部財產留給珮彤．艾德蕾．蕭。

其餘則是將目前持有的選擇權與股票，一半轉移到珮彤名下。

當天晚上，兩人外出用餐慶祝。吃了點心以後，戴斯蒙將遺囑拿給珮彤看，完全沒料到她的反應幾近崩潰。

「我只是想照顧妳，」他說：「要是我忽然死掉怎麼辦？出車禍之類的？」

「別說那種話。」

「但事實就是如此，我只有妳了，珮彤。現在生命裡唯一親近的人，就是妳。」

「親近？所以你是這樣子形容我們的關係？」她一口氣喝光杯子裡的酒。

對話方向大錯特錯，他本來以爲她會如釋重負。

兩人回到公寓，戴斯蒙又拿出轉移股票和選擇權的同意書。

「這樣才公平。」他解釋：「珮彤，妳救了我——原本我想全部押在xTV上，還好妳介紹朋友給我，我才買到其他公司的選擇權。從我過來加州以後，就不斷受妳照顧，xTV倒閉時沒有妳幫忙，我就餓死了。這些錢是妳和我一起賺來的，妳理所當然該分到一半。」

她終於爆炸，「一起賺來的？原來我們是商業夥伴的關係？你今天就是要講這個？」

「不是，珮彤——」

「不然是什麼？」

「妳到底要我怎麼做？」

「你心知肚明。」

戴斯蒙確實知道。珮彤要的不是錢、不是文件，而是他說不出口的三個字。她自己也好幾個月不說了，但戴斯蒙能察覺她在什麼時間點把話吞回去，心裡總是有點傷感。

「那妳簽一下？」他說。

「出去。」

「珮彤……」

「我不想說第二次。你那些……法律文件，也帶走。」

☣

整整兩週，珮彤不接電話不回郵件，成了戴斯蒙人生中最煎熬的時期。

職場生涯的問題也撞在一起：SciNet出現周轉問題，高層卻得出反直覺的解決方案——上市。首次公開募股成功的話，確實會瞬間湧入超過五千萬資金，戴斯蒙的身價也能翻上不知多少倍。

於是他見識到財會美化數據的功力。

爲了抬高股價，戴斯蒙有交不完的數據報告，內容被剪輯、拼湊爲各式各樣的披露與招股說明、風險提醒、不可抗力因素等等。重頭戲當然不在這兒，投資人眼裡只有投影幕上陡峭的成長曲線、豐沛的成長潛能。

窮盡人事之後，SciNet只能等待，員工個個人心惶惶。戴斯蒙覺得他們彷彿受困在戰爭中的潛水艇，四面八方滿布魚雷，大家屏息以待，下場不是炸個粉身碎骨，就是凱旋而歸、重獲自由。

他每天繼續寫信給珮彤。

珮彤遲遲不回應，戴斯蒙走投無路，只好挑一天早上守在她家門口。本來擔心有人會報警，但鄰居大都明白怎麼回事，經過時對他投以同情眼光，甚至有個人開口說：「加油囉，兄弟。」

終於珮彤開了門，她看見戴斯蒙立刻想甩上門，還好他及時擋住。

「拜託，我只是想講講話。」

「要講快講，我就在這裡聽。」她雙手叉腰，站在客廳內。

「只是希望妳從我的角度想像一下。」

珮彤像一尊石雕，動也不動。

「我心裡有個地方不完整，很深很深的地方。遇見妳之前，我根本不知道原來自己的心有那一塊，也從來沒有需要過，因爲無論誰愛過我，都會在我回應之前被奪走。

「我親眼看著家人死在火海，然後被世界上最孤僻的人養大。他應該不愛我，我不覺得他懂得愛，或至少不懂如何表達。我也差不多，從小到大缺乏被愛的感覺，直到認識妳。所以我不懂自己該怎麼做、該怎樣感受，對我來說這一切都是前所未有。我很在乎妳，超過世界上任何人事物。珮彤，妳是我生命的全部，可是我希望妳能明白我不完整，沒辦法成爲妳期待的模樣。」

她已經聽得淚如雨下，伸手摟住戴斯蒙，投進他的懷中。戴斯蒙有種如釋重負的感覺，身體裡那股空虛轉變為強烈的渴望與生理反應。珮彤也一樣。兩人擁吻時他雙手不停，幾秒以後都一絲不掛。他們邊走邊吻，饑渴而粗暴，直到倒退到臥室裡。

他們忘記時間，珮彤沒說要上課，戴斯蒙沒說要上班。客廳傳來諾基亞手機鈴聲，就算世界末日他也不會去接。

兩人精疲力盡後，躺在床上盯著天花板，就像共度的第一夜。

珮彤的聲音很輕很柔，像是悄悄話：「我以為你想推開我。」

戴斯蒙不解，用手肘撐起上半身看著她。

她望著天花板繼續說：「我覺得你得到你想要的了——有錢，有股票，發了財。給我一份以後自認無愧於心，就能離開。」

律師沒說錯：關於女人，戴斯蒙要學的還有很多。

「我完全沒有那種意思。」他說：「我只是想要照顧妳，無論我們之間，或者我自己出什麼事，妳都能過得好。抱歉，讓妳難過了。」

可是他很擔心自己往後還會傷害珮彤，這只是一連串錯誤的開始。

「珮彤，我是說真的。我的心不健全，不像妳其他朋友，一起吃飯過的那些人——那樣子的男生，正常的男生，比較適合妳。」

「適不適合應該由我自己決定。我知道自己想要的並不是所謂的一般正常人。另外，你知道嗎？地球上沒有人真的『正常』，每個人都或多或少是配合演出。尤其我們住的這種地方，一大堆怪胎只是把想法鎖在腦袋裡而已。」

兩人穿好衣服，沒再講話，可是他卻體驗到前所未有的寧靜。

去上班之前，戴斯蒙又要珮彤簽字，「我只是希望妳衣食無憂。簽吧。」

「好吧，」她捧著戴斯蒙的臉，「既然你這麼堅持。」

珮彤的字跡流暢美麗。戴斯蒙離開前又吻了她一次。

☣

那年聖誕，珮彤又問戴斯蒙能不能一起去她媽媽那兒過節。他答應了，但心裡不是很期待，依舊覺得面對珮彤的家人十分不自在。然而立場自然也有些改變，戴斯蒙手上持有已經和即將公開募股的股票，身價不可同日而語。

珮彤的姊夫態度差別很大，但他猜想得到事情經過：很可能是珮彤與姊姊討論過，於是姊姊要丈夫收斂一點。德瑞克問起SciNet和別的投資，那股興奮勁就像小朋友在樹下盯著禮物盒一樣。

戴斯蒙能感受到她們母女情深，珮彤解釋過理由：最初是父親過世，造成她們相依為命，而七年前哥哥的離世，更深化了彼此關係，珍惜還能團聚的每一年。透過這兩樁家庭悲劇，她們體認到生命中最寶貴的是什麼。

儘管珮彤全家人對他都好得無話可說，戴斯蒙仍舊無法眞心融入，彷彿演員演不好角色，腦海一直閃過「虛假」兩個字。他給自己的解釋是情緒都在心裡，只是關在一堵牆後面，還在等待重見天日，只要牆塌了什麼都會好起來。

73

戴斯蒙察覺一隻手搭在自己肩膀上，輕輕地搖晃，他睜開眼睛，看見艾芙莉站在身旁。機艙裡只有安全指示燈的微弱光線，顯得她蒼白、纖細的身影彷彿一縷幽魂。

珮彤躺在隔壁睡袋中，睡得很熟。艾芙莉沒叫醒她，看來也沒那個意思，開口說話非常輕聲。

「你還好嗎？」

他覺得又熱又痛，心想是記憶回復造成，但仍裝作什麼也不知道的樣子，「嗯，應該不好嗎？」

艾芙莉打量他一陣，「你先前發燒了。總之，現在有狀況。」

「什麼狀況？」

「攸關生死。」

艾芙莉解釋飛機即將離開非洲，穿越地中海和歐洲領空才能到達蘇格蘭。

「然後？」

「然後呢……」艾芙莉語氣無奈：「如果歐洲學美國和肯亞那樣封鎖邊境，就有可能擊落我們。」

的確很糟，「能繞過去嗎？」

「油量不夠。」

「找地方加油——」

「不是好主意。」艾芙莉回答：「每次降落都會冒很大風險，降落在機場的話，當地政府可能扣押飛機、把我們送去隔離——那已經是最好的結果。」她指向珮彤，「要叫醒睡美人嗎？」

「不必。」戴斯蒙立刻說：「別那樣叫她，她比妳以爲的強韌。」

艾芙莉臉上閃過一絲惱怒，「她強不強韌都不關我的事。」

「在船上的時候，她只是想保護自己人。換作是妳，也會做同樣的事。」

艾芙莉不想多說，「打算怎麼辦？」

「比較可能開火的是誰？」

「我怎麼知道？」

「哪些國家的空軍比較強？」

「不確定，可能英國、德國、法國、義大利吧。」

「西班牙呢？」

艾芙莉想了想，「西班牙有戰鬥機，但好幾年的經濟危機以致沒錢維護和待命。」她點點頭，「那就賭一把，從西班牙往昔德蘭去好了。」

「話說回來，到了昔德蘭又怎麼辦？還不是會被攻擊？」

「我再想想吧。」

戴斯蒙來不及多問，艾芙莉已起身返回駕駛艙。

他將睡袋被子拉開一些，看著珮彤的睡臉。

接著再閉上眼睛，繼續探索自己的過去。

☣

SciNet公開募股的結果出乎戴斯蒙預料，也成了人生轉捩點。公司股價扶搖直上，表面看來，他持有的股份還不到百分之一，卻已經價值三百二十九萬美元。實際上戴斯蒙手中的選擇權受到員工閉鎖條款限制，得等到六個月後才可以買賣或轉換爲股票。對他、對SciNet所有人而言，那六個月可謂生命中最漫長的一段日子。上市的影響深遠，管理階層不得不將股價及股東放在第一位，除了每季財報之外什麼都不重要，還得常常發布新聞稿，爭取媒體曝光。

以前公司重視營運策略，願意冒險，眼光放在長遠經營，現在轉趨保守，只求達到設定的營收（還沒進入能夠討論毛利的階段）。戴斯蒙看得出來這是走向結尾的開始。八月時，閉鎖結束，股價一飛沖天。一九九九年股市欣欣向榮，幾乎所有網路公司都水漲船高。他售出市價七百八十四萬的股份和其餘選擇權，有兩間已經上市、一間才購入不久，年收淨值超過九百萬美元。

珮彤打定主意跟進，戴斯蒙怎麼處理她都如法炮製，於是他將錢分成兩個銀行帳戶存起來。

然而珮彤想要的不是分隔，無論財務或其他層面都不是。她開口要戴斯蒙搬過去一起住，起初戴斯蒙猶豫不決，擔心又會傷到對方，但意識到拒絕也是一種傷害，兩人就合買了帕羅奧圖山丘上的農舍風小平房。這次他搬家再簡單不過：拖車開到新家門口，東西全扛進去就好，反正也不多。

☣

一夕致富以後，珮彤沒什麼改變，繼續專注在醫學院的課業，閒暇時動手妝點房子。她親手油漆每個房間、爲半套小衛浴貼壁紙。週末總是有些大工程，但難不倒戴斯蒙，他知道珮彤有一部分用意是找事情給自己做。離職以後，他大半就在家裡坐著看書上網，因爲SciNet上市後那六個月實在太煎熬，每天加班也追不上進度，而且之前的一年都不好過，他總覺得十八個月裡用掉了二十年的精力。不過精疲力竭並非唯一的問題。

原本以爲財務自由就是突破口，他應該重獲新生，在隧道的另一邊能夠放鬆下來、享受人生——尤其是愛，無懼的愛，與珮彤相愛。結果戴斯蒙發現心裡那堵牆仍然屹立不搖。那種感覺好像自己是一頭獵犬，沿著跑道追逐兔子，終於咬到了卻發現只是個絨毛娃娃，白費工夫。於是他意識到自己的人格扭曲在更深層更根本的地方。

戴斯蒙開始閱讀心理學書籍、上網搜尋相關資料。珮彤察覺以後漸漸擔憂，從旁給予他各式各樣的建議。

「多運動些，戴。你以前的活動量很大。」

爲此他加入健身房，每天早上與珮彤一起跑步，週六兩個人會去游泳。但沒用。戶外活動也一樣。「或許你需要的是與眞人互動？」她又建議：「整天待在家裡，誰都會覺得悶吧。」所以戴斯蒙參加了讀書會，到史丹福大學旁聽有興趣的課程，例如天體物理和心理學，每週至少找以前同事聚餐兩次。還是沒改善。

珮彤只好求他去看醫生。

「我覺得你越來越消沉了，戴。拜託，就當作是爲了我去吧。」

他在家醫診所填完問卷才進去檢查，桌子對面的醫生開口說：「首先我希望你明白，這不是很罕見的問題，憂鬱症發生在各種年齡、種族和社經地位的人身上。有時是暫時性，有時則是慢性，需要一輩子靠藥物控制的狀態。沒錯，這可以靠藥物解決，我現在開的藥是ＳＳＲＩ，『選擇性血清素回收抑制劑』。很多病人服用ＳＳＲＩ後，情況都有好轉。針對你的情況，症狀看來比較重，我強烈建議你找個心理治療師幫忙診斷更深層的因素，找出觸發機制之後，會比較好處理。靠藥物就有進步的人很多，不過結合藥物與心理治療的成功率更高。」

家醫推薦的心理治療師叫作湯瑪斯・詹森（Thomas Janson），是個笑容可掬、留著灰白短髮的六十幾歲紳士。他仔細聆聽戴斯蒙敘述童年遭遇，以及走到診所門口前的種種經歷，做了非常多筆記。等到戴斯蒙說完，詹森醫師表示應該能幫上忙，給他幾天時間好好分析。

戴斯蒙再去看診時，醫師坐在沙發，筆記本擱在大腿上，說話很慢很平穩。

「我判斷你是ＰＴＳＤ，也就是創傷後壓力症候群。」

戴斯蒙聽了很驚訝。

「恐怕在森林大火奪走你的家人、差點也奪走你自己性命的時候，就已經開始了。我認爲你從來沒有痊癒，一直緊緊抱著那份創傷。事實上，你立刻被放進陌生、有敵意而且同樣危險的環境，也就是你伯父的照顧方式。前面幾年，你擔心自己會餓死，忍受他的言語虐待，後來去油井工作也是一不留神就非死即傷。你身上那些疤痕，見證了一路過來承受多少實實在在的威脅。再大一些以後，你和你伯父……」醫生瞥了一下筆記，「……的消遣基本上就是酗酒和鬥毆，並沒有真的解除危險和恐懼感。

「接下來，伯父過世了你也沒時間哀悼，或至少釐清自己對他究竟是什麼情緒，反而立刻又面對生死關頭，爲了自衛不得不殺人。殺人本身該是難以承受的心理創傷，你能那樣不帶情感處理，說明了你的情緒上覆蓋多少疤痕組織。

「戴斯蒙，人腦其實和肌肉很像，會設法適應外界施加的壓力。我們是適應力很強大的生物，爲了生存不斷隨環境調整自己。你的情況就是外在環境總是危機四伏，從大火奪走父母以後，始終承受生理或情緒的威脅。即使到了加州，你還要擔心會不會有人從奧克拉荷馬追過來逮捕自己，或者會不會敗光伯父留給自己的遺產。

「我認爲影響更大的則是你在生命中失去過很多人：原生家庭，圖書館員……」他又盯了筆記，「艾涅絲女士，然後是伯父。每個你投入情感的對象都會被外力剝奪。剝奪也就算了，時機還都在你最沒防備的時候。於是潛意識試圖保護你，從你的過去找出規律。每當你想去愛、想在乎的時候，那份情感就會隨著對象被帶走，所以潛意識禁止你那樣做，因此和你自己的認知起了衝突。」

戴斯蒙坐著咀嚼詹森的分析，「好，假設我也同意你的診斷，有什麼解決辦法？」

「這問題複雜得多，不是一蹴可幾，更無法期待能很快看見進展。需要時間，也需要你自己的信念，『希望』同樣能發揮很大的力量。」

醫師建議他持續服藥，之後每週諮商兩次。

☣

戴斯蒙心裡的陰霾與瀰漫矽谷的歡愉形成鮮明的對比。每星期都有新公司上市、製造幾百個百萬富豪，但他懷疑這股風潮會持續多久。股神華倫・巴菲特有句名言是「別人恐懼時該貪婪，別人貪婪時該恐懼」，戴斯蒙覺得就是當下寫照。所以他將自己和珮彤的錢拿去買債券，只以一部分資金當作賭注，賭在那些他認爲遲早要倒的公司。經過一年半的網路公司生涯，戴斯蒙知道怎麼評估目標的技術水準，也看得懂財報與新聞稿裡的陷阱。他每天研究這些公司的表現，留意每一季的法說會內容。

起初看來他賭錯了邊。一九九九年秋季到兩千年開頭，賠了將近五十萬，但他覺得是這世界瘋了。光是一九九九年就有四百五十七間公司公開募股，大半都是高科技產業，其中一百一十七間開始交易當天股價就翻倍。熱潮不僅限於新興公司，一九九八年十一月二十五日，Books-A-Million在網站發布最新消息，表示股價上揚超過一千個百分點。

一些大企業抓緊機會收購炙手可熱的新創。雅虎分別以五十九億和三十五億七千萬買下Broadcast.com及地球村的股份，一間西班牙電信公司花費十二億五千萬買了Lycos（幾年後用九千六百萬售出——損失超過九成九）。兩千年一月，美國線上與時代華納造就史上第二大合併案，同一時間有十六家網路公司在超級盃賽事打廣告，每個廣告費用是兩百萬美元。

股市突破天際之後，來到了反彈時刻。兩千年三月，股價飛得多高就跌得多重。接下來兩年半，股市總値蒸發五兆美元，資金流入債券市場，戴斯蒙的豪賭有了成果，他一開始九百萬的資產到了兩千年末變爲一千九百萬，扣稅後也還有一千五百萬。他隨即改打安全牌，分散投資，只選擇少數績優股。

每週都會聽到朋友失業或公司破產的噩耗。他懂得那種滋味，xTV一夕垮臺、自己靠罐頭食物度日的落魄還歷歷在目。戴斯蒙試著用他唯一的辦法幫忙：帶朋友出去午餐，搶先付帳請客，聽說什麼工作機會就轉發給大家。從朋友口中聽到的故事很嚇人，企業裁員的場景驚心動魄，一大群人被叫到會議室內，上頭隨隨便便解釋完就要他們認命離開，法律顧問出面發下每個人的資遣文件。更誇張的還有人資部門協助完裁員，法律顧問直接過去遞上一疊文件——剛裁了別人就要裁掉自己。

咖啡廳裡以前坐滿胸懷大志、目光高遠的創業家，連餐巾紙上都寫滿企畫案，現在客人們忙著寫履歷、反覆修改校訂後還使用照片紙列印，希望吸引面試官注意。許多本來身價幾百萬的新創公司主管，沒幾個月就完全破了產，被迫搬去和父母或姻親同住。也有非常多公司股票上市以後閉鎖期還沒結束就價格崩盤，員工手中的股份根本沒機會賣出。

戴斯蒙對這一切感到難以置信，彷彿世界只有兩個極端，要則一路衝上頂，否則便跳下懸崖，成爲自由落體。

☣

下墜的不只股市，還有他自己。一個一個月過去，戴斯蒙對創傷症候群的痊癒漸漸失去信心。服藥和詹森醫師的諮商都有作用，但他知道已經進入高原期，沒辦法再有進展。

相對而言，珮彤的人生卻一步步前進了。她的課業表現亮眼，通常都是全班第一，整個人散發自信魅力的風采，彷彿隨時能攀上新的高峰。戴斯蒙覺得又苦惱又感傷，不知道自己是否能成爲匹配她的男人。

☣

公元兩千年的聖誕來了又去，兩人在帕羅奧圖山丘家裡放了棟小聖誕樹，保持十元禮物慣例。這次珮彤作弊了，盒子裡只有一架模型飛機。

「好棒。」

「其實這個不是眞的禮物喔，戴。」她抓起戴斯蒙的手，輕輕捏了捏，「我們出去玩吧——回澳洲好了，你出生的故鄉，到當初你住的地方看看。還有奧克拉荷馬，那是你成長的記憶。」

戴斯蒙明白珮彤眞正的意思：回到那些留下傷痛的地方，或許能夠重新面對往事，站起來向前走。所以他答應了，死馬當活馬醫。

☣

到了澳洲，戴斯蒙回去孩提時代玩耍的牧場，找到蓋城堡的灌木林，還將十八年前翻倒的石頭扶起。老家——或者應該說老家的遺跡，還在原地。他翻過籬笆，站在院子，當初他就是從這裡衝進火場內。心中沒什麼變化或熱淚湧上，只有一陣唏噓。

兩人到阿得雷德住了一星期旅館。戴斯蒙希望能找到夏綠蒂，但不知道姓氏，找人太困難。一九八三年大火之後參與救助的義工超過十萬人，更何況已經過了十八年，她還在不在這一帶，甚至還在不在澳洲都是未知數。

抵達奧克拉荷馬以後，兩人租了汽車一路往南，穿過諾曼或諾布爾就是斯洛特維路。

戴斯蒙將車停在自己長大的地方：歐威爾的房子前面。這兒曾經是片農場，不知是歐威爾還是前任屋主將農地單獨出售了。

買下屋子的人重新粉刷，搭了新屋頂，瀝青瓦在四月晴朗天色下閃耀發亮，雪佛蘭卡車與福特轄車停在新建的金屬車棚內。一輛紅色單車挨著前門門廊，和戴斯蒙從當舖買來的車子同樣大小，他想起當初歐威爾還嚷嚷著要「物歸原主」。

屋子後面倉庫開著，裡頭的斯圖貝克貨車移走了，他盯著一塊草地，德爾．伊普利被自己拿除草機刀片砍倒，在那處流血身亡。

珮彤伸手摟著他，「要不要進去看看？」

「不必。也看夠了。」

之後開車經過當年讓他沒餓死的雜貨店，上了七十七號公路進入諾布爾郡。小鎮的變化不大，兩人在三號街小店用餐以後，走到三個路口外的圖書館。

比戴斯蒙年輕幾歲的女孩子坐在櫃檯後，手裡拿著自動鉛筆，眼睛盯著很大一本書。他猜應該也是奧克拉荷馬大學的學生。「需要幫忙嗎？」女孩開口。

「唔，不必，逛逛而已。」

戴斯蒙沿著小說那一櫃而行，珮彤尾隨其後。他找到小時候讀過的平裝本：《藍色海豚島》、《手斧男孩》、《海柏利昂》，連在哪兒讀的都記得。

圖書館的變化也不大，比較明顯的差別是角落多了木板隔出的小房間，裡面擺了電腦主機與十七吋螢幕。房間掛了門牌，上面寫著「先鋒圖書系統技術中心，善心人士爲紀念艾涅絲．安朱斯女士捐贈」。

這是戴斯蒙在圖書館讀到過最動人的一句話。

他牽起珮彤的手說：

「回家吧。」

74

飛機駕駛艙內，艾芙莉看見了難以置信的畫面：西班牙被黑暗籠罩，僅有零星幾盞燈火出現在應該是巴塞隆納的方位。沒有戰鬥機過來追逐、沒有來自地面的管制通訊。她不知道下面究竟什麼情況，也不知道這裡剩下多少人。

導航螢幕顯示了目的地，也就是蘇格蘭北方的昔德蘭群島。艾芙莉以前沒聽過這地方，很好奇按照戴斯蒙說的GPS座標過去之後會找到什麼。衛星圖上那兒是一片森林，難道是陷阱？她不免擔心，可是別無選擇。

她開啟自動駕駛，起身伸展肢體，再走進客艙。戴斯蒙和珮彤還在睡袋裡，面朝彼此，珮彤弓向戴斯蒙的模樣像根小湯匙。

艾芙莉靠著門框注視著他們。她必須做決定了，很困難的決定。

☣

二〇〇一年九月十一日，戴斯蒙坐在帕羅奧圖小屋的明亮客廳內，珮彤就在他身旁，兩個人目瞪口呆。新聞頻道直播來自曼哈頓的畫面，摩天大樓裡的平民百姓被活生生燒死，無異於一九八三年他家人的慘劇。但這次並非天災，而是人禍，邪惡的極致表現，對無辜者毫不留情的屠戮。

「這世界有很大的問題。」戴斯蒙說。

「完全同意。」

美國股市交易暫停到九月十七日，是一九三三年經濟大蕭條以來最長的休市。回復交易之後，重挫六百八十四點，成為史上單日最高跌幅。到了週末，道瓊指數下滑百分之十四，標準普爾指數也掉了將近百分之十二，僅僅一星期，市場縮水達一兆四千億美元。

其他人狂賣，戴斯蒙進場狂買，挑選標準和以前一樣：公司管理周延、創辦人對客戶需求有足夠敏感度。最後鎖定的兩大目標：Amazon和Apple。

他每晚看新聞時，繼續見證世人磨刀霍霍、自相殘殺。戴斯蒙很氣憤，還閃過應徵國家安全局或中情局的念頭，但實際上他連下床的力氣都快沒有了，身心狀態越來越糟糕。

珮彤看在眼裡，無比憂心，「你自己開一間公司如何？」

「為什麼開？做什麼好？沒意義吧。我沒點子也沒動力。」

「成立非盈利機構啊，兒童福利之類。找一件你眞正關心的事，全力以赴。」

戴斯蒙考慮、研究幾星期，然後報名了聖荷西的兒童之家義工。

雖然能夠打發時間，但也不過如此。戴斯蒙內心深處明白自己不會因此改變。他無法對等回應珮彤的愛、無怨無悔。這樣不公平，她值得更好的對待。

二○○二年，他又坐在詹森醫生診所裡。「沒用的。」

「需要時間，戴斯蒙。」

「我已經給過時間。我都來諮商超過兩年了，吃藥、運動、當義工，什麼能做的都做過，連造成心理陰影的那些地方都回頭走了一遍，結果還是沒好轉。現在跟我當初走進診所的時候一模一樣。」

「首先你得瞭解，每個人的情緒都有上下限，而你……可能那段範圍特別窄。另一個可能則是，兩年對你還不夠。」

「你知道我能感受的是什麼嗎？」

詹森挑眉。

「罪惡感。」

醫生一頭霧水。

「我心裡充滿罪惡感，因爲我知道珮彤不會離開我，但我永遠沒辦法給她應得的幸福。」

☣

當天下午，戴斯蒙打包好行李，珮彤送他的禮物都被他小心地收在一口大箱子中。他注視沖洗出來的合照，然後一張張放回相框，接著就坐在客廳，等到珮彤回家。兩人一起坐在沙發上，他卻與她隔了點距離。她顯然也意識到氣氛不對而緊張起來。戴斯蒙開口，說出預演了十多次的臺詞：

「我看得見幾年後的妳。夏天的時候，妳坐在自家後院喝酒，小孩在旁邊嬉鬧，丈夫負責烤肉，有空就過去陪孩子，很清楚該怎麼與他們玩耍，因爲小時候愛他的爸爸就是那麼做。你們全家一起吃烤肉，丈夫對妳很好，他有父母，從小到大看著夫妻如何正常互動。孩子就寢前，妳丈夫爲他們讀床邊故事，一樣是小時候他爸媽就做過的事。小孩調皮搗蛋，他馬上知道怎麼處理，不是從書上學到的，而是仿效自己在正常家庭長大的經驗。他愛妳，愛孩子，因爲他有愛的能力，因爲遇見妳之前，他沒有度過一樁又一樁悲劇。或許妳的生活並非完美無瑕，但看得見可能性，沒有一個壞了修不好的人阻礙妳。」

「戴斯蒙，我不在乎——」

「我知道妳不在乎，也知道無論天涯海角，妳都願意陪我去。」

「沒錯。」

「但我捨不得。」

「戴斯蒙……」

「我太在乎妳了，珮彤。所以才更希望妳幸福。」

「我現在就很幸福。」

「跟妳眞正該有的幸福相差得太遠。」

珮彤抱著他痛哭失聲。戴斯蒙從沒見過她哭成這樣。

「對不起。眞的對不起……」

「別走。」

「我會在家裡過夜。」

她望進戴斯蒙的眼睛，「留到星期一，可以嗎？」

他答應了，接著是生命中最悲喜交加的三天。他們每晚都做愛，一天兩次。告別如此漫長、痛苦——如果他這種人都能感受，根本無法想像珮彤內心的波瀾。

週一早上，戴斯蒙踏出家門，珮彤的擁抱那麼激烈，他覺得肋骨都要被她壓斷了。

他輕輕推開她，距離剛好能望進她的眼底，「妳能為我做件事嗎？」

「一定。」

「不要等我。好好過自己的人生。」

珮彤淚水決堤。

☣

一小時後，戴斯蒙駕駛拖車，開始南下的旅途。

他在優勝美地和美洲杉國家公園露宿，又進入死亡谷徒步健行。夜裡，他不停讀書並努力思考往後人生，一天一天答案越來越清晰。既然救不了自己，不如轉而拯救別人，至少這個目標能令戴斯蒙內心悸動、值得付出。當初佩彤說過他可以成立非盈利機構或針對兒童福利著手，方向正確——但規模不對。他要幹大事，要改變整個世界，創造不會有人像自己這樣長大的新天地。

於是戴斯蒙回到矽谷西側的沙丘路安頓下來。這一帶的租金曾經站上全球金字塔頂尖，但前陣子十多間創投公司收攤之後，辦公室空了出來，只留下裡頭的華麗裝潢。他向仲介大砍價，力道不下於多年前買單車，隔週便搬進去開始建立人脈。戴斯蒙從股票得到八千萬美元可供運用，而矽谷現在正愁沒有資金進駐。他的信箱一下就堆滿來信，電話響個不停，只可惜一直沒有找到符合他理念的對象。

他將公司取名爲「伊卡洛斯創投」。希臘神話中伊卡洛斯的父親代達洛斯不僅僅是一代名匠，也是牛頭人迷宮的建造者。爲了逃離克里特島，代達洛斯以羽毛和蠟製作一堆翅膀給兒子，但他警告伊卡洛斯：飛得太高，蠟會因太陽融解；飛得太低，羽毛會因海水而受潮。這故事十分打動戴斯蒙，市場的漲跌以至於人生的起起落落，都能從伊卡洛斯身上學到教訓。有些人妄想超越自身的極限與界線，所以注定失敗，但不肯把握機會的人，同樣無法成功。

儘管認爲自己的精神不穩狀態處在高原期，這段期間他仍舊拜訪了幾個精神科醫師。其中一位建議他尋求最新療法，雖說還在實驗階段，不過值得瞭解。研究療法的公司是「昇華生技」。

聽見那四個字，戴斯蒙渾身一震。他還記得自己在SciNet發現的異常現象，季蒂昂控股和隱日證券提供資金的三個機構之一，就是「昇華」。

一週後，他前往舊金山昇華生技。辦公室內，該公司的研究團隊領導人手中拿著一顆藥。

「這是五十毫克劑量的抗憂鬱藥物。假設我和你都服用這種藥，你的生理反應可能是我的四倍之多。爲什麼有這種差異？因爲每個人身體的代謝和吸收都不同。對醫生和病患而言，都是很棘手的問題。」

「如何解決？」

「直接跳過藥物。昇華生技研究如何在大腦植入裝置，監控腦部內分泌，並在需要時釋放對應的成分。想像如果世界上沒有精神分裂、躁鬱、憂鬱——還有其他很多疾病，都可以利用這種模式來治癒，市場潛力可謂無窮無盡。」

「我很有興趣，但自己試過服藥，效果不好。另外，我更想知道有沒有可能操作記憶。」

對方仔細端詳他，「什麼意思？」

「我想刪除痛苦的記憶。也可以說是重新來過。」

室內一陣靜默。

「修斯先生，昇華目前並沒有這種技術或療程。」

「但你們有計畫。」

「現階段還不能對外討論。」

☣

戴斯蒙決定接受植入，原本不抱太大期望，然而手術過後，他立刻感受到明顯差別：憂鬱減輕，對工作更有熱情，對生活產生期盼。他開始擔心植入裝置會損壞，或是昇華生技最後也倒閉，逐漸有種偏執心態，不斷試圖取得公司未公開的內部資訊，可惜一無所獲。

他索性求見公司首席執行長和財務長，「我要投資。」

執行長語調很平板，「我們的資金十分充裕。」

「來自哪兒？」

「投資人不希望對外公開資訊。」

「季蒂昂控股？隱日證券？」

辦公室裡靜得可以聽見縫衣針落地的聲音。兩名主管戒慎恐懼地告退下去。

戴斯蒙積極調查季蒂昂和隱日，一些檔案基於法規不得不公開，所以能得知它們持有十多間公司的股份，且捐了數百萬元給某些聞所未聞的非營利組織和基金會，這些機構又將錢都轉交給政府或民間的研究單位，涉足領域包括基因和醫藥、先進能源技術以及超級電腦。他們背後目的是什麼？為何如此神祕？

漸漸地，他將全副心力放在破解季蒂昂之謎上頭，可惜無論費多大工夫，都沒辦法將點串成線，繞來繞去全是死路。

☣

戴斯蒙過得很孤僻，在門洛帕克買了房子，每天騎單車上班，偶爾會與老同事吃頓中餐。他的財富隨投資不斷增長，但歲月如同縮時攝影般快速流逝。

他每天都想念著珮彤，後來在網路搜尋做了設定，一有提示立刻開信箱追蹤。珮彤從醫學院畢業、進醫院實習，錄取疾管中心疫情調查訓練。戴斯蒙很高興，她信守承諾，過好自己的人生。

其實珮彤也一樣失去很多心愛的人：父親、兄長，還有他。他只希望珮彤別變成自己這樣，能夠正常戀愛、結婚、養兒育女。戴斯蒙知道那是她心底的渴望，儘管她嘴上總說不在乎。

對戴斯蒙而言，最大隱憂是兩人離異是否導致珮彤失去愛的能力。自己靈魂深處對於付出與安定有恐懼，就怕傳染給她。

☣

十一月的寒涼清晨，一個男人逕自推開辦公室玻璃門，走到戴斯蒙面前。他猜想對方約莫六、七十歲了，面色蒼白、頭髮也花白，頂上剃得很短。男人雙眼空洞、動作凝滯，好似接受醫院檢查、無法自主亂動的病人。

戴斯蒙沒有助理，額外工作分給另一個人都嫌太少。

當天他沒有安排會面，「次世代創投在對面。」

「我是來找你的，修斯先生。」

「有什麼事？」

「我來自季蒂昂控股。」

話語懸在空氣中，雙方都停下動作。片刻後，戴斯蒙才伸手過去，「進來談吧，請問怎麼稱呼？」

「帕挈柯。尤里．帕挈柯（Yuri Pachenko）。」

他越過戴斯蒙直接坐下，也拒絕了飲料，脫下的大衣表面留有一層水光。尤里的前臂布滿疤痕——燒傷痕跡，就像戴斯蒙的雙腿。意識到自己盯著什麼以後，戴斯蒙趕緊別過眼睛。

尤里又操著緩慢平板的語調問：「修斯先生，你在這裡想要成就什麼？」他的英語說得十分流利，帶著輕微的英國腔。

「叫我戴斯蒙就好。唔，如果你是針對伊卡洛斯創投，主要投資標的是有潛力塑造未來的公司，我——」

尤里舉起一隻手示意。

「你誤會了。我並不想知道你對其他走進這裡的人說了些什麼，而是想聽聽你眞正的願景。你認爲太過遠大、會嚇壞一般人的那些東西。」

戴斯蒙靠著椅背，暗忖眼前這個人散發出特殊的靜謐氣質，卻話鋒銳利、開門見山，讓人留下深刻的第一印象。於是他自然而然吐露心聲，聽見自己輕易地說了出來，也嚇了一跳。

「我想創造一個不同的世界。孩子們在那裡不用眼睜睜看著父母被燒死，不會被不愛自己的人養大，沒有瘋子會開飛機撞大樓，經濟體系不會淪爲全球化賭場。」

「還有呢？」

戴斯蒙遲疑了，又別開視線。

「你說了想創造的世界，但戴斯蒙，你自己想要什麼？」

「想要一個任何人都能恢復的世界。無論身、心、靈損壞得多嚴重，都能夠得到修補。」

尤里露出淺淺笑意，「你認爲有可能嗎？」

「我相信現在的科技爆炸，已經將人類帶往充滿任何可能的未來。」

「如果我說，有人正在研發你剛剛描述的科技？」

「季蒂昂以此爲目標？」

「這是其中之一。」

「還有什麼？」

「很多你會有興趣的計畫，符合你內心渴望的計畫。你會找到生存的理由，也會看見世界能夠被改造。你想聽下去嗎，戴斯蒙？」

「我想。」

對談兩小時後，戴斯蒙答應過去倫敦一趟，瞭解更多詳情。

送尤里出門時，他開口問：「你們開發的那東西有名字嗎？」

「『魔鏡』。」

（大滅絕首部曲：感染　完）

中英名詞對照表

A

al-Shabaab　青年黨
Adam Shapiro　亞當・沙丕洛
Adams　亞當斯
Adelaide　艾德雷
Adeline Andrews　艾德琳・安朱斯
Agnes　艾涅絲
Akia　阿奇亞
Alexei　亞列西
Alistair　亞利斯泰
Amy　艾美
Anderson　安德森
Andrea　安潔雅
Andrew Shaw　安德魯・蕭
Andrew Blair　安卓・布萊爾
Arlo　鄂洛
Avery　艾芙莉

B

Bancroft　班廓弗
Beagle　米格魯號
Bill　比爾
Brandon　布蘭登
Brittney　布芮妮
Bromitt　布羅米特
Byron　拜倫

C

Carl　卡爾
Cedar Creek Entertainment　杉溪娛樂
Charles　查爾斯
Charlotte　夏綠蒂
Charter Antarctica　南極旅遊
Christensen　克里斯坦森
CityForge　城市鍛造計畫
Conner McClain　康納・麥克廉

D

Dadaab　達達阿布
Dale Epply　德爾・伊普利
Dannielson　丹尼爾森
David Ward　大衛・沃德
Derek Richard　德瑞克・里查茲
Derrick　德瑞克
Desmond Barlow Hughs
　　戴斯蒙・巴洛・修斯
Dhamiria　妲米莉亞

E

Edgar　艾德嘉
Edith　艾蒂絲
Edward Yancey　艾德華・楊希
Eleanor　艾琳諾
Elim Kibet　艾利姆・基貝
Elizabeth　伊麗莎白

Elliot Shapiro　艾略特・沙丕洛
Ernesto　恩聶斯托
Extinction Parks　絕種公園

F

Ferguson　費古森
Finney　范尼
Furst　弗斯特

G

Garin Meyer　蓋林・梅爾
George　喬治
Gerhardt　格哈特
Goins　葛因斯
Goodwyn　顧文
Grant　葛蘭特
Greene　格里尼
Greg　葛雷格
Gretchen　葛瑞琴
Groves　格羅夫斯
Gunter Thorne　岡特・索恩

H

Halima　哈莉瑪
Hannah Watson　漢娜・華生
Hans Emmerich　漢斯・埃莫瑞克
Healy　希利號
Henry Anderson　亨利・安德遜
Herman　赫曼
Huan　阿奐

I

Icarus Capital　伊卡洛斯創投
Ice Harvest　稼冰號
Ingrid　英格麗
Invisible Sun Securities　隱日證券

J

Jackson　傑克森
Jacob Lawrence　杰柯・羅倫斯
Johnson　強森
James　詹姆士
Jamison　傑米森
Janson Becker　詹森・貝克
Jonas　喬納斯
Joseph Ruto　喬瑟夫・魯多
Josh　賈許
Julie　茱莉
Jung　榮格

K

Keller　凱勒
Kensington　坎辛頓
Kentaro Maru　健太郎丸號
Kevin　凱文
Kito　齊托
Kraus　克勞斯

L

Labyrinth Reality　迷宮實境
Langford　朗佛德
Lars　拉爾斯

Latham 勒坦
Leslie 萊斯利
Lin Shaw 琳恩・蕭
Looking Glass 魔鏡計畫
Louis 路易斯
Lucas Turner 盧卡斯・特納

M

Machado 馬卡多
Madison Shaw 麥迪遜・蕭
Magoro 馬格洛
Mandera 曼德拉
Manfred 曼弗瑞
Marcia 瑪西亞
Marshall 馬歇爾
Mayweather 梅威勒
Melannie 梅蘭妮
Melissa 梅麗莎
Mikhailova 米凱洛娃
Millen Thomas 米倫・湯瑪斯
Moore 摩爾
Mullins 穆林斯

N

Nathan 納坦
Nathan 納桑
Neil Ellison 奈爾・埃里森
Nelson 尼爾森
Nia Okeke 妮婭・奧可可
Nigel 奈傑爾
Nilats 林達斯

O

Olivia 奧莉薇
Order of Citium 季蒂昂集團
Orville Thomas Hughs
歐威爾・湯普森・修斯

P

Pablo 帕布羅
Pamela 帕米菈
Paul 保羅
Pax-Humana Fuond 和平人道基金
Peachtree Street 桃樹街
Peter Finch 彼得・芬奇
Peterson 彼得森
Peyton Adelaide Shaw
珮彤・艾德蕾・蕭
Phaethon Genetics 輝騰基因
Phil Steven 菲爾・史蒂文
Phillip 菲利普
Price 普萊斯
Prometheus Technologies
普羅米修斯科研

R

Rabbit Hole 兔子洞
Raghav 勒格夫
Rapture 昇華
Rapture Aurora 昇華極光
Rapture Therapeutics 昇華生技
Red Dunes 紅沙丘
Reeves 里維

Rendition　具現
Rendition Games　具現遊戲
Reyes　雷耶斯
Richard　理查
Robert　勞勃
Rodriguez　羅卓戈
Roger　羅傑
Rook　基石
Rook Quantum Sciences　基石量子
Rose Shapiro　蘿絲・沙丕洛
Ross　羅斯
Rubicon　盧比孔
Ryan Shapiro　萊安・沙丕洛

S

Samantha Shapiro　莎曼珊・沙丕洛
Sang-min Park　朴尚民
Sarah　莎拉
Savile Row　薩佛街
Seven Bridge Investment　七橋投資
Shane　謝恩
Simon　賽蒙
Singularity Consortium　奇點聯營團隊
Steven　史提分
Steven Collins　史蒂芬・科林斯
Stockton　史塔克頓
Sylvia　希薇婭

T

Tanner　譚納
Terra Transworld　大地環球
Thomas Janson　湯瑪斯・詹森
Tian　小天
Travers　崔佛斯
Travis　崔維斯

V

Vasiliev　瓦西里夫

W

Wallace Sinclair　瓦勒斯・辛克雷
Walter Miller　沃特・米勒
Ward　沃德
Weathers　韋德斯
Whitmeyer　惠麥爾
William　威廉

Y

Yellow Brick Road　黃磚路
Yuri Pachenko　尤里・帕挈柯

Z

Zeno Soiety　芝諾學會

BEST嚴選 114

大滅絕首部曲：感染

原著書名／The Extinction Files
作　　者／傑瑞・李鐸（A. G. Riddle）
譯　　者／陳岳辰
企畫選書人／王雪莉
責任編輯／王雪莉

版權行政暨數位業務專員／陳玉鈴
資深版權專員／許儀盈
資深行銷企畫／周丹蘋
業務主任／范光杰
行銷業務經理／李振東
副總編輯／王雪莉
發　行　人／何飛鵬
法律顧問／元禾法律事務所　王子文律師
出版／奇幻基地出版
城邦文化事業股份有限公司
台北市 104 民生東路二段 141 號 8 樓
電話：(02)25007008　傳眞：(02)25027676
網址：www.ffoundation.com.tw
e-mail：ffoundation@cite.com.tw
發行／英屬蓋曼群島商家庭傳媒股份有限公司城邦分公司
台北市 104 民生東路二段 141 號 11 樓
書虫客服服務專線：(02)25007718・(02)25007719
24 小時傳眞服務：(02)25170999・(02)25001991
服務時間：週一至週五 09:30-12:00・13:30-17:00
郵撥帳號：19863813　戶名：書虫股份有限公司
讀者服務信箱 e-mail：service@readingclub.com.tw
歡迎光臨城邦讀書花園　網址：www.cite.com.tw
香港發行所／城邦（香港）出版集團有限公司
香港灣仔駱克道 193 號東超商業中心 1 樓
電話：(852) 2508-6231　傳眞：(852) 2578-9337
e-mail：hkcite@biznetvigator.com
馬新發行所／城邦（馬新）出版集團
【Cite(M)Sdn. Bhd】
41, Jalan Radin Anum, Bandar Baru Sri Petaling,
57000 Kuala Lumpur, Malaysia.
Tel: (603) 90578822 Fax:(603) 90576622
email:cite@cite.com.my

封面設計／朱陳毅、王俐淳
排　　版／極翔企業有限公司
印　　刷／高典印刷有限公司
■ 2019 年（民 108）4 月 29 日初版
■ 2023 年（民 112）5 月 19 日初版 5.3 刷

售價／ 399 元

國家圖書館出版品預行編目資料

大滅絕首部曲：感染／傑瑞・李鐸（A. G. Riddle）作；陳岳辰譯．-- 初版．-- 臺北市：奇幻基地，城邦文化出版：家庭傳媒城邦分公司發行，民 108.05
面：公分．-（Best 嚴選；114）
譯自：Pandemic
ISBN 978-986-96833-9-5（平裝）. --

874.57　　108004087

ISBN 978-986-96833-9-5

Printed in Taiwan.

廣　告　回　函
北區郵政管理登記證
台北廣字第000791號
郵資已付，免貼郵票

104台北市民生東路二段141號11樓

英屬蓋曼群島商家庭傳媒股份有限公司城邦分公司 收

請沿虛線對摺，謝謝

每個人都有一本奇幻文學的啟蒙書

奇幻基地官網：http://www.ffoundation.com.tw
奇幻基地粉絲團：http://www.facebook.com/ffoundation

書號：**1HB114**　　書名：大滅絕首部曲：感染

請於此處用膠水黏貼

讀者回函卡

謝謝您購買我們出版的書籍！請費心填寫此回函卡，我們將不定期寄上城邦集團最新的出版訊息。

姓名：＿＿＿＿＿＿＿＿＿＿ 性別：□男 □女

生日：西元＿＿＿＿年＿＿＿＿月＿＿＿＿日

地址：＿＿＿＿＿＿＿＿＿＿

聯絡電話：＿＿＿＿＿＿＿＿傳真：＿＿＿＿＿＿＿＿

E-mail ：＿＿＿＿＿＿＿＿＿＿

學歷：□1.小學 □2.國中 □3.高中 □4.大專 □5.研究所以上

職業：□1.學生 □2.軍公教 □3.服務 □4.金融 □5.製造 □6.資訊
□7.傳播 □8.自由業 □9.農漁牧 □10.家管 □11.退休
□12.其他＿＿＿＿＿＿＿＿

您從何種方式得知本書消息？

□1.書店 □2.網路 □3.報紙 □4.雜誌 □5.廣播 □6.電視
□7.親友推薦 □8.其他＿＿＿＿＿＿＿＿

您通常以何種方式購書？

□1.書店 □2.網路 □3.傳真訂購 □4.郵局劃撥 □5.其他

您購買本書的原因是（單選）

□1.封面吸引人 □2.內容豐富 □3.價格合理

您喜歡以下哪一種類型的書籍？（可複選）

□1.科幻 □2.魔法奇幻 □3.恐怖 □4.偵探推理
□5.實用類型工具書籍

您是否為奇幻基地網站會員？

□1.是□2.否（若您非奇幻基地會員，歡迎您上網免費加入，可享有奇幻基地網站線上購書75 折，以及不定時優惠活動：http://www.ffoundation.com.tw/）

對我們的建議：＿＿＿＿＿＿＿＿＿＿
＿＿＿＿＿＿＿＿＿＿
＿＿＿＿＿＿＿＿＿＿

請於此處用膠水黏貼